魅丽文化 桃天工作室

嗜瘾

木羽愿 /著/

江苏凤凰文艺出版社

图书在版编目（CIP）数据

嗜瘾 / 木羽愿著 . -- 南京：江苏凤凰文艺出版社，
2023.9
ISBN 978-7-5594-7414-8

Ⅰ. ①嗜… Ⅱ. ①木… Ⅲ. ①长篇小说 - 中国 - 当代
Ⅳ. ① I247.5

中国版本图书馆 CIP 数据核字 (2022) 第 242357 号

嗜瘾

木羽愿 著

责任编辑	张　倩
出版统筹	曾英姿
特约编辑	刘思月　罗李璇
封面插图	奶黄煎饺
封面设计	黄　梅
出版发行	江苏凤凰文艺出版社
	南京市中央路 165 号，邮编： 210009
网　　址	http://www.jswenyi.com
印　　刷	湖南天闻新华印务有限公司
开　　本	880mm×1230mm 1/32
印　　张	11.5
字　　数	364 千字
版　　次	2023 年 9 月第 1 版
印　　次	2023 年 9 月第 1 次印刷
书　　号	ISBN 978-7-5594-7414-8
定　　价	46.80 元

江苏凤凰文艺版图书凡印刷、装订错误，可向出版社调换，联系电话 025 - 83280257

目录

第一章　闯入她的生命　　　　　/001

第二章　折断她的翅膀　　　　　/019

第三章　等着还她扇子的少年　　/039

第四章　你想要的，只有我能给　/054

第五章　回头看看吧　　　　　　/076

第六章　我们到此为止　　　　　/096

第七章　想和他远走高飞　　　　/119

第八章　我的未婚妻，时鸢　　　/144

第九章　是他的求之不得　　　　/168

第 十 章　放过你，除非我死　　/194

第十一章　他的初恋　　　　　/224

第十二章　他有自己的救赎　　/245

第十三章　那就别再丢下我　　/265

第十四章　哄她　　　　　　　/294

第十五章　遵命，裴太太　　　/319

第十六章　他想要的，已经得到/342

第十七章　你就是最大的万幸　/354

第一章
闯入她的生命

七月,梅雨时节。

北城的天空浓墨重彩,乌云缠绕翻卷。

雨势来得又急又凶,片场内顿时乱作一团。场工手疾眼快地开始收纳设备,摄影师也慌忙用身体护住像祖宗一样宝贝的摄像机避雨。

拍摄工作被迫紧急叫停,等了快一刻钟,雨势依旧不见减弱。

坐在显示器后的导演甩掉手里的扇子,探出头,看着还不知道会下到何时的大雨,皱眉嘟囔道:"真是稀奇了,天气预报也没说今天会下这么大的雨啊。"

一旁的工作人员跟着望了一眼天空道:"导演,要不今天就早点儿收工吧,我看这雨一时半会儿估计停不了,拍摄时间也马上就到了……"

漫长的等待引发的焦躁在人群中迅速蔓延,却没有影响到不远处等着的两个人。

有句话说得好——人类的悲欢并不相通。

譬如此刻,导演因为被打乱的拍摄计划烦到差点儿把为数不多的头发都拔光时,另一处,在棚下躲雨的蒋清对此倒是有些开心。

她转头看向身边的人,语气难掩兴奋:"时鸢姐,我看今天这外景肯定拍不成了,太好了!终于能早点儿收工了!你这几天睡的时间加起来恐怕都没超过十个小时……"

时鸢闻言,从面前的倾盆大雨中收回目光,望了一眼蒋清,白皙如玉的纤指轻抵在唇边,轻声打断她的话:"嘘——别乱说。"

江南独有的吴侬软语融在淅沥的雨声里,听得蒋清的心弦一颤,不禁盯着自家艺人的侧颜失了神。

因为拍摄要求,时鸢这天穿了一身黛青色的旗袍,深色线条勾勒出纤细的腰身，如瀑般的黑发披散在肩头，垂落至腰际，白皙的手臂暴露在空气中。

蒋清移不开视线，脑中突然蹦出一句书里的话——手臂像热腾腾的牛奶似的，从青色的壶里倒出来。

这就是眼前的景象。

时鸢并没有时下娱乐圈里最流行的明艳妩媚系长相，而是有着细长的柳叶眉，盈盈杏眼，像是活脱脱从古画里走出来的美人。柔弱，又多了一股清冷感。

哪怕蒋清已经在时鸢身边做了快两年的助理，还是时不时会被她的美貌所蛊惑。

很快，导演助理打着伞朝这边走过来，还带来一个蒋清意料之中的好消息。

这天的拍摄果然取消了，剩余的拍摄计划只能暂且延后，再寻找合适的时间。

蒋清面上努力藏起兴奋的神情，心里不知道有多开心。

天知道时鸢已经多久没休过假了。

其实除了娱乐圈"第一清冷神颜女神"这个称呼，时鸢还有一个圈内尽人皆知的外号——营业狂魔。

入行不过三年，时鸢便一路利用大好资源登顶娱乐圈，包揽了近三年的各大顶尖奖项，惹得无数人眼红。

蒋清在娱乐圈当助理的时间不短，时鸢却是她见过的最拼命的女演员，没有之一。

比如最近这一个月，各种广告代言拍摄活动连轴转，以及上部电影最后的杀青戏昨晚才结束，时鸢在保姆车里还没睡够三个小时，就又连夜回了北城，开始新的广告拍摄。

中午因为导演组场地协调出了点儿问题，拍摄迟迟没有开始。她们在车里等了快四个小时，好不容易等到问题都解决了，可以开拍了，结果又下了这么一场雨。

工作人员也觉得挺不好意思的，让圈里的一线女明星白等了一天，要是换作别人，恐怕早就没什么好脸色了。

时鸢的神情却一如来时般温和平静。她似乎有一种奇异的魔力，能够让周围人的心也跟着平静下来。

她弯了弯嘴角，微笑着跟工作人员点头示意了一下，嗓音清越："没关系，今天辛苦大家了。后续的拍摄计划您再联系我的经纪人就好。"

工作人员的耳根无端地微微泛红,连忙点头应下。

时鸢微微颔首,刚想转身离开,察觉到背后似乎有一道冰冷如蛇般的目光紧紧地黏在自己身上。

她猛地转头,朝身后看去——没人。

时鸢紧绷的神经骤然放松下来,不禁怀疑是不是自己最近工作强度太大没睡好,已经开始产生幻觉了。

她总觉得背后好像有双眼睛盯着自己。

蒋清眼尖,注意到她脸色发白,担忧地问:"时鸢姐,怎么了?"

时鸢回神,摇了摇头,说道:"没事,我们走吧。"

应该只是错觉吧。

保姆车缓缓地从片场驶出,在厚重的雨幕里被迫行驶得如蜗牛般缓慢。

后座,时鸢脱掉高跟鞋,长吁一口气,便蜷缩在柔软的车座上合眼假寐,积攒了一周的倦意终于铺天盖地般袭来。

也许是她的神经要比正常人迟缓许多,每次完成一段时间的超负荷工作量之后,身体才后知后觉地开始抗议。

不过这样也算不错,总比她在拍摄片场像林黛玉一样晕过去丢人现眼要好。

车内静谧无声,世界似乎只剩下雨点敲击在玻璃窗上的声音,无端地叫人心慌。

在这样的环境下,时鸢很快便沉沉睡去。

梦里的世界光怪陆离,几道熟悉的声音交织出一个极为真实的梦境,尖锐刺耳,又像是沼泽中伸出的无数只手,试图将她拖进那个深不见底的旋涡里。

——时鸢,你爸爸他……

——时鸢,你太让老师失望了……

——鸢鸢,别哭。

…………

还有最后一幅扭曲的画面。

她低下头,手上沾满的鲜红刺得人眼睛发晕,像是被泼洒上去的红色颜料。

面前的人嘴唇翕动,她却无法听见任何声音,只能在模糊的光线里努力辨认他的口型。

他问:"这一次,我们算两清了吗?"

她喘着气,像是沙滩上搁浅的鱼,快窒息到不能动弹。

突然,手机铃声在车厢内突兀地响起,陡然打破一片寂静,也将时鸢从扭曲的梦境里拉回现实。

电话只短暂地响了一声,就被蒋清手疾眼快地开了静音。

蒋清见时鸢被吵醒,捂着电话,一脸愧疚地说道:"对不起,时鸢姐,我忘记静音了……"

被噩梦一搅,时鸢已经彻底没了睡意,索性将座椅靠背调正。

最近她总是睡不着,总觉着背后有双眼睛盯着自己,让人毛骨悚然,又说不上来原因。

她安抚道:"没事,反正也是要醒的。谁的电话?"

"是洛姐。"蒋清答着,摁下接通键,将手机递给时鸢。

时鸢刚接过电话,洛清漪火急火燎的声音便在那头响起:"拍摄取消了,最近这两天我都没给你安排工作,权当放假,你赶紧给我好好休息,真当自己是铁打的?虽然我不在你身边,但你也得学会主动休息,知不知道?"

闻言,时鸢莞尔,将语气放柔了些,说道:"我没事,放心吧。"

她将视线投向窗外,说道:"三年了,这种强度我早就习惯了。"

看着窗外的景物,她有些出神。

车轮驶过路边的水洼,无情地割裂那片镜面世界,溅起一片水花。

然而,洛清漪这次没被她轻松糊弄过去:"那也不行!你得把自己的身体放在第一位,赚钱排后,其他都是些有的没的……"

时鸢握着手机,忽地轻声打断她:"可是,我想快点儿结束。"

电话那头忽然安静下来,那边的人像是噎住了,顿了一下,才又缓和着语气劝她:"时鸢,你这样太累了。"

时鸢凝视着窗外的景色,轻勾了一下嘴角,轻快地反问:"所以才要快点儿结束,不是吗?合约的期限马上就要到了。"

然而,她的故作轻松并没有缓解压抑的气氛。

时鸢察觉到对方沉默下来,只好转移话题:"对了,你给我看的那个剧本,我很喜欢，帮我争取一下吧。"她顿了顿，又平静地说道，"毕竟是谢幕之作，我得给自己和粉丝一个交代。"

听见这句话，一旁安静不已的蒋清瞬间满眼震惊。

洛清漪还是妥协了："我知道了，我等会儿就联系一下，看看能不能要来邱锐的联系方式。"

时鸢轻轻地笑了一下，说道："辛苦了，等你回来。"

挂掉电话，时鸢才注意到身旁的人早已呆若木鸡。

蒋清震惊到连嘴唇都在颤抖，不敢相信自己刚才听到的，连忙问："姐，你要退圈吗？"

时鸢没忍住，勾起嘴角笑了笑，也没瞒她，只道："嗯，拍完下一部电影之后。"

蒋清呆呆地眨了眨眼，问道："为什么？"

时鸢正用手拢着刚才有些睡乱了的头发，听到这句，动作微不可察地顿了一下，随即恢复自然。

她半开玩笑似的回答："因为……我打算回江南做一名舞蹈老师。"

蒋清记得，时鸢的家乡就是江南一座不出名的小镇。

放着一线女明星不当，回到小地方去当舞蹈老师？

她不理解。

就在蒋清还没消化这个爆炸性消息时，就听见时鸢问："那个盒子是什么？"

蒋清顺着她的视线看过去，终于想起来座位上放着的那份礼物。

"啊，这个是今天由快递员送到片场的礼物，已经是这个月的第七份了，没有寄件人姓名，也不知道是谁送来的，可能还是同一个粉丝吧……"

时鸢皱了皱眉，问道："打开看了吗？"

蒋清点头，把盒子打开给时鸢看，并说道："是一条钻石脚链。"

丝绒盒子里，一条昂贵的脚链静静地躺在里面，在灯光下泛着冰冷的光泽，是一个很贵的牌子，价格起码要六位数。

而脚链的设计也不太一样，比起那些精致华美的脚链，这一条更像是……脚铐的模样。

这让人不禁有些毛骨悚然。

时鸢的眉头蹙得更深，问她："不能想办法退回去吗？"

蒋清摇头道："我问了快递员，他说他也没办法，东西是直接送到快递公司的，他也没见到寄件人。"

将近一个月的时间，这已经是第七份匿名礼物了。

各种名贵的珠宝首饰，每一样都高达六七位数。

她们这边又始终找不到关于寄件人的任何信息，哪怕她们想办法退回，也很快又会被送回来。

应该是某个有钱的狂热粉丝吧。

时鸢看着那件棘手的礼物，轻叹一声，说："等会儿给洛清漪拍张照片，让公司帮忙处理一下吧。"

"好，那我待会儿告诉洛姐。"

谈话间，保姆车已然稳稳地停在了市中心公寓楼的地下停车场。

时鸢开门下车，司机已经将行李箱搬了下来。

蒋清缓过神下车，伸手就要接过行李箱，并说道："姐，我送你上去吧。"

"不用，我自己上去就好，你早点儿回去休息吧。"

最近这一个月蒋清跟着她四处奔波，也受了不少累，她都看在眼里。除了加工资，她也想让蒋清可以早些回家。

公寓的私密性很高，是一梯一户，时鸢拖着小行李箱乘上电梯。

随着数字变化，很快，电梯门应声打开。

时鸢走到自家门前，放下行李箱，开始按密码锁。楼道里寂静无声，唯有输入密码时发出的嘀嘀声，像是一下一下地敲击在她的心上。

身后的消防通道内，厚重的门半掩着，光洁的地面上倒映着若隐若现的人影。

就在即将输入最后一位密码时，时鸢忽然察觉到什么，还未等她反应，隐在通道里的人影猛地冲出，从后方用沾了药物的手帕紧紧捂住她的口鼻。

时鸢连挣扎呼救的机会都没有，浑身的力气迅速散去，眼前的视野也渐渐模糊起来。

被抱上车的那一刻，她的意识彻底陷入一片混沌。

不知过了多久，时鸢渐渐地恢复意识。

她的手腕和脚腕上都传来冰冷的触感，忽然猜想到什么，她整个人瞬间清醒过来。

身下的触感柔软，像是一张沙发。四周光线昏暗，只有身后某处散发着光亮。她屏住呼吸低头，看清了手上和脚上绑着的锁链和脚铐。

她被绑架了。

得到这个认知，时鸢深吸一口气，强迫自己镇定下来，平复着几乎快要蹦出胸膛的心跳。

察觉到房间里似乎没人，时鸢做好心理准备，缓缓地转头朝着光亮处看去。看清身后的东西，她的瞳孔骤然紧缩。

一整面黑墙上，贴着密密麻麻的照片，照片里的人全是她。

全部是各种角度的偷拍，简直无孔不入。

时鸢忽然想起白天在片场，背后盯着自己的那双眼睛。

原来不是错觉。最近这一个月以来，她都被人暗中监视着。

一种被毒蛇缠绕背脊的感觉袭来，时鸢的头皮一麻，还未完全反应过来，就听见一声轻响。

屋内的灯光忽然亮起，满室灯火通明。

时鸢的神经迅速绷紧，紧接着就听见一阵脚步声从身后响起。

"你醒了啊？"是一道年轻温和的男声。

时鸢屏住呼吸，慢慢地转过头。

身后站着一个年轻高大的男人，穿着一身浅蓝色的西装，面容清秀俊朗，嘴角还噙着温和亲切的笑。与时鸢想象中的变态模样完全不同，相反，他完全长了一张好人的脸。

她深吸一口气，缓缓地开口问："你是谁？"

男人弯起眼睛，似是不解："我是你的未婚夫啊，许子郁。不记得了吗？"

听见"未婚夫"三个字，时鸢心里一惊，一个不可思议的想法渐渐从心里升起。

男人痴迷地望着她，视线落在她雪白的颈上，再滑落到她的手腕、脚腕。

他目光所至的每一处，像是有一条冰冷滑腻的毒蛇从时鸢的背脊逐渐盘踞而上，让人头皮发麻。

见她没戴自己送的首饰，许子郁的目光暗下来，像是有些失望。

他说道:"这一个月,我每周都会给你送我们的订婚礼物。可你一样都没有戴。"

时鸢下意识地屏住呼吸,问道:"那些……都是你送的吗?"

许子郁一笑,答道:"是啊,那是我们的订婚礼物。你不喜欢吗?"

那个猜想几乎已经被认证,时鸢的目光一瞬间也不敢从男人的脸上移开,连手都在微微颤抖着。

她缓缓地、小心翼翼地开口道:"可是,我没有未婚夫。"

这句话残忍地撕碎了男人的幻想,许子郁原本温和的目光瞬间变得阴郁而狰狞。

他抬脚走近时鸢,在她面前蹲下,温柔地望着她,笑道:"怎么会没有呢?!你的未婚夫是我啊。时鸢,我爱了你很久,你也答应了要嫁给我,不是吗?"

许子郁的目光紧紧地锁住她,流连在她白皙动人的脸上,神色露出一种近乎病态的痴迷。

"时鸢,你真的很美,比照片里还要美。只是,你好像不喜欢我送给你的脚链,那我就只能给你戴上脚铐了。"

现在,时鸢几乎可以断定眼前的人精神不太正常。他只是一个伪装得很像正常人的变态,是臆想症患者,是心理变态。

时鸢此刻的感觉只有毛骨悚然。她艰难地找回自己的声音,尽量维持着镇定,说道:"你为什么要把我绑来?"

许子郁理所当然地回答:"我说过了,我们要结婚了,你当然应该跟我生活在一起。"

他拿起一个遥控器按下去,不远处的黑帘缓缓地拉开。

他的语气充满憧憬:"你看,我已经把婚纱都准备好了,你穿上一定很美。"

帘子完全打开,一件精致华丽的婚纱骤然出现在眼前,在玻璃柜里静静地立着,空洞而瑰丽,看得人背脊生寒。

"后天我们就会在这里举办婚礼,你放心,我会让你成为世界上最幸福的新娘。"

时鸢的指尖此刻已经深陷进掌心里,掌心沁出了一丝血珠。

她试图保持清醒、理智,不去激怒男人,但声音还是止不住地染上一丝颤音:"这是哪里?"

闻言,许子郁像是看穿了她的意图,伪装的斯文突然崩裂,猛地掐住她纤细的脖颈。

冰冷的触感猝不及防地缠绕在她的颈上,像毒蛇一般,紧紧地将她裹住,肺部的氧气越来越稀薄,她甚至觉得自己下一刻就要窒息了。

他一边掐着她,一边咬牙切齿地回答:"这是我名下正在开发的一个度假村,是独立的海岛,没有我的允许,没有人能上来。所以不会有人来打扰我们,季云笙也不能。"

时鸢的手被铐着,在许子郁的手里,那点儿挣扎的力度完全不够看。就在她几乎快要被掐到窒息时,颈间的大掌终于收了回去。

新鲜的空气再度涌入,时鸢弓起身,剧烈地咳嗽起来。

许子郁像是恢复了理智,心疼又懊悔地抚上她的脸颊,语气再度变得温柔:"所以,时鸢,不要想着逃跑,我会生气的。"

时鸢终于缓过那阵窒息感,浑身冷汗涔涔,原本轻柔悦耳的嗓音变得有些沙哑:"我……咳咳……我不会逃跑的。"

她的模样本就生得柔顺动人,此刻低垂着头,纤细白皙的颈上布着可怖的指印,更显得弱不禁风,毫无攻击性。

这样娇弱的人,被他这样吓了吓,也应该不敢再想着逃跑了。

这是他的地方,她又能跑到哪里去呢?

这样想着,许子郁慢慢地冷静下来,微笑着说:"只要你乖乖听话,我是不会伤害你的。我们会很幸福地生活一辈子。"

时鸢咬着唇,极力忍耐着他的触碰,不敢再激怒他。

见她不再出声,他的目光又移到了她的颈上。

上面近似凌虐过后的痕迹映在他的瞳孔里,刺激得他目光一暗,眼神再次变得病态而痴迷。

时鸢察觉不对,登时打起了十二分精神。

就在许子郁俯身,唇就要落在她的颈上时,敲门声忽然响起。

一下又一下,敲得相当急促。

许子郁的脸色一下子阴沉下来,像是不满自己接下来的动作被人打断。

时鸢几乎快要跳出嗓子眼儿的心暂时落了回去。

许子郁也听出了外面的人似乎是有急事,只能先去开门。

他暗含警告地说道:"乖一点儿,不要出声。这里都是我的人,不会有人来救你,只会惹我不开心,知道了吗?"

时鸢故作乖顺地点了点头,已经在心里祈祷有人来救自己,虽然这并不现实。

许子郁走过去开门,门外站着一名黑衣保镖。

他恭敬道:"许先生。"

许子郁不悦道:"不是告诉你们不许来打扰吗?"

保镖连忙低头说道:"是有要紧事,我们没办法拿主意。"

闻言,许子郁回头看了时鸢一眼,走了出去,同时把门关严。

"说。"

保镖神情严肃道:"是裴家那位来了。原本定下的签合同时间突然有冲突,所以他们想临时改成今天。"

许子郁脸色阴沉地说道:"怎么说改就改?我同意了吗?"

"嗯……您也知道,那位的脾性就是那样。而且他的助理告诉我们,如果今天签不上,那以后也不可能再签了。毕竟是几十亿元的单子……"见许子郁不说话,保镖小心翼翼地说道,"而且,裴家那位不知道从哪里得来的消息,私人飞机已经往岛上来了,应该再过一个小时就要到了。"

许子郁不耐烦地说道:"行了,我知道了。去准备吧,我一会儿过去。"

保镖点头应下后就离开了,许子郁重新回到房间里。

时鸢自始至终安静地坐在沙发上。

她乖顺得惊人,像是刚刚他发狠的那一下把她吓到了,整个人又透出一种认命之后的绝望。

许子郁刚走过去,就见她抬起头,用一双温柔动人的杏眸望着他。

她轻声问他:"你一会儿要出去吗?"

被美人这样看着,许子郁阴沉的脸色也软化了半分。

他应了一声,却还是没有完全信任她,补充道:"临时有客人来,需要我接待一下。不过,你也逃不掉。他不是会管闲事的人,你可以死了这条心。"

"我知道,我不会逃跑的。"她顿了顿,活动了一下手腕,说道,"可你总不能这样绑我一辈子。"

她的嗓音轻柔悦耳:"一个丈夫是不会这样对待自己的新婚妻子的,也不会把他的妻子一直关在房间里面。"

闻言,许子郁愣怔片刻。

时鸢努力克制着加剧跳动的心,此刻已经完全冷静下来。

见他没有说话,她再度循循善诱道:"你不是说想和我幸福地生活一辈子吗?你一直把我锁在房间里,别人也不会知道我们是夫妻。你难道不想让别人知道我是你的妻子吗?你这样绑着我,我不舒服。我就算出了这间房,也会一直在你的身边,不会跑掉的。"

时鸢发现了,许子郁这个人不仅是变态,还是个狡猾的变态。她只能以这样示弱的方式放松他的警惕,一味反抗只会激怒他。

她必须得出这个房间,才能有得救的机会。

话音落下,空气都凝固起来。

没有人说话的这段时间里,许子郁也同样在思考。

时鸢说得没错,在这座岛屿上,只凭她自己可以说是插翅难飞。

到婚礼之前,应该也不可能会有其他不速之客闯入。而这天来的那位,也是个不亚于自己、根本没有心的疯子。

哪怕有人跪在地上求他,他都会毫不犹豫地将人一脚踢开,更别提多管闲事在这儿救人了。

思及此,许子郁垂下眼,掌心抚上她的后脑,像是在摸心爱的宠物一样。

他低声说:"那你乖乖听话,好吗?不要想着求救,否则我不能保证会做出什么。"

时鸢浑身汗毛倒立,内心虽喜,表面却看不出分毫。

"嗯,我不会的。"她本就长了一张毫无攻击性的脸,柔声细语说话的模样更叫人难以拒绝。

许子郁的戒备心也逐渐减弱了些。

"那我现在过去,晚点儿会有人送衣服过来。"

时鸢抑制着内心的喜悦,乖巧地点了点头。

许子郁又检查了一下她身上的手镣脚铐,才放心地出门。

此时,一架私人飞机早已稳稳地落在海岛中央的停机坪上。

半个小时后，尚未对外开放的度假酒店宴会厅内。

近七位数的摩洛哥手织地毯被当作廉价脚垫一样铺在脚下，雪白餐垫上摆好的刀叉在灯光的照射下反射出割碎的银光——冰冷，却极尽奢靡。

而这一切，却因为餐桌后坐着的男人而变得黯然失色。

光洁的餐盘里，仅有三成熟的牛排被他慢条斯理地切成条状，雪白的餐盘顿时变成一幅鲜血淋漓的画作，看着都叫人难以入口。

他却一下又一下地切着，动作专注而优雅，仿佛是在精心雕琢一件艺术品。

等男人将那块鲜红的牛肉缓缓送入口中时，血丝微微沾染上他的嘴角。

他的肤色在灯光下透出一种少见的冷白，瞳仁漆黑，狭长的眼微挑，是极为妖艳的俊美容貌，眼里却散发着寒意。

鲜明的色彩对比下，越发显得诡异至极，像是电影里古堡深处栖息的吸血鬼，终日见不到阳光，浑身充斥着沉郁至极的戾气。

男人像是察觉到许子郁的到来，懒洋洋地看去。

对上这一眼，许子郁也不免打了个寒战。

看来传闻的确不假。裴家这位手段雷厉风行的养子，也是个不输他的疯子。不过也是，要是没点儿能耐，一个名不正言不顺的养子，哪能短短几年就把裴氏集团吃下来，成为这几年来让人忌惮的商界巨鳄？这次房地产的项目，裴氏集团中标，能和裴忌合作，就代表了数不清的利润。

许子郁在他对面坐下来，客气地说道："裴总，有失远迎了，还麻烦您特意过来一趟签合同。"

这句只是客套话，毕竟是裴忌临时改的时间。

可男人显然没什么客套的意思，神色冷淡地说道："许总的位置不太好找，确实有点儿麻烦，耽误了我半天时间。"

裴忌勾起嘴角，淡淡道："所以，许总，这次合作再让利一个点吧。"

许子郁只得讪讪地笑道："裴总又在说笑了。"

可当他翻开合同，才发现原本定好的利润率真的被改了。

他是脸色一白，不解道："裴总，您这是……"

"说过了，你浪费了我半天时间。"裴忌慢条斯理地翻开合同，声音不带任何情绪地说，"许氏并不是我唯一的选择，这点许总应该明白。"

许子郁的脸瞬间毫无血色，终于明白了之前圈里关于裴忌的传言到底是为什么。

果然是商人，只看利益。

裴忌话里的意思已经很明显。要么让利，要么不签。

许子郁的脸色一阵变化，最后只得妥协。

商场如战场，也像是森林法则，站在食物链顶端的人总有制定规则的权利。

纸页翻动的声音响起，突然，响起一声手机短信提示音。

许子郁手边的手机屏幕也紧接着亮起来。

裴忌的余光里，一张女人的照片赫然跃于屏上。

他正在签字的笔尖忽地顿住，微眯起眼，嗓音低沉地问："许总，这位是？"

许子郁顺着他的目光看去，脸上终于露出笑容，说道："啊，她是我的未婚妻，时鸢。"

话落，裴忌的目光微不可察地一暗，透着危险的意味。黑色的金属钢笔在他的指间旋转了一圈儿，然后停住。

他重复着许子郁的话："你的……未婚妻？"

许子郁并没有察觉到裴忌细微的神色变化，满眼都是手机里时鸢的照片。

他问："怎么？裴总想见见她吗？"

裴忌的嘴角缓缓勾起一抹玩味的弧度，点头道："见啊，当然要见。"

时鸢被带进宴会厅里时，还没有理清面前的状况。

浮华虚景里，一道黑色的身影与之格格不入，像是落入俗套的金色壁画被一抹刺眼的黑无情地割破。

无端地让她觉得熟悉。

直到走近后，她终于得以看清赌桌另一边的那道身影。

男人的动作停下，狭长的眼微微眯起。那道冷漠又充满戾气的目光猝不及防地扫向她。

视线交错的那一刻，时鸢的呼吸停了一拍，耳边空荡荡的，仿佛能听见海上的风声呼啸。

她怎么也没想到，他们还会再见。当然也不可能会想到，会是在眼前这样的场合。

原来下午做的那场梦是预兆。

就在时鸢愣在原地时，许子郁站起身，一只手臂拢上她的肩膀，介绍道："时鸢，这位是裴总，我的合作伙伴。"又对裴忌道："裴总，这位就是我的未婚妻，时鸢。"

裴忌的视线落在她雪白的颈上，斑驳骇人的指印哪怕被遮掩过了，在她身上也显得分外明显。他的目光又落在搭在她肩膀的那只手上，幽深的眼眸隐有风暴席卷，又被压下去。

他淡淡地收回目光，像是根本不认得她这个人，也不屑多看一眼。

时鸢的嗓子有些发涩。

他这样的反应才是对的，做素不相识的陌生人，才是他们的正轨。

可是在如今这样的情景下，时鸢的心情极度复杂。她想开口，想求救，可对方偏偏是裴忌。

而许子郁的手就落在她的肩膀上，刚刚经历过的窒息感还历历在目，她根本不敢轻举妄动。

她到底该怎么办？

裴忌冷白的指尖摩挲着光洁的玻璃杯，直直地盯着她，眼神冷得没有一丝温度。

迎着他这样不带任何掩饰的注视，时鸢浑身控制不住地紧绷起来，他目之所及之处都开始发烫。

很快，他收回目光，声音里听不出什么情绪："许总的眼光不错。"

裴忌的神色很淡，没露出任何感兴趣的意思。许子郁终于松了一口气，果然是他多心了。

他抬了抬下巴，示意时鸢："去敬裴总一杯吧。"

时鸢微垂着头，露出一截细白的脖颈，脆弱得不堪一击。

从裴忌的角度，能够清晰地看到她纤长的睫毛如蝶翅般轻颤。

他的面容依旧冷然，窥不出任何情绪，指节却不自觉地蜷了一寸。

许久，她终于端起透明的高脚杯，慢慢地朝着赌桌的另一边走过去。

短短的几步，时鸢的脑子里闪过很多念头。

她朝他举起酒杯，目光静静地望着他，开口道："裴总，我敬您。"

裴忌没说话，缓缓抬起头。

空气里，二人的视线短暂地交会。

时鸢不知道该怎么用眼神传达出求救信号,也不确定裴忌到底能不能猜到她目前的处境。

就在她思绪乱成一团时,下一秒,却见裴忌拿起酒杯,仰头一饮而尽。

他的喉结滚动了一下,白皙分明的指节一翻,杯口便朝向地面。

一滴不剩。

他忽地哑声开口问:"满意了?"

时鸢错愕地怔在原地,仅仅几秒,她便意识到这是一个好时机。

啪的清脆声响起,她手中的杯子落地,摔得四分五裂。

她像是被吓了一跳,随后便蹲下身去,在桌角的视线盲区里飞快地拾起一片玻璃碎片藏进袖口。

裴忌将她的动作尽收眼底,眉头轻蹙。

许子郁更快一步握住她的手检查,紧张地问道:"没事吧?"

时鸢的脸色煞白,想躲他,又不敢躲开:"我没事。"

一旁,裴忌看着这一切,目光渐深。

他忽然对着许子郁说:"让他们出去,我有关于合同的事情要跟你说。"

许子郁不疑有他,抬手叫来保镖,让人把时鸢送回房间。

时鸢的步伐沉重而缓慢,整个人几乎快要被绝望淹没。在即将走出大门的最后一步,她抱着最后一次希望转过头。

裴忌没有抬头。

砰的一声,大门紧紧地合上,关门的声响回荡在空荡的宴会厅内。

一切视线被彻底隔绝。

裴忌忽然站起身,端着空了的酒杯朝另一边走过去。

他顺手拿起一旁的酒瓶,往酒杯里倒酒。

"预祝我们合作愉快。"他笑了笑,语气是难得一见的温和,"不过在此之前,得先算一笔账。"

听见这话,许子郁一下子没反应过来。

也就是在他愣怔的瞬间,砰的一声,红酒瓶忽然狠狠地朝他砸过来。

一切都来得猝不及防,许子郁捂着头号叫,根本不曾想过裴忌会突然翻脸下狠手。

鲜血流下,混合着酒瓶里剩下一半的红酒,在光洁的地板上汇成一摊红色水洼。

还没等他大声呼救,头发又被人一把拽起。

拳头砸中血肉的声音一下一下地响起。

就在许子郁几乎快要昏厥过去时,手掌传来的一阵剧痛再次让他惊醒过来。

裴忌踩着他的手,慢慢地蹲下,嘴角噙着一抹淡笑,问道:"是哪只手掐的她,嗯?"

他低沉的声音回荡在许子郁耳边,似恶魔的低语,让人不寒而栗。

"不说啊?"

对上他冷戾的眼,许子郁的身体不受控制地发抖,冷汗浸湿了衣物,喉咙里全是血腥味,根本说不出话。

裴忌似是无奈地叹息了一声,轻笑着说道:"那就都别要了。"

房间内。

时鸢再一次被绑回到熟悉的沙发上,甚至还被蒙住了眼睛。

刚才被她藏起来的玻璃碎片此时还在袖口里。

她偷藏起那枚碎片,不是为了天方夜谭地想着能割断绳子逃跑,是为了在危急关头自保用的。

与其说是自保,倒不如说是自毁。

她不敢想象,等许子郁回来,她晚上究竟要怎么度过。

她微微喘着气,尽量将记忆深处袭来的恐惧压制回去。

然而,房间里的死寂将一切情绪暴露无遗。因为视觉被剥夺,听觉便被成倍地放大。

她甚至能听见自己急促的心跳声,还有一串沉稳有力的脚步声,越来越近。

突然,一声轻响在房间里响起,让时鸢脑中的弦迅速绷紧。

门锁被打开,有人走了进来。

眼前的黑暗增加了她对未知的恐惧,耳边只剩下自己震耳欲聋的心跳声。

诡异的死寂里,时鸢悄无声息地攥紧了手中的玻璃。

那人自始至终没有发出一点儿声音,就这样径自朝她走近。

就在他越走越近时,时鸢终于忍不住低喝出声:"别过来!"

因为恐惧,她的尾音都有些发颤,自然起不到任何震慑作用。

果然,那人的脚步仅仅停留了一秒,随后便继续朝她走来。

一股绝望在时鸢心底弥漫。她咬紧牙关,浑身都有些发抖,掌心也被碎片割破,疼得她清醒了几分。

她颤声说:"你要是再过来,我就……"

对方像是觉得好笑,竟然轻笑了一声,问道:"你就怎样?"

懒散熟悉的语调,让时鸢顿时浑身一僵。

他的声音太过熟悉,熟悉到她甚至有些恍惚。

她的嗓子微微发涩,不太确定地叫出他的名字:"裴……裴忌吗?"

窸窣的声响从面前传来,他似乎顿了一下,紧接着,属于他的气息突如其来地将她笼罩。

强势、冷漠、压迫感十足。

这只能是他。

时鸢紧绷的身体终于在这一刻彻底放松,是一种劫后余生的感觉。

她隐隐能感觉到,裴忌在自己面前蹲下。

从黑布最下方那丝缝隙里,借着外面的月光,时鸢看见了那只修长白皙的手。

他手背上的青筋微微突起,肤色是近乎病态的白,十指分明,显得有些欲气。

他的指腹不知是有意还是无意,轻轻地摩挲过她脚腕间的肌肤,有些粗糙的触感,引得她一阵战栗。

幸好,还未等热意继续灼烧弥漫,她脚上的束缚感便消失了。

时鸢听见他轻嗤了一声,声音依旧冷漠,却难掩嘲弄:"现在记得我是谁了?"

那股淡淡的热意瞬间消失,她被他这刺耳的语调噎得说不出话,顿了半天,才挤出两个字:"谢谢。"

她的语气客气礼貌,又不失疏远。

他给她解手铐的动作忽然顿住。

黑暗里,气压忽然变低,危险压抑的气息蔓延开来。

时鸢有些不明所以,犹豫片刻后开口问:"怎么了?"

她身上的幽香融在空气里,因为双手被反绑住,胸前的美好弧度便越发明显,黑发垂落下来,显得若隐若现。

她还被黑布蒙着眼,并不知道此刻的画面究竟有多么香艳。

裴忌看见她脖颈上斑驳的指印,胸口那股戾气再次翻涌上来。

他冷笑道:"我在想,我凭什么救你?"

此话一出,时鸢陷入愣怔。

是啊,他为什么要来救她?他应该恨不得她死才对。

空气再一次陷入令人窒息的沉默。

半晌,裴忌忽然又有了动作,继续给她解着手上的束缚。

他忽然冷嗤了一声,说道:"原来是个神经病。"

时鸢觉得他应该是看到了墙上的照片,忽然又想起许子郁盯着自己近乎变态痴迷的目光,忍不住打了个寒战。

"怎么,怕了?"

时鸢没吭声。

裴忌又轻笑一声,语气冷淡道:"确实该怕。刚从神经病的手里逃出来,又落到我这个疯子手里。"

"记住了,时鸢——"他的指腹轻轻拂过她颈上的指痕,带来些冰凉的触感,让她的心尖一颤。

"能折磨你的人只有我。"他的语气依旧是狂妄的,带着不容置喙的强势,仿佛可以主宰一切。

她眼前蒙着的黑布忽然被解开。漆黑的世界一下子涌入光亮,让她刹那间失了神。

除却光亮,他的面容猝不及防地映入眼帘。

朦胧的银白月光下,他的轮廓线条冷硬分明,瞳仁漆黑,一双狭长的丹凤眼静静地注视着她。好像跟多年前他们第一次见面的时候一样,又似乎完全不同。

唯一相同的大概只有每一次突如其来的相遇,他都是以这副狂妄的姿态,强势地闯进她的生命里。

第二章
折断她的翅膀

双手的束缚彻底消失后，时鸢微微活动了一下有些发麻的手腕，那玻璃碎片顺势从袖口滑出。

刚刚被她当作救命稻草的东西，这一刻已经没用了。

时鸢顿了一下，下意识地抬眼看向裴忌。

房间的灯打开了，他蹲着身子，像是在翻箱倒柜地找着什么东西，应该没有注意到她的动作。

时鸢微微松了口气，正想悄悄把那枚碎片再藏回去时，就听见他冷声开口道："扔了。"

她顿时一愣，下意识问道："什么？"

裴忌烦躁地蹙眉，耐着性子说："你手里的东西。"

时鸢抿了抿唇，却固执地没动。

"你以为你藏起来的那块玻璃能把他怎么样，还想着当救命武器？"他挑眉，毫不留情地嗤道，"愚蠢。"

时鸢不想因为这点儿事情跟他争辩，只安静地坐在床边，掌心被磨破的地方还火辣辣地疼着。

这时，裴忌像是找到了什么，直起身朝她走来。

砰的一声，一样东西被粗暴地扔在床边。

时鸢被这一声惊得回神，低头一看，居然是一个药箱。

"自己处理。"他丢下这句，便抬脚朝阳台走去，头也没回，留下时鸢一人愣在原地。

她垂下头，看了一眼泛着血丝的掌心，又看向那个高大挺拔的背影，有片刻的失神。

记忆好像一下子被扯回五年前。

体育课时间，教室里空无一人。风扇巨大的扇叶不停地转动着，仍在与夏日的热气负隅顽抗。她坐在座位上，膝盖上传来火辣辣的疼痛感。

少年逃了课过来，蹲在她面前，晶莹的汗珠顺着额头滴落，连气息都还没喘匀。他端详她的伤口，眉头紧紧地皱起，脸色十分难看，语气更不耐烦："时鸢，你蠢不蠢？下个楼梯都能把自己摔成这样？！"

她有点儿不服气地争辩："我练舞练得腿酸，不小心而已……"

他嫌弃地说："那你以后还是别走路了。"

他这样说着，手上给她包扎的动作却一再放轻，像是在对待什么易碎的瓷器。

最后他还笨拙地系了一个很丑的蝴蝶结。

时鸢一言难尽道："裴忌，你系得好丑。"

他挑了挑眉，语气里竟然还有点儿得意："我觉得好看就行。"

轰——

巨大的飞机轰鸣声划破黑夜，将时鸢的思绪骤然拉扯回来。

裴忌也在此时挂掉电话，走回房间。

她垂下眼，将眼底的黯然藏起，轻声问："你已经打电话报警了吗？"

"嗯。"他把手机放回西装口袋，快步朝门口走去。

见他要走，时鸢急忙开口叫住他："等一下。"

他的脚步不自然地一顿。

时鸢低下头，声音细弱地说道："你的手机……能借我用一下吗？我想……"

她顿了一下，话还没说完，就见他面无表情地走回来，从口袋里掏出手机，扔进她的怀里。

他的声音冷硬："待在这儿等警察过来。"

"嗯……"

下一刻，砰的一声，门就被紧紧地合上。房间内再次安静下来。

她拿起裴忌丢下的那部黑色手机，手机上似乎还残留着些许余温，传递到她的掌心里。

手机竟然没有设置密码，她轻轻一划便打开了。

时鸢点开拨号界面，刚想输入洛清漪的手机号码，指尖却顿住了。

此时此刻，洛清漪还在国外出差没回来，蒋清刚跟她分开，应该连她被绑架的事情都还不知道。

她连报平安都不知道该给谁打电话。

习惯了，好像也就无所谓了。

手机屏幕安静地亮了一会儿，又再度暗下去。

这时，手机忽然开始振动。

一串没有备注的手机号码跳跃在屏幕上，落入时鸢的眼底。

帮人接电话这种事情未免有些过于私密了。

时鸢纠结片刻，电话仍在响个不停。她心一横，只好接起来：“您好。”

听见是一道温柔的女声，电话那边瞬间安静了一秒，像是在检查自己是不是打错了。

"抱歉，裴……"时鸢顿了一下，缓缓地说道，"裴总的电话现在不在他身边，您有急事吗？"

电话对面的男人轻咳一声，回答道：“我是警察，请问你现在的位置在哪里？”

时鸢按照记忆里大致描述了一下从宴会厅到房间的路线。

电话很快被挂断，时鸢刚放下手机不久，门外便传来一阵杂乱的脚步声，听上去像是一群人。

时鸢刚刚才放松下来的神经再次迅速绷紧。

随后，几道男声在门外响起。

"人在里面吗？"

"应该是在这间没错。"

很快，门被从外面打开，光亮瞬间泄入房间。

时鸢皱起眉，眼睛还没有适应过来如此强烈的光线，就见一群人里，为首的男人朝自己走来。

男人身形修长挺拔，穿着一件利落的黑色夹克，五官俊朗英气，带着股少见的正义凛然。

时鸢下意识地往后躲了一下，下一刻，就见男人从外套口袋里亮出证件，冲她露出一抹安抚的笑。

"别怕，我们是警察。"他的声音有些耳熟，好像是刚刚在电话里听到的。

时鸢的目光又落在他手里的警官证上——北城公安局刑警队队长，江遇白。

时鸢坐上公安局的直升机后，还是有一种不太真实的劫后余生的感觉。

她不敢相信自己居然就这么安全地回去了。

她转头看向一旁的小警察，即使小警察努力保证目不斜视，脸也还是克制不住地红了。

时鸢低头看了一眼手里握着的手机，犹豫着要不要问一下到底发生了什么，还有……裴忌在哪里？

她试探性地问出口："请问……你刚刚有见过那个报警的人吗？"

小警察想了想，又摇了摇头，热心地问道："你有急事吗？我可以打电话问问我的同事……"

时鸢连忙出声解释："是他的手机还在我这儿。"

她又柔声问："可以麻烦你帮我转交给他吗？"

她和裴忌……最好还是不要再见面了。

闻言，小警察为难道："呃……这个可能不太方便，毕竟我不认识你说的这个人……"

他都这样说了，时鸢只好作罢。她笑了一下，一双漂亮的眼睛微微弯起，回道："没关系，辛苦你们了，还特意送我回家。"

小警察的耳根顿时更红了，憨笑道："为人民服务，都是应该的。"

与此同时，海岛停机坪中央。

一辆直升机引擎运作，在黑夜里发出呼啸的声音。直升机旁立着两道高大的身影，衣角在晚风中划出一道弧度，空气里还弥漫着淡淡的血腥气。

江遇白抽出一根烟叼在嘴里，视线扫过那一堆沾满血的纱布，忍不住眉头紧锁。

为了抓住这个变态绑架犯，裴忌伤得不轻。

"我说，你真不去医院看看？"

"用不着，等会儿先跟你去公安局做笔录。"

裴忌将最后一圈儿纱布缠好，嘴唇已经彻底毫无血色，面上却看不出一丝痛苦，仿佛血肉模糊的伤口根本不是在自己身上一样。

连江遇白看着都有点儿牙根发痒。

"成。大半夜出了一趟这么远的警,抓了这么个玩意儿,不亏。"

裴忌的语气发冷:"绑架、非法囚禁、跟踪偷拍,一条罪名都不能少。"

"放心吧,该判的少不了。"

提起这个,江遇白忽然又想到什么,笑容戏谑地问:"还有,帮你接电话的那个人质叫时……时鸢?你什么时候跟女人扯上关系了?"

裴忌面无表情地吐槽:"你今天废话太多了。"

这句欲盖弥彰的警告算是彻底勾起了江遇白的好奇心。他正想继续问,一个年轻警察就从不远处走过来。

"报告江队,刚才小徐来电话,人已经安全送回家了。"

江遇白"嗯"了一声,余光瞟了裴忌一眼。

想到这儿,他哼笑了声,又故意问了一句:"那姑娘回去路上有没有说什么?"

果然,男人的动作一顿。

年轻警察如实地回答:"好像有提到……裴先生。"

江遇白挑眉好奇地问:"然后呢?说什么了?"

"说是裴先生的手机在她那里,希望我们可以帮忙转交一下。"

"再然后呢?"

年轻警察敏锐地察觉到气氛不对,小心翼翼地说道:"没了。"

原本还算正常的气压一下子低下去,一股凉飕飕的感觉蔓延开来。

江遇白乐了,挥了挥手,说道:"行,你先回去吧。"

他一转头,面前的直升机舱门已经被无情地合上。

时鸢回到家里,行李箱果然还倒在门口,一切与她离开时一样没有任何改变。

清晨五点钟,世界都静悄悄的。楼道内悄无声息,仿佛她被绑架的事情从未发生过。

她甚至有点儿好笑地想,会不会有一天她突然死掉,也不会有人发现。

时鸢拖着疲惫的身体进门,第一件事情就是去浴室洗澡。

洗完澡出来,她才想起去包里翻出手机。十通未接来电都来自同一个人——季云笙。

时鸢拨回去时,电话几乎立刻被接起。

电话那边,季云笙语气焦急地开口问:"时鸢吗?你现在在哪儿?"

时鸢猜到季云笙应该已经得到了消息,"嗯"了一声,慢慢用毛巾擦拭着湿润的发丝,声音温和地回答他:"我已经平安回家了。"

闻言,那头终于松了一口气:"没事就好,没事就好。"

他顿了一下,又歉疚地说道:"我晚上一直在开会,消息知道得太晚了。实在抱歉。"

时鸢笑了一下,轻声宽慰道:"你别紧张,我没事,出了这样的事情谁也想不到。"

他又轻叹了一声,保证道:"你放心,许子郁已经被警方那边扣押了,我让律师过去处理了。洛清漪会赶回去,你什么都不用管,这两天在家好好休息。"

季云笙为人处事向来周全妥帖,时鸢也不用再操心后续了。

她笑着应道:"好啊,提前谢谢老板了。"

又随便聊了几句,时鸢便挂了电话。外面的天色此时已经有些蒙蒙亮,鸭蛋黄一样的太阳映亮了半侧天际,像是涂抹了一层橙色颜料。

时鸢把头发吹干之后,已经毫无睡意。刚刚经历过这样的事情,说不怕是假的。像许子郁这样狂热,又存在心理疾病的人虽然是少数,但还是不免让她觉得心惊胆战。

她这样的性子,只适合过普通安稳的生活。娱乐圈的日子,虽然光鲜亮丽,却让她渐渐地喘不上气。幸好,她很快就能过上自己想要的生活了。

时鸢盯着那抹越来越亮的天光,眼前忽然又出现了裴忌的脸,一股说不清道不明的感觉猛地涌上心头。

是他带来的不确定性。她只希望,那场意料之外的重逢,不要打乱她的计划。

她和裴忌,本来也不该再见。

只是……时鸢转过头,视线落在身旁的桌面上。黑色的手机静静地躺在那里,泛着金属的冷硬光泽。跟它的主人一样,是让人无法忽视的存在。

时鸢皱了皱眉,忽然有些发愁。她该怎么把手机还给他?

接下来的两天，除了警察登门做笔录，时鸢的家门再没有被人敲响。

从十八岁进了娱乐圈到现在，整整三年过去，她的假期屈指可数。

被工作填满的日子也不是完全没有好处，至少不会让她像现在这样，突然闲下来反而觉得无事可做。

傍晚，她还特意全副武装散步去超市买了一堆菜，给自己做了一桌正宗的江南菜。

桌上的菜色香味俱全，却只摆着一副碗筷。

吃着吃着，时鸢的动作忽然停下来，将筷子放下，拿起一旁的手机，拨出一通电话。

电话很快被接起，她抿了抿唇，开口问："陈姨，奶奶的身体最近还好吗？"

窸窣的关门声响传来，随后便响起保姆的叹息声："哎，老人家嘛，现在还是时不时地记不起来事，有时候见到我都喊'小鸢'。时而清醒时而糊涂的……"

闻言，时鸢轻轻垂下眼，喉间有些发涩。

"辛苦您了，奶奶的事情还得劳您费心。"

"哎呀，我理解。现在年轻人不都是在大城市打拼吗……"保姆絮叨了几句，忽然又想起什么，小心翼翼地问，"对了，时小姐，你之前说快要回来了……是回南浔不走了吗？"

时鸢"嗯"了一声，嗓音极轻地说："最多还有四个月。"

紧接着，电话里传来保姆轻微的一声抽气，和蒋清当时的反应一样震惊，却也没再多问下去。又叮嘱了几句后，时鸢便挂断了电话。

还没等她沉浸在情绪里，洛清漪猝不及防地找上门。

洛清漪手里还提着行李箱，挂在腰间的U型枕都没来得及摘，头发上架着一副墨镜，英姿飒爽。

一见到时鸢，她随手把墨镜摘下丢到一边，仔仔细细地端详时鸢的脸。

看了几秒后，她拧起眉问："怎么回事？我怎么感觉这一周你好像又瘦了一点儿。快如实招来，最近是不是发生什么事情了？季总亲自催我快回来，还让我以后寸步不离地守着你，配了三个保镖……"

一听这话，时鸢便猜到季云笙没有把她被绑架的事情告诉洛清漪。她眨了眨眼,半开玩笑地岔开话题:"可能是怕我没有履行完合同就提前跑路吧,所以叫你好好看着我。你手里拿着的是什么?"

洛清漪这才想起自己来的目的,忙将手里的剧本递给她,说道:"喏,你之前不是只看了简介就说对这个剧本感兴趣吗?我费了好大力气找人要来了完整的,你先看看再说。"

白纸黑字上,"沉溺"两个大字印在中间,清晰显眼。

时鸢的眼睛亮了亮,立刻接过剧本,一页一页地翻看起来。

许久,房间里都没有声音,只有纸页翻动的窸窣声响。

随后,一滴泪水滴落在墨字上,晕出一点儿泪痕。

洛清漪心里感叹着时鸢的共情能力,将纸巾递给她,问道:"怎么样?"

"很好。"时鸢抬手接过,轻声说,"我想试试看。"

洛清漪早猜到会是这样,没忍住轻叹了一声,说道:"这是邱锐的电影,他十年,甚至二十年才出一部,这你是知道的,更别提女主角有多少人盯着,厘姿那边好像最近就铆足了劲儿。"

洛清漪顿了一下,欲言又止后道:"而且你要知道,邱锐他……是出了名的抵触轧戏的演员。我们可能早就被他拉进黑名单了……"

时鸢捏着纸巾的手指微微用力,语气平静地说:"我明白,但我还是想争取一下。"

入行这三年,她一直马不停蹄地接戏,即便每部的质量都能保证,也难免有各种难听的言论如雨后春笋一样冒出来。有说她想赚钱想疯了,也有说她拼命消费粉丝的。她虽然不会在意,但这短短三年,不只是她的青春,还是粉丝的。

离开之前,她总要交上一份完美的答卷。如果可以,她想拿着影后的奖杯优雅地谢幕。

洛清漪皱紧眉,纠结片刻说道:"要不我把这件事情上报到莫青屏那里吧,她应该会通知季总,到时看看公司能不能想办法疏通一下人脉关系联系到邱导……"

时鸢抬眼看向她,语气坚决道:"这件事情不要让季云笙知道。"

原本拿这个角色就是一件棘手的事情,再找季云笙帮忙,只会让她多欠他一个人情。

洛清漪看出时鸢的态度坚决，就知道自己不可能说服得了，只好叹了口气应道："好，我知道了。明天庆功宴，我想办法找人要导演的联系方式。庆功会厘姿也会去，你负责貌美如花就够了。"

时鸢陡然失笑道："遵命，洛经纪人。"

等聊得差不多了，天色已经彻底暗下来，洛清漪是带着行李来的，索性直接在这儿留宿。两个人一起吃完饭，又敷了面膜，便齐刷刷地倒在床上玩手机。

突然，洛清漪猛地从床上惊坐起，喊道："我的天。"

时鸢正坐在化妆镜前例行护肤，被她这一声尖叫吓了一跳。

"厘姿最新恋情被爆？随行男子疑似北城某商业巨鳄？"

洛清漪拿着手机念出来，惊得面膜从脸上滑下来都顾不得了，忙不迭地举着手机跑到时鸢跟前。

她的指尖轻触新闻里的图片，放大，照片里的女人的确是厘姿。

时鸢入行的时间晚，厘姿算是前辈，在娱乐圈里却一直不温不火。后来时鸢凭借一部民国小众电影爆红出圈，厘姿依靠跟她略有几分相似的气质容貌重新换了人设路线，直接翻红了，后面也没少处处跟她们作对。

这下好了，洛清漪没忍住幸灾乐祸，手指又在屏幕上滑了两下，仔仔细细地辨认起来。

"这男的是谁啊？就一个背影，看这身材跟圈里的顶级男模有得一拼啊。"

洛清漪一边嘀咕，一边把手机举到时鸢面前，问道："你看看，你见过吗？"

时鸢认真涂抹护肤品的动作没停，用余光扫了一眼。

照片很模糊，只有厘姿的身影清晰，男人只露了一个背影。

她的视线骤然一顿。男人宽肩窄腰，长腿惹眼，一身利落的黑色西装，隔着屏幕都透出一股压迫感。

很熟悉。

时鸢的动作微微顿了一下，但很快便恢复自然，继续涂着眼霜。

"没见过。"她答。

洛清漪没察觉她的异样，幸灾乐祸的同时又忍不住担心。

"厘姿该不会为了抢《沉溺》的女主角，特意去抱了条金大腿吧？"

洛清漪说着，越想越有这个可能性："这种顶级资源，她得抱多粗的大腿才能要来啊?也还真说不准……但要说起这个,北城里应该也很难找出比季总还厉害的人物,应该还是我们厉害一点儿……"

时鸢忽然笃定地打断她:"不会的。"

洛清漪一下子没反应过来,问道:"什么?"

时鸢顿了一下,神色自若地改口道:"我说,不一定。北城这么大的城市,人外有人,天外有天。"

"哎,你说得也对。"洛清漪叹了口气,注意力又回到手机上。

下一刻,她猛吸一口冷气,惊道:"我的天,热搜怎么没了?"

洛清漪难以置信地又在屏幕上滑了几下,确认自己没眼花。

"被撤得干干净净?这公关什么效率?确定是她那个破公司能有的速度?"

一眨眼的工夫,那么多头条文章和热搜瞬间消失得无影无踪。

这得是多大的背景啊?绝对不可能是厘姿那边撤下去的。

闻言,时鸢微微诧异地抬眼,也拿起了手机。

果然,什么都不见了。

洛清漪心满意足地笑道:"啧,看这个速度,人家大佬那边巴不得跟她撇清关系呢。"

时鸢垂眸,将手机屏幕按灭。

洛清漪握着手机重新斗志昂扬,信誓旦旦地说道:"明天庆功宴,我们一定要艳压群芳。管她是厘姿还是谁,通通都得靠边站。"

次日下午,洛清漪果然说到做到。

圈里合作过的顶级造型师带着一堆装备上门,还有蒋清一大早赶去服装店取来的定制旗袍。造型师在化妆镜前鼓捣了将近三个小时,看着镜子里雪肤红唇的人,忍不住感叹道:"你的底子真的太好了,我化的步骤多,都显得有些画蛇添足。"

闻声,时鸢终于睁开眼。

这天的妆看上去的确比她平时的要色彩鲜艳些,也许是洛清漪特意叮嘱过的,连口红的色号都比她往日用的更深。但即便是这样程度的妆,在女明星里也称不上浓。

造型师拿着梳子，又问："今天要不要微微卷几个波浪？配这身旗袍的效果一定很好。"

时鸢刚想拒绝，脑海中忽然想起之前微博照片下粉丝的评论，拒绝的话又被吞了回去。她点点头道："卷吧。"

说完，时鸢便又闭目养神。

如瀑的青丝倾斜滑落，慢慢变成弧度温柔的波浪卷发，在冷白的光下泛着光泽。她已经提前换好了旗袍，鸦青色的丝绸，透着少见的质感。青色挑人，肤色稍暗些，便会显得老气。穿在她身上，却衬得更加肤白貌美。

洛清漪进来时，看见的就是这样的画面。

关于艳压群芳这点，她从来就没怀疑过时鸢。

傍晚六点，庆功宴现场。

照例和导演寒暄过后，时鸢便落了座。

洛清漪一进来就开始跟她分头行动，想方设法地去找人要导演的联系方式。

遇到同剧组的男演员过来搭话，时鸢也只是礼貌地回应了一下，便独自坐在那里。

没有洛清漪在的场合，她就或多或少有点社交恐惧症。再加上有季云笙的面子，她也很少参加一些酒局。久而久之，就被打上"清冷女神"这个标签。

等到六点一刻，庆功宴仍未开始。

时鸢看了一眼旁边的空座，有些诧异。这种重要的场合，厘姿居然迟到了。

而更让人匪夷所思的是，导演的神情竟然也看不出一丝急躁，反而安抚别人耐心地等一等。

时鸢蹙了蹙眉，下一秒，就看见门口走进来一道倩影。

厘姿穿了一条藕粉色的某品牌长裙，踩着八厘米的恨天高走过来，美甲在灯光下异常晃眼。她的脸上挂着甜笑，嘴上道歉，语气里却听不出什么愧疚的意思："实在抱歉啊，导演，我迟到了。"

"没事，坐吧。"导演难得和蔼地应声，视线频频越过她往后看，试探地问了句，"你今天是自己过来的？"

厘姿面上微笑着,答得欲盖弥彰:"啊……我是搭别人的车过来的。"

说完,她走到自己的位子上坐下。

不知道是不是时鸢的错觉,她总觉得厘姿这天看起来跟以前不太一样。

两个人中间刚好空了一个座位,也不知道安排的人是有心还是无意。

厘姿率先挑起话题,熟稔得像十年老友似的:"好久不见,时鸢,最近在忙什么?"

在他们这个行业里,哪怕背地里再怎么针锋相对,表面依然能粉饰太平。

时鸢同样回以浅笑,答道:"和以前一样,忙着赚钱。"

厘姿脸上的笑容微僵,却很快恢复过来,视线落在她的侧颜上,暗暗咬紧牙。

"真羡慕你啊,从出道以来一直是顶级的资源和制作,还都是女主角。"

时鸢淡淡道:"嗯,谢谢。"

以往谈话到这里,厘姿就不会再自找没趣了。可这一天,出乎时鸢的意料。

厘姿忽然笑了,意味深长地说道:"风水轮流转,运气这东西呀,有时候说有就有,说没,也可能一下子就没了。你说对吧?"

闻言,时鸢终于看了看她。

她知道厘姿这天哪里不对劲了。

以前也许是因为季云笙,厘姿的敌意和挑衅从来不会表露得太过明显。

可这一天,她的得意和张扬显然挂上了眉梢,完全没有任何昨晚刚被爆料后的忧心忡忡。

想到这儿,时鸢忽然冒出了一个念头。紧接着,就是一股不祥的预感。

下一刻,门从外面打开,一道修长显眼的身影走进来,引得全场人纷纷侧目,低语声也跟着响起。导演立刻笑容满面地迎上去:"裴总,您终于来了。"

"嗯。"相比起导演的殷勤,男人的声音便更显冷漠。

听见熟悉的声音,时鸢顿时一僵,预感成真了。

"裴总,您这边请。"

导演的声音和脚步声越来越近,时鸢才意识到,他们在往主桌的方向走——也就是她的方向。

现在逃跑可能来不及了。时鸢的指尖抠着掌心,犹如一团乱麻的大脑忽然想起什么,侧头看了一眼。幸好,她身边的位子已经有人坐了。

她跟厘姿中间的位子是剧组男二号的,刚刚人还不在,这会儿已经回来了。

主位还是空的,应该是为裴忌留的。

时鸢这样一遍遍地安慰着自己,终于在这短短几秒内稳下心神,至少表面看不出任何异样。

导演走过来,果然把主位主动让出来,笑道:"裴总,您坐这儿吧。"

裴忌的脚步停住,懒懒地抬起眼皮,视线朝着桌子扫了一圈儿。

很快,他的目光微微停留在某处。

一道青白交映的身影异常惹眼,像一堆粗制滥造的人造材料里,唯一浑然天成的上等瓷器。她垂着眼,神情看似淡定,细白的指尖却不停地摩挲着茶杯壁,泄露出些许紧张。

他勾了勾嘴角,忽然抬脚走过去。

时鸢一直没敢抬眼去看,却听见那道沉稳有力的脚步声越来越近,在她左手边的方向停下。她身边坐着的男演员蒙了一下,看见裴忌在这里站定,虽然不明所以,但还是瞬间站起来。男演员虽然不知道面前的男人是什么身份,不过看导演的态度也依稀猜测得到。

他紧张得结巴,恭敬地说道:"裴……裴总好。"

裴忌身形挺拔,被西裤包裹着的双腿修长利落,竟然比面前的男演员看上去更像是吃这碗饭的。

他懒懒地抬了抬下巴,淡淡道:"麻烦让让。"

话虽然是商量的话,语气听着却没有一丝商量的意思。

气氛忽然就变得诡异而沉默。

时鸢握着杯子的手指不自觉地攥紧了些,呼吸也下意识地屏住。

"呃?"男演员顿时更蒙了,站在原地手足无措,求助似的望向导演。

有主位不坐,跑来抢他一个小男二号的位子干吗?

导演的想法亦是如此。目光在三个人中间来回移动,又看了一眼厘姿此刻娇羞的表情,当即有了一个猜测。导演朝男二号招了招手,无奈地说道:"那你先过来坐吧。"

于是男二号只能战战兢兢地腾出位子,他前脚刚站起来,裴忌便不客气地坐了下去。

熟悉的气息瞬间从四面八方将时鸢包裹住，让她整个人都不受控制地紧绷起来。

空气里弥漫着诡异的寂静，所有人的视线都朝这边投过来。

顶着这么多探究的目光，时鸢忽然有些如坐针毡，又只能强装镇定。

反倒是一旁的厘姿格外从容，眉梢都溢出一丝愉悦。

见事情没什么商量的余地，导演只能硬着头皮缓解气氛，笑呵呵地说："裴总，您倒是我见过的第一个不爱坐主位的人，哈哈哈……"

时鸢不自觉地屏住呼吸，紧接着，就听见男人漫不经心的声音在身旁响起："因为……这儿有我喜欢吃的菜。"

话音落下，整桌人的目光瞬间齐刷刷地投了过来。

有的人看向裴忌面前的菜。

一盘……清炒笋？就这个？还是说……以菜喻人？

而有的人则偷偷瞄了一眼满面春风的厘姿，视线又忍不住落在旁边那道让人无法忽视的青色身影上。

时鸢的腰挺得笔直，面上亦是淡然自若。殊不知桌子底下，她的指甲已经深深地陷在肉里。

这次是厘姿笑盈盈地出来打圆场："没想到裴总喜欢吃江南菜呀，真巧，我刚好也会做这道呢。"

厘姿说这话时，心里多少也带着几分赌的成分，就怕裴忌像昨晚在停车场里，连个正眼都懒得给她。

没想到，他竟然真的漫不经心地应了一声："嗯。"

虽然只有一个字，却还是让厘姿脸上的笑容更加灿烂。

听见那声"嗯"，时鸢的眉心轻蹙。

他明明以前讨厌笋讨厌到连在菜里看见都要挑出去。

见气氛终于活跃了些，导演也适时轻咳了一声，朗声道："我先来给大家介绍一下啊，这位是裴总，也是我们这部电影的幕后投资人。"

话落，时鸢听见周围传来一阵抽气声。

裴总、幕后投资人……光是这几个字眼，就已经足够引起全剧组的好奇。

这部电影耗资巨大，且题材冷门。时鸢还听说，刚开始的时候连拉投资都成困难,后来突然得到一笔巨额投资支撑,是一笔相当离谱的数字。

这才让导演有机会将剧本递到了她那里,让这部戏有了一条活路。

从电影开拍时,这位神秘的幕后投资人就已经备受关注,只是半点儿消息都不曾透露出来,连她也不知道。

"裴总,我来给您介绍一下,这是许晋彦,我们电影的男主演。"

导演是按照顺序介绍的,从左到右,还没给时鸢过多反应的机会,所有人的目光已经移了过来。

"裴总,您左手边的这位,就是我们电影的女主演,时鸢。"

时鸢能感觉到,身边人的目光也慢慢地落在了自己脸上。他看着她的目光太直接,明目张胆,与刚刚别人朝他敬酒问好时漫不经心的态度截然不同,以至于让所有人第一时间嗅到了一丝不对劲。

众目睽睽之下,时鸢的掌心忽然开始出汗,仿佛一下子被推到了悬崖边缘。如果让别人知道她和裴忌认识,很多她再也不愿回想的事情都有可能会被人翻出,继而麻烦不断。

可如果她说不认识……裴忌这人有多恶劣,没人比她更了解。

往前一步就是悬崖,往后退一步是他。她根本无路可走。

导演察觉到二人之间微妙的气氛,探究地看了时鸢一眼,问道:"时鸢,你是认识裴总吗?"

她无声地攥紧手指,答得飞快:"不认识。"

紧接着,她就听见一声轻笑,毫不掩饰地在打她的脸。

裴忌靠在椅背上,直直地看着她,慢条斯理地说道:"我怎么觉得,时小姐长得很像我的一个故人?"

话音刚落地,空气瞬间安静下来。

令人窒息的沉默四下蔓延,时鸢面色不改地回答道:"您应该是认错了。"

说完这句,她就已经开始后悔。

果不其然,裴忌慢慢地抬起头,阴沉的表情在眼底积压更盛。只那么一刹那,他又恢复了那副漫不经心的模样。

"大概吧。"他扯了扯唇,轻笑道,"毕竟那人早就死了。"

话落,众人皆是一惊,连厘姿的表情都险些维持不住。

时鸢的脸也骤然失去血色。曾以为淹没在记忆里的画面蓦地挣脱出笼,清晰地在她眼前重现。

——时鸢,从今天以后,我就当你死了。

他肩膀处的伤口往外冒着血。目光紧紧地盯着她,仿佛要将她的样子刻进骨子里。

——我就算再怎么犯贱,也不会再去纠缠一个死人了。

过往的画面因为他的一句话轻而易举地占据时鸢的脑海。

他说过不会再纠缠她。那这次,应该就是为了报复她吧。

思及此,时鸢的手脚一片冰凉,面色透着一股近乎漠然的平静。

旁人看不出异样,裴忌却能。

他满意地勾起嘴角,眼底却阴沉一片,克制着心口即将发作的那股郁气。

所有人都感受到这股近乎剑拔弩张的气息,被裴忌身上散发出的戾气吓得大气不敢喘。

他笑着说:"毕竟是血海深仇,怎么能认错呢?"

对时鸢来说,这顿饭可以用"度秒如年"来形容。

周围觥筹交错,时鸢却如坐针毡。

时鸢本以为,熬过开始的那一段,她已经被迫练就出一点儿心理承受能力。然而,她显然低估了裴忌的阴晴不定。有他坐在旁边,她只象征性地吃了几口菜,满脑子想着等会儿用什么借口快点儿离开,原本很合她口味的江南菜也吃得味同嚼蜡。

紧接着,男人轻飘飘的声音在她身侧响起,听不出任何情绪:"看来菜不太合时小姐的心意,让人撤了吧,换几道新的上来。"

时鸢连开口拒绝的机会都没有。没人敢出声阻止,准确地说,没人敢触怒他。

酒店不愧是高级酒店,服务员的效率极快,没一会儿,原本清淡的江南菜被换成一桌子川菜。

要么极酸,要么极辣,光是看着都让人觉得肠胃隐隐作痛。

桌上没人敢动筷,只见裴忌神色自若地夹起一块鱼片,慢条斯理地咽下。

看着他的动作,时鸢的眉头紧紧地蹙起。她生在江南,从小就不喜辛辣,多吃几口都可能会胃痛,而他明明也不习惯吃辣。

没吃几口,他的嘴唇已经变红,问她:"时小姐,不尝尝看吗?"

闻言,时鸢心里一凉。裴忌有多疯,她是知道的。不顺从的话,到时候牵连的就不只是自己了。

片刻后,她拿起筷子,咽下那片被辣椒染得通红的鱼片。入喉的一瞬间,她就被呛得咳出声。火辣辣的感觉灼烧喉咙,她咳得眼尾都有些泛着红,接过一旁不知是谁递过来的水喝下,一时间狼狈不堪。

她垂着眼,因此也并没有看见,裴忌的视线落在她泛红的耳郭上,握着酒杯的指节发白。

等她终于缓和了一些,放在包里的手机忽然振动了一下。

时鸢像是抓到救命稻草一样,看见那条短信的一瞬间,立刻站起身,尽量维持着平静,柔声道:"抱歉,我去一下洗手间。"

洗手间门口。

时鸢重新补了补妆,再看不出刚才狼狈的模样。拜刚刚那几口辣菜所赐,她饱满的唇不用涂口红就已经足够嫣红。

她抿了抿唇,刚走出洗手间,就看见走廊里立着一道修长挺拔的身影。

他随意地靠墙站着,刚刚还打得整齐的黑色领带此刻被拽开了一些,透出些恣意的味道。

时鸢刚刚才松懈了几分的神经又绷了起来。她微微皱起眉,想快步从他身边走过去。

她的心跳随着越来越近的距离不断加速,就在她自以为即将逃脱的那一刻,手腕突然被一股力道紧紧地扣住。

"你跑什么?"裴忌有点儿好笑地垂眼打量她。

她皱起眉,刚想挣开他,他却抢先一步松开了。

她深吸一口气,向来温柔的眸子里透出些无奈,说道:"裴总,麻烦您让一下。"

听到她客气又不失疏离的语气,裴忌眼底零星的笑意顷刻间淡去。

他挡在她面前没动,盯着她问:"我的手机呢?不打算还了?"

时鸢一怔,没想到他会突然提起手机。

她顿了一下，实话实说："手机我没有带出门，在家里。"

他挑眉，反问："然后呢？"

时鸢轻声说道："要不您把地址发到手机里，我回去让人邮寄到您那里。可以吗？"

他拒绝得干脆利落："不可以。"

时鸢有点儿头疼，又拿他这态度没办法，犹疑道："那……"

突然，一阵脚步声从身后响起，蒋清的声音紧随其后："时鸢姐，季总来接您了，现在就在外面等着……"

时鸢的身子顿时一僵。

察觉到过于沉默凝固的气氛，蒋清这才看见了时鸢对面站着的男人，话音顿时戛然而止。

除了他过分显眼的容貌和身材，对上他那双幽深冰冷的眼，蒋清瞬间被那股戾气怵得不敢出声。

时鸢自然更能察觉到裴忌身上散发出的可怖寒意。

绝对不能让他见到季云笙。多少年前他和季云笙就是出了名的不对付，她不能让他们之间的事情牵连到季云笙。

她微微皱起眉，当机立断地转身拉着蒋清往外走。

时鸢的脚步急促，不难看出她此刻的慌乱。

裴忌冷眼看着，没有出声阻拦。

听见身后并没有传来脚步声，她忽然想起什么，在拐角处停下来。

时鸢垂眼，嗓音轻柔："地址你发到手机里吧，如果没办法邮寄，我再让人送过去。"

说完这句，时鸢的身影便彻底消失在拐角。

她走得干脆利落，头也没回。像是真的在努力和他撇清一切，不想跟他再有一丝一毫的牵扯。

裴忌垂在身侧的手缓缓攥紧又松开，手背上的青筋跟着凸起，无声地显露着此刻被压抑着的情绪。

他沉默地走到洗手池前，冰凉的水打湿额前的黑发，水珠顺着他的脸颊滑落。镜中的人眼眸阴沉，压抑得眼尾都泛了红。

砰的一声巨响，镜子应声碎裂。满地狼藉中，染了血的玻璃碎片映出他阴郁沉默的眉眼，混杂着一丝不易察觉的悲伤，像是被全世界遗弃了。

走廊里静悄悄的，吊灯的光线洒落而下，投射出一小片阴影。

周景林再找到裴忌时，他已经彻底不是刚进来时西装革履的模样，领带不知道被扔到哪儿去了，衬衫领口的扣子也被解开，露出一片冷白的锁骨。

周景林瞬间提起十二分精神。

凭借着这几年在裴忌身边工作的经验，周景林知道，他现在的心情很不好。

来之前裴忌甚至还破天荒地打扮了一下自己，将衬衫的扣子系到最上面一颗，打好领带，将骨子里的恣意不羁刻意压回去了些，戾气也有所收敛。

可现在，像是情绪触底，唯一能让他有所克制的东西消失不见了。

他上一次这样是什么时候，周景林都快有些记不清了。

深秋的季节，豪车后座的车窗却被降下，呼啸着的冷风不要钱似的灌进来。

周景林被吹得打了个哆嗦，忽然想起什么，抬头看向后视镜里的人。

他犹豫片刻，还是开口："裴总，这是您刚刚让我去买的胃药……"

男人连眼睛也没抬，暗哑的嗓音融在冷风里，冰冷彻骨："扔了。"

周景林立刻让司机停车，将纸袋丢进街边的垃圾桶。

车辆再次缓缓驶动，暗夜里，车厢内静得只剩下风声。

裴忌的声音忽然从后座传来，低得发哑："周景林，你养过鸟吗？"

话题来得实在突然，周景林猝不及防地愣了一下。

他又问："如果有一天，你养的鸟把你啄疼了，飞去了别的笼子，认了别的主人，该怎么办？"

话落，又是一阵冷风灌入，周景林的背后瞬间冷汗涔涔。

昏暗的光线里，男人的侧脸隐在其中，神色晦暗不明。

没有得到回答，裴忌忽然低笑出声，像是自言自语般："折断她的翅膀，然后再抢回来。"

"不择手段"四个字，早就刻进了他的骨血里。

既然他对别人如此，对她也应该一样。

周景林揣摩着他话里的意思,而后小心翼翼地开口道:"如果是养了很久,您也许会不忍心。"

闻言,裴忌扯起嘴角,愣愣道:"你是第一天认识我吗?"

在他的身上,怎么可能出现这几个字?

论狠心,谁又能比得过她?十倍百倍的痛,他都会亲手还回去。

有些人,注定是要纠缠至死的。因为即便是死,他也不会放手。

第三章
等着还她扇子的少年

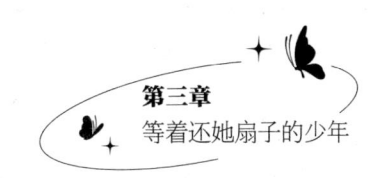

时鸢出来时,季云笙的车已经在外面等了有一会儿了。

司机拉开车门,时鸢的脚步微顿,又不放心地回头望了一眼。

确保裴忌真的没跟过来,她终于松了一口气,心头却无端更沉了一些。

车里,淡淡的檀香气味弥漫。后座上,男人衣着干净利落,白蓝相间的领带,眉眼俊朗清润,不说话时也给人一种如沐春风之感。

季云笙似乎是误解了她刚刚回头那一眼的意思,声音温和地开口道:"你放心,我已经跟导演说过了,他不会追出来拦人的。"

时鸢的嘴角弯了一下。

下一刻,季云笙侧头,端详她略微发白的脸,关心地问道:"看你的脸色还是不太好,要不要再多休息几天?"

时鸢不着痕迹地摇头,没打算说包厢里发生的事情,只道:"我没事,就是昨晚没睡好,这两天好像有点儿着凉。"

季云笙略带惊艳的目光落在她修身得体的旗袍上,但很快便收回了视线,又细心地将车内的温度调高。

他语气温柔道:"入秋了,下次出席活动还是多穿一些,生病就麻烦了。"

季云笙的性格温和体贴,一些熟稔又恰到好处的关心,不会让人觉得不适。认识五年有余,她和他也仅停留在多年好友的界限内。

旁人都以为他们是不正当关系,实则不然。但在这个圈子里,不解释对她来说或许是一种更好的庇护。

时鸢忽然想起什么,抬眼望向他,问道:"对了,事情解决了吗?"

见她问起,季云笙犹豫片刻,却也没瞒她。

他三言两语将事情概括了一下:"许子郁一直就有臆想症,这些年一直在用药。许家现在也在做一些精神方面的鉴定证明想要将他保释出来。不过你别担心,律师会处理好,会让他付出代价的。"

听到这些,时鸢总算放下心来。

季云笙又感慨道:"幸好那晚警察来得及时,你没出什么事情,否则我怎么跟奶奶交代?"

不知何时,车子已经行驶到公寓停车场停下,谈话也被迫终止。

有了上次的事情,季云笙说什么也要坚持送时鸢到门口才肯离开。

"早点儿休息。"他微笑着说。

等看着时鸢把公寓门合上,他才缓步走向电梯口。

走廊一片静谧,电话铃声突兀地响起。季云笙停住脚步,从口袋里掏出手机接起。

电话那头响起助理小心翼翼的声音:"季总,刚才庆功宴的包厢里,那位……也在。据说还刻意为难了时小姐……"

冷白的光线从上洒下,光影绰约,将季云笙的神情映得不太真切。

他静默片刻,低声回应:"我知道了。"

电梯门缓缓地打开,冰冷光洁的大理石上映出他英俊的侧颜,一抹不易察觉的冷意转瞬即逝。他回头深深地看了一眼身后紧闭的门,便恢复了以往的温和,抬脚迈入电梯。

次日一早。

时鸢难得早起出门,戴好口罩去附近的公园晨跑了一圈儿,路上还顺手打包了一袋小笼包回来当早饭。

幸好昨天吃的辣菜不多,她回去后吃了一片胃药就没什么大碍了。

她刚出电梯,就看见洛清漪面如土色地等在门口。

时鸢想起昨晚洛清漪的计划,心里大概有了个猜测。她输入密码开门,将手里提着的包子放到桌上,问道:"是不是还没吃早饭?"

洛清漪原本还颓废地瘫在椅子上,闻到包子的香气瞬间食欲大动,答道:"没呢,没呢,快给我筷子。"

时鸢转身去厨房拿碗,平静道:"有事吃完再说。"

原本火急火燎的洛清漪顿时被这一顿小笼包抚平。

等咽下最后一口,洛清漪擦了擦手,从包里掏出一张字条挪到时鸢面前。

"邱锐导演的邮箱和微信号,还有他助理的工作电话。"

洛清漪越说越气,猛提了一口气上来,愤愤道:"我昨晚打了三遍电话才接。前面的话听着倒是客气,一问到关于电影试镜的时候就推脱说他们那边还没有确切消息,要等导演发话。我还发了好友申请给导演,也给他的邮箱发了邮件……"

时鸢在对面慢吞吞地喝着白粥,此刻终于开口说道:"都没有回复,对吗?"

洛清漪像是一个皮球突然被针戳破,瞬间泄气。

虽然她们早猜到是如此,可洛清漪还是忍不住生气。

不是气别人,是替时鸢感到委屈。

她们是轧戏了,可是时鸢接过的每一个角色,完成度都没话说。

只有一次,她们在赶往剧组的路上遇到了严重的交通事故,导致剧组拍摄推迟了半天。

也是因为那次,让无数人好不容易找到了抹黑点。

就像一个人无论做了多少件好事,只要做了一次错事,所有的一切都会被全盘否定。

而做了很多次错事的人,只要一次悔过,就能收到所有人的褒奖。

她明明也是人,却不能犯错,只因为她生活在聚光灯下。

那段时间的网暴甚至让洛清漪这种见过大风大浪的人想起都觉得心有余悸。

那天下午,时鸢将自己关在房间里一个下午,再出来时,依然是平静而温和的神色,仿佛什么言论都不能伤害到她。

但洛清漪知道,她不是不难过,只是会将所有的情绪藏起来,不让身边的人担心。

一个不到二十岁的小姑娘,站在风口浪尖承受了所有的中伤和非议。

也是因为那次,时鸢被人骂不敬业、假清高。

造谣一张嘴,澄清跑断腿,旁人听不听还另说,解释也只是徒劳。

轧戏是真的,所以她们无从辩解,只能被扣上这样一顶帽子。

娱乐圈里有像邱锐这种不看流量,全凭自己心意选角,自视甚高的导演,早就已经把时鸢拉进了黑名单。

空气静默片刻。

时鸾捏紧那张字条，面上没什么过多的情绪，只说了句："我自己试试看吧。"

她看了看时间，随口问："今天是不是还有两个广告没拍？"

话落，洛清漪的神情瞬间颓败下来，有气无力道："其中一个吹了，早上那边的负责人打电话给我，说是产品质检出了点儿问题，要延期上市，宣传相应延后，也不知道他们公司是怎么办事的。不过他们得赔违约金……"

闻言，时鸾皱起眉，无端有一种奇怪的预感。

从昨晚开始，她预想的事情似乎都没有发生。

没有任何新闻爆出来，没有任何关于裴忌的消息出现在网络上，昨晚庆功宴上发生的一切消息都被封锁得严严实实。

这天其中一个广告吹了，也许只是巧合。

"哎，你桌上怎么多了一部手机？新买的？"

洛清漪不知道什么时候站起身溜达，此时正要拿起那部黑色手机。

时鸾骤然回神，心里咯噔了一下，而后故作平静地点头道："嗯。"

"你居然开始喜欢黑色了……"洛清漪嘀咕了一句，就随手把手机放了回去。

下午还有一则航空公司的宣传片要拍，摄影地点有些偏远，保姆车开了将近两个小时才到。

在路上，时鸾又把《沉溺》的剧本仔细地看了一遍，把自己对角色的一些揣摩和想法编辑成一封邮件，给导演的私人邮箱发了过去。

虽然邮件大概率依旧会石沉大海，但总是要试一试的。

下午两点半，拍摄准时开始。

时鸾手捧着极富质感的飞机模型站在那里，身穿空姐制服，长发盘起，露出修长白皙的天鹅颈，对着镜头露出标准的微笑。

飞机模型的重量不轻，出了几组图之后，时鸾的手臂已经酸痛得有些发抖，在休息室时还不小心将玻璃杯打碎了。

时鸾盯着满地的碎片，总觉得这像是什么不好的预兆。

她换了一套新的妆发出来之后，只剩下最后一组宣传照。

她走到摄影棚里时，明显感觉摄影师和其他人看向自己的眼神变得不太对。

像是刚刚的预感有了印证，跟他们对接的负责人握着手机走过来，一副欲言又止的模样，最后还是硬着头皮开口道："时小姐，真的是非常不好意思。"

时鸢的右眼皮重重一跳。

负责人为难地说："上面临时下了通知，我们今天的拍摄可能要暂时中止了。"

果然，预感成真了。

还没等时鸢开口，身后刚跟过来的洛清漪瞬间被气笑了。

她叉着腰质问："这还有一组图就结束了，你们说不拍就不拍了？还有没有合作信誉？"

负责人心里叫苦不迭，面上却只能赔着笑脸，抱歉道："真的不好意思，洛经纪人，是我们公司内部协调沟通上出了些问题。"

白费了一天的人力、物力和资金投入，上头说换人就换人，他们能怎么办？有钱任性，他们这些工薪层可管不了。

负责人一边在心里痛骂，一边好声好气地解释："宣传片的事情可能要公司内部再进行审核才能决定，是上级突然下来的命令，我们这些打工的也决定不了。我们公司会按照合同赔付违约金的。"

"哪有你们这么办事的？耽误了所有人一下午的时间，说喊停就喊停……"洛清漪越说越来火，怒气冲冲地要继续理论。

时鸢却站在一旁静默不语。哪有一天吹了两个广告这么巧的事情？

洛清漪或许还不知道怎么回事，可时鸢心里清楚得很。其实，她也不意外。裴忌就是那样的性格，她早该猜到。严格意义上来说，在场的人还都是被她牵连着遭殃了。

终于，她缓缓地开口说道："今天就先这样吧，辛苦大家了。"

说完，时鸢又鞠了个躬，让蒋清给在场的人订好奶茶和吃的，便转身回到休息室换衣服去了。

等她从更衣室里出来，看见洛清漪忧心忡忡地等在门口。

她也许已经隐约从时鸢的反应里猜出了什么，刚想开口发问，隔壁休息室就传来一阵说话声。

"你们说时鸢是不是得罪了什么人啊？不然明明都已经签好了合同，怎么拍到一半说撤就撤了？"

"估计是吧。还偏偏在拍摄都快结束的时候才叫停，明显是为了整她。估计下一步就是封杀了吧。"

其中一个人幸灾乐祸地说："啧啧，不是说她和豫星娱乐的老总……北城还有人敢跟豫星娱乐对着干？"

"要么是人家对她腻了，要么是有更大的资本看不惯她了呗。"

隔壁的门没关严，谈话的内容她们听得一清二楚。每听见一个字，洛清漪的拳头便攥紧了几分。时鸢却没什么反应，正打算转身离开，就被身后走过来的人叫住。

"时鸢，好巧啊。你也来这里拍宣传片吗？"

声音很熟悉。

时鸢毫不意外地转头，看见厘姿穿着那身跟她刚刚换下来的一模一样的制服和相似的妆容打扮。

厘姿一副神清气爽、趾高气扬的样子，看来宣传片的新代言人应该是换成她了，所以才迫不及待地过来耀武扬威。

厘姿嫣然一笑，语气格外亲切："真是不好意思啊，今天让你白跑一趟。你应该很忙吧？还白白浪费了一天时间……"

时鸢同样回以微笑，淡淡道："不算白跑，毕竟违约金也是一笔不小的数目。"

厘姿顿时气结，每次和时鸢说话，都像是一拳打在了棉花上，不痛不痒的。她咬紧唇，眯眼盯着时鸢，几秒后像是想起什么，蓦地笑了。

"时鸢，你有什么可得意的？这还只是开始。"厘姿踩着高跟鞋走近，用只有两个人能听见的音量低声说，"你得罪了裴总，不是吗？季云笙也不一定保得住你。"

她的话听起来倒是苦口婆心。

"听说你最近也在打《沉溺》的主意，好歹我们认识这么多年，我奉劝你一句，与其灰头土脸地被人驱赶，连带着你的粉丝都跟着一起丢人，还不如自己体体面面地离开。"

一番话说完，饶是时鸢这性子听了都忍不住想笑。

入行这几年，她是不争不抢没错，可不代表谁都能欺负到她的头上来。

她勾了一下嘴角，温柔如水的眸中透出难得一见的尖锐锋芒。

时鸢同样压低音量，附在她耳边道："我退圈的确是早晚的事情。"

厘姿一愣。

她精致的眉眼弯起，微笑着补充道："不过，得在我拿了影后之后。"

"你实话告诉我，你是不是得罪什么人了？"洛清漪神情严肃，问完这句又皱起眉道，"不应该啊，就你这性子，能得罪谁得罪到人家不惜赔了那么多钱也要把你的资源都截了……不行，我们现在得先回公司，让公关部那边做好准备，估计过一会儿微博上面就要开始发酵了。"

时鸢没出声，平静地看着窗外飞驰而过的景色，不知在想些什么。

保姆车很快驶到了豫星娱乐地下停车场，等电梯上楼时，手机已经开始炸了。

几个词条争相挤上热搜首页，后面还跟着一个火红的"爆"字。

"时鸢广告资源被截""时鸢疑似遭资本封杀""时鸢约会豫星娱乐总裁"……

此时，豫星娱乐三十六层公关部已经乱成一锅粥，洛清漪半路就被公关部的人拦了下来，时鸢便自己上了楼。

季云笙不在公司，这几年豫星娱乐的版图扩大到地产领域，他常常在海外出差，大部分跟娱乐行业有关的事务都已经交给了跟在他身边多年的秘书兼公关部总监莫青屏处理。

办公室里，一个身材高挑纤细的女人坐在里面，一身职业装干练得体，长度差不多到锁骨的短发，却长了一张不太符合女强人气质的娃娃脸。

巨大的投影映在幕布上，莫青屏紧锁眉头，翻动着评论区。

时鸢轻叩了两下玻璃门，走到她身边坐下，看向投影。

评论区都是一片幸灾乐祸的骂声。

啪的一声，莫青屏把笔记本电脑合上了。

时鸢神色平静地问："很棘手吗？"

莫青屏起身去倒咖啡，轻叹了口气，回道："有点儿。营销号这边倒是难度不大，主要还是那些被截了和的资源。刚刚接到电话，CM 的代言也没了，说要重新考虑。"

咖啡香气在办公室里四散弥漫，莫青屏将倒好的咖啡放在时鸢面前，继续道："我派人打听了，你怎么就把刚回国的那位裴家养子给得罪了？"

闻言，时鸢抬起头，面露诧异道："养子？"

"是啊，原本裴家的势力不在北城扎根。传闻说裴家老爷子不知为何常年没有子嗣，前几年不知道从哪里收养了一个孩子，当作裴氏继承人培养，几天前才刚到北城。"

莫青屏轻抿了一口咖啡，见时鸢沉默不语，便猜到二人的关系一定不简单。

她看着时鸢，语重心长地说道："裴忌这人，据说手段可怕，性格阴晴不定，疯得很。在商场上也是睚眦必报，这几年来风头正盛。跟这种人打交道很危险，最好躲得远远的。"

她顿了一下，忧心忡忡地说道："跟他对着干，豫星娱乐得不到什么好处。包括季云笙现在正在处理的一些项目，可能都会受到影响。我只能尽可能帮你保住一部分小的资源，大流量的有些困难。等过了这阵子，我们可以再想办法。"

时鸢捏着杯壁的手指紧了紧，抬起眸子看她，轻声问："合同的期限是不是也要往后延了？"

莫青屏犹豫着点头，又说："时鸢，《沉溺》那个剧本，洛清漪已经跟我说了，我会努力帮你争取。虽然导演什么时候到北城还没有消息，但组织试镜的制片人明天就到了。我把地址发给你，那边应该多少会给豫星娱乐一些面子。"

时鸢起身，眼底那点儿情绪被轻轻地掩了回去，变成一如既往的平静如水，看不出任何异样。

"我明白了。"

裴氏集团总部大楼。

总裁办公室内，气压低沉，一封文件直直地飞入垃圾桶。

因为力道过大，垃圾桶直接被打翻，里面的废纸散落出来。

坐在对面的高层被吓得浑身一抖，后脊一阵发凉。

裴忌冷冷地扯起嘴角，一双狭长的丹凤眼微挑，盯着人的时候更是压迫感极强。

"裴氏养你们是吃白饭的？三个点的利，需不需要我亲自打个电话问问他们，是不是把裴氏当成要饭的打发？"

高层立刻站起来鞠躬，冷汗从额头往下流，连连道："对不起，裴总，我立刻和对方负责人重新沟通合作细节，是我的失误……"

裴忌最后一丝耐性彻底告罄，喊道："滚出去！"

闻言，高层如获大赦，飞快从地上捞起那份文件离开，片刻都不敢耽误。

周景林进来时，对满地的狼藉毫不意外。

秉承着秘书的专业素养，周景林找到一块干净的地方落脚，面不改色地开始汇报工作。

平板电脑一页页地翻动，突然在某一处停下。

周景林上下滑动翻看了一下内容，轻咳一声，说道："裴总，您吩咐的事情办好了，航空公司的广告已经叫停。在拍摄最后一组照片之前，时鸢小姐主动离开了摄影棚。"

办公椅上的男人闭着眼，黑发垂在额前，像是睡着了，没有任何反应。

"据说时鸢小姐还在休息室里不慎打碎了杯子。"话落，周景林注意到，裴忌的眉头轻蹙了一下。很快，他又补充道，"时小姐没有受伤。"

听到这句，男人的眉头微松。和周景林想象的不一样，下一刻，他的嘴角扬起了一抹浅浅的弧度，低沉喑哑的嗓音在办公室里响起："她生气了？"

周景林硬着头皮答道："似乎不是。只是拍摄模型太重，时小姐的手有些发抖。"

他观察着裴忌的脸色，又小心翼翼地说道："还有昨晚，媒体拍到了豫星娱乐总裁送时小姐回家的照片。"

话音落下，裴忌的眼皮一跳，阴沉冷冽的目光直直地射向他。

"季云笙送她回家？"每一个字都像是从牙关里挤出来的。

"是的，裴总。"

其实周景林确实不太理解。哪有恨一个人，还要时时刻刻盯着她的消息？这哪里是恨，分明是……爱而不得。

周景林在心里默默地叹了一声，秉承着秘书的专业素养继续顶住威压。

沉默良久，空气几乎都快要被冰冻。

裴忌的嘴角忽地缓缓溢出冷笑，说道："谁送她回去，关我什么事？"

周景林立刻低头说道:"抱歉。裴总,那我先出去了。"

办公室恢复安静,裴忌靠在椅子上,修长的手指握着黑色钢笔,笔盖发出清脆的关合声。

突然,电脑屏幕亮了一下,是周景林发过来的邮件。

里面的附件是那组航空公司的宣传照。

裴忌在心里暗骂一声"多事",手指却诚实地点开了附件。

照片里的女人身形纤细,乘务员的制服恰到好处地将她的身材线条勾勒出来,将美好的曲线展现得淋漓尽致,深蓝色包臀裙下是一双笔直白皙的长腿。

明明制服的配色俗气得很,穿在她身上却美得不可方物。

她举着那个飞机模型,在照片里笑得温婉动人,眉目如画。

裴忌的喉间忽然有些发干。他垂下眼睑,凝视半晌后,面无表情地将照片下载,然后保存至手机相册。

次日,热搜终于在公关部的努力下被压了下去。

莫青屏发微信的时间是晚上七点,北城的一家茶楼,是唯一能偶遇导演的机会。导演行踪不定,时鸢只能靠这晚的机会碰碰运气。

最近的行程都没了,时鸢又猝不及防地闲了下来。

晚上,她还做了一个梦。

准确来说,不是梦,是过去发生的事情。

也许是因为白天莫青屏说的那句"裴忌这人,疯得很,一定要躲得远远的",才勾起了那么多的回忆。

毕竟从小时候开始,这句话她不知道听别人说了多少遍。

南浔只是一个小小的江南古镇,为数不多的人口里,没人不知道裴忌。

他们视他为让南浔蒙羞的一处污泥,厌恶他、躲避他,又对他始终讳莫如深。

"小鸢啊,镇西头最顶头那家你可得绕着走,躲着那条疯狗远远的,免得沾上晦气。"

这是别人跟她说的。

第一次遇到裴忌的那天,暴雨如注。每天练舞的舞房突然关了门,时鸢被迫绕路,去了镇西的一家旧舞室练舞。

练完回家的路上,她才发现自己把扇子弄丢了。第二天她还要在学校的晚会上跳扇子舞,她只好原路折回去找。

雨丝细密,时鸢艰难地撑着摇摇欲坠的伞,沿路缓缓地走回去。

模糊不清的视野里,她看见不远处的屋檐下坐着一个人。

他一身黑色,在透明的雨幕中格外显眼,如一点浓墨缀在山水画里。

下暴雨的时候,路上几乎没有行人,周围安静到仿佛世界只剩下他们。

他垂着头,手里拿着她丢的那把扇子,打开、合上,玩得不亦乐乎,像个捡到玩具的幼稚孩童。

时鸢撑着伞走过去,说道:"你好,这把扇子是……"

她的话未说完,他便懒洋洋地抬头,朝她看过来。

她终于看清了他的脸。

他的肤色冷白,瞳仁漆黑,额前几绺黑发被打湿,微微遮住那双极为幽深的漂亮眼睛。

除却眼底骇人的冷意和戾气,时鸢觉得,他是她在南浔见到过的最好看的人。

少年的脸上挂了彩,像是刚打过架,身上的戾气收敛不下,平添了几分野性。

他晃了晃扇子,不带丝毫情绪地问:"你的?"

他的嗓音又低又哑,混在淅淅沥沥的雨声里,像裹了些凉意,却意外地好听。

时鸢回过神,耳郭悄悄地泛了红。她答道:"是我的扇子。"

说完,她本以为他要把扇子还给自己,正准备伸手去接,他却收了手。

少年微眯起眼,语调漫不经心地问:"怎么证明是你的?"

时鸢蒙了。这还能怎么证明?扇子上又没刻她的名字。

他顿了一下,嘴角微扬,眼神里透着几分轻佻和痞气,毫不掩饰地在她身上打量了一圈儿,问道:"怎么,你是唱戏的?"

闻言,时鸢一怔,一时竟然不知道该说什么。

从小到大,她还是第一次遇到这么……没有礼貌的家伙。

她急红了脸,喃喃道:"你……你怎么……"

时鸢也不知道自己要说什么。

少年眼里的笑意淡去，恢复彻骨的冷，他的轮廓线条分明。

他丝毫没有跟她讲道理的意思，语气霸道："落在我手里，就是我的了。"

这还是时鸢第一次见到把不讲理的话说得这么理所当然的人。

"不是，这是跳舞用的。"她有些急了，连忙说道，"不信的话，明天在南浔中学礼堂，你可以来看。"

闻言，他的动作停住了，懒洋洋地抬头看她，像是在判断她的话是真是假。

时鸢抬头看着他，眨了眨眼，试图靠真挚的眼神说服他。

半晌，他舔了舔唇，终于松口道："成。"

时鸢总算松了一口气。

下一刻，他凑近她一些，视线紧锁着她的脸，轻笑了一声。

落在她耳中的嗓音压得低低的："你要是敢骗我，我就把你们的礼堂砸了。"

话落，扇子被他毫不客气地扔回她的怀里。

时鸢一蒙，并没被他那句听着凶狠的话吓着。紧接着她看见少年站起身，变成她需要仰头的高度。

他拔腿就走，丝毫不顾屋檐外的倾盆大雨。

时鸢回神，立刻抬脚追上去叫住他："同学……"

少年头也不回，冷嗤一声道："谁跟你是同学？"

他的脾气真的很坏。时鸢想。

偏偏她又天生心软，看着他湿了衣衫，忍不住说："下着雨，我还有一把伞，给你吧，淋雨会生病的。谢谢你还给我扇子。"

他眉梢一挑，不屑地说道："多管闲事，我可没你这么娇气。"

不仅脾气坏，人还凶得很，像隔壁刘奶奶院子里养的大狼狗，凶巴巴的，却会在下雨天躲在屋檐下，可怜兮兮地舔伤口。

那是时鸢对他的第一印象。

那时，她还不知道他就是裴忌，也不知道她和他从一开始就是错的。

她只记得，那个雨天她遇到了一个脾气很差，却在路边等着还她扇子的少年。

这一觉时鸢睡得并不安稳。

醒来后，因为通告基本都没了，她一整天无事可做，闲得发慌，就又抱着《沉溺》的剧本研读起来。

时鸢的心态一直很好，无力改变的事情，不如坦然接受。没通告的日子，她就权当放了个假。

等她再抬起头时，已经快要下午五点。她揉了揉还在发酸的手臂，觉得有些困了，从沙发上起身打算去洗澡，就听见手机铃声忽然响起。

是一个陌生号码。

她接通电话，对面传来一道陌生的男声："您好，时小姐。我是裴氏集团的总裁助理，周景林。"

时鸢听见"裴氏集团"几个字，困意瞬间散了大半。

"您好。"

周景林不疾不徐道："时小姐，由于裴总还在忙，所以由我打电话转述。裴总说，您这两天的时间应该比较宽裕，所以想看您什么时候方便，可以亲自来归还手机。"

"时间比较宽裕"几个字，周景林依照裴忌的指示特意加了重音。

时鸢怎么会听不出这话里的意思。因为裴忌的出现，她原本所计划好的一切全部被破坏，回南浔的日子也不知道要推迟到什么时候。

现在她只能尽可能地躲着他。那晚毕竟是他救了她，她还霸占着他的手机没还。

时鸢顿了顿，用商量的语气问："我今晚有很重要的事情，让我的助理把手机送回去可以吗？"

办公室内，手机开着免提，周景林抬头看了一眼男人的脸色，又低下头道："抱歉，时小姐。"

裴忌这人有多固执，时鸢再了解不过。她静默片刻，只好松口道："那可以等我忙完之后再送过去吗？"

"可以的。时小姐。"

周景林刚挂掉电话，就见男人面无表情地起身，慢条斯理地整理着西服袖口，金属袖扣泛着冷光，金贵至极，却没来由透着危险的气息。

他冷冷地丢下一句："查她晚上去哪儿。"

晚上六点。

051

北城一家高级私人会所里,时鸢独自等在沙发区。

洛清漪还在为公关的事情忙得焦头烂额,时鸢就带了蒋清一人过来。她让蒋清在附近找了一家咖啡厅等着,自己上了楼。

会所的私密性很高,时鸢索性把帽子和墨镜摘了下来,只戴口罩。她安静地在沙发上等着。

等待的时间里,陆陆续续有人经过,无一例外地将惊艳的目光投向她。

时间悄无声息地走着,离约定好的时间已经过去整整一个小时。

时鸢发了一条短信过去也无人回复,明摆着是故意晾着她。

树倒猢狲散,娱乐圈总是如此。今天可以阿谀奉承,明天就可能冷嘲热讽。

她低着头,长发从肩头散落下来,遮挡住半张脸,让人看不清她的神情。

"您好,请问是时鸢小姐吗?梁先生让我带您进去。"侍者的声音在头顶响起,将时鸢从自己的世界里扯出来。

她抬起头,将鼻尖的酸意压回去,若无其事地起身道:"我是。"

"时小姐,您请跟我来吧。"

侍者一路带着时鸢穿过走廊,来到尽头的包厢。

门被推开,包厢里烟雾缭绕,里面坐着几个大腹便便的中年男人,其中一个身材还算匀称的男人,就是《沉溺》的制片人梁鸿逸。

梁鸿逸在电影圈里的名声不小,也有过一部入围的电影,算得上有些才气,年轻的时候在圈子里更是出名的花花公子,后来结了婚才有所收敛。

梁鸿逸的目光在她身上扫了一圈儿,笑吟吟地开口道:"久等了啊,时鸢。刚才在跟王总他们聊电影的事宜,聊着聊着就不小心忘了你还在外面等着呢,我的错,我自罚一杯。"

说完,他又拍了拍身边的空位示意时鸢坐过去,随后端起酒杯一饮而尽。

周围的目光都朝时鸢的方向投过来,像打量一件明码标价的货物。

这些目光让人难堪,让人想逃离这片乌烟瘴气。

时鸢站在原地没动,目光冷冷地看着他,说道:"梁制片,我是来试戏的。"

梁鸿逸的笑容收了些,眯起眼盯着她,笑道:"我又没说不让你试。你先坐下,电影的事情慢慢聊。"

时鸢还是没动。

梁鸿逸看着她清丽的脸,心里又是一阵发痒,只能退而求其次地说:"这样,你把这杯酒喝了,明天我就带你去见邱导。"

透明的液体滑入杯壁,被递到时鸢面前。

梁鸿逸又苦口婆心地劝她:"邱导的性子你应该多少听说过,他要是看不顺眼谁,对方还想演他的电影,那可是要费很大功夫的。更何况……"

更何况,她也许哪天就会被人彻底封杀了。

时鸢的脸色渐渐白了下去。

各色各样的视线落在她身上,所有人都在等着看好戏,等着看她这个昔日娱乐圈的清冷女神如何折腰。

挂在枝头的花朵坠进泥里,向来是观众最爱的戏码。

时鸢的唇瓣动了动,刚想开口说什么,身后便传来声响。

一阵沉稳有力的脚步声伴随着那道低沉冷厉的男声,从身后响起,让人如坠冰窖。

"梁制片,兴致不错啊。"

第四章
你想要的，只有我能给

包厢里觥筹交错的气氛在那句话落下后瞬间彻底消失，取而代之的是紧张。

所有人的注意力都集中在裴忌身上，时鸢终于松了一口气。

梁鸿逸回过神，慌忙站起来把自己的位子让出来，赔着笑脸道："裴……裴总，没想到这么巧，您今天也在这边。"

原本包厢里坐着的几个老总还一脸不屑，听到"裴总"两个字，表情顷刻间凝固。

几人交换一下眼神，瞬间明白了对方眼里的意思。

让梁鸿逸这种人变得卑躬屈膝，应该就是前段时间回国的那个裴家养子没错了。

众人心神一凛，默契地换上殷勤的笑脸开始敬酒。

裴忌毫不客气地在主位上坐下，被西裤包裹着的长腿随意交叠，闲散得像在自家后院里一样，却散发着十足的压迫感。

从进来到现在，他都没给时鸢一个正眼，仿佛真的不认识她似的。

"碰巧路过，没想到见到熟人了。"

梁鸿逸愣了一下，下意识地看了一眼那边站着的时鸢，一时竟然不知道这个"熟人"指的是谁。

可如果能跟裴忌打好关系，当然是有利无害的。

梁鸿逸心里这么想着，又记起裴忌抽烟，忙从手边的烟盒掏出一支烟递过去。

见裴忌居然真的接了，梁鸿逸又立刻给他点上火。

时鸢站在一旁皱眉，不知道他到底要干什么。

一丝猩红从他修长的手指间缓缓地燃起，袅袅的烟雾飘出来。

很快，香烟燃了小半截儿，烟灰挂在上面，摇摇欲坠。

裴忌的手边就是装了半壶红酒的醒酒器。他忽地低笑了一声，幽幽地说道："看不出来，梁制片很爱喝酒啊。"

说着，他轻轻地抬了抬手腕。那半截儿烟灰直直地跌进了醒酒器里，六位数的红酒瞬间毁于一旦。

梁鸿逸心里咯噔一下，一种不祥的预感浮上心头。

他哆嗦着唇喊了一声："裴……裴总……"

裴忌勾起嘴角，把那壶混了烟灰的红酒放在他面前。玻璃清脆的碰撞声响起，像一把锤子狠狠地敲击在众人心头。

梁鸿逸的脸顿时没了血色，苍白如纸。

时鸢心里一惊，不自觉地屏住呼吸。

一片死寂里，裴忌抬起头，嗓音低沉而有磁性，却让在场的人不约而同地打了个冷战。

他笑着说："既然爱喝，那就把这些都喝了吧。"

他的语气冷淡，却不容置喙，说出的话如恶魔的低语。

梁鸿逸盯着那整整半瓶的浑浊液体，不寒而栗，抬头就对上男人那双阴沉至极的眼。

他从来没看过那么可怕的眼神。果然和传闻里的一样，是个阴晴不定、喜怒无常的疯子。

喝完这些，他非得折腾进医院住个几天，吐个三天三夜。

可他怎么把裴忌给得罪了？

梁鸿逸的眼睛转了一圈儿，余光忽然瞥到站在那里的时鸢，瞬间醍醐灌顶。

可传言不是说时鸢跟裴忌有仇吗？

梁鸿逸挤出来的笑比哭还难看，声音里带着哀求："裴……裴总，这……这……"

裴忌含笑的声音幽幽地响起："怎么，这些不够梁制片喝？那就再上几瓶，记我的账，别客气。"

在场的人向梁鸿逸投去同情的目光，却没有一个人敢开口说话。

因为根本没人能管得了。

气氛就这样近乎诡异地凝固住，众人连大气也不敢喘，生怕一个不小心

055

引火烧身。

而梁鸿逸的脸色灰白，手也哆哆嗦嗦，迟迟握不住瓶子，徒劳无功地拖延着时间。

裴忌微眯起眼，神色不耐烦。如果不是她还站在那儿，他早就把酒亲自灌进这垃圾的嘴里了。

他慢条斯理地挽起袖口，站起身，语气沉下来，声音低哑又危险："需要我亲手帮你吗？"

闻言，梁鸿逸的冷汗大滴地滑落，腿肚子不争气地发抖。

"裴总。"僵持不下的气氛被这道轻柔悦耳的声音骤然打破。

裴忌的动作微不可察地僵了一下。

时鸢抿了抿唇，垂眼说道："我还有事情，就不久留了。"

说完，她便攥紧包带转身离开包厢。

众人神情惊愕，目睹裴忌的神情从刚刚的阴郁暴怒变得无措，像是一座即将喷发的危险火山，突然被一捧清水轻而易举地浇灭了。

快得不易察觉，好像只是他们的错觉。

裴忌的喉结微动，眼底的情绪被硬生生地压制回去。

他刚抬脚走向门口，一个侍者正巧走过来。

侍者见气氛诡异，小心翼翼地开口道："打扰了，外面有一位姓季的先生到了。"

话音未落地，啪的一声脆响，拉扯着众人的心跟着咯噔了一下。

裴忌手里的酒杯碎了。他面无表情地拂掉身上的玻璃碴儿，抬脚往外走。

时鸢乘着电梯来到地下停车场，然后给蒋清发了条微信消息，让她开车过来。

蒋清秒回，说五分钟就到。

还没等时鸢放下手机，微信又弹出一条消息。

蒋清："对了，时鸢姐，你没碰见季总吗？洛姐刚刚给我打电话，说季总也过去了。"

季云笙也来了？

时鸢下意识地抬头环顾四周，停车场光线昏暗，视线所及之处一道人影都看不见。

周围空旷又安静，仿佛连根针落地的声音都能听见，像鬼片里的场景，阴森极了。

这时，身后忽然传来沉沉的脚步声。

时鸢开始不受控制地想象一些画面，吓得攥紧手机，连忙转头看去。

暗处，一道高大修长的身影从阴影里走出来。

等看清他的面容，时鸢悬着的心骤然落下来。

她这微小的神情被裴忌尽收眼底。他盯着她的脸，讥讽道："看见来的人是我，所以很失望？"

时鸢一噎，不知道他这会儿又是发的哪门子疯。

但他好歹是跟出来了，她赌赢了。

以前也是如此，每一次他克制不住脾气想要发疯的时候，只要她转身离开，他就会跟上来。

刚刚在包厢里，她的大脑犹如一团乱麻，想要制止他，却不知怎么做才有用。

所以她只能故技重施，而他也确实追了出来。

和从前一样。

时鸢垂眼，遮住眼底泛起的那点儿涟漪，若无其事地从包里掏出手机。

她的嗓音极轻，语气礼貌疏离："手机还给你，谢谢。"

裴忌低头看着那部黑色手机，嘴角扯出一个冷冷的弧度。

他忽然朝她逼近，声音沉得发哑："就这么想跟我撇清关系，嗯？"

时鸢的嗓子没来由有些发涩，心尖忽然泛起密密麻麻的疼痛，如针扎一般，无孔不入。

她顿了一下，才缓缓地说道："裴忌，我们之间早就没有任何关系了。"

她说这句话时，平静又残忍，一如多年前那样绝情。

裴忌的脑海中忽然又响起几年前她说的那句话。

也是这样的语气，明明声音温柔至极，却让他如坠深渊。

她问："裴忌，你真的觉得我喜欢你吗？"

是啊，从头到尾，犯蠢的只有他而已，她一如既往地清醒，坚定地想要跟他彻底划清界限。

057

毕竟，他这种连骨子里流动的血液都肮脏至极的人，怎么配沾染她？

她曾将他拉出地狱，又亲手把他推入了另一个更深的深渊。那股深入骨髓的痛像是再次发芽，肩上的伤口明明早已痊愈结痂，却依然能让他痛彻心扉。

怎么能只让他一个人痛呢？！

裴忌垂在身侧的手攥得越来越紧，骨节甚至开始隐隐泛白。

时鸢的眼睫轻颤，似乎也觉得自己刚刚的话太过伤人。

她深吸一口气，刚要转身，手腕就被人从身后紧紧地攥住。紧接着，一股力道袭来，她还未回神，整个人就被抵在了车上。

属于他的气息侵袭过来，混杂着淡淡的烟草味，紧紧地包裹着她。

他欺身压下来，温热的气息扑面而来。她的耳根一热，试图别开头。

下一秒，他修长冰凉的手指扣住她的下巴，逼迫她仰起头，直视他的眼睛。

他长着一双狭长漂亮的丹凤眼，眼尾微微上扬，俊美的一张脸在她面前放大。

他目光阴鸷地盯着她，近乎狰狞。

时鸢的呼吸一室，一种说不出的感觉如藤蔓一般，从心口蔓延，遍布全身。

他的嘴唇翕动，冷声问她："那你和季云笙呢？你们又是什么关系？"

男人的眉眼阴沉，眸中仿佛积蓄着惊涛骇浪，眼尾隐隐泛着红。

他像是一头在笼中冲撞而受了伤的困兽，疯狂又执拗，妄图在她身上寻到一个出口，找到唯一的解药。

他顿了一下，勾起嘴角，冷笑道："时鸢，谁给你的胆子找别人当靠山？"

时鸢浑身一颤，过往的画面不受控制地挤入脑海中。

她被关在漆黑的仓库里，他从高得吓人的窗户外翻进来，将浑身发抖的她扯进怀里，笨拙又小心翼翼地拥着她。

少年的语气嫌弃，眼神却是温柔的。他道："时鸢，有我在，你怕什么？！不管你在哪儿，我都能找到你，记住了。"

一片黑暗中，只有他身上的温度传递过来，滚烫一片。

他摸着她的头，像哄小孩儿似的附在她的耳边，声音低低的："我就是你的靠山。"

可偏偏，他们从一开始就是错的。

从裴忌的角度，能看见她纤长的睫毛微微颤抖。

她脸色苍白，良久才轻声开口道："裴忌，我们之间的恩怨，和其他人无关。"

裴忌的手背青筋暴起，无声地昭示着他此刻拼命忍耐着的情绪。

半晌，他忽地轻笑一声，像是在笑她的天真。

他语气嘲弄地问她："你真的以为季云笙护得住你？"

话落，裴忌俯下身，凑近她耳边，用只有他们才能听到的音量道："时鸢，记住了。"

耳郭处的热气引起一阵酥麻感，时鸢顿时浑身僵住。

他深邃幽暗的目光从她的唇缓缓上移，对上她的眼睛。

他居高临下地盯着她，眼神紧逼，一字一顿道："你想要的，只有我能给。"

不论是从前，还是以后。

时鸢浑身一抖，心尖都跟着发颤。

他嗓音喑哑，像是警告，也似引诱。从他牙关里挤出的每一个字都仿佛织成一张硕大的网，试图将她扯进他的那片地狱，和他一起肆意沉沦，不给她半分逃跑的机会。

明明他们是世界上最不该有交集的两个人。

可裴忌的眼睛告诉她……他想和她纠缠至死。

"时鸢姐……"一声惊呼声骤然击碎了凝固的气氛。

蒋清动作迅速地下车，看着眼前的这一幕，震惊得愣在原地。

车灯的光亮晃过来，男人高大的身影以一种极为暧昧的姿势将时鸢笼罩其中。

一黑一白，地上的影子交织在一起，像被扯进泥潭的弯月，早已分不清你我。

蒋清看清那张叫人过目难忘的脸时，立刻反应过来，就是那天庆功宴遇到的那位。

她注意到时鸢的手腕被他扣着，瞬间急道："时鸢姐……你没事吧？！"然后又朝着他道："你是谁啊？快点儿放……"

她后面的话还没说完，男人的视线冷冷地扫过来，没说完的话顿时卡在她的嗓子眼儿里。

他的眼神实在冷冽骇人。

裴忌的手不但没松开一分，反而笑了一下。他看向蒋清，语气淡淡地问："你在跟我说话？"

蒋清的脸瞬间白了。

见状，时鸢连忙出声安抚她："我没事，你别害怕。他不会伤害我。"

听见最后那句，裴忌的瞳孔猛地一缩。

然而时鸢并没有注意他的神情变化。她抬头望向他，目光掺着几分无奈。

"裴忌……"她刚一开口，他的手便松开了。

时鸢还未松了一口气，就又听见裴忌看低沉的声音响起。他还在执着刚刚那个问题："你和季云笙到底是什么关系？"

闻言，她的目光闪了一下。裴忌捕捉到那丝微小的变化，沉郁的眼眸中隐有一缕光亮燃起。然而，下一秒，她的话如一盆冷水从他的头上浇下。

时鸢静静地望着他，缓缓道："你不是已经知道了吗？"

那点儿光亮就这样被一瞬间浇熄了。有些话，她亲口说出来，比别人传上千句百句还要残忍。

裴忌退后一步，嘴角勾起一抹自嘲的弧度。他眸中的笑意寒凉，冷冷道道："也好，只有我们两个人，多没意思。"

时鸢的眼睫轻颤，刚想开口，他便毫不犹豫地抬脚离开。

很快，停在附近的一辆车子疾驰而去，消失在时鸢的视野里。

一旁的蒋清观察着她的脸色，小心翼翼地开口道："时鸢姐……"

时鸢掩下眼底那抹黯然，冲她笑了一下，说道："我没事，上车吧。"

下一刻，有人在背后叫住她。

"时鸢。"

时鸢回头，看见是季云笙，才恍然想起那会儿蒋清发的微信消息。

"你怎么突然……"话还没问完，时鸢就猜到了。

她无奈地笑了一下，恍然大悟："青屏已经告诉你了吗？"

季云笙点头，清俊的面容上挂着淡笑，说道："先上我的车聊吧。"

坐上宽敞柔软的车后座，时鸢忽然后知后觉有些庆幸。

幸好裴忌已经离开了，如果让他亲眼撞上她和季云笙在一起，她都不敢想象会发生什么。

时鸢正想着，就听见季云笙温和地问："裴忌已经来找过你了吗？"

她怔了一下，没想到季云笙会问得如此直接。

"说实话，我确实没想到他会做得这么绝。"季云笙苦笑了一下，有些无奈道，"毕竟以前不管怎么说，你对他都……"话说到一半，他自觉失言，歉疚地说道，"抱歉，我不该提。"

时鸢扬了扬嘴角，摇头道："没关系，该道歉的是我才对，给豫星娱乐带来了这么多麻烦。"

车内光线柔和，季云笙垂眸望着她，瞳孔被光线映成温柔的浅咖色。

他的声音不疾不徐，带着一种让人安心的魔力："资源的事情你不用担心，只是难办了些，需要一点儿时间。我来就是为了跟你说这些，你不必因为这件事情有压力，也不要在意外界的那些言论。你是豫星娱乐的艺人，哪怕我们不是好朋友，公司也有义务帮你解决。"

听着他的话，时鸢的鼻尖有些发酸。她压下那丝酸涩，感激地说："谢谢。"

"跟我还提什么谢字？"他笑了笑，又想起什么，继续道，"还有《沉溺》那部电影，我刚刚得到消息，邱锐明天就会到北城，但公司临时有急事，需要我过去一趟。"

猝不及防，时鸢的脑海中又冒出裴忌刚刚说的那句话。

她皱起眉，担心他已经对季云笙的公司下手了。

犹豫片刻，时鸢还是开口问："你说的急事，是和裴忌有关吗？"

对上她的视线，季云笙就知道根本瞒不过她。

他轻叹，有些无奈地笑道："只是项目出了一点儿小问题，我父亲很在意那个项目，所以急着叫我回去问话。"

季云笙说得轻描淡写，但提到季父，时鸢心里一沉，隐约能猜到情况应该远没有他说的那么轻松。

她只见过季父一面，就是四年前，在南浔的医院里。

一个真正只看利益，毫无人情的商人，生命里仿佛只有交易，连骨子里流动的血液都是冰冷的，对自己的亲儿子也无甚区别。

时鸢担忧地看向他，问道："季先生他会不会……"

季云笙的嘴角微扬，温和着声音宽慰她："放心吧，没事的。明天我安排洛清漪陪你去见一下邱锐。但是，裴氏集团是这部电影最大的投资方。"

时鸢瞬间明白了他话里的意思。

也就是说,她能拿到这部电影,只有万分之一的概率。况且现在连导演都对她没有什么好印象,更是难上加难。

可如果让她放弃这个剧本,她觉得,这大概也就意味着放弃她退出演艺生涯之前最后一次夺取影后桂冠的机会,也错过了一个像是为她量身定做的剧本。

她不甘心,无论从哪个角度都不甘心。

所以她不会轻易放弃。

季云笙急着去机场,时鸢就没麻烦他送自己。

回到自己的保姆车上,她有些疲惫地靠在椅背上闭目养神。

然而,一闭上眼,她的脑海中浮现的全是裴忌刚刚的模样。

她的心口像是被堵着一块巨石一样,压得喘不上气。她索性睁开眼,拿起手边的矿泉水拧开。

见她没睡,蒋清终于按捺不住好奇,问道:"时鸢姐……刚刚那个男人……到底是谁呀?他的眼神好可怕啊……"

可是,他看时鸢的眼神又似乎不一样。

没有那种凌厉骇人的感觉,而是小心翼翼的,对她表现出来的冷厉只是一眼就能叫人看穿的伪装。

后面这些话,蒋清没敢说出口,刚想象出一部浪漫爱情剧的戏码,就听见时鸢淡淡的嗓音响起:"是仇人。"

蒋清一愣,难以置信地看向她,下意识地以为自己听错了。

时鸢的目光黯然,扯了扯嘴角,没有再继续说下去。

因为,不管对谁而言,她和裴忌的过去,都不是一个值得回忆的美好故事。

一个注定悲剧的故事,无论中间的情节怎样发展,最后带给人们的也只会是更多的痛苦,不如就此停止。

回到家里,时鸢洗完澡,躺在床上放空。

她静静地盯着天花板,耳边忽然冒出刚刚蒋清问的那句话:"您刚刚为什么不解释?其实您和季总根本不是那种关系……"

因为没必要。她想要的是让裴忌死心,没有比这个更好的办法了。

他已经那么恨她了,也不差再多一件。

这一夜，时鸢睡得不太好。

梦境里各种画面交织，她醒来后照了照镜子，果然，眼下泛起一片小小的青色。

她轻叹一声，将那点儿瑕疵遮盖掉，化了一层薄薄的底妆，又抿上一层玫瑰色的唇釉。

确保镜中的人看不出憔悴，她这才拿起桌上的东西出门。

按照约定的时间，邱锐会于下午四点钟左右在一家茶楼和人见面，留给时鸢的只有短短的十分钟。

茶楼包厢外的走廊上，时鸢摘掉墨镜和口罩，露出一张略施粉黛的美人脸。

过了一会儿，一间包厢的门打开，一个中年男人走出来，五官周正，神情严肃，远远看着便给人一种压迫感。

不愧是名导。

时鸢认出他，深吸一口气，整理了一下衣服，抬脚迎上去。她露出笑脸："您好，邱导，冒昧打扰您了。我叫时鸢，是豫星娱乐的艺人。"

他的神情并没有因为时鸢的笑脸露出任何变化，只微微点头道："你好，时小姐。"

时鸢咬紧唇，一鼓作气将手里的东西递出去，谦逊道："邱导，这是我的简历，还有我对角色的理解和分析。我对《沉溺》这部电影中的宁意知一角非常感兴趣，我相信自己有能力诠释出这个角色，希望您可以给我一个参与试镜的机会。"

说完，她便深深地弯下腰，鞠了一个九十度的躬。

她是带着十足的诚意和尊敬来的。

邱锐微愣，以导演的专业目光上下打量着她。

的确是顶尖的外貌条件，气质也是一等一的，站在那里就已经足够惹眼，看得出是古典舞出身，很符合电影里宁意知这个外柔内刚的女性角色。

只可惜太浮躁，急功近利。邱锐在心里无声地叹息。

保持三秒后，时鸢站起身，迎上周围的各色目光。她的身形纤细柔弱，背却挺得笔直，如寒风中直立不倒的秀竹。

"时小姐，我以为豫星娱乐应该很明白我的意思了。我虽然常年在国外，但对国内的情况也略有耳闻。首先，按照时小姐的咖位和片酬范围，不是我们剧组能负担的。有这笔钱，我会用于提升电影的质量。"邱锐又说，"其次，据我所知，时小姐的档期应该很满，我也曾经听说过一些。作为导演，我不希望我的演员因为过度追寻一些其他的东西，而忘记了她最本身的职责。我要的是演员，不是明星。俗话说，道不同不相为谋。我想，我和时小姐追寻的东西并不一样。"

时鸢的身形重重一晃，简历的边角几乎快被她捏破，眼底闪过一抹受伤，又很快被她掩住。

片刻，她深吸一口气，目光灼灼地望向邱锐。

她嘴角扯出的笑容带着几分勉强和苦涩，却仍然不甘心就这样放弃。

"邱导，有的时候外界的评价并不足以概括一个人。您并不了解我，为什么就能判断我不适合您的电影呢？"

邱锐叹了一声，对她的固执有些无可奈何，只好意味深长地说道："时小姐，或许你不知道，我很早以前就对时小姐略有耳闻。我有一位多年挚友，她叫白锦竹。"

话音落下，时鸢的脸色瞬间惨白。

言尽于此，邱锐就知道她应该已经明白了他的意思。

他有些可惜地看了她一眼，叹着气摇摇头，便走了，只留下时鸢站在原地。

她垂着头，长发散落下来，看不清神情，脊背宛如被无形的东西慢慢压垮，整个人都带着一种深深的无力感和颓然。

失神间，时鸢的耳边仿佛又响起了那道温和却严厉的女声。

她说："时鸢，你太让老师失望了。"

那种努力过后依然无用的无力感，远比外界那些形形色色的目光和声音，更像一把钝刀子，可以一点儿一点儿地将她凌迟。

那会让她认为，不论过了多久，她依然会一事无成，甚至连自己喜欢的角色都没资格争取，也没资格辩驳。

时鸢走出大门时，冷不丁被萧瑟的风吹得打了个哆嗦。

外面的天漆黑一片，一辆车从不远处驶来，车灯明晃晃地扫过，刺得她不适应地抬手挡在眼前。

那辆车就在她面前停下，副驾驶座的车门打开，一个西装笔挺的年轻男人走到她面前，语气礼貌："您好，时小姐。"

时鸢适应了光线，将手放下来，看见面前陌生的面孔。

她隐约觉得来人的声音有些耳熟，迟疑地问："您是？"

男人微笑着向她表明身份："我是裴氏集团执行总裁助理，周景林。之前有给您打过电话。"

时鸢一怔，还未等她反应过来，周景林又说："是裴总让我来接您的。"

时鸢顿时更蒙了。

恰逢这时，周景林的电话忽然振动了一下。

周景林看了一眼手机，又看到时鸢茫然的表情，随即了然。

他将手机递给她，解释道："是裴总的电话。"

时鸢茫然地接过手机放到耳边，电话那头安静了几秒，随后，一道熟悉的声音混合着微弱的电流声传过来。

"我说过，季云笙帮不了你。"他的语气斩钉截铁，又像是混合了一丝少有的愉悦，恶劣至极。

他知道她这晚即便是见到了邱锐，也只会碰壁。

时鸢抿紧唇，一时无言。这是裴忌对她的报复。

接下来发生的，却和她想象中的并不一样。

四周安静无声，呼啸的风声从时鸢耳边刮过，裴忌低沉的嗓音忽然入耳："时鸢，这是最后一次机会。"

话落，时鸢顿时愣住。消化掉那句话里的意思后，她的嗓子忽然有些发涩，问道："你说什么？"

"试镜。想要那个角色，就过来。"

他只说了这么一句，电话里就只剩忙音了。

手机被她攥得有些升温，那股热意顺着皮肤传到心脏，驱赶了晚风带来的那丝寒意。

时鸢突然发现，裴忌或许是这个世界上最了解她的人。

他知道要用什么当作诱饵，才能让她心甘情愿地走到他身边。理智告诉她，他们早该到此为止了。

可心里原本死寂荒芜的地方像是被一把不知名的火点燃了，时鸢找不到源头，只能归结于她不甘心放弃《沉溺》这部电影。

她已经分不清，等一下要做出的选择，到底是不可为而为之，还是将错就错。

夜风徐徐,周景林站在车旁安静地等待着。

不知道过了多久,她缓缓地抬起头。黑夜里,那双温柔的杏眸清澈而坚定。

她缓缓道:"麻烦你送我去见他吧。"

是夜,蜿蜒曲折的山路上,一辆黑色豪车匀速行驶着。

夜里起了雾,半山腰上,一栋别墅散发着唯一的光亮,孤零零地立在浓雾里。

后座上,时鸢凝视着窗外的景色,蹙了蹙眉,忽然出声问:"他平时都住在这里吗?"

周景林应声:"不,裴总只偶尔会回来,大多数时候都在公司或酒店。"

环山别墅距离市区太远,一开始周景林也不理解,为什么要在这种地方买房子。

只不过后来,他偶然见识过一次裴忌在回家路上的车速,就明白了。

因为这条又长又绕的山路,适合飙车。

这些话周景林不敢说,见时鸢没了继续发问的意思,也就识趣地闭上嘴。

终于,轿车缓缓地在别墅门口停下。

别墅的门是虚掩着的,时鸢推开门进去,穿过玄关,就到了客厅,冷色调的极简布置,无处不透着冰冷的气息。

没人。

客厅里静悄悄的,唯有一扇通向外面的门是开着的。

时鸢从那道门走出去,顺着花园的小路走到尽头,泳池便出现在视野中。

此时,恰逢云雾散开,月亮悄悄冒了个头,照亮眼前那片泳池。

时鸢愣住了。说是泳池,又好像不太准确。因为泳池里面盛的是清澈的水,而眼前的……是红色的。

刺眼的红色,让时鸢不受控制地联想起一种液体——血海。

她的脸瞬间失去血色,在她晃神的一瞬间,一道矫健的身影悄无声息地浮出水面。

四溅的水花声惊得时鸢猛地回过神。她循声抬头,就看见一道高大挺拔的身影。

他赤裸着上半身，背部的线条紧实分明，肤色透着一股近乎病态的冷白，几道狰狞的疤痕盘踞在背上，平添几分破碎的美感。

她的视线下移，隐有水珠沿着他的腹肌线条滑落，没入人鱼线之中，留下一道水渍。

有些……说不清道不明的意味。

再往下，时鸢不敢看了。她飞速地别开头，若无其事地盯向一旁。

她见过的那些男演员虽然大多也有腹肌，但一眼就能看出是偶尔健身才好不容易练出来的花拳绣腿，靠着打光和化妆加持才能营造出的视觉效果。

但裴忌不是。他并不是那种健身过度的腱子肉，明明穿着衣服的时候还看不出什么，脱了之后就能发现他身上的每一块肌肉都极富力量感，视觉冲击很强。

所以……让人有些心潮澎湃。

不知怎么回事，时鸢的脸有些热。

幸好室外的光线昏暗，她别开头，努力让自己的神情看起来平静自然。

然而下一秒，裴忌毫不留情地戳穿她的伪装。他拿起一旁的浴袍，直截了当地说道："看都看见了，还装什么？"

时鸢顿时一噎，忍不住小声地辩解了一句："我不是故意的。"

他轻嗤了一声，像是觉得好笑。

紧接着，脚步声越来越近。

时鸢目不斜视地盯着一旁，只能故作平静地说道："你……你先把衣服穿上。"

"你打算一辈子盯着那盆盆栽说话？"

这下时鸢只能缓缓转过头。她看见裴忌已经穿上浴袍，终于松了一口气。

他瞥了她一眼，丢下两个字："过来。"

时鸢大脑中刚松了的弦又瞬间绷紧。她垂下眼，不再与他对视，而是道："我是来试戏的。"

仅是她细微的反应，就让裴忌的动作僵了一下。他冷冷地扯起嘴角，转身头也不回地说道："那你现在可以走了。"

时鸢愣住，看着他的背影，听懂了这句话里明目张胆的威胁。

半秒后，她深吸一口气，还是跟了上去。

时鸢一直跟在他身后，走到泳池中央，她闻到了一股浓烈的酒香。

她循着香气转头，看见血红的泳池，脑海中忽然蹦出一个不可思议的念头。

她深深地蹙眉，又看向裴忌冷漠如斯的侧脸。这人简直……不可理喻。

"你不是来试戏的吗？来吧。"裴忌看向她，低哑地道，"就试宁意知跳海那一段。"

时鸢一怔。她记得裴忌说的那段戏，在剧本的中间，主角宁意知在被迫放弃梦想，众叛亲离后陷入绝望，试图跳海自杀终结人生。

可现在哪里有海让她跳？

裴忌扬了扬头，示意她身后的泳池，恶劣地勾起嘴角，淡淡道："你自便。"

时鸢低头看着自己身上的白色衣裙，拧了拧眉。她不会游泳，甚至还有些怕水。

来的路上她就已经猜到裴忌会想方设法地为难她，但眼下的情况其实已经比她预想的要好了。

很快，她的眉头就又舒展开，平静地看着他，应道："好。"

裴忌嘴角的笑僵住了，她好像永远是这样的。不管对她做什么，说多重的话，仿佛都无关痛痒。

他说要报复她，她也只会平静地承受，然后和他彻底划清界限。

是的，她不想激怒他，顺从只是为了跟他这个疯子摆脱关系罢了。

他的目光一点儿一点儿地沉下来，视线紧紧地盯着不远处站着的人。

这是一段没有台词的戏，考验的只有演员情绪的爆发和感染力。

时鸢缓缓地合上眼，深吸一口气。

只是几秒钟的时间，再睁开眼时，她的眼中已然不见平日的温柔平和，取而代之的是铺天盖地的颓靡和绝望，连一滴泪都流不出的干涸。

被迫放弃了自己毕生热爱的事情，被全世界排斥和误解。

她已经进入了宁意知的世界里。

这大概也是她如此争取这个角色的原因。

时鸢在看剧本时甚至觉得，自己就是宁意知。

因为经历过相似的事情，才更能与角色产生共鸣，这是可遇不可求的。

她缓缓地、一步一步地朝着泳池边缘走近。

月亮隐入云层,泳池颜色暗红,像一片深不见底的血海。

血海深仇,大抵是最适合他们的成语。

时鸢沉浸在自己的情绪里,全然未觉身后的人已经站起身朝她走来。

离泳池只差一步之遥时,她麻木地张开双臂,合上眼。

突然,一股力道从后方袭来,扯住她的手臂。

时鸢错愕地睁开眼,还未来得及反应,突然天旋地转,落入一个炽热的怀抱里。

他从背后拥着她,一同坠入身后的"深渊"。

冰冷的池水没顶的一瞬间,时鸢忘了憋气,一大口水呛进气管里。

那种窒息感仅仅持续了一会儿,下一刻,她就被人从水中托起,脱离了水面。

生死仿佛都在这一瞬间。

水珠模糊了眼前的视线,时鸢只能凭借着求生本能,紧紧地攀住身边唯一的浮木。

池水冰冷,他的身上却是热的。肌肤相贴的部位,炙热的温度一寸寸地过渡到她的身上。

她猛地咳了几声,将水咳出来一些,才重新得以呼吸。

短暂缺氧后的眩晕感里,她散乱的发丝被人绾到耳后。耳畔低沉的声音虚幻又真实,在她的世界里回荡。

他低下头,温热的气息喷在她的颈侧,嗓音沉得发哑:"我怎么舍得让你一个人死?"

宁意知或许会一个人死在冰冷孤寂的海里,但时鸢永远不会。

他会陪着她一起死。

裴忌随手拿起浴巾将时鸢包裹住,将她抱回房间,放到床上。

从她的角度,能看见他额前被打湿了的黑发,随意地垂下来,半遮住那双漂亮的眼。

他的睫毛很长,似乎还有水珠挂在上面。

他动作轻柔地把她放下,没什么情绪地说:"去洗澡。"

时鸢的眼睛瞬间睁大,不动声色地将浴巾裹得更紧了些。

裴忌注意到她的动作，目光移到她垂在肩上的湿发，轻嗤一声："你要这样待一晚上？"

时鸢抿紧唇，低着头没说话。

她刚呛了水，十分狼狈，此刻发丝湿漉漉地披在肩头，本就白皙的小脸比平时更苍白，柔弱不堪。

见状，裴忌皱了皱眉，眼中闪过一丝不易察觉的慌乱。

他的喉结滚动了下，语气仍然硬邦邦的："明天周景林会把试镜的时间和地点发给你。"

话落，时鸢的睫毛颤了一下，不可思议地看向他。

她的眼睛依旧明亮，他被她盯得有些不自然。

但他依旧冷漠地说："我只是给你参加剧组试镜的机会，不代表这个角色一定是你的。"

时鸢还是目不转睛地盯着他，眼中写满不解。

裴忌轻咳了一声，继续说道："最后的决定权在邱锐那里，他是个老古板，我不希望因为他对演员的固执己见而影响这部电影赚钱，明白了吗？"

好像明白了，又好像没明白。

不让她拿到那个角色，才应该算是报复她。可是他偏偏告诉她，她可以去参加正式试镜了，而她如果成功拿到角色，也与他无关。而且，他似乎还坚信，如果是她来演，一定能赚到很多钱。这像是一种变相的肯定和信任。

时鸢怔住了，觉得自己的脑子现在很乱，不知道是不是因为刚刚呛了水，她的嗓子忽然有些发涩。

她声音极轻地说道："谢谢。"

见她终于开口了，裴忌的心忽然松了一下，说话的语气也不自觉柔和了些："去洗澡。"

时鸢咬着唇，低声说："我打电话让人来接我回去吧。"

闻言，裴忌的眼底那丝柔和消失，又恢复了往常的冷然："可以，如果你想他们半路就车毁人亡。"

时鸢诧异地瞪大眼睛，看向窗外，然后理解了他的意思。

这么一会儿的工夫，外面已经大雾茫茫，这条山路本来就难开，起了雾后确实更危险了。可她一会儿要怎么走？

时鸢细眉轻拧，指尖不自觉地揪着身上的浴巾。她现在浑身上下都湿湿的，总不能真的这样待一晚上。

可在裴忌的家里洗澡，好像也很……

时鸢的脸蓦地有点儿发烫，说话的声音很小："可我没衣服换……"

"柜子里。"裴忌丢下这句，就转身走了。

因为他知道要是再留在这儿，她会纠结一个晚上。

果然，裴忌刚抬脚离开，时鸢就松了一口气。

她一步一步挪到衣帽间里，打开衣柜。基本是清一色的黑白衬衫和名贵西装，还有几件黑色的T恤和卫衣挂在旁边，款式简单休闲，是他以前经常会穿的。

没有女人的衣物。

时鸢站在衣柜前踌躇了一会儿，还是拿了一件足够大的黑色连帽卫衣下来。

洗完澡出来，她换上那件卫衣，只觉得浑身都萦绕着裴忌的气息，这让她的脸更烫了。

她从包里翻出手机，先是给蒋清发了条微信消息，让蒋清第二天一早过来接自己。

收到蒋清回复的"好"之后，她刚松懈下来，一通电话忽然打进来。

三个显眼的大字在屏幕上疯狂地闪烁——季云笙。

时鸢的瞳孔骤然一缩，下意识地转头看向门口。

裴忌没过来，应该还在客房洗澡。

她微微松了一口气，不知道为什么竟然有一种心虚的感觉。

也许是因为她骗了裴忌，说自己跟季云笙是那种关系。

而季云笙也认为她不会和裴忌有太多的接触，可现在她又在他的家里。

时鸢在心底叹了口气，刚接听，手中握着的手机忽然被人从身后抽走。

一道熟悉冷硬的声音从背后响起，惊得时鸢出了一身冷汗。

裴忌冷笑一声，对着电话说："她在忙。"

说完这句，他没再给对面说话的机会，干脆地把电话挂断。

时鸢在慌乱中转身，不小心绊到床脚，重心不稳，整个人都向前栽去。

裴忌的反应很快，抬手轻松地将她揽住。

她猝不及防地栽进他的怀里，鼻腔瞬间被他身上清淡好闻的沐浴液香味充斥。她红着脸站稳，伸手要抢回手机："你把手机还给我……"

裴忌顺手将手机扔在床上，朝她逼近一步。

他冷笑着勾起嘴角，目光里的危险不言而喻："时鸢，谁给你的胆子在我家接别的男人的电话？还是季云笙的！"

时鸢心虚地往后撤了一步，却不小心跌坐在床头。

裴忌俯下身，手臂撑在她的身侧，轻而易举地将她禁锢住。

属于他的气息强势地逼过来，她退无可退，不自觉地屏住了呼吸，企图让自己看上去镇定一些。

裴忌刚洗过澡，浴袍松垮地挂在身上。从时鸢的角度，能看见水珠从他的锁骨顺着紧实的线条滑落到胸前，滴出一小片水渍。

他幽深的眼眸紧紧地锁着她，里面尽是她的倒影。

鼻尖贴着鼻尖的距离，他就那样盯着她，眼中从一开始的疯狂、执拗，到最后的无可奈何，里面像一个深不见底的旋涡，可以轻而易举地让人溺毙其中。

时鸢的呼吸漏了一拍。

他的喉结滚动了一下，嗓音被逼得发哑："我的忍耐是有限度的。"

时鸢没有想到他会说出这样一句话，愣住了，猝不及防地撞进他的视线里。

他目光沉沉地望着她，语气强硬，又带着一丝无可奈何："所以，给我离他远点儿，行不行？"

裴忌温热的呼吸喷在她的颈侧，引得她一阵战栗。

她别开头，躲开他的逼视，蝶翅般的眼睫轻颤着。

"裴忌……我说过——"她的红唇微张，嗓音明明温柔至极，吐出来的却是最绝情的话，"我们之间，早就没有任何关系了。"

只是这一句话，就可以轻而易举地击碎裴忌眼中所有的伪装。

他的目光暗得发沉，压抑的情绪几乎要爆发，落在她嫣红饱满的唇上。

裴忌的呼吸重了几分，哑声问她："凭什么他可以，我不行？"

他的眼尾红了几分，向来张扬恣意的眼睛此刻低垂着，透着几分不该在他身上出现的……卑微。

时鸢的心脏忽然抽痛了一下。她不敢再看他，尽量让自己的声音听不出任何异样。

她垂下眼，藏起眸中一闪而过的悲戚。

"因为有些事情，从一开始就是错的。"她的话音落下，裴忌眼底的情绪彻底崩裂，眸中冷意盎然。

原来，在她心里，他们之间的过去只是一个错误。只有他，像一条满身伤痕的狗，独自沉溺在过去，向她摇尾乞怜。

多贱，多可笑啊。

他哑声笑了，嘲弄道："我忘了，我还欠你一条命。嗯，一直是我犯贱。"

时鸢的呼吸一窒，眼眶忽然有些发疼。她的唇动了动，男人已经起身离开，没有给她说话的机会。

偌大的房间里，他带来的温度和气息一点儿一点儿地冷却、消失，仿佛从未出现过。

时鸢坐在冰冷的大床上，望着窗外径自出神。

而后一整晚，裴忌都没有再出现，她也整夜没有合眼。

一大早，蒋清的车就到了。

时鸢将身上的衣服换下来，上车之前，她又回头望了一眼身后的别墅。

静悄悄的，仿佛从来无人存在。

车很快开走了。

时鸢没有看见，别墅二楼的窗口，一道修长的身影隐在阴影里，周身气场阴沉。他不知道在那里站了多久，脚边的烟头散落一地。

目送她离开后，裴忌面无表情地回到房间里。那件昨晚她穿过的衣服被整齐地叠好，摆放在床上。

他走过去将衣服拿起，一股淡淡的馨香随即弥漫开来——是她身上的味道。

明明她只待了一晚，却仿佛无处不在。

裴忌神色冷漠，正要将那件衣服扔进垃圾桶，又突然停住。

他顿了许久，还是把衣服挂回衣柜。

早晨八点，周景林准时出现在别墅一楼，拿着平板电脑准备汇报行程。

裴忌下楼时，周景林敏锐地捕捉到他眼底遍布的红血丝。

073

昨晚时鸢在这里过夜……但为什么他的脸色更像是欲求不满？

周景林轻咳了一声，不敢多想，收敛起思绪将平板电脑递过去，例行公事地说道："裴总，这是凌晨出现的微博热搜。"

裴忌一边打领带往外走，一边随意地瞥了一眼屏幕。

照片里，是男人以暧昧至极的姿势将女人抵在车上，只拍到了裴忌的背影，时鸢的脸倒是清清楚楚。

两个气质极不般配的人站在一起，却出奇地登对。

而评论区的画风更是清奇。

裴忌挑了一下眉，没有说话。

察觉到男人的神色似乎比刚刚看着愉悦了一些，周景林又谨慎地开口说道："需要通知公关部撤掉吗？"

往常所有有关裴忌的新闻或照片，都是要被第一时间撤掉的，如果赶上裴忌心情不好，那家媒体恐怕都要跟着遭殃。

然而这次，裴忌的语气听着竟没有刚刚那般冰冷了，难得缓和了些。

"最后一个撤了，其他的先留着。"

"好的，裴总。"

周景林应完，手指滑到裴忌唯一说要撤掉的那个热搜词条——时鸢×豫星总裁。

此时，保姆车上。

洛清漪把手机递给她，神情疲惫道："热搜，看看吧。一大早莫青屏的电话就打到我这儿了，不然我也不会发现你夜不归宿。"

时鸢接过手机，上下翻看了一下，神色出奇地平静。

"这回总不会再瞒着我了吧？"洛清漪盯着她，语气沉重地问，"真的是他吗？"

时鸢没说话。

洛清漪知道这是默认的意思，却还是不敢相信地问："裴忌……他回来了？"

"嗯。"

听见她肯定的答案，洛清漪倒吸一口冷气，喃喃道："那你们……"

时鸢终于抬头看她，嗓音淡淡的："不是你想的那样。"

"那就好，那就好。"洛清漪终于松了一口气，看着她欲言又止，随后还是道，"时鸢，你还是离他远一些吧……你已经为了他……"

时鸢轻声打断她："我知道。"

她比谁都知道，他们不合适。

见气氛沉重，时鸢扯起嘴角笑了一下，安抚道："你放心吧，我心里有数。他是《沉溺》的投资人，以后应该很难避免见面，但我们不会发生什么。"未等洛清漪说话，她又道，"我有点儿累了，先睡一会儿，下午还有试镜呢。"

看着她疲惫的脸，洛清漪没说完的话只得咽了回去。

时鸢合上眼后，洛清漪下了车，就见蒋清拎着一个星家的袋子跑过来。

洛清漪把她拦住，揉了揉眉心，说道："她睡了，你先吃吧。"

"啊……"蒋清往车里看了一眼，想问又不敢问。

最终还是好奇心战胜一切，蒋清小心翼翼地开口："洛姐，热搜上的那个男人……该不会喜欢时鸢姐吧？"

洛清漪注视着不远处的斜阳，摇了摇头，说道："不知道。"

她说的是实话。

他们经历过那么多事情，是爱是恨，旁人又怎么可能说得清呢？

"那他们……"

话未说完，洛清漪便斩钉截铁地打断她："不可能。"

见她如此笃定，蒋清有些不解。

顿了好久，洛清漪才看向她，轻叹了声，神色是从未有过的沉重。

她说："他们之间，隔着一条人命。"

第五章
回头看看吧

  下午四点，时鸢准时赶到试镜片场，即便是做好了心理准备，也还是被眼前的排场震撼了。
  等候区坐着的人几乎都是一线，或者超一线的女明星，实力强的更不在少数。
  其中也不乏面生的、看上去灵气逼人的小女孩儿，青春洋溢。
  时鸢忽然有些紧张。她是戴着口罩来的，站在角落里，也有不少人注意到她，目光有意无意地朝她这里瞥过来。
  时鸢权当没看见，拿着抽签抽到的试镜片段，独自坐在一旁认真地读起来。
  每个人抽到的试镜片段都不一样，而时鸢抽到的这个，恰好是最难的。
  《沉溺》这部戏更像是一部回忆录，十六岁的芭蕾天才少女宁意知从小到大受人追捧，却因为遇人不淑，父母意外身亡，自己的双腿也再不能跳舞。
  这一段戏里的内容，就是宁意知被迫放弃芭蕾舞梦想后，独自回到练功房里，想要尝试跳舞，又摔倒在地的场景。
  她攥着剧本的指尖收紧，纸张被捏得有些变形。她已经……很久没有跳过舞了。
  这时，有工作人员走过来叫她，她深吸一口气，将剧本合上。
  时鸢跟着工作人员到临时更衣室里，换上了剧组提前准备好的舞蹈服，那是一套很美的纱裙。
  进去试镜的人是两两一组，等时鸢换好衣服到了门口，才看见那个等会儿要跟她一起进去的人。是一个看起来只有十八九岁的少女，面容娇俏明艳，只一眼就能看出，是从小在温室里娇养长大的，没有经历过风雨的摧残，像花骨朵儿一样饱满可人。
  少女偏头注意到她，落落大方地伸出手，自我介绍道："你好，我叫邱明嫣。"

听到"邱"这个姓氏，时鸢记起来了。

邱锐是名导，他的姐姐是邱瓷，曾经的影后，而邱明嫣应该就是邱瓷一直精心培养、百般呵护的那个独女。

时鸢微笑着回握了一下，回道："时鸢。"

邱明嫣目不转睛地盯着时鸢，不禁感叹一句："你穿这件裙子好漂亮啊！"

时鸢好歹在娱乐圈待了几年，听得出一句赞美里有多少真情和假意，眼前的少女倒是娱乐圈里少有的真诚。

她看着邱明嫣穿着的粉色纱裙，同样笑道："谢谢，你也很漂亮。"

她羡慕邱明嫣身上有她早就失去的朝气。

这时，有工作人员摆摆手示意道："可以进来了。"

房间里，背景被简单布置成舞蹈房的样子，一面巨大的镜子，而对面摆着一张长桌。

时鸢抬头看去，桌子后坐着几个人，最中间坐着的是邱锐，他的身旁还坐着一个高大的男人。

男人懒散地靠在椅子上，修长的双腿交叠，衬衫袖口随意地挽到手肘处，骨节分明的手腕上，昂贵的银色手表泛着冷光。

即便是不出声，也带着十足的压迫感，无时无刻不在吸引别人的目光。

时鸢的视线顿了一下，很快敛眸。

裴忌是投资人，出现在这里也无可厚非。

而一旁的邱明嫣看见席位上坐着的男人，眼睛瞬间亮了几分。

邱锐权当没看见，神情是一如既往地严肃。他缓缓道："感谢两位参与《沉溺》的试镜，我是邱锐，担任这部戏的导演。我的左手边这位是电影的最大投资方，裴总。右边这位是陈岳，陈编。"

时鸢发现，在场的人里没有梁鸿逸。应该是上次的事情，让他被换掉了吧。

而且，不出意外的话，是裴忌做的。

时鸢思及此，低下头，尽量避免与主位上坐着的人有眼神接触。

这时，邱锐又说："那我们现在就开始吧，两位可以自行决定谁先开始。"

邱明嫣转头，明亮的大眼忽闪忽闪，朗声道："时鸢姐姐，要不我先来吧？"

时鸢微微颔首，没什么异议地应道："好。"

邱明嫣感激地冲她笑了笑，理了理裙摆起身，站在那里几秒钟就入了戏。

不得不说，作为影后邱瓷的女儿，邱明嫣继承了几分天赋。

而且从她跳舞的那一小段也能看出，小姑娘还有多年的舞蹈功底，腰身纤细柔软，做一些高难度动作毫不费力。

粉色的纱裙缓缓地绽开，少女的面容娇美可人，眼神都是明媚娇俏的，只是那目光，落在评委席的地方有点儿多了。

准确来说……是落在裴忌的方向。

时鸢的眉头不自觉地轻蹙，视线不受控制地微微朝那个方向瞥去。

此刻，在场所有人的目光几乎都专注在场内旋转起舞的邱明嫣身上，时鸢以为裴忌也一样。

她只悄悄地瞥一眼，应该不会被他发现。

可她错了，安静的空气里，她猝不及防地与他的视线相撞，撞进那双如深渊一般深沉的眼睛里。

他没有看面前那个翩翩起舞的少女，自始至终像是丝毫提不起兴趣，连眼睛也不曾抬过。他一直在看她——直白的、不加任何遮掩的目光，穿过人群，落在她身上。

一个人的视线范围明明很广，可有的时候又好像很窄，窄到只能容纳下一个人的身影。

时鸢的心脏忽然停了一拍，有些不合时宜地想起了一句话——回头看看吧，只有这样才能发现，有人一直在身后看着你。

思绪刹那间回神，时鸢很快收回目光，故作若无其事，重新看向邱明嫣的方向，仿佛刚刚那一秒钟的眼神交会不曾存在。

裴忌的目光瞬间沉了下来。

这时，邱明嫣已经演到跳舞时不慎摔倒的片段。

少女跌坐在地上，豆大的泪珠盈睫，目光悲痛欲绝。眼泪顺着脸颊一滴滴地滑落。她抽噎着，瘦弱的肩膀不停地抖动，让人好不心疼。

论演技和感染力，邱明嫣的实力相当不错了，尽管稚嫩了些。

一段结束，房间内掌声响起，赞许声此起彼伏。

邱明嫣站起来，擦干眼泪，笑着向大家鞠躬，视线若有似无地朝裴忌的方向瞥去。

他不似其他人那样，用欣赏惊艳的目光看着她。他连头都没抬，就好像发生的一切都与他无关。

邱明嫣有点儿懊恼，却还是只能先回到座位，但没关系，她对自己很有信心。

"时鸢姐姐，到你了。"

时鸢微微点头，深吸一口气，站起身，朝台中央走去。

一旁的邱明嫣愣了一下。

从时鸢起身的那一刻，她周身的气质仿佛都改变了，变得悲伤而孤寂，连迈出的每一步都好像变得坚决。

只需要一秒钟，她就已经进入了宁意知的世界。

时鸢走到镜子前，沉默地注视着镜中的人片刻，缓缓扯起嘴角。她张开双臂，开始起舞。

裴忌目不转睛地盯着面前的人。

她并没有做任何高难度的舞蹈动作，甚至腿都没怎么动。可身姿异常轻盈，连手臂挥舞的弧度都是极美的。白裙勾勒出的腰身柔软纤细，像是没长骨头一样，他一只手就能轻松地握住。

裴忌忽然想到了昨晚，她浑身湿透，靠在他身上的模样。

和那时柔软不堪的样子不同，此刻的时鸢，像是一只翩翩起舞的蝴蝶，在生命燃尽前的最后一刻起舞，绽放着独一无二的光芒，漓滟至极，让他根本移不开眼。

离上一次亲眼见她跳舞，已经过了太久。可他的心脏依然在剧烈跳动，几乎快要冲破胸膛。

裴忌紧紧地看着那道身影，指节一寸寸地收紧，眼神近乎痴迷。

他忽然开始后悔了。他不该让这么多人都在这个房间里的。

突然，时鸢跌倒了。

她在旋转时跌倒，纱裙在空中划出一道绝美的弧度。

她摔倒了，却没有像刚刚邱明嫣那样抽泣出声，就那样静静地，一个人呆坐在原地，目光呆滞地盯着一处出神。

那双如水般灵动温柔的眼眸成为一潭死水，她的眼睛很红，却始终没有掉出一滴眼泪，比刚刚梨花带雨的邱明嫣更让人心疼。像是在深夜无数次悄声哭泣后，彻底失去生机，变得一片干涸。

邱明嫣只领悟到这个角色最浅的一层情绪，却没有想过一件事——人在痛到极致时，是没有眼泪的。

宁意知是柔弱的，亦是坚强的。即便是在空无一人的练功房里，她也不允许自己流下向命运示弱的眼泪。

邱锐的心里忽然有些感慨。这才是他要找的宁意知。

一段表演结束，时鸢强迫自己从情绪中抽离，起身鞠躬。

比刚刚更加响亮雷动的掌声响起。她成功地用演技征服了在场的所有人，包括曾对她抱有偏见的邱锐。

时鸢更不能忽视人群里最炙热的那道目光。她垂眼，忍着脚踝处传来的那阵疼痛，面上看不出一丝异常。

她已经很久没有跳舞，幸好刚刚的程度叫人发现不了什么端倪。

只是，哪怕瞒得住所有人，她也不是曾经那个对自己的舞蹈引以为傲的时鸢了。

当裴忌注视着她的时候，她竟然生出一种近乎自卑的情绪。

和生机勃勃的邱明嫣比起来，她像一朵已经开败了的花儿。在裴忌面前，她更想逃。

"感谢你的表演，时小姐。我们先暂时中场休息，结果稍后会现场公布。"

工作人员的话落，裴忌已经起身，面容依然看不出任何情绪，率先抬脚走了出去。

与此同时，临时换衣间里。

时鸢身上的那件纱裙不太好脱，穿上时就是工作人员帮忙在背后系了半天的绑带。

工作人员才将她带到换衣间，就被对讲机叫走，只能等会儿回来帮她解衣服，临走前还帮她关上了门。

临时换衣间里布置简单，只有一席帘布垂着遮挡。

时鸢拉开黑帘子走进去，打算自己先动手试试。

然而她显然低估了身上这件裙子的复杂程度。后面的绑带似乎是缠绕在一起的，她解错了一个，后面整个就乱掉了。

时鸢背着手，艰难地摸索着卡住的那个结，脸都憋红了。

这时，门口传来窸窣的声响，有人进来了。

时鸢的注意力都在背后，根本没多想，只当是刚刚那个女工作人员回来了。

她背对着帘子，有些懊恼地说道："实在抱歉，可以麻烦你帮我解一下吗？有一个结好像系死了……"

关门的声音响起，没人应答。紧接着，黑帘子被人拉开了。

时鸢感觉背后有人靠近自己。

那人一言不发地开始帮她解绑带。

冰凉的手指若有似无地触碰她背后的皮肤，随着纠缠在一起的结被解开，他的指节似是不经意地轻触过她的背脊，带起一阵酥麻的感觉，引得她浑身绷紧，微微战栗。

那股气息好像有些熟悉。

时鸢察觉不对，捂紧裙子猛然扭头看去。

她难以置信地睁大眼，惊讶道："裴……裴忌？你在这儿做什么？"

他怎么会出现在她的更衣室里？

试衣间里的空间狭小而逼仄，随着他高大的身形挤进来，里面早就没了太多空隙。

裴忌又朝她靠近一步，幽暗的目光落在她的脸上，不带丝毫的遮掩，那股痞子劲儿一点儿也不藏，坏得明明白白。

不叫人讨厌，反而会盯得人面红耳赤。女孩子对他这种类型往往毫无抵抗力。

以前念书时就是，每次裴忌在舞房外面等她，来来往往的女孩子哪怕知道他就是那个人人避之不及的裴忌，眼睛却还是控制不住地黏在他身上，偷偷地打量他、讨论他。

而现在，他早就不再是从前那个小镇里遭人排挤的少年。所以，连邱瓷手心里捧大的小公主在跳舞时的目光都会不由自主地看向他。

刚才脸上腾腾的热意忽然散了些，时鸢垂下头，藏起眼底的黯然。

081

裴忌抬头，盯着她泛红的耳郭，忽地低笑了一声，戏谑道："不是你让我帮你解开？"

她一时语塞，然后说道："我……我不知道进来的人是你。"

裴忌的目光瞬间阴沉得几乎能滴出水来，语气不善："还有谁？"

时鸢下意识地往后退，却抵上了墙壁。

"嗯？说啊，还有谁看过？"裴忌微微倾身，眸里尽是她的身影。

他的嗓音低低的，夹杂着滚烫的气息，喷在她的颈侧，语气是难得一见的温柔，说出来的话却让人不寒而栗。

"我去把他的眼睛挖出来，好不好？"

时鸢轻吸了一口气，见他眼里没有一丝开玩笑的意思。

她被他气得无奈，又拿他这副样子毫无办法，只好说："裴忌，你是不是疯了？"

裴忌的鼻尖划过她的颈侧，呼吸顿时重了几分。

他忽地笑了，嗓音沉得发哑："是疯了。"

从刚刚看她跳舞开始，他就疯了。

裴忌的目光落在她嫣红的唇上，神色晦暗不明，眼中染上几分欲念。

她身上的纱裙刚刚被他解开了一部分，薄纱从她雪白的肩头垂下来，布料下的肌肤若隐若现。

他的喉间蓦地有些发干。他不受控制地低下头，靠近她的一瞬间，她却别开了头。

他的唇堪堪擦过她的脸颊，落在她白皙小巧的耳垂边。

他抬头，看见她纤长的眼睫不安地颤抖着。

时鸢的声音染上几分颤抖，像屋檐上簌簌而落的白雪："裴忌……我求你。"

他的动作骤然一僵，大掌还扣在她的腰上，手上却不敢用半分力道。

薄薄的布料下，炙热的温度一寸寸地渡过来，像是能灼烧进人心里。

呼吸交缠间，时鸢听见自己的心跳乱了。

不能再这样将错就错下去了，再这样下去，她总有一天会失去防线。

她深吸一口气，缓缓地说道："放过我，好不好？"

随着她这句话落下，裴忌眼底的欲念尽数消失，取而代之的是一片阴霾。

"行啊。"他舔了舔唇，笑了，咬牙切齿地挤出四个字，"除非我死。"

时鸢眼睛里的光一寸寸地暗下去。

裴忌没有忽略她任何一个细微的表情变化。

他宁愿她恨他、讨厌他，唯独不能接受她像现在这样，连多看他一眼都不愿意。

他的指节渐渐缩紧，克制着眼底席卷肆虐的情绪，一点儿一点儿地压了回去。

"为什么不跳舞了？"

时鸢没有想到裴忌会突然提到这个，愣了一下。她很快垂下眼，轻声回答："因为……我不喜欢了。"

他扯起嘴角，她说的话他半个字都不信。

"骗子。"

时鸢不吭声了。好像她的一切情绪都瞒不过裴忌，他甚至比她自己还要了解她。

她咬紧唇，说道："你现在能出去吗？我想换衣服。"

裴忌挑了一下眉，姿势还是没变，慢条斯理地说道："你的头发缠在我的扣子上了。"

他刚刚就注意到了，但他没动，怕她疼。

门外传来一阵说话声。

"邱导，这部戏就麻烦您多多照顾时鸢了。如果有什么需要豫星娱乐做的，您尽管联系我。"

是季云笙。

时鸢瞬间屏住呼吸，紧张地看向面前的人。

果然，裴忌的神色骤然冷下来。

外面，两个人的谈话还在继续。

邱锐难得语气如此温和："季总，你这就太客气了。"

季云笙又问："对了，邱导，时鸢现在在哪里？刚刚在里面没见到她人。"

"我听小刘说时鸢去换衣间了。喏，应该就在这儿。"

他们要过来了。

时鸢的心跳瞬间更快了，扑通扑通地敲击着耳膜，脑中如有一团乱麻，完全没办法思考。

她也顾不上头发还缠在扣子上，抬手就要把裴忌推开。可男人像堵墙一样立在那儿，哪里是她轻易就能推开的。

下一刻，季云笙温润的嗓音在门外响起："时鸢，你在里面吗？"

不仅季云笙在外面，邱锐也在外面。

要是让导演看见她现在和裴忌在试衣间里，她就彻底说不清了。

裴忌见她一副紧张到不能呼吸的样子，嘴角勾起玩味的笑。

他逼近她，压低声音问："怎么？很怕他看见？"

时鸢下意识地伸手捂住他的嘴，用眼睛瞪他。

那点儿震慑在他这里毫无效果，他轻扯嘴角，唇瓣柔软的触感在她的掌心划过，温热的气息揉进两个人肌肤相贴处，刺激得她的手指微微收紧。

"你觉不觉得我们现在就像是在……"他低笑了声，狭长的眼尾微微挑起，慢条斯理地吐出那两个字。

时鸢的手像是被烫着了一样飞快地缩回，那股热意从掌心一直蔓延，仿佛连周围浮动的空气都沾染上暧昧的气息。

她平复着因为紧张而加速的心跳，心里祈祷着门外的季云笙能快些离开。

见里面无人应答，季云笙又轻叩两下门，叫道："时鸢，你在里面吗？"

时鸢的心又是一抖，眼睫不安地颤抖着，泄露出她此刻的紧张和不安。她抬头，一双杏眸像是含了层雾气，略带恳求地看着裴忌。

裴忌的喉结一滚。他最受不了她这样看他。

他低咒一声，一把扯下她的手握住，凑到她耳边，放缓了语气道："怕什么？我锁门了。"

听见这话，时鸢终于放松了些。

"应该已经换完出去了吧……"邱锐话音刚落，就有人来找。他只好道，"失陪一下季总，等会儿里面再聊。"

季云笙温和地点头应道："好，您先忙。"

听见门外的脚步声渐行渐远，时鸢悬着的那颗心终于落回肚子里。

还没等她完全放松下来，他的大掌忽然从她的腰间抽离，指腹不偏不倚地蹭到她最敏感的腰窝上。

最敏感的地方突遭触碰，时鸢浑身一抖，唇瓣里溢出一丝呜咽。

她连忙咬紧唇，脸涨得通红，又气又羞地瞪向他，娇嗔道："裴忌！"

他显然是故意的。

见她终于在他面前装不了淡定了，他的嘴角勾起一抹若有似无的弧度，说道："等会儿别走，我有事情跟你说。"

时鸢疑惑地问："什么？"

很快，她就意识到眼下的场合并不适合聊天。

她一只手捂着衣服，另一只手指着门，红着脸说道："那你现在出去。"

啧，连骂人都不会。怎么会有人天生就看着这么好欺负？

裴忌大发慈悲地放过了她。他推开换衣间的门，离开时不忘把门关严，把"请勿入内"的指示牌挂上去。

做好这些，他的视线环绕四周，然后抬脚往走廊尽头的消防通道走去。他转过一个拐角，一道身影等在那里。

听见脚步声，季云笙转过头看向来人。他推了推鼻梁上的金丝边框眼镜，微笑着说道："裴总，果然是你。"

裴忌懒懒地抬了抬眼皮，语气淡淡地说："季总的耳力不错。"

季云笙唇边的笑凝固半分。试衣间的门隔音并不好，那些声音，也是裴忌故意想让他听见的。

他神色平静地说道："鸢鸢是艺人，裴总故意留那些热搜在上面，热度居高不下，对她的负面影响很大。我知道裴总做事向来不顾外界言论，可鸢鸢不一样。"

裴忌冷笑一声，语气森然："鸢鸢……也是你配叫的？"

季云笙并没回他这句，而是看着他，缓缓地说："这几年来她能有现在的成就很不容易，像今天这样的事情再来几次，你只会毁了她。"

闻言，裴忌的神色一凝。他的眉眼骤然阴沉下来，眼底染上骇人的戾气。

季云笙静静地看着他，语气依然温和平缓，说出来的话却不失尖锐锋芒："你已经毁过她的人生一次了，难道还要毁了她第二次吗？"

话落，一股大力猛地袭来，季云笙被强势地摁在墙上，被钳制得动弹不得。

皮肉撞击墙面发出一声闷响，裴忌没收敛力道，嘴角勾起一抹弧度。

"我和她之间，你管不着！"他居高临下地看着季云笙，语调嘲弄，"还有，别把自己说得太高尚了。"

裴忌压低音量道:"拿合同绑着她,你真的认为别人看不出来?"

季云笙的脸色顿时一白。下一刻,身上的钳制消失了。

裴忌收回手,目光冷冷地睨着他,说道:"如果不是怕她知道,你认为我又能忍你蹦跶多久?"

说罢,他便抬脚离开。

季云笙目视着裴忌的身影消失,面上的温和再也维持不住。

他缓缓直起身,揉了揉胸口被撞疼的部位,冷着脸拨出一通电话。

半个小时后,时鸢已经换回了自己的衣服,安静地坐在刚刚试镜的房间里等通知。

邱导还没过来,离宣布结果还有一段时间。

等待结果时,时鸢又想起刚刚换衣间里的情景。

裴忌说,让她等会儿别走,有事要跟她讲。

这人真的够流氓。

邱明嫣好奇的声音忽然在身旁响起:"时鸢姐姐,你的脸怎么红了啊?"

时鸢猛地回神,下意识地伸手摸了摸自己的脸,确实好烫。

她应付道:"啊……可能是空调温度开得有些高。"

幸好邱明嫣没在这个问题上多纠结,只道:"啊,这样啊……"

说话间,门被人推开,季云笙的身影出现在门口。他喊道:"时鸢。"

时鸢循声回头,就见季云笙一只手握着手机,朝她招了招手,示意她过去。

见季云笙的神情比往常严肃,时鸢不明所以地走过去,问道:"发生什么事了吗?"

季云笙盯着她,欲言又止,然后还是说道:"是奶奶出事了……"

随着这句话音落下,时鸢的脑子里轰的一声。她什么都顾不得思考了,攥住他的手臂,急声问:"奶奶怎么了?"

季云笙握住她冰凉的手,温柔地安抚她:"你别着急,只是今天中午开始,奶奶的精神状况好像突然不太好,有些神志不清,一直在叫你的名字。"

时鸢此刻已经彻底慌了神。

被许子郁那个变态绑架时,她都不曾有如此不冷静的时候。也许是因为这个世界上,奶奶是她唯一的牵挂和软肋。

她茫然无措地站在原地,连声音都开始发抖:"怎么会突然情况不好呢……之前不是一直在好转吗?我现在就回去。"

季云笙的神情温柔,握着她的手,低声安慰道:"你别着急,时鸢,我现在就陪你一起回去。"

"你不回公司可以吗?"

"没事的,你放心。青屏会处理。"

不远处,一道冰冷的视线落在两个人交握的双手上,几乎要盯出一个洞来。

"时鸢。"熟悉的低沉嗓音在身后响起,冷得让人心惊。

时鸢猛然回神,被这一声唤回了些许理智。

她转过头,就看见裴忌站在那里。他的目光冷冷地扫过她和季云笙交握的手,周围的气息阴沉得吓人。

时鸢不知怎么回事,条件反射地抽出了手。

空气仿佛都跟着在三个人之间凝滞了一样,窒息得让人喘不上气。

裴忌的目光紧紧地锁着她的神情,终于冷声开口问:"你现在要跟他走?"

时鸢的眼睫轻颤,语气却坚定:"是。"

裴忌抿紧嘴角,眼眸中一片阴郁,像是暴风雨来临前的压抑。

"邱锐很快就会来公布结果。"他的语气听不出任何情绪,身侧绷紧的手背和凸起的青筋却泄露了一切。

他被她气狠了,又或者说,被她骗了太多次了。

明明答应了他,结束之后要等他的,她还是要爽约。

时鸢的嗓子疼得发紧,但还是不得不开口说:"我知道,可我现在必须得走。"

《沉溺》对她固然重要,可终究也只是一部电影,不能与家人相提并论。

她平静地说道:"对不起。我以后会找机会亲自跟邱导道歉。"

她顿了顿,又看向季云笙,轻声说:"我们走吧。"

"嗯。"

很快,两个人的身影消失在走廊尽头。

裴忌走出片场。

这天是周景林开的车,停车场里,驾驶座的门忽然被人从外面一把拉开。

看见面前的人，周景林愣了一下，喊道："裴总？"

"滚到后面去。"

周景林看见裴忌下一秒几乎就能杀人的脸色，立刻明白了他的意图，只能硬着头皮开口说："裴总，我今天开出来的是轿车，不是您的跑车。以及，这里是市区，限速。"他真的有点儿想哭，但还是说完后面的话，"所以您还是让我来开吧。"

万幸，裴忌还没有丧失全部理智。

黑色的轿车缓缓地行驶着，车窗被降下，冷风刮进来。

周景林被冻得打了个喷嚏，就听见裴忌忽然出声问："那些热搜……怎么样了？"

他思索片刻，还是如实答道："嗯……有一些对时鸢小姐不太好的言论冒了出来，网络上的骂声也变多了。"

其实，周景林跟了裴忌这么久，也还算得上了解他。

比如为什么以前有关他的热搜都必须第一时间撤掉，而和时鸢有关的，他却要留下。

就像一个得不到心爱玩具的孩子，终于得到了一个机会，他可以让全世界知道那是他的。

说出"爱"这个字，对他来说太难。所以他只能固执地用最幼稚的一种方法，像是幼儿园的小孩子一样，靠欺负她来吸引她的注意力。

哪怕他是裴忌，拥有了无数人这辈子都拥有不来的财富和地位，可他依然得不到自己想要的。

一片死寂里，男人低沉的声音再度响起："那些热搜，都撤了吧。删得干净些。"

周景林顿时一愣，不知道裴忌是受了什么刺激，却还是应道："好的，裴总，我现在吩咐下去。"

车厢内安静许久，周景林开着车，听见后座的男人忽然出声："周景林。"他的声音喑哑，语气里藏着不易察觉的自嘲，"你说，我把这条命还给她，她愿不愿意多看我一眼？"

他的喉结滚动了一下，又道："如果我死了，她会不会掉一滴眼泪？"

没等周景林出声，他哑声笑道，"还是算了。"

见不得她哭。明明她已经答应过等他，却还是头也不回地和季云笙走了。

一直以来对她的特例，全部成为捅进他心里的刀。既然如此，他也不必再留有余地了。

再睁开眼时，裴忌的眼底只剩近乎冰冷的情绪。他冷声说："之前让你查的那些东西，全部整理出来，晚上发给我。"

"好的，裴总。"

时鸢下飞机抵达医院时，已是深夜。

医院贵宾病房外的走廊里静悄悄的，空气里弥漫着消毒水的气味，吸进肺里都是冰凉的。

重症监护室外，时鸢隔着玻璃，怔然地看着病床上挂满呼吸器的老人。

"奶奶已经脱离危险了，应该明天才能醒过来，别担心了。"

蓦地，她鼻尖一酸，声音不受控制地染上哭腔："明明前段时间还好好的，怎么会突然严重了呢……"

季云笙垂了垂眼，藏起眼底的暗光，嗓音越发温柔："奶奶年纪大了，之前又动过这么大的手术，身体状况不稳定也很正常。"他顿了顿，又软着声音劝道，"好了，时间很晚了，你先去睡一会儿，奶奶这里我看着就好。"

时鸢的目光一瞬都不曾离开病床。她摇了摇头，执拗地说道："我不困，我就待在这里，等奶奶醒过来。"

时鸢虽然看着柔弱心软，可一旦倔起来，谁也劝不动。

见她执意要等，季云笙也没有再劝，只是叫人去拿毯子过来。

医院的长椅冰凉，时鸢坐在那里，大脑中如有一团乱麻。

自责、愧疚等情绪全部一股脑儿地涌上来，不知过了多久，她在椅子上昏昏沉沉地睡过去。短短几个小时里，无数个片段在梦境里杂糅成一团，画面真实而错乱。

第一个场景，也是在医院里。那时奶奶还站在她身边，牵着她的手。

一老一小两道身影，听见门内重症监护室里的心脏监视器突然发出刺耳的声音，白色的身影推着各种仪器进进出出。

最后，躺在床上的人还是被盖上了白布。紧接着，她听见了身旁重物坠地的声音。

奶奶晕倒了。她呆呆地看着护士把奶奶抬走，慌神的瞬间，她又到了另一个地方。

公安局门口。

那夜，大雨倾盆。许多人撑着伞，围在那里。他们将一道身影围在中间，哭喊着、唾骂着。

大雨模糊了她的视线，她拼命地往人群里挤啊挤，终于看清了。

雨幕里，少年背影单薄，被人推搡拉扯，最后直挺挺地跪在地上。他是跪着的，背脊却挺得笔直。

她急得哭了出来，想冲过去拉起他，告诉他不准跪。可是人墙挡在她面前，她过不去。

时鸢瘫坐在地上，不知道哭了多久，突然，挡在她面前的一切障碍都消失了。

没有人再拦着她了，她终于可以去找他了。她踉跄着起身，忽然，一道熟悉的浑厚声音在她身后响起："鸢鸢，别去。"

她怔怔地转身，看见一个男人站在身后，自己的脸和他的有七分相似，是她的父亲。

他微笑着冲她招了招手，一如记忆深处的样子。这场景太过真实，让她甚至分不清眼前的画面究竟是梦境还是现实。

"时鸢……时鸢……"

耳边传来一声声呼唤，硬生生地将时鸢从扭曲的梦境中拉回现实。

时鸢缓缓睁开眼，映入眼帘的却是雪白的天花板。

她声音沙哑地问："我刚刚……是睡着了吗？"

季云笙轻叹了一声，担忧道："你刚刚在外面晕倒了。"

下一刻，季云笙的手抚上她的额头。

这个动作有些亲昵，时鸢下意识地侧头躲开。

"奶奶醒了吗？"

察觉她潜意识里的抗拒，季云笙的目光暗了暗，但很快便掩住了。他点了点头，又阻止她："刚刚才清醒。你现在的脸色太憔悴，奶奶看见你这样会担心的。"

最后一句成功地止住时鸢接下来的动作。她虽然着急看奶奶，但不想让老人家再为自己操心。

于是,时鸢去卫生间用清水洗了把脸。

镜子里,她的脸色苍白,白日化的淡妆已经掉得差不多了。一双杏眸里布着血丝,眼睛也有些肿,憔悴得不像话。

时鸢只能向护士借来冰袋,让眼睛看着不像刚哭过之后那么肿,才进到病房里。

病床上,呼吸器已经暂时被撤了下来。看着床上骨瘦如柴的老人,时鸢挪步过去,轻声唤道:"奶奶。"

老太太抬头看过来,神情茫然,问道:"你是谁啊?"

这句话问出来,时鸢便知道,奶奶又不记得了。

从那年查出病情之后,老人家的记性就越来越差,还患上了阿尔兹海默症。有的时候连人脸也记不得了,记忆更是常常处于错乱的状态,还会像小孩子一样玩玩具。

时鸢的眼眶发酸,只能咬着唇克制。她艰难地挤出一个笑,说道:"奶奶,我是鸢鸢。"

老太太又盯着她的脸端详了一会儿,忽然一拍脑袋,恍然大悟道:"啊,鸢鸢……是奶奶的鸢鸢,奶奶想起来了。"

老太太冲她笑呵呵地伸出手,笑容一如从前慈祥。

她心疼道:"我的宝贝鸢鸢怎么又瘦了?小脸比上次看着好像更尖了。"

时鸢握住那只消瘦如枯木的手,费力地露出一个笑容,说道:"因为要上镜,不能太胖,所以减肥了。"

老太太皱起眉,不赞同地说道:"小姑娘减什么肥呀?又不胖,鸢鸢怎么样都好看,谁也比不了。"

时鸢的眼睛又是一阵发酸。不论自己如何,在家人眼里永远是最好的。

老太太爱抚地拍了拍她的手,忽然又想起什么,冲她身后张望,疑惑道:"鸢鸢,阿忌呢?今天放学他没跟你一起过来吗?"

时鸢怔了一下,随即便反应过来,奶奶又记忆错乱了。

她垂下眼,藏起眼底的黯然,一边倒水一边回答:"他……他今天又没交作业,老师罚他放学之后打扫教室,所以没来。"

"啊……这样啊。那那个……"老太太似是绞尽脑汁地在想名字,嘀咕了半天却也没想起来,只说,"他来没来啊?"

时鸢不解地问:"您说谁?"

这时,保姆陈月香刚好推门进来,听见时鸢问的,就帮着回答:"是医院里的一个护工小伙子,好像是哪个大学来的志愿者。老太太之前住院那一年,那个大学生护工大概一两个月来一次,跟医院里的其他人都不太熟。每次过来的时候戴着口罩,说自己脸上受了伤,怕吓着老人家,不过眉眼倒是生得可漂亮哩。"说完,她又感叹了句,"桌上那些小玩具都是那小伙子做的,他可有耐心了,脾气也好得很。有几次老人家上床费劲,都是他把人抱上去的,特别会照顾人。"

"大学生志愿者吗……"时鸢思索片刻,目光又落在床头柜上摆着的一堆木质小玩具上。

也许是时鸢来陪护的原因,老太太的身体状况好转得格外快。因为公司有急事,季云笙便先回去了。

待在医院的这两天里,时鸢亲自给邱锐打了电话致歉。原本以为《沉溺》这部戏已经没着落了,没想到对方告诉她,"宁意知"这个角色已经是她的了。

唯一的问题就是,剧组五天后就要开机,她得尽快赶回去。

可奶奶的身体刚有好转,时鸢又不忍心这么快就离开。老人家的身体状况不好,没办法跟她折腾到北城去养病。一时间,她陷入了两难的境地。

这天下午,天气回暖了些。病房里,暖洋洋的光线照进来,洒在雪白的床单上。

时鸢端着热水进来时,老太太正在床上织毛衣。

许是因为这两天老太太身体好了些,意识格外清醒,认不清人的情况也少了。

见她回来,老太太把手里的针线放下,有些发愁地说道:"鸢鸢,你是不是还有事没有忙完?忙的话就回去吧,奶奶这儿有人照顾,不用你惦记。"

"没事的,奶奶,我再多陪您两天。"

"你回去吧,正好奶奶有件事情要跟你说。"老太太一只手在枕头底下摸索半天,翻出一张皱巴巴的字条给她,上面写了一串数字。她笑呵呵道,"这个啊,是奶奶前段时间在医院楼下的时候,认识了一个刘阿姨。人好,也热心,上次见过你一面,喜欢你喜欢得不得了。她说她儿子也正好在北城呢……"

话说到这儿,时鸢当然明白了老人家的意思,这是要给她安排相亲。

她顿时有些哭笑不得道:"奶奶,我……"

"哎呀,那个小伙子奶奶见过一次。人帅得不得了,是做警察的,虽然工作不太安稳,但人看着是个踏实善良的。你一个人在外面,奶奶不放心。虽然说云笙这孩子也好,可你不喜欢,也不能强求。"老太太说着说着,又把字条往她手里递,说道,"正好你们都在北城,有空你就去见见,万一你喜欢呢,对不对?这个是微信号,你先加上。"

老人家本就生着病,时鸢只能先顺着她的意思,拿出手机把对方的微信先加上了。

时鸢本来想着先礼貌地把名字发过去,可又怕人家万一直接拒绝了,奶奶还在旁边看着,恐怕会不开心。

于是她只好先编辑了一条微信消息过去,起码先应付了奶奶,等到见面的时候再跟人家道歉说明情况。

那头回复的速度很快,说次日就有时间。

奶奶还在一旁看着,时鸢有些骑虎难下,只好硬着头皮约了时间和地点。

见状,老太太终于乐呵了,欣慰道:"太好了。你明天就准备回去吧。鸢鸢,奶奶这里有你陈阿姨照顾,不用你担心。等见到那个小伙子的时候,记得拍张照片给奶奶发过来啊。"

"好。"

当晚,嘱咐好保姆一些事情之后,时鸢就被催着启程回了北城。

这天是洛清漪亲自开车接的她,等她一上车,洛清漪就将车内空调的温度调高了些。

洛清漪一边开车,一边用余光瞄了一眼时鸢的脸色,担忧地问道:"明天可能还要去剧组签一下合同,拍定妆照,对了,和裴……"洛清漪顿了一下,不太自然地改口,"裴总的那些热搜,已经被撤下去了。过两天再用微博发一条进组的照片,粉丝的注意力就回来了。"

时鸢闭着眼"嗯"了一声,看不出什么情绪。

暮色下,车流缓缓地流动,轻缓的音乐在车内流淌,让人逐渐放松下来。

时鸢忽然出声问:"明天拍完定妆照之后,就没什么安排了吧?"

洛清漪点头，勉强分神问她："没了，怎么？你有事吗？"

时鸢的语气淡淡的，仿佛在说一件极为平常的事情："嗯，要去相亲。"

次日下午。

裴氏集团总部大楼的会议室外，周景林正拿着手机焦急地来回踱步。

《沉溺》试镜结束后的这几天，裴忌几乎每天都住在公司里。

没日没夜地工作、开会。这几天公司的气压低得惊人，可以说是人人自危。

明眼人都看得出来，裴忌最近的心情极差。原本他训人就丝毫不留情面，最近只要有人在工作上出了差错，以前或许只是挨上一顿臭骂赔上季度奖金，现在直接卷铺盖走人，即便是公司高层也不例外。

周景林也同样打起十二分精神应付工作，忙得昏天黑地，以至于连昨晚时鸢回到北城的消息都没来得及上报。

他清楚地知道，裴忌的脾气突然变得极差，应该跟时鸢那天突然离开片场脱不了关系。

而眼下还没过几天，他也不敢确定裴忌到底消没消气。万一他自作主张把时鸢回来的消息报告上去，可能第二天被分配去缅市分公司的就是他了。

两个人闹别扭，遭殃的可是他们这些底层打工人。

纠结片刻后，周景林还是决定先给时鸢的经纪人打个电话，探探她的态度再说。

寒暄了几句，电话就被无情地挂断。

同时也得知了时鸢即将要去相亲的消息，就在周景林还没想好要怎么把这个消息委婉地告诉裴忌时，会议室的大门已经打开，一行人鱼贯而出。

为首的男人身形挺拔显眼，被西裤包裹的长腿修长有力，浑身散发着凌厉的气息，让人不敢靠近。

他只穿了件黑衬衫，没打领带，领口随意地散着，露出锁骨，带着与生俱来的贵气。

走廊里的员工纷纷低头避到两侧，让出一条路来。

周景林快步跟在后面，脑海中只是想象一下等会儿裴忌知道时鸢要去相亲的消息之后会是什么样的，就已经想放弃这个饭碗了。

"裴总……有件事情……"

他的话未说完，就被裴忌冷声打断："你也被里面那群老东西传染了？半天憋不出一句话？"

周景林只好硬着头皮补充道："是时小姐，昨晚已经回到北城了。"

话音一落地，前方的人脚步微不可察地顿了一下，很快便恢复自然。

下一刻，裴忌冷笑一声，说道："你是她的助理还是我的助理？"

"时小姐的经纪人说，时小姐下午要去相亲。"

面前的人脚步骤停。

哪怕周景林是在他的背后，也能感受到那阵狂风暴雨袭来的可怕气息，他刚刚若无其事的伪装已经彻底被撕破。

他轻扯嘴角，挤出两个字："相亲？"

第六章
我们到此为止

翌日，《沉溺》剧组定妆照拍摄现场。

时鸢到的时候，刚好撞见邱明嫣拍完出来。她这才知道，原来《沉溺》的女二号定的是邱明嫣。

想想也不奇怪，《沉溺》是个很好的机会，邱锐也不想让自己的外甥女错过。而且相比"宁意知"这个角色，女二号"沈梓茵"也是个很讨喜的角色，更适合邱明嫣这种娇俏可爱的形象。

时鸢签好合同出来时，刚好碰见了邱锐。

她微笑着跟他打招呼："邱导。"

邱锐的神色还算和蔼，没了第一次见面时的排斥。他打从心底里承认了时鸢做这部戏的主角，而且他这两天里也反思了一下自己之前对她的态度。

的确是他这个老古板太固执己见了。

从试镜那天的那一个片段，邱锐就能看出，时鸢是真的用心揣摩过角色，并且用演技征服了他们。

圈内那些人都说她靠后台、靠容貌，追名逐利，可实则……谣言害人不浅。

既然他认定了这个女主角，自然就不希望他们之间再出现什么隔阂。

邱锐叹了口气，郑重地说："时鸢啊，我跟你道个歉。之前的事情的确是我太固执，说了些不好听的话。你很适合这个角色，我选择你也只是这个原因。你是我认可的女主角，所以我希望和你一起，让《沉溺》成为传奇。"

邱锐出品的每一部电影，几乎都称得上经典。

而《沉溺》这部，他甚至用上"传奇"来形容，时鸢便知道，他不仅是对这部电影充满信心，更是对她也寄予厚望。

这是一种相当高的认可了。

时鸢微微动容，顿了顿，感激地笑道："谢谢邱导，我会努力的。"

邱锐欣慰地笑了笑，说道："嗯，过两天开机之后我们剧组有个聚餐，到时候记得来啊。"

"好。"

时鸢拍摄完定妆照之后，特意让化妆师把妆卸掉，素着一张脸，换了身简单大方的驼色大衣，乘车前往相亲的地点。

她担心路上堵车迟到，特意出发得早了些。还没到约定时间，她就已经到了餐厅。

餐厅里环境幽静，每处散台之间都有遮挡，伴随着轻柔的钢琴曲，氛围极好。

很快，侍者带着一个男人朝时鸢这桌走过来。

男人身形高大，肩膀极宽，双腿笔直修长，步子迈得很大。穿着一件休闲的黑夹克，身材利落有型。

待时鸢的视线上移，看清男人的面容时，神情微怔。男人面容英俊，五官硬朗，是那种让人过目不忘的帅气，有些眼熟。

时鸢的记性不错，略微在记忆中搜寻一下，便恍然道："江警官？"

江遇白亦是一愣，显然也没想到相亲对象会是时鸢。

上次在海岛度假村，时鸢跟着警方的直升机先回去之后，江遇白就没再见过她。

前阵子母亲住院，他忙着出任务，回来之后就被催着相亲，本也只是想来应付一下，没想到对象竟然是时鸢。

可他听局里那帮小子说，时鸢不是跟那个娱乐公司的老总关系不一般吗？也不知道裴忌知不知道这件事情……

江遇白在心里飞速地盘算着，面上露出一抹笑容，语调轻松道："时小姐，好巧。"

时鸢弯唇浅笑道："确实好巧。上次的事情，还没来得及好好向您道谢。"

江遇白摆摆手，爽朗地说道："别客气，都是我们该做的。"

时鸢顿了顿，真诚地看着他，说道："也谢谢你没有让这件事情传到媒体那里，帮我省了不少麻烦，这顿饭就让我来请吧。"

提到此事，江遇白摸了摸鼻子，又笑着说："啊……其实封锁消息一事，也有别人出力了。"

时鸢没听懂他的意思，连忙问："什么？"

江遇白体贴地把菜单递给她，才答："裴忌，你应该认识吧？他帮了点儿忙，不然那群记者的鼻子灵得跟狗似的，早就寻着味儿摸出来了。"

闻言，时鸢怔了怔，才轻声重复："裴忌吗……"

江遇白点头，没再多说下去，只道："嗯。先点菜吧。"

过了一会儿，菜陆续上桌。江遇白为人真诚爽朗，哪怕时鸢不爱讲话，气氛也没有冷场。

等聊得多一些了，江遇白人也放开了，把时鸢当成朋友，坦坦荡荡地把自己想说的都说了出来。

他挠了挠头，怪不好意思地笑："我就不叫你'时小姐'了，怪生分的。我实话实说，其实这次相亲，是我妈硬逼我来的。我一个小警察，赚得不多，工作又不安稳，也不想耽误哪个姑娘。"

时鸢弯起眼睛，柔声说道："别这么说。警察很好，很招小姑娘喜欢。"

她垂下眼睛，笑容有些苦涩地说道："反倒是我。我目前也没有结婚的想法，总是让家里长辈为我担心。"

见她说得不像假话，江遇白感到奇怪，讪笑着问："呃……时鸢，我不是八卦啊，就是我听说啊，你好像已经有男朋友了？"

这话问出来，江遇白都觉得自己像个八婆。关心人家姑娘隐私，纯粹就是有点儿大病。

但没办法，裴忌这人死鸭子嘴硬，总得帮他问清楚了再说。

然而时鸢并不知道江遇白心里的想法，摇了摇头，否认道："没有，只是谣言而已。江警官，还得麻烦你帮我保密。"

江遇白诧异地瞪大眼睛，又连忙保证道："啊，你放心。我肯定不会说出去。"

时鸢感激地笑了一下，说道："谢谢。"

这时，仿佛有一道视线落在她的后背，冷得像冰。

时鸢猛地一顿，转头朝身后看去。身后郁郁葱葱，摆满了装饰的花草，还有屏风隔开，看不见人。

是她的错觉吗？

时鸢眉头轻蹙，缓缓转回头。

江遇白见状，好奇地问："怎么了？"

她轻轻地笑了笑："没事。"

应该只是她太敏感了。

下一刻，江遇白的手机突然响起来。

他从裤兜里摸出手机，有点儿不好意思地对时鸢说："抱歉啊，我出去接个电话。"

"好。"

电话那头瞬间传出同事汪子晋火急火燎的声音："喂，江队，别跟妹子吃饭了，你的新车被人剐蹭了！你赶紧出来看看啊。"

"我……"江遇白意识到对面还坐着个姑娘，硬生生把后面那个脏字憋了回去，只说，"我现在过去。"

他压着火气，脸色极臭地挂了电话。

见状，时鸢眨了眨眼，问他："出什么事了？"

江遇白一边拎着外套起身，一边答："没什么大事，就是车被人剐蹭了，我恐怕得走了。不好意思啊，时鸢。"

时鸢摇了摇头，善解人意地说道："没关系，你先去吧。"

和时鸢道了个别，江遇白悄悄去埋了单，然后直奔停车场。

与此同时，餐厅里，时鸢穿好大衣准备离开。

从位子到餐厅门口要经过一段长长的走廊，时鸢缓步走着，经过一个消防通道口时，突然被暗处的一只手扯了进去。

消防通道里光线昏暗，时鸢被吓得蒙了一秒，刚想开口喊"救命"，一道高大修长的身影随即压了下来。

熟悉的冰冷气息将她包裹住，夹杂着淡淡的烟草味，很熟悉。

温热的掌心贴在她的唇上，一道低哑悦耳的声音在她耳畔响起："嘘，别叫。"

听出他的声音，时鸢挣扎的动作顿住了，难以置信地睁大眼睛。

裴忌怎么会在这儿？

他紧紧地贴着她，胸膛温热，两具身躯几乎没有缝隙，传递过来的温度几乎快要将她烧着。

裴忌低下头，贴在她耳边，不紧不慢地问她："时鸢，是不是我最近太纵着你了，才让你误以为我的脾气变好了？"

他问得格外耐心，时鸢却从里面听出山雨欲来风满楼的感觉。

压抑着怒火的裴忌，比以前更加危险、可怕。

时鸢一阵心慌，解释道："裴……"

他却根本不给她解释的机会，立刻打断她，声音里听不出一点儿情绪："说了，别叫。"

时鸢立刻止住声。

"你是不是确定了我不敢碰你，所以才一次次踩着我的底线？嗯？"

他胸腔振动发出的细微声响毫无保留地传进她的耳畔，他的气息几乎快要将她吞噬。

时鸢下意识地屏住呼吸，耳边震耳欲聋的心跳声分不清是谁的。

头顶的灯光忽闪了一下，让时鸢猝不及防地撞进他的眼底。

几天没见，他的眼底布着血丝，眼眸依旧幽深，望着她的眼神像是饥饿已久的野兽盯上了猎物，沾染上疯狂和欲望。

时鸢的心尖一颤，想要推开他，却已经晚了。

下一刻，裴忌冰凉的指节忽然落在她的颈上，轻轻地刮过。那寸被他触碰的肌肤像是过了电一般，引起一阵酥麻。

他的嗓音低沉而蛊惑，说出的话夹杂着危险又暧昧的气息："现在呢，还是那么觉得吗？"

裴忌说得没错。时鸢不否认，在心底深处，她就是觉得他不会伤害自己。

即便她曾经对他做过那么过分的事情。

可现在，她忽然开始不确定了。因为裴忌这一刻的眼神……实在太具有侵略性，像是一头发狂的野兽，下一秒就会把她拆吃入腹。

半晌，她张了张嘴，有些不知道该怎么解释，只憋出一句："我和江警官不是你想象的那样……"

他的眸中戾气丛生，又因为她神情中露出的紧张而硬生生地克制下去。

裴忌的声音哑了，有些不怀好意地问："季云笙知不知道你今天来跟别人相亲了？怎么，你腻了他了？"

时鸢别开眼，明显抗拒回答这个问题，只说道："这是我自己的事情。"

他的气息再次逼近，问道："你真的喜欢季云笙？"

时鸢的目光微闪，只能强作镇定地应道："嗯。"

很拙劣的谎话。

裴忌的视线下移，落在她不自觉揪着衣角的手上。不管过了多久，她一撒谎就会紧张到抠衣角的习惯还是没变。

他微勾起嘴角，笃定地说道："时鸢，你在说谎。"

时鸢愣了一下，不知道他是怎么发现的，只能急声否认："我没有……"

话一出口，她也意识到自己的反应过于激烈，有些露馅儿了。

得到一个意料之外的答案，让裴忌眼底浓烈的情绪忽然淡了，连带着浑身的戾气都消去几分。

他的喉结动了一下，却不肯放过她，看着她的眼睛，问道："时鸢，你不喜欢他，对不对？"

时鸢不自觉屏住呼吸，她从来不会说谎，只能徒劳地躲避他锐利的视线。

裴忌的眼眸一暗，心尖跟着泛疼。

他不问就是了。

裴忌觉得，这一局自己还是败了。憋了几天的火，气势汹汹地来，本来想给她一点儿惩罚，不给她再糟践自己的机会。

可看见她真的害怕了，他更难受。算了，是他自找的。

他温热的指腹擦拭过她的唇瓣，酥酥麻麻的，像是过了电一样。他的态度猝不及防地软化下来，让她变得有些不知所措。

比起以前的他，她更招架不住现在的裴忌。

时鸢别开头，脸颊悄悄地爬上一抹绯红。

她不想再就这个话题多说下去，只好转移话题："你那天要跟我说的事情……是什么？"

"和豫星娱乐解约，离季云笙越远越好。"他定定地望着她，说道，"裴氏能给你的条件，比豫星娱乐强千倍万倍。"

时鸢怔了怔，没想到他说的会是这个。很快，她垂下眼睛，平静地说道："我不会解约。"

只是轻轻一句话,却让他的呼吸一室。

裴忌冷笑一声,眉眼阴沉得几乎能滴出水。他道:"你知不知道?他不是什么好人……"

时鸢截断他的话:"这不重要。"

重要的是,她在还恩。而这些,不该让他知道。

裴忌微微眯起眼,声音带着一丝危险的意味,冷声问:"那江遇白呢?你喜欢他那样的?"

见他还没翻过这页,时鸢无奈地回答:"我和江警官真的不是你想的那样。"

他像个固执的孩子,不从她的口中得出答案就誓不罢休。

裴忌垂下眼睛,那双狭长上挑的丹凤眼眨也不眨地望着她,漆黑的瞳仁里只剩下她的身影。他呼吸喷在她的锁骨处,嗓音低沉得有些蛊惑人心。

"那你喜欢什么样的?"

见她不答,裴忌眼底的情绪出现一丝崩裂,阴霾难以克制地从里面泄出来,将他淹没。

他又问:"喜欢温柔体贴的、身家清白的,不管是谁,总归不可能是一个杀人犯的儿子,对不对?"

他压低音量,贴在她的耳畔,如情人般的耳鬓厮磨,声音里却染着自嘲的意味:"毕竟我自己都讨厌这里面流着的血,你怎么会不恶心呢?!"

时鸢的眼睫一颤,猛然出声打断他:"裴忌!"

裴忌鲜少见她如此失态的模样,缓缓勾起嘴角,说道:"你把我从地狱里拉出来,让我尝到活着的滋味,然后再亲手推下去。多残忍啊。"

随着他的话音落下,时鸢的脸色煞白,强忍着心口一阵阵的钝痛。

裴忌的话,让她再一次想起那个夜晚。

他小心翼翼地把那条攒了很久的钱才买到的手链拿出来,却被她一下子打落在地。

少年无措地愣在原地,看着她哭得撕心裂肺。

——裴忌,你真的以为我喜欢你吗?

——我恨你。

时鸢闭上眼,深吸一口气,道:"够了,裴忌。"

有些事情是无论如何都过不去的,再这样下去,他只会更痛苦。

她用尽全身力气推开他,神情平静而悲伤地说:"到此为止吧。"

傍晚,夜色如墨。

市中心某拳击馆内,场馆里没开灯,只有一束昏黄的光线从拳击台的上方打下来,静悄悄的。

江遇白进来时,感觉到空气里弥漫着一股肃杀之气。

裴忌仰头喝着矿泉水,汗水顺着额角滑落,最后滴落在他的喉结上。白色的背心也被汗水打湿,若有似无地露出紧实的肌肉线条,性感至极。

听见脚步声,他转头,目光冷冷地瞥向江遇白。

江遇白从他的眼神里感觉到一股杀气,让人后背发凉。

"你来多久了?"

裴忌把空了的矿泉水瓶掷进不远处的垃圾桶,侧脸线条冷硬分明。他道:"忘了。"

江遇白顿了一下,建议道:"那要不你歇会儿再打?"

裴忌把拳套砸进他的怀里,冷声道:"少废话。"

察觉裴忌这天的心情极差,江遇白甚至有点儿怀疑,是不是他晚上和时鸢吃饭的事情被裴忌知道了。

他有些心虚地摸了摸鼻子,戴上拳套上场。

原本以为裴忌只是像往常一样练练,没想到他刚上去,一阵凌厉的拳风骤然朝他的面部袭来,又快又狠。还好他身经百战,飞快地侧过头,躲开那一拳。

他难以置信地瞪大眼睛:"你来真的啊?"

裴忌冷冷地扯起嘴角:"少废话。"

接下来的十五分钟,他招招不留余力。

以往江遇白和裴忌练手的时候,只觉得他的身手比他们局里那帮小伙子强不少。可这天大概是真惹着这疯子了,几轮下来,连江遇白都有点儿吃不消。

他可不想刚遇到洛清漪,过两天约她的时候就让她看见自己脸上挂了彩。

终于趁着间隙,江遇白一边躲一边喊:"停,停,停,结束!"

然而裴忌就跟完全没听到似的,像是杀红了眼。

江遇白气喘吁吁地躲着,一不留神,差点儿被直击面门。

他忽然脱口而出:"你就不想知道我今天晚上都跟她聊什么了?"

突然,迎面袭来的那阵拳风停住了。

找到了裴忌的软肋,江遇白终于长吁一口气。

裴忌眯起眼,语气里满是危险:"说。"

"其实真没什么,就是我妈,前两天不是因为阑尾炎住了几天院,住院了也闲不着,天天总想着当红娘给我牵线。谁知道牵到时鸢身上去了。"

见裴忌不信,江遇白有些无奈地说:"真的。我还跟她说了,之前许子郁那事你也出了力。"

裴忌终于收回目光,轻扯嘴角,冷冷地吐出两个字:"多事。"

江遇白"啧"了两声:"你说你啊,明明喜欢人家,偏偏总是死犟。"

裴忌的脸上闪过一丝不自然,随即冷声否认:"谁跟你说我喜欢她了?"

江遇白哼笑一声,起身从冰柜里拿出瓶饮料扔给他,忍不住苦口婆心地说道:"恨一个人可不像你这样,死不承认干什么?又没什么丢人的。"

裴忌捏着饮料瓶身的指节蓦地收紧,甚至隐隐泛白。他低着头,被汗水打湿的黑发垂在额前,低垂着的丹凤眼,眼眸里缀满了一种名为悲戚的情绪,周身都笼罩上一层阴霾。

半晌,他才哑声开口说:"我不配。"

江遇白一愣,表情也微微严肃起来。顿了顿,他又缓声劝道:"裴忌,那些事情都过去了,人得朝前看。况且,本来就不是你的错,你不需要替任何人承担他们犯过的错。"

裴忌嗓音喑哑,茫然地低喃:"真的能过去吗?"他用手遮着光,忽然低低地笑道,"我原本以为,我恨她。"

裴忌忽然想起人生中最不堪的那一年。他像野狗一样,无家可归。不去学校上课,整天喝得昏天黑地,活得像一具行尸走肉。

闭上眼睛的时候,耳边都是那些刺耳的谩骂和指责,所以他根本不敢闭眼。

没人希望他好,相反,他烂到泥里,才算是赔罪。

所以,既然所有人都说他有罪,那他就认了吧。让他跪,也无妨,只要能堵住他们的嘴。

那些翻来覆去谩骂的话,他实在听腻了。

可有人不愿意。她非要挤到人群前面,把他从冰冷的水泥地上拽起来。

裙子弄脏了,她也不在乎。

裴忌疯了。他觉得自己狼狈不堪,其他人的眼光他不在乎,可唯独时鸢露出失望的眼神,会让他想逃。

所以他故意对她恶语相向,试图逼走她。

裴忌恶劣地勾起嘴角,冷漠道:"怎么?你也恨透了我吧?巴不得我去死是不是?不如我也给你跪下,怎么样?"

啪的一声脆响,他的脸被打到一边。

素来温柔如水的女孩儿看着他这副模样,气得浑身都在发抖。

其实她打他的那巴掌,根本没什么力道,可还是奇异地让他安静下来了。

她的眼眶发红,望着他说:"裴忌,你不欠我的,也不欠任何人的。知道吗?别再作践你自己,也别让我看不起你。"

那天之后,裴忌就知道,在她这里,他栽得彻彻底底。

"裴忌,裴忌?"

江遇白的声音从身边传来,将裴忌从铺天盖地的回忆里扯出来。他的喉结轻滚,沉声问:"又怎么了?"

江遇白"啧"了一声,想转移话题,又欲盖弥彰地说道:"还有件事,我猜你应该不知道。"他语气揶揄地说,"我今晚和时鸢相亲的时候,你猜她跟我说什么了?"

江遇白当然不指望裴忌这个死犟的性格能主动问,便自问自答:"她说,她还是单身。也就是说她跟季云笙的那些传闻,不是真的。"

裴忌的动作一僵,猛地抬起头道:"你说什么?"

江遇白相当满意他此刻的反应,重复道:"我说,时鸢还是单身!"

随着他的话音落下,他清楚地看见,裴忌原本阴郁的眼眸渐渐亮了起来。

裴忌不是没调查过时鸢和季云笙之间的事情。只是季云笙把所有消息封锁得很紧,再加上对方有意操控舆论,传出来的无非都是那些他和时鸢关系匪浅的流言,裴忌也无法确定究竟是真是假。而至于时鸢几年前为什么突然放弃跳舞,和豫星娱乐签约来到北城,裴忌只是隐约有一个猜测。

原本他想,哪怕时鸢真的和季云笙在一起了,他也会不择手段地把她抢回来。

原来是假的。

裴忌眼底的戾气逐渐消失，嘴角微扬，不经意地泄露出他此刻明显变好的心情。

江遇白顿时觉得有点儿好笑。裴忌这个人，长了一张祸害众生的脸，感情上根本一窍不通，尤其是不知道该怎么表达喜欢。他一个外人看着都着急。

江遇白换了个坐姿，像煞有介事地教育道："追女孩子呢，不能像你这样。你这种追法，成天臭着个脸，哪个姑娘喜欢？"

闻言，裴忌挑了挑眉，眯起眼盯着他。

"比如送花儿啊，送衣服、首饰、包啊，说白了就是对人家好。你得学着去爱，而不是把她越推越远，知道吗？"

裴忌没说话，微微蹙起眉头，像是真的在思考他话里的可行性。

"不然万一哪天时鸢真对那个季云笙动心了……"

江遇白的话还没说完，裴忌已经站起身，将毛巾丢在椅背上准备离开。

"喂，你干吗去？"

裴忌头也没回地丢下一句话："回公司。"

次日上午，电影《沉溺》剧组正式官宣阵容。时鸢按照惯例点赞转发，随后，微博热搜榜就再次惨遭洗礼，几个词条接连挤上榜首，后面还跟了一个火红的"爆"字。

造型工作室里，洛清漪拿着手机啧啧感叹："不错，不错。这才发出去几分钟，就有这么大的声势。"

她又点开剧组官博放出来的定妆照，双指轻触，放大来看。

照片里，女人赤着脚，一袭月白长裙垂至脚踝，乌发如瀑散落在肩头，杏眸红唇，五官清丽精致，背靠大海，朝镜头笑着。像是从画里跑出来的人，温柔似水，气质却若有似无地透出清冷感，氛围感十足。

在娱乐圈里，神级美颜本身就变相地代表了一种话语权。

再加上之前和裴忌的那个热搜，由于那天的热搜突然全部消失，引起了网友对他更大的好奇心和探索欲，不少记者也一直在坚持不懈地想要扒出有关这位神秘大佬的消息。

所以此时热度还没有完全下来，没想到还因祸得福了，直接为《沉溺》

官宣营造了更大的话题和流量。

换句话说,他们还算是沾了裴忌的光?

洛清漪撇撇嘴,抬头看向时鸢。

晚上有一场慈善晚会,造型师正在给她做造型。

不知道是不是相亲不顺利,从这天清晨开始,时鸢就一直怏怏的,不太提得起精神。

此刻她闭着眼,不知是不是睡着了,纤长浓密的睫毛垂着,像精致的洋娃娃,随意被造型师摆弄着。乖巧,又不知为何,让人有点儿心疼。

洛清漪轻叹一声,没吵醒她,低头继续刷微博。

这一低头,微博推送的消息又如雨后春笋般冒了出来——厘姿微博疑似影射时鸢。

洛清漪险些一口气没上来,点开那条微博。

厘姿:"世界上没有绝对的公平,但命运不会苛待每一个努力的人。"

配图是她慈善晚会的造型,脖颈上一条流光溢彩的钻石项链尤为显眼,是著名国际珠宝高奢品牌"星崎"近期推出不久的高定,不少女明星都很眼馋。

没想到竟然让厘姿拿到手了,现在还敢蹭她们的热度。趁着时鸢和《沉溺》霸屏热搜的时候来这么一条,明摆着是存心硌硬她们。

这时,时鸢察觉到什么,睁开眼睛看向洛清漪,柔声问:"怎么了?"

洛清漪咬牙切齿地把手机递给她看,说道:"又是厘姿,不仅来蹭我们的热度,还连带着炫耀了一拨。一条项链有什么了不起的?好像她拿到人家的全球代言人了似的。"

时鸢接过手机,疑惑地问道:"她也去《沉溺》试镜了?"

"好像是去了,跟你那天的时间错开了。"

难怪要整这么一出,在这里暗示她这个女主角来得不干净。

时鸢放下手机,不以为意:"她不是经常这样吗?随她去吧。"

"不行。"洛清漪果断地摇头,愤愤地说道,"以前随她蹦跶就算了,今天你刚官宣女主演,她就在这里暗指选角有内幕。晚上还有慈善晚会,她费尽心思借来'星崎'这条项链,还踩着我们博眼球,想得美。"

话落,洛清漪又想起一件重要的事情,连忙把蒋清叫过来。

原本给时鸢搭配造型的珠宝,现在恐怕不能用了。

之前出于热搜影响考虑，洛清漪就没想着让时鸢在慈善晚会太高调。可现在厘姿都能拿到"星崎"的那条项链，她们就必须得压上对方一头。

但放眼整个珠宝界，能碾压"星崎"的牌子，好像也就那么一两个。

这时，蒋清刚好推门走进来。

洛清漪神情严肃地问："C家是不是最近也出了一批高定？"

蒋清难以置信地瞪大眼睛，以为自己理解错了她的意思，忙问："洛姐，你在开玩笑吧？"

C家就是那个能全方面碾压"星崎"，站在珠宝界顶端的国际珠宝品牌。

奢华、大气、昂贵。哪怕最便宜的一条项链也要七位数起，价格更是上不封顶。尤其是最近，C家在拍卖展上展示出的一条翡翠项链，更是贵到令人发指。

哪怕是超一线女明星想借上一件C家的高定，提前一年都还不一定能借得来。

洛清漪说完，自己也觉得不太可能实现。她忍不住叹了口气，又开始思索有没有其他的选择。

这会儿，造型师已经把晚上要戴的珠宝拿过来了。虽然也很好，但到底比不上厘姿脖子上的那条。

时鸢看了一眼，淡淡地说道："我觉得挺不错的，就戴这个吧。"

洛清漪还是觉得胸口堵着一口气，说道："行吧，我再去想想办法，看看还能不能借到更好的。"

她说着，拿着手机就出去打电话了。

时鸢有点儿无奈，心知拦不住她，干脆闭目养神。

现在的她满脑子都是裴忌昨晚离开时的背影。

他总是有本事把她原本平静的生活搅得天翻地覆，导致她昨天夜里睡得也不安稳。

这会儿，困意一阵阵地袭来，她昏昏沉沉地睡了过去。

造型师见时鸢迷迷糊糊地睡着了，也下意识地放轻了动作。

晚上六点，慈善晚会准时开始。

红毯前，长枪短炮依次架起，此起彼伏的闪光灯把夜空都照亮了半边。

十月,天气已经不算暖了,晚风更是能钻进骨头缝似的。但红毯上的女明星们像是完全感觉不到室外的寒冷,穿得一个比一个少。

时鸢特别佩服娱乐圈的是,女明星个个都十分耐冻。

她就不行。小时候因为意外,她不慎在冬天掉进河里,虽然很快就被人救了上来,但还是落下了体寒怕冷的毛病。

一到冬天手冷脚冷还算是好的,有时来例假,痛经严重的时候还可能会痛晕过去。

所以一有这种活动,尤其是到了深秋或者冬天,洛清漪都会专门让造型师尽量挑一些不是那么"凉快"的礼服。

保姆车在红毯入口处缓缓停稳,时鸢深吸一口气,脱掉身上披着的外套,拎起裙摆款款走下车。

一时间,无数镜头朝她的方向扫过来,快门声此起彼伏,还隐隐有几声抽气声混杂在里面。

这天时鸢穿了一身墨绿色的抹胸长袖礼服,衬得她的肌肤白皙,如珍珠一般,在黑夜里都发着光似的。丝绸的材质在灯光下格外闪耀,再加上她本身清冷出尘的气质,更是透出一种极致的高级感。

往常披散着的乌发被低低地盘起来,几绺青丝随意地垂落在耳边,露出修长纤细的天鹅颈,上面戴着洛清漪废了半天拿来的宝石项链。

她的眉眼妆容浅淡,唇妆却是正红色的,在她白皙的面庞上更是被赋予一种极强的视觉效果。

美,美得不可方物。

记者们向来最喜欢时鸢这种,几乎不用修就能发原图。

他们不停地按着快门,时鸢不急不缓地踩着高跟鞋,从容地走完红毯。进到会场里的一瞬间,她终于长舒一口气。

冷,实在太冷了。如果不是特意让化妆师涂了色号深一些的口红,她被冻到发白的唇色恐怕就要暴露无遗了。

会场里也架着数不清的摄像机,时鸢才刚抬脚,一道身影就挡在了她面前。

厘姿穿着一身宝蓝色长款拖地礼服,踩着一双细细的恨天高,不偏不倚地挡在时鸢面前。她的脖子上还戴着下午在微博上晒出来的那条钻石项链。

那条项链远比照片里看着还要华丽精致,上面镶满了耀眼的钻石,在场内灯光的照射下简直晃得人眼睛发疼。

对比之下，时鸢脖子上的那条就没有那么闪耀了。

厘姿又理了理脖子上的项链，调整了一下角度，确保摄像机拍出来的角度是最好看的之后，才笑意盈盈地开口道："时鸢，好巧啊。《沉溺》剧组最近快要开机了吧？没想到你还有时间来参加慈善晚会。"

这话说得一语双关，周围举着摄像机的记者灵敏地嗅到二人之间的火药味儿，镜头都朝她们转过来。

下午的热搜还历历在目，晚上慈善晚会要是再来一场对撕，他们可就不愁没得写了。

时鸢当然也听出了这话里的深意。无非是在冷嘲热讽，她拿下了角色，却还不抓紧时间好好准备进组拍戏。

她素来不会主动挑起事端，可偏偏每次都有人主动招惹她。

她勾起红唇，嗓音温柔地说："最近还好，过两天就开始忙了。你呢？最近在忙什么？'星崎'的全球代言吗？"

她的语气轻轻柔柔的，说出来的话却直击厘姿的痛处。

"星崎"的这条项链都是她费了好大一番功夫才借来的，至于代言，怎么可能轮得上她？

旁边还有摄像头，厘姿的笑容猝不及防地僵住，神情透着几分不自然。

那又怎么样？她至少能弄来这条项链。

很快，她似乎想起了什么，面上恢复娇笑，目光若有似无地落在时鸢的颈上，状似无意地开口："对了，时鸢，我这条项链是朋友帮忙借来的。她的母亲你应该也认识吧？是舞蹈界里泰斗级的人物。"

话落，时鸢的目光微凝，向来温柔如水的杏眸第一次露出几分明显的情绪。她抬起眼，染着凉意的视线和厘姿对视。

厘姿相当满意她的反应，随即嫣然一笑，继续道："星崎珠宝的总裁夫人，白锦竹。这条项链就是托她的福才借到的。"

时鸢的指尖一点儿一点儿地陷进掌心，痛感渐渐蔓延，她的头更加昏昏沉沉，甚至小腹也隐隐传来一阵坠痛。

也正是这个时候，会场的大门被人推开，两道身影朝她们走过来。

为首的男人西装革履，在时鸢面前停下，恭敬地说道："您好，时小姐。"

时鸢骤然回神,看清男人的面容之后怔了怔,喊道:"周秘书?"

一旁的厘姿也愣了一下。她见过周景林,自然也知道他是听谁的吩咐办事。

只是,他来找时鸢干吗?

下一刻,周景林微笑着开口:"抱歉,时小姐。因为项链下午还在国外,送项链过来的专机刚刚才抵达北城,所以来得迟了些。"

无数个镜头对准他们,实时转播这极具火药味的一幕。周围的人也都纷纷看过来。

时鸢皱了皱眉,茫然地问道:"什么项链?"

周景林点头,招了招手,示意身旁的人把盒子打开。

黑色丝绒的首饰盒里,一条鸽子蛋那么大的翡翠绿宝石项链静静地躺在里面。翡翠的成色极好,通透到看不见一丝杂质,周围镶嵌着几颗钻石,不是碎钻,而是完整晶莹的粉钻,流光溢彩,美到让人无法呼吸。

快门声顿时响得更激烈了,纷纷对准那条项链。

旁边有人眼尖,看清项链的时候瞬间倒吸了一口冷气。

人群里随即传来窃窃私语。

很快,厘姿刚刚还笑容满面的脸彻底失去血色。

几十台摄像机对准项链,将画面实时转播出去。网络上瞬间炸开了锅,数不清的弹幕层层刷屏,快得几乎都看不清。

现场,众人打量的目光纷纷落在厘姿身上。

厘姿暗暗咬紧牙关,目光不受控制地露出一丝难堪。她盯着那条天价项链,仿佛要盯出一个洞来。

见状,周景林微笑着道:"时小姐,您放心,这条项链不是借来的,是裴总下午在拍卖场上专程拍下的。裴总有一些公事,暂时没办法过来。礼物送到了,我就先失陪了。"

听见"借"那个字眼,厘姿的脸色红一阵白一阵,表情堪称精彩纷呈。

时鸢骤然回神,忙叫住他:"等等,周秘书。这项链我不……"

这时,洛清漪恰好抓准时机出来,先一步接下首饰盒,完全没给时鸢拒绝的机会。

这种公共场合,每一秒都是直播出去的。刚才看见厘姿脸上吃瘪的表情,洛清漪差点儿在旁边直接乐出声来。

爽，真爽。

洛清漪抿唇，强忍着笑，直接把之前还在电话里戗过周景林的事情选择性失忆。

"谢谢你啊，周秘书，礼物我们先收下了。麻烦您特意跑这一趟。"

周景林循声看去，意识到她就是前两天毫不客气把他电话挂了的那位"大牌"经纪人。

人和脾气都挺辣，不过这天倒是挺客气的。

他不由自主地多看了她一眼，唇边的笑容不变，只道了一句："不用客气。"

任务完成后，周景林便快步离开了。

有摄像头在，厘姿只能艰难维持着脸上的假笑，掌心几乎快要被超长的延长甲抠出血。

等时鸢彻底反应过来之后，洛清漪已经拿着首饰盒对她说："走吧，我们先去休息室换一下项链。"

临走之前，洛清漪不忘回头冲厘姿一笑，说道："不好意思，厘姿小姐，我们先失陪啦。"

几十台摄像机瞬间对准厘姿，将她脸上变换的表情毫无保留地录进这场全国直播里。

休息室内，洛清漪将这条天价项链小心翼翼地从首饰盒里拿出来，生怕磕着碰着。

她已经可以想象到这晚的热搜被她们预定的场面了。

时鸢看着那条项链，犹豫着说道："我还是别……"

洛清漪早猜到她要说什么，立刻打断："不行。等会儿结束之后还要上台拍大合照，一定要戴这条项链。不然刚刚裴总就白帮你出气了，要打厘姿的脸就得打彻底。"

况且，这条翡翠项链是真的很配时鸢这身礼服。

洛清漪不给时鸢机会拒绝，已经帮她把脖子上的那条项链解下来，将熠熠生辉的翡翠项链戴了上去。

冰凉温润的触感贴上肌肤，时鸢微微愣住，目光落在镜子里的人上。她望着那条项链，怔然出声："帮我……出气？"

"不然呢？他肯定是看到下午的热搜了呀。"

抛开其他的不说，但就这天这件事情，洛清漪心里对裴忌的排斥已经下降了好几个度。

至少这天没让她们家时鸢被人欺负。

洛清漪顿了顿，察觉到她的脸色有些发白，担忧地问："你身体还是不太舒服？"

说着，她又握了握时鸢的手，顿时吓了一跳，问道："怎么这么凉？"

洛清漪这样一提，时鸢才觉小腹撕扯的那阵坠痛好像更强烈了些，像是身体里有一只手，来回拉扯着她的五脏六腑。

她强忍着疼痛，笑着安慰洛清漪："没什么事，应该过会儿就好了。"

这时，有工作人员敲了敲门，通知她们该回去了。

时鸢收起思绪，重新回到会场。

后面的环节里，厘姿应该是知趣了，找了个人少的角落，不敢再掀什么风浪。

时鸢和几个还算熟悉的演员打过招呼，便回到自己的位子上坐下。她专注地看着台上的演出，实际上全程心不在焉。

裴忌为什么要突然送她一条项链？明明他们前不久才不欢而散。她明明已经把话说得那么狠，他却还是……像洛清漪说的那样，光明正大地为她出气。

深夜，慈善晚会终于圆满落幕。

后半程，时鸢小腹的疼痛也越来越剧烈，完全是凭借着意志力撑下来的。

起身时她还一阵发晕，踩着脚下的细高跟险些摔倒。

散场之后，时鸢立刻回到休息室里把礼服换下，然后把脖子上的项链摘下来，妥善地放回盒子里。

她正发愁要怎么把项链还回去，桌面上的手机就发出一声振动。

是一条来自陌生号码的短信，手机号码的后几位数让她有点儿眼熟。

她点开短信，里面只有言简意赅的几个字："出来。后门。"

时鸢愣了一下，很快反应过来短信是谁发的。

这种霸道又蛮横的语气，除了他也不会再有别人了。

那晚她已经把话说得那么决绝，可他还是来了。

时鸢犹豫片刻，还是决定出去，临走前还不忘拿上那个首饰盒。

她从会场后门出去，此刻人早就散得差不多了。

天空乌云密布，黑压压的，像是在积蓄着一场倾盆大雨。路旁，一辆全球限量的黑色豪车停在那儿，隐在黑夜里。

低调，又高调。

一道高大修长的身影立在车旁，男人只穿了件白衬衫，袖口随意地挽到手肘处，露出紧实完美的手臂线条。

他的轮廓在黑夜里显得越发冷硬，下颌线清晰分明，裹挟了些晚风里的冷意。

裴忌低着头正要点烟，余光瞥见来人，点火的动作顿了顿。

时鸢抿了抿唇，抬脚走近他，问道："你怎么会在这儿？"

裴忌把烟收起来，懒懒地抬起头，幽深的眼睛望向她。

他的声音里没什么情绪，听着有些冷淡："碰巧路过。"

会场位置偏僻，附近什么也没有，怎么可能会偶然路过？

时鸢没戳穿他的话，安静地垂下眼睛，将手里的首饰盒递给他，嗓音极轻地说："这条项链还给你，谢谢。"

裴忌的目光暗下去，比此刻天边的乌云还要阴沉。他紧抿唇线，每个字都像是从牙关里挤出来的："你不喜欢？"

时鸢顿了顿，才解释道："不是，这太贵重了，我不能收。"

裴忌眉眼里的冷色淡了些，但语气仍然冷硬："不想要就扔了。"他像是想起什么，唇边勾起自嘲的弧度，说道，"反正也不是第一次了。"

话落，时鸢捏着盒子的指尖收紧几分。

第一次，是他送给她的手链，被她扔到了地上。

时鸢张了张唇，只觉得小腹的疼痛这会儿似乎已经蔓延到心上，痛得她连呼吸都变得困难。

她刚想说什么，眼前却突然一阵发晕，脚下一个趔趄。

下一刻，她就被面前的人稳稳地扶住。

裴忌皱起眉观察她的脸色，神色闪过一抹不易察觉的紧张。他连忙问道："怎么了？"

时鸢的眼前一阵阵发黑,本能地摇了摇头。还没等她开口,他的掌心便覆上她的额头。

很奇怪,明明是同样的动作,季云笙做的时候,她的身体会不由自主地抵触,但在他面前似乎就有些失灵了。

感受到掌心滚烫的温度,裴忌冷冷地开口说:"你发烧了。"

说完,他便转身拉开副驾驶座的车门。

时鸢努力克制着那股眩晕感,试图凭借自己的力气站稳。

"我没事……"

"上车,去医院。"

"不……""用"字还没说出口,就被他干脆地打断。

裴忌的语气沉沉的,带着几分不容置喙:"要么你自己上车,要么我抱你上去。自己选。"

不知道附近还有没有记者在蹲着,时鸢把心一横,被迫上了车。

这还是她第一次坐裴忌开的车。他修长的手握在方向盘上,几根青筋分明,连接到骨节处,凸起的弧度有些性感。

她想得越来越歪,默默地别开眼睛,佯装看着窗外的景色。

车速有些快。很快,时鸢的注意力就被转移了。

她蜷缩在副驾驶座里,小腹的坠痛感一阵比一阵强烈,搅得五脏六腑都跟着生疼,痛得她冷汗直冒,脸色也变得煞白。

不知道过了多久,她的意识都开始模糊。

有人拉开了车门,紧接着,一件沾染着温度和烟草味的西装包裹上来。下一秒,她稳稳地落进一个怀抱里。

他的步子迈得很大,每一步却走得极稳。他小心翼翼地抱着她,她的脸被西装遮挡得严严实实,只有露出一道缝隙。

从那道缝隙里,时鸢看见他抿紧的唇,还有面部轮廓。

她的眼眶有些酸涩,胸膛里的心跳声一下比一下剧烈,撞击着她的耳膜。

终于,她的意识彻底涣散。

时鸢是被窗外的雷声吵醒的,再睁开眼时,单人病房内温暖而安静,外面电闪雷鸣,一道玻璃仿佛隔绝出了两个世界。

药水瓶里最后一点儿液体缓缓地滴落，护士将空了的药瓶换下，轻柔地给她拔针。

时鸢盯着天花板，愣了一瞬，才反应过来自己在医院里。

她的身体已经不复之前的冰冷，尤其是脚底，更是有源源不断的热度传过来，像是有热水袋垫在下面。

是裴忌送她来的。

时鸢的心一颤，费力地转过头，环顾四周后，目光渐渐暗下来。

他不在，时鸢忽然觉得心口有些发堵。

护士换完药水，注意到她的动作，笑着开口问："在找你的男朋友吗？"

时鸢怔了一下，才反应过来护士说的应该是裴忌。

她的耳郭红了红，辩解道："他不是……"

她的话还没说完，就被护士打断了："哎，你是不知道刚刚你昏迷的时候，你的男朋友有多着急。那脸色，像是要把急诊室都拆了似的。"

护士说着，想起刚刚裴忌阴沉的脸色，还心有余悸地拍拍胸口。

时鸢有些不好意思地说："嗯……他的性子比较急。"

话落，她犹豫了一下，还是问护士："请问，他……已经走了吗？"

"啊，没有吧。应该是出去给你买红糖了。"护士一边整理药瓶，一边说，"你来例假了，痛经状况挺严重。医生说多喝些红糖水会舒服些，这个点医院楼下的超市已经关门了。你的男朋友应该是开车出去给买了吧。"

闻言，时鸢顿时怔住。

身旁，护士还在继续絮叨着："外面下了很大的雨，开车还是挺危险的。旁边离得最近的超市好像开车也要半个多小时，我跟他说今天先别去了，但他这人好像不太听劝。哦，对了，你脚下的热水袋如果不热了，按床头的呼叫铃就好。"

说完，护士忽然又想起刚刚那一幕——看着冷漠至极的俊美男人扔了一沓百元大钞，就为了买一个小护士的热水袋。

护士在心里感叹两声，便推着车出去了。

病房内再度安静下来。

时鸢望着窗外的倾盆大雨，有些出神，脑中有如一团乱麻。

这时，门口传来窸窣的声响。她猛然转头，就见裴忌抬脚走进来。

他穿着西装外套，难得一见地将扣子全部扣好，像是为了遮掩什么痕迹。

裴忌一只手拿着几份文件，另一只手随意将买来的红糖搁在桌上。

他神色如常地问："醒了？"

时鸢咬了咬唇，还是忍不住开口问："你刚刚……去做什么了？"

他答得很快："取文件。"

时鸢抿紧唇，看向那个塑料袋，又问："那个是什么？"

裴忌神情不变地答："楼下顺手买的。"

时鸢也不知道自己是怎么了，像是非要印证什么事情一样，他越要掩饰，她就越想确认。

如同叛逆期，不得到答案誓不罢休。

她故作若无其事，嗓音柔柔地说："裴忌，你过来。"

裴忌眯了眯眼，不知道她要干什么，却还是依她的话走了过去。

等他走近，时鸢抬眼望着他，杏眸明亮如水，企图从他的眼睛里看出些什么端倪。

她面不改色地说："你外套后面脏了。"

他挑了挑眉道："所以？"

这谎连她自己都觉得有些蹩脚，但她只好硬着头皮继续道："所以……你能不能把外套脱了……"

裴忌眯起眼睛盯着她，目光里带了几分探究。他慢条斯理地问："一定要脱？"

她坚定地点头："嗯。"

空气里瞬间陷入短暂的安静，二人的视线僵持片刻，还是裴忌先动了。

时鸢一眨不眨地盯着他的手，目光落在第一颗金属纽扣上。终于，他修长的手指动了动，纽扣便解开了。

可下一刻，裴忌忽然不动了。时鸢怔了一下，刚想抬眼，他便压了过来。独属于他的气息突然逼近，随后铺天盖地地将她吞没。

"时鸢。"裴忌的嗓音低得发哑，叫她名字的时候字正腔圆，格外悦耳。

时鸢被他叫得心尖都跟着一颤，下意识地想往后躲，可背后就是床头，连退路都没有，她只能被迫迎着他的目光。

过近的距离，他们的呼吸仿佛都交缠在一起，流动的空气也跟着浓稠起来。

他的语调有些轻佻:"你如果想看我脱衣服,不用这么拐弯抹角。"

时鸢的心跳漏了一拍,想辩解,语言功能却像是失灵了一样,让她只能呆呆地望着他。

裴忌缓缓抬起眼睛,眼尾微微挑起,像是冰山被春色消融之后的景象,多情又勾人。

他定定地看着她许久,忽然笑了。他的嗓音压得低低的,用只有他们能听到的音量说道:"我没说不行。"

第七章
想和他远走高飞

窗外，狂风暴雨肆虐，肆无忌惮地拍打在玻璃窗上，却丝毫不影响屋内静谧而暧昧的气氛。

他望着她，气息近在咫尺。

在绝对的安静下，时鸢听见自己的心跳声几乎快要冲破耳膜。就在即将陷进他眼底旋涡的前一秒，她睁开眼睛，试图抵挡美色诱惑。

她红着脸，嘀咕道："裴忌……你不要转移话题。"

看来她也不是那么好骗的，至少没有以前那么好骗了，说什么信什么。

裴忌低低地笑了，忍不住逗她："那你想听到什么答案？"

是啊，她非要执着于这个做什么？哪怕心里清楚他冒着大雨开车出去是为了她，她又能怎么回应他？

明明说好到此为止的。

"把湿了的衣服换下来吧，否则会生病的。"

他挑起眉，语调淡淡的，却不难听出里面暗藏的一丝愉悦："关心我？"

他像个得到了什么奖励似的孩子，她轻而易举就能让他开心起来，也很容易就能哄好他，至少在她面前就是如此。

时鸢的眼睫颤了一下，把心底升起的那阵酸涩感压回去，才终于抬起眼，重新直视他，说道："不管是谁，我都会这么说。"

话音落下，男人眼底的笑僵了。

他垂下眼睛，勾起一抹自嘲的笑，然后说道："哦，我忘了，你一向心软。"

哪怕是阿猫阿狗躺在路边，她都会心生可怜，何况他是个人。

时鸢不知道他心中所想，只觉得呼吸一窒，心口细密如针扎一般的疼痛感更甚。

静了半响，裴忌忽然又开口道："善心这东西，不是随随便便就给的。"

他的目光死死地锁着她，眼神近乎偏执，语气恶狠狠地说："给了像我这样的人，只会更变本加厉地咬住你，死也不松口。明白吗？"

时鸢迎着他的视线，顿时怔在那里。她还没来得及思索他话里的意思，他已经俯下头，温热的唇贴上她的脖颈。

时鸢的脸颊迅速爬上一抹绯红，不知道是羞的还是恼的，但性格使然，她连骂他都不知道该怎么骂。

她一双美目怒瞪着他，羞赧道："裴忌！你怎么……"

他怎么像狗似的，说咬就咬啊？

这时，门外传来敲门声，是护士来测体温了。男人慢条斯理地把刚刚解开的西装扣子重新扣上，神色淡然自若，仿佛刚刚低头咬她的人根本不是他。

等护士测完体温离开，时鸢才发现，裴忌不知道什么时候出去了。

病房里空荡荡的，又只剩下她。

时鸢深吸一口气，将被子扯过头顶，把身体和脑袋严严实实地蒙起来。

很闷，却能让她拥有安全感。

这时，开门声传来，熟悉的脚步声走近，在床边停下。

他戏谑道："你打算在里面搭窝？"

被窝儿里的人没出声。

裴忌把杯子搁在床头柜上，在床边蹲下。他有些无奈，语气缓和了些，说道："掀开，一会儿闷坏了。"

终于，被子被慢慢地扯下来，露出脑袋。

她的发丝有些凌乱，脸蛋儿红扑扑的，一双杏眸里像是含了层水雾，看得人的心都跟着软了几分。

裴忌看着她，嗓音低沉道："吃点儿东西再睡。"

时鸢看过去。床头柜上，一碗热气腾腾的白粥摆在那里。

原来他刚刚是去给她买粥了。

她眨了眨眼，惊讶地说道："是你刚刚去买的吗？"

裴忌淡淡地说道："不是，天上下的。"

他把打包盒的盖子掀开，忽然弯了弯嘴角，意味深长地说："你自己来，还是我……"

时鸢急急地打断他："我自己来。"

裴忌嘴角的笑收了，淡淡道："随便。"

他把小桌子给她立起来，转身就去旁边的沙发上看文件了，一眼都没往她这边看。

明明刚刚还好好的，这会儿又冷着张脸。

时鸢也不知道自己哪里又得罪他了，只好默默地喝粥。

偌大的贵宾病房里，她慢吞吞喝粥的声音和文件翻动的声音交织在一起，无端有几分和谐。

一小碗粥很快见底，时鸢用余光瞟了瞟沙发的方向，以为裴忌应该不会再管自己了，刚想自己起来收拾一下，男人却已经先一步起身。

他的袖口挽起，银质腕表扣在劲瘦的手腕上，泛着冷光。

哪怕是简单的收拾东西的动作，被他做起来也让人觉得赏心悦目。

时鸢觉得，裴忌是她见过的最矛盾的人。

明明脾气很坏很恶劣，可偏偏有的时候，又好像很有耐心。

裴忌动作熟稔地收拾完，又将床头柜的杯子递给她，语气硬邦邦地说："喝完再睡。"

一股甜丝丝的糖味在鼻尖弥漫开来，时鸢怔了一下，才反应过来杯子里盛的是红糖水。

热气氤氲，模糊了她的视线，不知怎的，热气熏得她的眼眶有些发酸。

时鸢忍着心上那股异样的感觉，飞快地喝完红糖水，然后躺回床上。

温热的糖水顺着食道缓缓流进胃里，一杯下肚，五脏六腑都跟着暖了起来。

见她要睡了，裴忌走过去把灯关了，只留下沙发旁一盏昏暗的小灯。

时鸢背对着他，只露出一个后脑勺儿。她犹豫了一会儿，还是轻声道："裴忌，晚安。"

话音落下，房间里陷入短暂的安静。

就在时鸢以为裴忌不会回应她之后，刚想闭上眼睛，就听见一道低沉冷淡的嗓音响起，听不出什么情绪："嗯。"

时鸢睡着了。睡梦里，好像有人在她的额头上轻轻地落下一个吻。

一道低哑的声音很轻地在她的耳畔响起，真实又虚幻，像是藏匿了很多很多的情绪，温柔至极。

他说："晚安。"

121

这一夜并不像往常那般难熬。

时鸢已经很久没有睡过像这样安稳的一觉，等她再次睁开眼时，已经快到中午。

雨过天晴，温暖的光从窗子里照进来。她恍惚片刻，昨晚睡前的画面一帧帧地挤进脑海里。

不远处传来窸窣的声响，时鸢下意识地转头，寻找那道身影——是洛清漪。

时鸢眼里的光忽然暗了暗。

洛清漪注意到她细微的表情变化，心里了然，故意开口调侃道："怎么？看见我很失望？"

时鸢故作无事，淡定地反问道："你怎么来了？"

洛清漪拖长音调说："看来是不想让我来啊……"

时鸢无奈道："别闹了……"

洛清漪总算没继续打趣下去，走过来抬手探了探她额头的温度，松了一口气道："挺好，烧退了，下午就能出院了。"

时鸢突然想起来正事，连忙问："几点了？今天下午剧组是不是开机？"

洛清漪答："推迟了。我上午收到剧组那边的通知，三天之后先去临市，先拍那部分的戏。正好你这几天可以先好好养病。"

"推迟，为什么？"

洛清漪挑眉道："说是行程冲突。"

借口找得倒是冠冕堂皇，不过到底是为时鸢好的事情，洛清漪也没必要拆穿。

洛清漪在心里轻叹一声，收起思绪，把桌上摆着的东西给她拿过去。

"饿了没？先吃点儿东西垫垫。"

时鸢打开袋子，里面赫然是几个烤得金黄的蛋挞。奶香顺着袋子飘出来，让人食指大动。每次她生病时，最喜欢吃的就是蛋挞。

时鸢弯起眼睛，满足得像只小猫，刚想开口说什么，就被洛清漪打断："打住，不用谢我，不是我买的。"

时鸢蒙了一下，洛清漪眯起眼睛，笑得意味深长，拖长音调说，"话说你们昨晚该不会……"

洛清漪的这句话瞬间将昨晚病床上的画面在时鸢脑海里勾出来。

颈上他留下的那处痕迹瞬间像火烧起来一样,让她的脸也变得灼人。

她忽然又想起昨晚耳畔旁的那句低语,有些虚幻,好像有人俯身亲吻过她一样。

是梦吗?还是……他真的在她睡着的时候,悄悄地吻了她?

时鸢怔了一下,很快便反应过来洛清漪口中的人是谁。没来由地,她的心跳又不受控制地乱了一拍。

她垂下眼睑,遮住那双明亮的眼睛,目光透着些许茫然。

安静了一会儿,她将蛋挞重新放回柜子上。

见状,洛清漪发觉她的情绪不对,走到床边坐下,关心地问道:"怎么了?"

时鸢扯了扯嘴角,冲她笑了一下,答道:"没什么。"

只是她突然发现,一切已经越来越脱离她预想的轨迹了。

察觉到时鸢的目光黯淡下去,洛清漪在心里叹了一声,只能转移话题:"对了,昨晚的热搜你还没看到。"

说着,洛清漪把手机递过去给她看。

一想到昨晚的几条热搜,洛清漪就觉得爽翻天了。

时鸢造型、时鸢C家项链、送天价项链的神秘大佬、厘姿遭打脸休息室内发飙、厘姿辱骂助理……

最后一条热搜点开,是一条模糊不清的视频,但厘姿昨晚的红毯造型还历历在目,一眼就能认出是她。

低画质的视频里,有杯子碎裂的声音响起,伴随着她辱骂助理的尖锐声,像个歇斯底里的泼妇。

她的脾气不太好这件事情时鸢倒是听说过。

常常不把助理当人看,打骂发火好像也是常有的事情,只是厘姿背后的公司处理这些丑闻颇有一套。几年前好像就已经爆出过一次,但后来不知怎么回事就被压了下去,互联网没有记忆,时间一长,也就没什么火花了。

只是这次,好像闹得格外大,视频转载破万,公司连删都删不完。

昨天被厘姿蹭去的热度,现在全部变成清一色的骂声,像是有什么幕后推手似的,存心要整她,事态才会发展到现在这样一发不可收拾的地步。

洛清漪这会儿只觉得大快人心。她道:"要我说啊,她纯属活该。人啊,不作死就不会死。"

时鸢倒是没什么情绪。她不想落井下石，却也没有善良到要同情厘姿这种人。

她觉得有些奇怪，淡淡地问了一句："视频是谁爆出来的？"

"据说是曾经在她身边干过的一个小助理，后来实在受不了再给她当丫鬟就主动离职了，谁承想她这人心眼儿小，让经纪人跟圈里的通了气，让人家找不到工作，逼到绝路上去了。"

一个小助理也有本事将视频的热度推到这么高吗？连厘姿的公司都撤不下去。

时鸢敛眸，强迫自己别再深想。

洛清漪忽然又想起什么："对了，还有件事情。昨天红十字会那边给我打电话，又有人以你的名义给他们捐款了。"

"这次又捐了多少？"

"还是一千万元。准确来说，一千零九十万元，又是你的生日。"

时鸢诧异地问："还没有查到真正的捐款人是谁吗？"

整整四年的时间，每年都有人以时鸢的名义向红十字捐款。因为是海外的匿名账户，很难联系到账户的持有者。

洛清漪摇了摇头，理所当然地猜测道："应该是你的某个狂热大款粉丝吧。"

不过捐款数额如此离谱的，倒是第一个。

见时鸢还皱着眉，洛清漪忍不住劝她："算了，反正也都是做好事，就别纠结了。"

毕竟不是谁都能拥有一个这种土豪到没有人性的真爱粉的。

说着，洛清漪又不禁幸灾乐祸道："要我说啊，我要是厘姿，昨晚就趁着慈善晚会多捐点儿款，说不准还能把自己洗白一些。估计她现在气得高跟鞋鞋跟都要踩断了。"

洛清漪猜得确实八九不离十。

此时此刻，华悦影视办公大楼里，已经可以用"鸡飞狗跳"四个字来形容。

厘姿戴着墨镜、口罩，一路直冲公关部经理办公室，整个走廊里都充斥着她因为愤怒而踩出的高跟鞋声。

门被一把推开,厘姿摘下墨镜,正准备找公关部兴师问罪,就见沙发上坐着的除了公关经理,还有一个大腹便便的中年男人——是公司的老总,李文华。

厘姿到嘴边的话咽了回去。她扭着细腰走过去,挤出一个殷勤讨好的笑脸,娇声道:"李总,我不知道您也在这儿……"

李文华却根本不吃她这套,直接把手里的文件往桌上一摔,怒骂:"我不是告诉你乖乖在家里待着吗?!你还跑来公司,是还嫌自己不够'凉'?还是视频热度不够高?"

厘姿被吓了一跳,以前的嚣张气焰瞬间没了:"李总,我……"

她辩解的话还没说出口,就被李文华怒不可遏地打断:"你什么你?!你是不是想让整个公司都给你陪葬?!"

厘姿从没见过李文华发这么大的火,此刻终于意识到了问题的严重性。

她连声哀求,一副楚楚可怜的样子,道:"李总,这件事情是我的错,看在我在公司待了这么多年的分上,您帮帮我……"

李文华气极反笑,说道:"来,你给我说说,你是怎么把裴氏得罪了的?你告诉我,裴家那位看你不顺眼,我还怎么保得住你?整个北城谁保得住你?!"

闻言,厘姿的双腿一软,瘫坐在地上。

她想起昨晚的慈善宴上,来给时鸢送项链的那位秘书。果然……真的是裴忌。

到底是给公司赚了几年大钱的摇钱树,李文华骂完发泄完,只能恨铁不成钢地说道:"行了,你最近的行程都先取消吧。过了这阵风头,要是人家大人不记小人过,你还能在戏里客串点儿小角色,女主角什么的就别想了。"

厘姿一惊,难以置信地看向他,喊道:"李总!"

从女主角沦落成龙套角色,这无疑比杀了她更让她难以接受。

厘姿还要说话,却被李文华不耐烦地打断:"好了,今天就这样,你先回去吧。"

被打发出公司大门时,厘姿才反应过来。

她昨晚砸东西时断裂的指甲还没来得及卸,此刻深陷在肉里,抠出一道深深的印子。

许久，她站在原地，拿出手机拨了一通电话。

电话很快接通，她声音沙哑地说："喂，有空吗？帮我做点儿东西。"

厘姿说完，对面的人骂她疯了。

她却慢慢地笑了，一张漂亮的脸变得扭曲而恶毒，透出几分歇斯底里的疯狂。

"反正迟早得玩儿完，那就谁也别想好过。"

三天的时间转瞬即逝，在医院打了两天点滴后，时鸢的感冒彻底好了。

这两天，时鸢的手机里一直有收到裴忌发来的短信。

第一条是她醒来之后他不在的那天早上发的。

"早上临时出差，已经叫你的经纪人过去了。"

是在跟她解释，他那天为什么不辞而别。

时鸢看了，却没回复。与其再给他希望，最后让他失望，倒不如此刻再残忍一些。

第二条是她出院那天早上发来的，只有简单的三个字："出院了？"

时鸢心里有如一团乱麻，指尖在对话框里打了又删，最后只回了一个字："嗯。"

她的态度已经足够冷漠，她觉得裴忌心里应当也清楚。

他那样骄傲恣意的性子，怎么会允许自己再继续低三下四？

所以接下来的两天，裴忌都没有再发来短信。

这明明是时鸢想要的结果，可不知怎么回事，她就是高兴不起来。

这天下午，飞机准时抵达临市机场。时鸢下了飞机，直接坐车前往开机仪式现场。

影视城内人头攒动。

剪彩仪式上，时鸢站在邱锐旁边，终于见到了这次电影里的男主角——许瑾言。

去年凭借着一部校园剧爆红网络，拿下一众热奖后就迅速跻身一线的新人演员。

时鸢也看过一部许瑾言主演的电影，演技确实出彩，不是所谓的偶像流量派，相当有潜力，最近也是风头正盛。

脸就不必说，五官精致俊朗，生了一双多情的桃花眼，肤色白皙，身材比例也很好，有点儿小哥哥的感觉。

更显出类拔萃的是他身上的气质，用最近流行的一个词形容，就是"少年感"。

《沉溺》的大部分背景是在校园时代，男女主角也都是十七八岁的年纪，所以时鸢能明白邱锐选择许瑾言的一部分原因。

剪彩仪式结束，时鸢换完衣服，正打算前往拍剧照的摄影棚，就被许瑾言拦住了。

许瑾言似乎有些紧张，白皙的脸微微泛红，眼睛亮亮的。他打了个招呼："您好，时老师。我是许瑾言。"

时鸢笑了笑，轻柔地说："你好，不用叫老师，直接叫我时鸢就好。"

她身上穿的还是剧组的服装，素白的棉麻裙，款式虽然简单，可穿在她身上，无端就多出了几分别的味道。

她的妆容也淡，眉眼细长，笑起来时杏眸弯起，里面像是盛了一汪清泉。

许瑾言一愣，险些失了神。

一旁的经纪人察觉到，连忙偷偷地扯了一下他，对时鸢笑道："时老师，瑾言年纪小，不太会说话。您先忙吧，我们就不耽误您拍剧照了。"

时鸢毫不在意地笑了笑，说了句"没关系"，便转身走了。

经纪人目送时鸢离开后，才转头，用警告的语气对许瑾言说："我告诉你，把小心思收一收啊。人家不可能会看上你这种年纪的小屁孩儿。"

许瑾言见心思被看穿，反而坦然一笑，不在意道："她也没比我大多少吧？十九岁和二十二岁，我觉得正好。"

经纪人顿时气结道："你知不知道她……"

许瑾言笑着打断："知道，豫星娱乐的季总。不是没公开吗？也不一定就是真的。"

经纪人气极反笑，说道："谁告诉你只有豫星娱乐了？"

许瑾言挑眉，听出她的言外之意，神色严肃了些，连忙问："还有谁？"

"总之，你就别想了。再给你几十年，你都比不上。"

晚上六点，第一场戏份顺利结束。

之后还有一场聚餐,是邱锐好几天前就跟她说好了的,她不好推辞,换回自己的衣服之后便准备乘车前往。刚一出门,蒋清就过来告诉她,车胎突然爆了。

事发突然,蒋清刚到临市,毫无准备,只好说:"时鸢姐,要不我现在再想办法找一辆车过来?"

聚餐是七点开始,时鸢刚刚卸完妆发,出来得迟,大部分人已经走了。

等着新车过来,恐怕就要迟到了。

正当时鸢在原地思考对策时,一辆黑色保姆车缓缓地从后方驶来。

车窗摇下,露出一张年轻俊朗的脸:"时老师,是遇到什么麻烦了吗?"

时鸢见车内是许瑾言,如实答道:"是车出了点儿问题。"

许瑾言"啊"了一声,又温和地询问道:"那老师要不要先搭我的车过去?不然一会儿聚餐可能会迟到,听说邱导最讨厌演员迟到了。"

闻言,时鸢犹豫了一下,却没立刻答应。

同剧组搭车,她担心又会闹出一些不好的传闻。

片刻后,时鸢柔声说:"这太麻烦你了,我还是等车来吧。"

许瑾言心里了然,随即笑了笑,说道:"没事的,时老师,反正我车上还有一位。"

话落,另一个脑袋从车窗里探出来,热情地跟她打招呼:"你好,时老师!"

是剧组里的女三号,陈梓怡。

三个人搭车,总不至于传得太离谱。再磨蹭下去,他们就都要迟到了。

时鸢无奈,只好先上了车:"那就麻烦你们了。"

许瑾言冲她笑了一下,露出两个酒窝,说道:"这有什么麻烦的?顺路而已。"

一路上,车上的气氛倒也不尴尬。

许瑾言很会找话题聊天,不过大多数时候都是陈梓怡在回应。

很快,车就到了聚餐地点的楼下。许瑾言先一步下了车,绕到另一边帮时鸢打开车门。

"谢谢。"她的语气客气而疏离。

许瑾言笑了笑,没说什么。

几个人一同走进饭店,时鸢也没注意到,身后的角落,一辆黑色的跑车静静地停在那里。

　　剧组聚餐一如既往地无聊，饭桌上除了导演和他们这些演员，还有几个投资商。这种场合，女演员免不了要被灌酒，但时鸢不会。

　　她背后的公司是豫星娱乐，很少有人不忌惮，而女二号邱明嫣又是邱锐的侄女，谁也不会没有眼力见儿到去给她灌酒。所以那些老总的目光便盯住了没什么后台的陈梓怡。

　　小姑娘涉世不深，没几杯酒就醉了，找借口去卫生间躲酒。

　　一个啤酒肚的老总随后就端着酒杯跟了出去。

　　时鸢低着头，没关注周围，注意力全程在手机上。

　　对话框里，聊天记录依然停留在两天前。

　　时鸢的目光暗了暗，刚想关掉手机，屏幕却忽然亮起来。

　　一条短信紧随其后弹出来："下来。"

　　时鸢愣了一下，几秒之后才反应过来。

　　她现在在临市，又不是北城。难道裴忌也来了？

　　时鸢抿了抿唇，来不及回他，直接拿上手机和包，悄悄地离开了包间。

　　坐在对面的许瑾言，视线一直追随着她的身影，直到包间的门再次关紧。

　　时鸢脚步飞快地穿过走廊，刚要转弯下楼时，旁边的拐角处就传来一阵说话声。

　　女孩儿的声音娇柔，说话却带着哭腔："刘总，我真的不能再喝了……"

　　是陈梓怡的声音。

　　男人却根本不罢休，醉醺醺地说道："你是不是不给我面子？"

　　时鸢的脚步一停。这会儿正在发生什么，不言而喻。

　　她犹豫了一下，还是转身，朝声音传来的方向走过去。

　　拐角处，果不其然，是包厢里那个刚刚一直在灌陈梓怡酒的老总。

　　他拿着酒杯，一副醉醺醺的样子拉扯着女孩儿，猥琐又恶心。

　　他一边说着，一边把酒杯塞进她手里，说道："你不喝了这杯，就是不给我面子。你以后还想不想接戏了？"

　　陈梓怡哪里经历过这种场面，又惊又怕，几乎快要哭出来。

下一刻，有人扯住她的手臂，将她一把拉到身后，拿走她手里的酒杯。杯里的液体被尽数泼在男人脸上，干脆利落。

男人被泼蒙了，陈梓怡也愣住了，呆呆地看向身旁的女人。

时鸢的嘴角带笑，嗓音一如既往地温柔："刘总喝多了，该醒醒酒了。"

陈梓怡回过神，眼睛一亮，像是见到了救星。

男人咒骂一句，酒意上了头，根本没反应过来面前的人是谁，直接破口大骂："你居然敢拿酒泼我？"

说着，他扬起胳膊，一个巴掌就要落下。

时鸢刚想后退躲开，可身后还站着吓傻了的陈梓怡连躲都没地儿躲。

她咬紧牙关，紧紧地闭上眼睛。

她预想中的疼痛没有到来，下一秒，骨节错位的声音响起，伴随着男人撕心裂肺的哀号声。

时鸢像是意识到什么，立刻睁开眼睛。

刚刚还嚣张无比的男人被人扼住手腕，脸上的五官因为疼痛而扭曲起来，嘴里大叫着。

他的身后，裴忌面无表情地站在那里，身形高大挺拔。灯光照得他的面容冷峻，眼眸幽深。

时鸢猝不及防地怔住了。

男人痛得理智回笼，叫骂道："你谁啊？居然敢打我，你信不信我报警……"

裴忌居高临下地看着他，目光漠然得像是在看一团死物，声音里听不出任何情绪："裴氏集团，裴忌。"

男人愣了一下，几秒后，瞳孔骤然收缩，结结巴巴地说道："裴……裴……裴氏？！"

裴忌的嘴角勾起一抹冰冷的弧度，问道："还需要我帮你报警吗？"

他身上的戾气实在骇人，男人的额头冷汗直冒，连声说道："不……不……裴总……这是误会……"

下一刻，裴忌慢条斯理地抽出一张名片，弯腰放在地上，用指尖轻点了一下。

一个简单的动作，却看得人心惊胆战。

他勾起嘴角，声音低哑："记得打这个电话，奉陪到底。"

说完，裴忌便站起身，目光落在不远处的女人身上。

他眯了眯眼，眉眼沉沉，透着些危险的意味。

时鸢不自觉地屏住呼吸，怔怔地望着他。

下一刻，她就听见他低声说："过来。"

直觉告诉时鸢，裴忌一定生气了。绷着一张脸的他，果然很吓人。

时鸢身后，陈梓怡瑟瑟发抖地看着这一幕。

比起躺在地上的那个猥琐老总，她更害怕眼前这个男人。

明明长着一张好看的脸，却差点儿眼也不眨地扭断别人的手。

察觉到身后的陈梓怡被吓着了，时鸢先是转过身轻声安慰她："没事了，不用害怕。要不要我先送你回去？"

陈梓怡连忙摆手道："不用了，时鸢姐，我自己回去就好。"

开什么玩笑，让时鸢送她回去？对面那个男人都快用眼神直接把她杀了。

见陈梓怡拒绝，时鸢也没勉强，还想开口说什么，手腕却被一股力道扯着拉走了。

他修长的手指牢牢地扣着她的手腕，下颌的线条凌厉，昭示出男人此刻并不愉悦的心情。

时鸢自知理亏，也没挣扎，就任由他一言不发地拉着自己往电梯的方向走。

如果不是裴忌来得及时，她刚刚恐怕就真的被那个浑蛋扇了一巴掌了。

好像每一次她遇到危险时，他总能及时赶到。

从她被许子郁绑架，到那条价值不菲的项链，再到这一天。

一种奇怪的情绪翻涌在她的心口，酸酸胀胀的，堵得她嗓子发涩。

时鸢抿了抿唇，见他还是一言不发地冷着一张俊脸，犹豫了一下，还是主动试探着开口问："你是什么时候来的？"

"叮"的一声，电梯门开了。

裴忌面无表情地拉着她走进电梯，语气冷淡地说："两个小时二十六分钟之前。"

电梯里没人，门缓缓地合上，映出两个人一高一低的身影。

他扯了扯嘴角，冷冷地说："你从那个小白脸的车上下来开始。"

小白脸？时鸢蒙了。片刻后才反应过来他说的是许瑾言。

听见他说在下面等了两个多小时，她的心忽然软了一下。

然而，还没等她有机会说话，男人忽然转身，扣着她的手腕，欺身将她抵在电梯墙壁上。光洁的墙壁上映出两个人交叠的身形，他高大的身影几乎将她全部包裹住。空气被挤压得密不透风，原本富余的氧气好像也忽然变得稀薄了。

时鸢闻见了他身上淡淡的烟草味，混杂着清新的气息，很好闻。

他凑近她耳边，压低声音问："对别人那么关心，到我这儿就连消息都不回？"

温热的气息拂过耳畔，时鸢甚至能听清他胸腔内发出的细微声响。

明明语气凶巴巴的，可时鸢还是从里面听出了一丝哀怨。

她仰起头，撞进他的眼睛里。他的目光依旧深沉，只是眼里布着血丝，像是几天没休息好似的。

她的心跳快了一些，故作淡然地反问："所以你刚刚一直在楼下？"

裴忌没答话，眉头深深地蹙起，显然不愿意承认。

时鸢看着他这副别扭至极的样子，还有略带哀怨的语气，忽然不合时宜地想起一句渣男经典语录——又不是我让你过来等的。

时鸢想着，嘴角就没忍住，弯了起来。

裴忌见她居然还能笑出来，眯起眼睛，盯着她的目光变得危险起来。

时鸢毫无畏惧地回视他。

两个人的视线僵持片刻，最终还是裴忌先败下阵来。

他的嗓音暗哑，又带着一丝无可奈何："时鸢，你到底有没有良心？"

裴忌觉得自己真是疯了。抛下公司那么多事情，开了四个小时车，像个傻瓜似的在楼下又等了将近三个小时，就为了看她一眼。

她倒好，和别的男人吃饭吃得那么开心，小没良心的。

他的眼睛渐渐黯淡下来，视线落在她饱满欲滴的红唇上。

他的目光像带着电流一样，时鸢怔了一下，随即看懂他眼底的意图，却忘了动作，只是愣在那里。

就在他的唇即将落下时，叮的一声，电梯门缓缓地打开，停车场到了。

时鸢骤然回神，脸一下子红到了耳根。

动作被打断，裴忌只好先松开她。

他迈步走出去，时鸢默默地跟上，忽然鬼使神差地开口问："那你吃晚饭了吗?"

裴忌拉开副驾驶座的车门,淡淡地睨了她一眼,反问道:"你说呢?"

又开始阴阳怪气了。

"那……"

"上车,去吃饭。"

裴忌开车带时鸢来到一家西餐厅。

旋转餐厅位于市中心,三十多层的高度,从玻璃窗往外看去,可以轻松将整个临市的夜景尽收眼底。

时鸢进去之前还在担心会不会被人认出来,可进去之后才发现,完全是自己多虑了。

她环顾四周,问他:"这里为什么一个客人都没有?"

裴忌把切好的牛排换到她面前,没什么情绪地说:"我包场了。"

时鸢总觉得裴忌这天看起来有些不对劲。好像……变得体贴了?脾气好像也收敛了些。

而且他们现在……就好像在约会。

裴忌当然不知道时鸢都在想些什么,脑子里都是几个小时前江遇白说的话。

江遇白握着台球杆,毫不留情地取笑:"她不回你的消息?那还能有什么原因,肯定是你哪里惹人家生气了呗。要我说啊,你这个臭脾气真该改改。哪个女孩子不喜欢温柔体贴的?你逼她逼得太紧,女孩子不喜欢占有欲强的。"

裴忌蹙起眉,眉眼里充斥着一股烦躁,问道:"除了这个呢?"

江遇白回答:"约会呗。她喜欢什么,你就给她弄来什么。最重要的是用心,知不知道?"

裴忌的确不知道什么才叫用心,什么才叫爱一个人,但他知道时鸢喜欢什么。

一顿晚饭吃得还算和谐。

两个人出了餐厅,就在时鸢以为裴忌准备把自己送回去时,他却按下了向上的电梯按钮。

时鸢蒙了,不解地问道:"去上面做什么?"

"一会儿你就知道了。"

裴忌这句话彻底勾起了时鸢的好奇心。

很快,电梯抵达顶楼。她这才发现,这栋大厦的顶楼是停机坪。

"看外面。"

砰的一声,大朵大朵的烟花在城市上空接二连三地绽放,几乎快要将半边夜空照亮。

这是她第一次如此近距离地看见烟花,就像是在她眼前绽放一样,比她曾经看过的所有景色都要震撼。

可是,这天又不是什么节日,为什么会有烟花?

还没等她得出一个答案,裴忌的声音忽然在身旁响起。他低沉的嗓音混杂在震耳欲聋的烟花声中,可她还是听清了。

"许愿吧。"

时鸢愣愣地转头,撞进他幽深的眼眸里。

窗外的烟花映在他如深海般的眼底,看得她呼吸一窒。

他勾起嘴角道:"你不是说,离烟花越近,许的愿望就会更容易实现吗?"

话音落地,时鸢顿时愣住了。

尘封的记忆忽然被勾起,她想起了那年的春节。

那晚南浔附近的城市也放了烟花,距离有些远,烟花看得并不真切。

她站在院子里许愿,睁开眼后又忍不住叹了口气。

裴忌侧头看她,抬了抬眉梢,问道:"怎么?不好看?"

"不是,我只是觉得,如果离烟花太远,许的愿望是不是就不灵验了?"

她刚说完,一根被点燃的仙女棒就递了过来。

少年拿着仙女棒,用哄小孩子似的语气说道:"喏,用这个。"

时鸢好气又好笑地说:"这怎么能一样?"

"那怎么办?"裴忌挑眉,认真地思索了一下,又问,"以后带你去天上看?"

时鸢拧眉瞪他,说道:"裴忌,今天是新年,不许说不吉利的话。"

少年又笑了，精致的眉眼被仙女棒照得亮堂堂的，眼底像是藏了光。

一如此刻。

原来他那时说的不是什么不吉利的话，是承诺。

时鸢的胸口像是忽然被什么情绪急速地冲撞着，心脏不受掌控，跳得一下比一下剧烈。

她忽然想起曾经看过的电影台词——

只是他说这话的那一秒，就那一秒。

我突然很想很想跟他远走高飞，从南到北。

次日上午，剧组化妆间内。

"时老师，您看看妆容还有什么需要修改的吗？"

"时老师？"见镜中的人没有反应，化妆师又喊了一声。

时鸢这才回过神来。她抱歉地笑了一下，说道："挺好的，就这样吧。谢谢。"

"好的，那我先出去啦。"

化妆师收拾好工具准备离开，蒋清也恰好在这时回来了。

"时鸢姐，我发现你今天一直在走神。"

时鸢翻着剧本的动作一顿，淡然地反问："有吗？"

"有。"蒋清说着，又忽然想起什么，兴奋地说道，"对了，时鸢姐，你昨晚有没有看见放烟花啊？"

时鸢没抬头，不动声色地继续看着剧本，随口应道："看见了。"

蒋清一脸心驰神往的样子，又忍不住嘀咕："昨天好像也不是什么节日，会不会是像小说里写的那样，是大佬为了小娇妻专门放的啊？"

时鸢的瞳孔瞬间放大，一种被抓包的心虚感陡然升起。

"你整天都在瞎看什么……"

蒋清眨巴眨巴眼睛，嗅出一丝不太对劲的气息，狐疑道："时鸢姐，你的脸怎么红了啊？"

时鸢佯装镇定地看了看镜子，没底气道："应该是房间里太热了。"

蒋清半信半疑地起身，说道："那我去把温度调低一点儿。"

二十五摄氏度，这也不算热啊。

这时，敲门声响起。蒋清走过去开门，就见陈梓怡端着两杯咖啡站在门外。

她扯起一抹笑，说道："我来送杯咖啡给时鸢姐。"

"进来吧。"

大概是因为昨天喝了太多酒，陈梓怡的气色看着不太好，但脸上依然挂着明媚的笑容。

她坐下来，笑容有些拘谨地道："时鸢姐……我今天是想来谢谢你，昨天晚上，谢谢你帮我。"

时鸢笑了笑，嗓音轻柔："没关系，小事而已。他没有再找你麻烦吧？"

陈梓怡连忙摆手，摇头道："没有了。"

昨天那个刘总狼狈不堪地被送到医院之前，有人问是谁做的，他连个名字都不敢透露。

足以见得昨晚来接时鸢的那个男人，背景究竟有多可怕。

陈梓怡握着咖啡杯，指尖不自觉地捏紧杯壁，眉头也深深地蹙起，泄露出她此刻的纠结与不安。

时鸢见她一副欲言又止的模样，便柔声问："还有什么事吗？"

陈梓怡心里一横，还是决定说出来。

"是这样的，时鸢姐……我昨天下午在片场时，听见有一个工作人员在打电话，在电话里好像还提到了你的名字。他的举止有些奇怪，有点儿像'狗仔'，可是他又戴着工作证。我没看清他的脸，后来再想找的时候，就已经找不到了。"

其实昨天下午发现的时候，陈梓怡并没有打算说。

虽然她入行的时间不久，但也懂明哲保身这个道理，多管闲事对自己是没好处的，毕竟多一事不如少一事。

就像昨晚那样，时鸢明明可以装作没听见一样直接路过，但偏偏还是回来帮她了。

进入这个圈子之后，陈梓怡已经开始逐渐习惯身边人的冷漠，最可怕的是，她好像也在慢慢变成这样的人。

可时鸢和那些人不一样。

陈梓怡曾经听说过很多关于时鸢的流言，说什么的有，有人说她追名逐利，被豫星娱乐的老总包养，不知廉耻。

她明明经历了很多来自外界的恶意，却还是温柔地对待这个世界。

这样的人,是该被人捧在手里的。

陈梓怡心情复杂,只能又提醒一句:"时鸾姐,虽然可能是我想多了,但多留心一些总没错。"

时鸾抬眸,弯了弯眼睛,感激道:"好,我明白了。谢谢你。"

陈梓怡把该说的都说了,便起身准备告辞:"没事。那时鸾姐,我先去拍戏了。"

时鸾面上微笑着,心里却有些乱。她道:"去吧,拍戏加油。"

陈梓怡的话让时鸾一中午都有些心神不宁。

有了前车之鉴,她现在对于此类情况极为敏感。

趁着拍戏休息的时候,她交代好蒋清多留意一下片场的情况,又犹豫要不要把这件事情跟洛清漪也说一声。

时鸾正低头打开手机,一道高大的身影覆在面前,遮挡住一部分光线。

她抬头,就看见许瑾言站在自己面前,端着一杯奶茶。

他身上穿的是剧组里的白衬衫,五官清秀俊朗,有种干干净净的少年气。

见她看过来,他露出一个笑容,问道:"时老师,现在在忙吗?"

时鸾疑惑地问:"有事吗?"

他把手里的奶茶递过来,语气温和地说:"我让助理给大家买了奶茶,这杯是少糖的,给你。"

他都已经伸手递过来,时鸾只好接下,礼貌地笑道:"谢谢。"

她原本以为许瑾言送完奶茶就要走了,谁承想他捞了把椅子,不见外地在她旁边坐下。

许瑾言挑了挑眉,无比自然地开口问:"时老师是在等谁的消息吗?从昨晚聚餐时就见你一直在看手机。"

时鸾笑了下,语气疏离地说:"有吗?你应该看错了。"

说完,她就低下头继续看剧本,没有跟他闲聊下去的意思。

许瑾言第一次吃瘪,愣了一瞬,很快又笑起来。

没人注意到,片场的角落里,一个手机摄像头对准他们,精准无误地拍摄下两个人坐在一起的身影。

正当许瑾言想继续开口搭话时,片场门口忽然传来一阵骚动。

时鸢还没来得及抬头，便感觉一道冷冰冰的目光落在自己身上，冷得像是快要结冰似的。

她抬眸，果不其然看到了裴忌。

男人穿着笔挺的黑色西装，身形高大挺拔，宽肩长腿，在人群中格外醒目。

他的五官深邃，看过来的那一眼更是极有压迫感。

许瑾言没来由就从那个眼神里读出了几分敌意，被震慑得下意识地站起了身。

这边，邱锐笑着，明知故问地开口："你这大忙人，今天倒是有空来我们这个小剧组了。给谁探班来了？"

裴忌收回目光，在他旁边坐下，淡漠地说："碰巧路过，就过来看看。"

邱锐都多大岁数了，哪能看不穿这点儿心思。

他倒也不拆穿，故意笑着说："那正好，你赶得巧，等会儿正好是男女主演第一场对手戏。来，来，来，我们准备开始了啊。"

很快，时鸢就被叫到导演旁边。

邱锐开始给她说戏，而裴忌就那样堂而皇之地坐在那里，长腿随意地交叠在一起，俊脸上没什么表情，仿佛真的只是作为投资方来监督似的。

这场戏是男女主角的第一次相遇。

宁意知每日照例练完舞，从练功房里出来时，撞上了这几日每天都找各种借口和理由出现在这里制造偶遇的少年陈斯然。

在裴忌面前演感情戏，时鸢竟然第一次生出一股别扭的感觉。

而且在拍戏的过程里，她能明显感觉到，裴忌的目光全程落在自己身上。

当许瑾言微微靠近她，准备伸手摘下不小心落在她头发上的叶子时，那道目光忽然变得阴沉下来。

时鸢能顶住这股压力，但显然许瑾言不能。他的动作微微停顿了一秒，就被邱锐干脆利落地喊了"暂停"。

许瑾言充满歉意地笑道："抱歉，邱导。我刚刚没找好状态，再来一条吧。"

其实哪里是他没进入状态，明明是坐在那儿的男人气场太骇人，他哪里还敢继续朝时鸢伸手？

许瑾言深吸一口气，重新调整好状态，强迫自己忽略掉那道冰冷的视线。

终于，一场戏艰难地拍完。

邱锐的脸色不太好看，显然不满意许瑾言这天的状态，刚想开口把人叫过来，门口又传来一阵骚动。

一个面容俊朗，气质清润的男人缓步走进来，引得片场内的工作人员纷纷侧目。

时鸢怔了一下，没想到来人竟然是季云笙。

她脚步飞快地走过去，余光下意识地瞟了裴忌一眼，看见男人面无表情的脸，心里竟然无端紧张起来。

时鸢的嗓子有些发紧，连忙问："云笙，你怎么来了？"

季云笙微笑着望向她，嗓音温润："来探你的班，想着给你一个惊喜，就没提前告诉你。"

惊喜？这哪里是惊喜，明明是惊吓。

季云笙转身，微笑着和邱锐打了个招呼，才看向坐在那里的裴忌。

他淡淡地笑了一下，意外道："没想到裴总也在。"

裴忌终于抬头，缓缓勾起嘴角，听不出任何情绪地回答："没想到季总这种大忙人也会出现在这儿。"

季云笙的笑容不变，不疾不徐地说："裴总说笑了。鸢鸢每一次拍戏，我都会抽时间来探班。"

裴忌淡淡地说："哦，是吗？"他抬起眼，嘴角噙着笑，慢条斯理地说道，"季总果然体贴。"

之后，两个人就这样静静地对视着，谁也没有再开口。

一时间，片场内鸦雀无声，众人的目光都不约而同地聚集在这三个人身上。

明明两个男人都在笑，却生出一种暗潮涌动、剑拔弩张的气势，吓得旁人大气都不敢出。

时鸢也快要窒息了，眼前含着笑意的裴忌简直比平日阴沉的他更像一颗定时炸弹，让人觉得心惊胆战。

不知道什么时候就会爆炸。

太危险了。

这时，季云笙先开口，打破了诡异安静的气氛。

他招了招手，示意助理把东西拿进来："邱导，我让人带了些下午茶来，今天辛苦大家了。"

邱锐有些受宠若惊，赶紧让人接下来，并说道："啊，季总这就太客气了。"

人情世故方面，季云笙一直格外擅长。

整个片场进入短暂的休息时间，邱锐也相当迅速地离开这片低气压区域，跟大家一起吃下午茶去了。

显示器这边，只剩下三个人。

季云笙又笑着开口问："今天的戏份都拍完了吗？"

"应该还剩一条。"

季云笙又问："那晚上有空吗？我们有阵子没一起吃饭了。"

时鸢抿了抿唇，犹豫着答道："嗯……晚上应该没什么事情。"

余光里，坐在那里的男人低头看着手机，看不出是什么情绪。

下一刻，季云笙声音温和地说："那好，你先去忙吧，我就在这儿等你。"

"嗯。"时鸢犹豫了一下，便准备先去更衣室换下场戏的衣服。

这天剩下的最后一场戏是时鸢一个人的戏份，是在摄影棚里布置出的房子里拍摄的。

没有许瑾言拖后腿，她直接一条过。

有裴忌和季云笙同时在场的场合，时鸢只想赶紧结束。

片场响起掌声，时鸢终于松了一口气。

她这才注意到，裴忌不知道什么时候已然起身，就站在离她不远的摄像机后。

她愣了一下，也就是在出神的这一秒，看见裴忌神色一变。

头顶忽然传来一阵巨大的声响，时鸢下意识地抬头看去。

一块装饰用的木板摇摇欲坠，下一秒就要朝她砸下来。

变故来得太过突然，她的心脏一阵紧缩，连反应都来不及，瞳孔里映出那块急速下坠的木板。

下一刻，一道身影朝她扑过来。

眼前的世界迅速变换了景色，熟悉的气息将她紧紧包裹住，她被人牢牢地护在身下。

咣当——

时鸢只听见一声近在咫尺的巨响，还有他急促低沉的喘息声。

140

两秒之后，时鸢终于反应过来，淡淡的血腥味飘进鼻腔里。她彻底慌了神，声音都在发颤："裴忌……"

鲜血顺着他的手臂一滴滴地滑落，砸在地面上。

裴忌却连看都没看，像是浑然不在意自己的伤。

他皱紧眉，一向漠然冷淡的眼里罕见地露出慌乱的情绪。他问："没事吧？"

时鸢坐起来，紧张地查看他的伤势，答道："我没事……你伤到哪儿了？"

"小伤而已。"

这时，旁边的工作人员也都反应过来，瞬间围过来。

季云笙第一时间冲过来，神色焦急地问道："没事吧？时鸢。"

蒋清也急忙跑过来，一副快要急哭了的模样。

时鸢的目光一直落在裴忌受伤的那只手臂上。

木板上嵌了一根铁钉，他身上的西装已经被划破，鲜血浸湿了衬衫，看不太清伤势，但一定不轻。

时鸢感觉自己几乎快要不能呼吸。

注意到她的视线，裴忌下意识地把手臂往身后藏了藏，神色看不出任何异样。他沉声对蒋清说："她的手受伤了，带她去包扎一下。"

"时鸢姐，我们先去休息室，我帮你处理一下伤口。"

时鸢怔了一下，这才低头看了看。

她只是掌心擦破了一点儿皮，和他身上的伤比起来根本不算什么。

她喉咙微涩，还想说什么，却被季云笙打断："时鸢，我们先去处理伤口好不好？"

很快，就有工作人员拿着药箱走到裴忌旁边，准备给他处理伤势。

时鸢紧绷着的神经终于松懈下来。

蒋清见状，连忙拉着她去休息室处理伤口。

快速搽完药出来，时鸢环顾一圈儿，却没看见裴忌。

她转头，拉住一个工作人员问："裴忌呢？"

"裴总刚刚走了，应该是去停车场了。"

时鸢皱紧眉，眸中露出焦急的情绪，连忙问道："他没上药吗？就直接那样走了？"

141

难得见到时鸢的情绪起伏如此明显,工作人员小心翼翼地回答:"好像……没有……"

短暂地犹豫后,时鸢抬脚就朝停车场的方向走。

她才刚迈出一步,身后便传来季云笙的声音:"时鸢。"

时鸢只能被迫停下脚步,转过身去。

季云笙看了看她身后,嗓音温柔地问:"你要去哪里?"

时鸢抿紧唇,安静片刻后,还是开口说道:"云笙,吃饭能不能改天?"

季云笙愣了一下,随即明白过来。他嘴角的笑容淡了些,但依旧温和地说:"你要去找裴总吗?"

时鸢轻叹了声,说道:"嗯……以他那样的性子,恐怕连伤口都不会处理。"

季云笙的目光暗了暗,垂下眼睛笑着应道:"那好,你先去吧。"

时鸢神色歉疚,说了句"对不起",便转身继续朝停车场的方向走去。

她没有注意到身后季云笙越来越暗的目光,脚下的步伐越来越快,越来越快,到最后甚至快要跑起来。

终于,在车旁看见那道熟悉的身影,时鸢才缓缓停下脚步。

她轻轻地出声问:"你就是这样处理伤口的?"

裴忌胡乱往手臂上缠绷带的动作一顿。

他紧抿着唇,没抬头看她,语气冷淡地说道:"你和他吃饭去吧,不用管我。"

说罢,他又继续缠着绷带,动作虽然熟练,却让人觉得心疼。

时鸢深吸一口气,顺势说道:"真的不要我管?那我走了。"

说罢,她便装作真的要转身离开。

下一秒,她的手腕就被人从身后一把扯住。

他用那只完好的手臂用力一拉,她差点儿没站稳,跌进他的怀里。

裴忌眯起眼睛,语气沉沉地说:"你真的打算去?"

时鸢仰头回视他,杏眸明亮,表情也无比坦荡。

她的嗓音温温柔柔的,说出来的话倒是狠心:"不是你说不要我管的吗?"

裴忌被她气笑了,直直地盯着她,嗤笑着问:"是不是故意气我?嗯?"

"我没有。"

裴忌却不信她的话,忽然俯下头,在她小巧的耳垂上轻咬了一下。

时鸢顿时僵住,浑身像是过了电一样战栗。

裴忌的眼底染上些笑意。他的喉结滚动,用气音在她耳边低声说了句:"没良心。"

第八章
我的未婚妻，时鸢

热气拂过耳畔，时鸢不自觉地攥紧他的领口，想推开他，又担心碰到他受伤的那只手。

她说话的声音有些发颤："裴忌……你现在得去医院。"

"我不去。"

他伤得那么重，怎么能不去医院？

时鸢蹙眉道："你能不能不要这么任性？"

他顺势说："那你陪我，我就去。"

时鸢拗不过他，他的性子有多固执，她比谁都知道。

她叹了口气，无奈地说道："那你在这里等我，我先回去换一下衣服。"

她刚刚出来得太着急，衣服没换，包和手机也忘了拿。

裴忌见目的得逞，嘴角勾了一下，叮嘱她："慢点儿。"

目视着她的背影消失在拐角，裴忌转身，刚想开门上车，一道脚步声便从身后响起。

季云笙缓步走近他，语气含笑道："裴总，果然好手段。不仅在商场上步步为营，连苦肉计也用得炉火纯青。"

"过奖了，季总也是不遑多让。"

"原本我以为，裴总至少会因为那件事情而心怀愧疚，至少离受害者远一些，不让她再回忆起以前的那些痛苦，事实看来并非如此。"

"你想说什么？让我有自知之明，然后离她远点儿，给你机会？"

季云笙轻笑一声，反问道："裴忌，你真的以为她喜欢你吗？"

他的话音落地，裴忌一顿，眉眼瞬间阴沉得可怖。

"时鸢是什么样的人，你比我更了解。她天生心肠软，善良，所以哪怕你是那个人的儿子，她也不想把错怪在你的身上，可这不代表她可以心无芥蒂地喜欢上你。哪怕这个人不是你，她也会原谅。你所认为的特别，只不过是她对你的同情和可怜而已。"

从以前开始，季云笙就知道，裴忌这人，虽然曾经过得落魄不堪，受尽冷待，但仍然傲到了骨子里。

他可以受得住别人的冷眼与指责，甚至是咒骂，却不能接受任何人对他流露出同情的目光。

然而，此刻他的反应跟季云笙想象的不一样。

他眼底翻涌的情绪很快就被压了回去，看不出任何失态，冷静得可怕。

裴忌声音极冷地说："说完了？说完就滚吧。"

季云笙没再多说，转身走了。

停车场昏暗的角落里，裴忌低垂着头靠在墙边。半晌，他哑声笑了一下，喃喃自语："同情，可怜吗？"

明明是他最厌恶的东西。可，一旦想到那个人是她，想起她刚刚关心他，急得快要掉眼泪的模样，只要她别再像最开始那样，把他当成陌生人来看……

他的眸中湿了一片，忽然低低笑道："好像……也行。"

时鸢拿着包匆匆地赶回来时，发现裴忌坐在驾驶座上，脸色不知怎么回事，看着似乎比刚刚更苍白了。

幸好到医院的路程很快，急诊室内，医生拿剪刀剪掉绷带。

黑色的西装看不出明显的血迹，却暗沉沉的一片。

被剪下来的绷带上则是血迹斑驳，红得刺目。

时鸢站在一旁看着，心口也跟着疼了一下。

她的细眉皱起，眼睛红红地问："还是很疼吗？"

裴忌抬头，看见她雾蒙蒙的眸子，到嘴边的那句"不疼"生生地咽了回去。

他一本正经地回答："有点儿。"

话落，时鸢的眼睛顿时更红了，目不转睛地盯着他的伤口。

他抬手覆上她的眼睛，道："别看了。"

"那个……小姑娘啊，要不你先去楼下取药吧。"

"去吧，听医生的话。"

时鸢强压下鼻尖的酸涩，深吸一口气，还是拿着医生刚刚给的单子出去了。

医生一边拿棉球给伤口消毒,一边调侃道:"你的女朋友关心你呢。"

裴忌的目光一直追随着她的身影消失在门口。

半晌,他垂眼,轻弯了一下嘴角,眉眼温柔,应道:"嗯。她心软,看不得这些。"

时鸢拎着药袋从电梯里出来,她没想到,刚转过一个拐角,便看见一道身影立在那里。

"医生已经包扎好了吗?"

"嗯,回去按时换药就没事了。"

裴忌动作自然地接过她手里拎着的药袋,淡淡地说道:"走吧。"

时鸢蒙了一下,问道:"去哪儿?"

"酒店。"

酒店顶楼总统套房门口。

等时鸢站在门口反应过来时,才发现已经晚了。

嘀的一声,房门解锁。

时鸢猛然回神,佯装镇定地说:"时间太晚了,我就不进去了。"

裴忌倚在门框上,抬了抬眉梢,说道:"这就不打算管我了?谁给我换药?"

"周秘书呢?他没跟你过来吗?"

"没有。"

时鸢拧紧细眉,似乎在绞尽脑汁地想办法。

裴忌也不着急,就倚在那里,气定神闲地等着她。

他看似神色自若,眸底却藏着一丝不易察觉的紧张。他一眨不眨地盯着她,像是生怕她下一刻就会转身离开。

僵持片刻,这次是时鸢妥协了。总不能真的放任他一个人受着伤不管。

她抿了抿唇,只好说道:"那我帮你换完药就走。"

话一出口,裴忌眼底的那抹紧张散了,眉眼也放松下来,取而代之的是怎么也藏不住的愉悦。

她进去之后,裴忌关上门,走到沙发旁坐下。

他把袖口挽起，露出小臂处的绷带。

时鸢小心翼翼地将绷带一层层地拆开，很快，一道长度将近五六厘米的伤口暴露在空气里。

他的手臂肌肉线条极好，冷白的肤色上，那道伤口便显得更为骇人。

时鸢的心口一坠，用棉棒蘸上些药膏，柔声说："疼的话就告诉我。"

他低头应了一声："嗯。"

房间内安静下来，沙发旁的落地灯静静地亮着，昏黄的灯光倾洒一片，静谧而美好。

时鸢低着头，几绺碎发不听话地滑落下来，垂在耳边，遮住精致的侧颜。

她的眼睫垂着，覆盖出一片小小的阴影，模样看着有些乖巧。

裴忌垂眸，忽然出声问："脚伤……是怎么回事？"

时鸢上药的动作停了一下。

很快，她像是没听到一样，继续手上的动作，避而不谈的意思很明显。

裴忌的目光紧紧地看着她的身影，眼底露出一种近乎疯狂的执拗。他冷硬地说："你不说，我会让人去查。"

话音落地，房间里陷入诡异的安静，刚刚温馨的气氛彻底消失殆尽。

静默许久，时鸢把手里的棉签放下，神色平静地望向他。她嗓音极轻地说："裴忌，这是我自己的事情。"

言外之意，不管发生过什么，都与他无关。

裴忌的目光沉了下来。

耳畔，季云笙白日说的那些话再度响起。

人原本就是贪婪成性的。他原本以为，得到一点儿她的关心，就会知足了。可一旦得到了，就只会想要更多。

他想要全部的她。可她不愿意给他。

他的声音有些喑哑："那现在算什么？施舍还是怜悯？"

他吐出的每个字都是咬牙切齿的，像是不得出一个答案就誓不罢休，固执得可怕。

"还是你又想像当初那样，再毫不留情地丢掉我一次，作为报复。"

时鸢的眼睫一颤，嘴里发涩，喃喃道："对不起……裴忌。"

面对这样的他，好像再多的言语也是无用的。很多事情既然已经过去，又有什么解释的必要呢？

只会像现在这样，徒增痛苦。

时鸢站起身，唇瓣几乎快要被咬出血来。她轻声说："我先走了，你早点儿休息。"

脚步声越来越远，随着咔嗒一声轻响，房门紧紧地合上。

房间里再度恢复死一样的寂静。

不知过了多久，沙发上的人终于起身，走到落地窗前，拿出手机。

脚下灯火阑珊，却显得一片寂寥。

电话很快被接通，裴忌低头看着脚下斑斓的夜景，冷声开口道："让你查的事情都查到了吗？"

他低沉的嗓音回荡在房间里，带着一种不怒自威的压迫感，让人胆寒。

"那就继续查。临市中心医院，一个姓林的女医生。"

裴忌勾起嘴角，笑意却不达眼底，冷声道："掘地三尺，也得给我找出来。"

他必须要知道，在他离开南浔之后的那年，到底发生过什么事情。

临市的戏份拍了一周有余。往后的整整一周，裴忌都没有再出现过。

就像是又突然消失在她的生命里，一如五年前那样。

剧组的时间安排得很紧，时鸢几乎整天除了看剧本就是拍戏，根本腾不出半分空闲。

那天的事情，似乎只是一场意外。剧组里出现这样的安全问题，邱锐一怒之下将相关人员全部开除，重新换了一批新的工作人员进来。

没人再提起那天发生的事情，时鸢也强迫自己不再去想。

可每当晚上拍完戏回到酒店里，夜深人静的时候，她又会想起裴忌将自己挡在身下的那一幕。

明明他还在流血，开口的第一句却是问她有没有事。

后来他们不欢而散。

其实她不该再给他希望的，可是每一次在他面前，她似乎都变得格外心软。

他是因为她才受伤的。只有用这个借口，她才能麻痹自己，继续逃避。

可是那晚之后，她就再也没有听说过关于裴忌的任何消息，也不知道他的伤怎么样了。

拍戏的时候还好,一旦闲下来,时鸢就常常心不在焉地走神。

她变得越来越不像自己了。

让人觉得烦躁的还有许瑾言。

那天裴忌和季云笙都出现在剧组之后,许瑾言平时对她那若有似无的接近少了些,看来应该是明白了。

可是许瑾言的公司不太老实。

《沉溺》的官宣发出来之后,时鸢和许瑾言作为男女主角,自然有粉丝带头磕起了荧幕情侣,甚至有营销号开始传两个人的绯闻。

还有几张不知道什么时候被偷拍的路透图流传出去。

有那天时鸢从许瑾言的车上下来时,他绅士无比地虚扶了一下她。

有时鸢坐在片场里看剧本时,许瑾言特意走过来,给她递奶茶的画面。

照片里,许瑾言的嘴角含笑,一双多情的桃花眼弯起来,看着还真有几分脉脉含情的意思。

抓拍的角度有些刁钻,好巧不巧拍到时鸢礼貌地抬头回视他的时候。

眼神交错的一瞬间,的确比露骨的照片更有迷惑性,而发照片出来的营销号又有意引导。

挂上时鸢的名字,就相当于变相地搭上一个行走的热搜榜。

许瑾言的粉丝又都是女粉,这几张图爆出来后,一些不理智的粉丝瞬间炸了,跑到时鸢的微博下面叫嚣着。

时鸢看到一半,走向竟然莫名其妙开始跑偏了。

有人提到那天被爆出的停车场合照,很快被点赞到了最上面。

时鸢的指尖划到这条评论,不自觉地停了一下。

她退出自己的微博,点开搜索栏,输入几个关键字——时鸢停车场。

那天的图已经被删得差不多了,可还是有网友手疾眼快地保存下来,发到自己的微博里去。

时鸢点开那张模糊不清的偷拍图,下意识地放大来看。

突然,她反应过来,瞬间面红耳赤。

不对。她现在在干什么啊?偷窥……不对,偷看她和裴忌被偷拍的照片?

"时鸢姐——"这时,蒋清突然急匆匆地推开休息室的门走进来。

时鸢被吓了一跳，下意识地把手机倒扣在桌面上。

蒋清见她的动作奇怪，疑惑地问道："哎，时鸢姐，你在干什么啊？"

时鸢心虚地别开眼，答道："随便看了看微博。怎么了？"

蒋清一拍脑袋，说道："啊，洛姐让我告诉你转发一下邱导的微博。澄清声明公司已经发出来了。"

导演邱锐本人："感谢各位近期对电影《沉溺》的关注，也请相信我在电影选角上的专业与严谨。我们不会采用曝光演员私生活的方法来提高电影热度。以及，近日网络上流传的关于女主角内幕的传闻均不属实，也请大家尊重每一位演员，我们会用真正的作品说话。"

众所周知，邱锐从来不用微博，甚至连电影的宣传转发次数都很少，也从来没有为娱乐圈里的任何一个演员公开发过任何声明，为人可以称得上是铁面无私，发出来的声明也自然比一般人更有说服力。

导演亲自澄清，也就堵住了不少说选角有黑幕的嘴。

有邱锐力挺，一部分八卦网友纷纷倒戈。

很快，许瑾言也紧跟着转发了这条微博。

许瑾言："与邱导和时老师的合作机会来之不易，我非常珍惜。时老师也是我非常尊敬的前辈，希望大家不要过度揣测。"

这两条微博发出来，在时鸢的微博下面跳脚的一些粉丝总算消停了些。

豫星娱乐官博的澄清声明也紧随其后发了出来。

时鸢用自己的微博依次转发后，舆论导向终于逐渐被控制住。

"蒋清……"

"嗯？"

她想问问有没有什么关于裴忌的消息，比如他的伤怎么样了。

但她顿了几秒，还是把没说完的话吞了回去，安静地垂下眼睛，喃喃道："算了，没什么。"

晚上最后一场夜戏拍完，时鸢回到酒店。

电梯里，数字缓缓地上升，待电梯门慢慢地打开时，蒋清一摸口袋，顿时叫苦不迭。

她苦着脸说："完了，时鸢姐，我好像把手机落在车上了。"

时鸢的神色温柔又无奈,语气却没有责备的意思:"回去找找吧,我先回房间等你。"

蒋清连连点头,又摁下负一层的按钮,应道:"嗯,我一定尽快。"

电梯门再度合上,时鸢转身,独自朝房间的方向走去。

前方不远处,一道高大的白色身影站在她的房门前,正在低头发消息。

时鸢走近,看清那人的侧脸,疑惑地出声:"许瑾言?"

许瑾言循声抬头,见到是她也蒙了一秒,喊道:"时老师?"

时鸢皱眉问道:"你怎么会在这儿?这里是我的房间。"

许瑾言顿时瞪大眼睛,不可思议道:"你的房间?"

时鸢察觉不对,目光探究地看着他,问道:"你是来找人吗?"

许瑾言下意识地低头看了一眼手机上的聊天记录,又检查了一遍对面发来的门牌号。

2704室,没找错啊。

这晚和他约了在酒店房间碰面的人是他拍摄上一部戏时的女主角——陈心宜。

两个人因戏结缘,这两天陈心宜貌似是听说了他最近在临市拍戏,就发了微信消息约他见面叙旧,地点刚好也在这家酒店,目的自然不言而喻。

于是许瑾言瞒着助理和经纪人,晚上偷偷摸摸地来了。

谁承想被这妞给耍了。

许瑾言在心底暗暗低咒一句"晦气",面上却不动声色道:"应该是我找错地方了,实在抱歉,时老师。"

上帝做证,许瑾言是真的不敢对时鸢有什么想法了。

一个是豫星娱乐的老总,笑面虎一个。

另一个是裴氏集团总裁,手段狠厉,性情阴晴不定,就是一疯子,谁敢招惹?

除非他真的不想干这行了,才会想不开跟这两个人抢女人。

许瑾言心里这么想着,面上却客气地笑道:"那我就不打扰你休息了。时老师,我先走了。"

说完,他戴上口罩快步离开了。

时鸢盯着他越来越远的背影,眉头深深地蹙起。

找错房间了……未免也巧合了些。

这时,蒋清刚好取完手机回来,正巧撞上了刚乘电梯离开的许瑾言。

蒋清一脸茫然地问:"时鸢姐,他怎么会在这儿?"

时鸢摇头道:"不知道。"她也觉得奇怪。

她解锁打开房门,心里还是升起不太好的预感。

她又叮嘱蒋清:"你回头跟洛清漪说一下这事,这两天留心一下许瑾言那边,别再让他们那边多生事端了。"

蒋清认真地点头应下:"好,我记住了。"

次日下午,在临市取景的最后一场外景戏拍完,剧组陆续开始收工。

回北城的机票是下午两点多的,时鸢在片场换回自己的衣服,便马不停蹄地准备启程去临市机场。

蒋清取完登机牌回来,在贵宾候机室待了一会儿之后,就要准备检票登机了。

不知怎么回事,候机室偌大的玻璃窗外,原本晴朗的天气忽然阴沉下来,浓浓的乌云大朵大朵地积压在云层里,闷得人喘不上气。

这种天气,航班怕是要延误了。

时鸢蹙了蹙眉,抬手时不小心拂到一旁的水杯。

砰的一声脆响,玻璃杯应声碎裂,听得人心里一惊,像是什么不祥的预兆。

时鸢盯着一地碎片怔怔地出神,很快就有乘务员走过来,关切地问:"您没事吧?女士。"

时鸢猛地回神,说道:"我没事,抱歉。"

乘务员笑了笑,温柔道:"没关系,您没伤到就好。这些我来处理就好。"

"谢谢。"

这时,候机室的广播里传出播报声,是她们的航班已经开始检票了。

进了登机口,时鸢顺利登机,一路顺畅地走到头等舱,找到自己的位子坐下。

此时,窗外已经下起了淅淅沥沥的小雨。

登机后一个小时,飞机总算在跑道上缓慢地滑行起来。

时鸢见飞机终于要起飞,心口一松,把手机关机,然后从乘务员那里要来毯子盖在身上,拉下眼罩,戴上耳塞。

很快,困意袭来,她在座位上沉沉地睡去。

与此同时,裴氏集团顶楼,总裁办公室的休息室内。

明明是下午时间,房间的窗帘被严严实实地拉着,不给阳光留一丝缝隙。

下午四点整,周景林卡着时间,准时站在休息室门口。他低头看了看手表,犹豫了两秒,还是叩响房门。

周景林小心翼翼地说道:"裴总,会议时间到了。"

已经连续一周了。

上周裴忌带着伤从临市回来开始,不仅不遵医嘱,应酬时酒反而喝得更凶。

昨晚应酬到三点才结束,睡了不到三个小时就继续起来开会,铁打的身体也经不住这么糟践啊。

房间里传来窸窣的声响,很快,房门被人从里面打开。

裴忌一边往外走,一边扣上衬衫扣子。

他的神情比往常更冷,脸色是近乎病态的苍白,黑眸深处布着血丝,眉目凌厉如寒刃,仿佛任何人靠近都会被刺出血来。

周景林犹豫片刻,还是壮着胆子开口说:"裴总,您确定不要再休息一会儿吗?子公司的会议应该可以推迟一会儿。"

"不用。"

"按照您这样的生活作息和方式,我觉得应该很快需要联系刘医生了。"

"周景林,你哪儿来这么多废话?"

"我只是替裴氏旗下的所有员工忧心裴氏的未来以及担忧我明年还能不能领到总裁特助年终奖。"

裴忌拎起搭在椅背上的西装外套,冷冷地睨了他一眼,冷笑着说:"你信不信我让你今年就领不到?"

周景林露出标准的微笑,平静道:"您误会了。我不是在诅咒您,只是对当前情况做出的合理风险评估。"

周景林又适时地补充:"如果您倒下了,失去的就不仅仅是裴氏了。毕竟,想要趁机上位的人很多。"

迎着裴忌阴沉得能滴出水的目光,周景林见好就收,脚步缓缓往门口挪去。

"消炎药和温水就在桌上,司机已经在楼下等着了。"

办公室里的气压低得骇人。

周景林离开的几秒后,裴忌冷着脸,但还是抬脚走到桌子旁,吞下两颗消炎药,然后才推门离开办公室。

大楼外,阴雨绵绵。

豪车缓缓地汇入车流,雨刷器有节奏地滑动,层层雨幕交叠。

后座,裴忌合眼小憩,眉头深深地蹙起。他抬手揉了揉眉心,试图缓解头痛的症状。

刺耳的手机铃声急促又突兀地在车厢内响起。

裴忌皱紧眉,内心的烦躁顿时更甚。

周景林见人被吵醒,立刻诚恳地认错:"抱歉,裴总。"

他看了一眼屏幕上显示的号码,快速地接起电话:"你好,洛小姐,请问有事吗?"

"让裴总接电话可以吗?"

周景林飞快地从后视镜里瞄了一眼后座的人,应道:"好的,请稍等。"他转头道:"裴总,是时小姐经纪人的电话,似乎有急事。"

裴忌的目光一凝。

短暂的犹豫之后,他还是接过手机,沉声问对面:"怎么回事?"

把手机递过去之后,周景林立刻打开平板电脑。看见热搜第一的词条,他一向波澜不惊的脸上第一次出现破裂的表情。

热搜里面是一个视频。

他立刻将手里的平板电脑递给后座的男人。

后视镜里,周景林亲眼所见裴忌的瞳孔一缩,脸色迅速沉下来。

"裴总……这……"

男人紧紧地闭上眼,然后睁开,他将领口系着的领带一把扯开,声音极冷地开口道:"掉头,去机场。"

与此同时,北城机场,一架飞机平稳地落地。

机舱里响起播报声,时鸢摘下眼罩,拉起遮光板。

不知道是不是因为飞机上的温度太低了,她被空调吹得有些昏昏沉沉的,头部隐隐作痛。

时鸢长舒一口气，刚拿起手机准备开机，却发现打不开。

应该是没电关机了。

她时常想不起来给手机充电，尤其是拍戏的时候就更容易忘。

她没想太多，戴好口罩后就准备下飞机。

蒋清下飞机应该比她稍晚一会儿，等差不多走到取行李的地方，便停下来等蒋清。

很快，她就看见蒋清握着手机，慌慌张张地朝她跑过来。

蒋清急得上气不接下气，喘着气说："时鸢姐，我们等会儿再走。"

时鸢心头一凛，那股不祥的预感更强烈了。

"出什么事了？"

蒋清说话都带着颤音："你……你还没看见吗？"

"手机没电关机了，把你的手机给我。"她的声音虽轻柔，语气却不容置喙。

"这……我……"蒋清几乎快要急哭了，又不能不把手机给她，说道，"姐，你要做好心理准备啊。我知道这里面不是你。"

时鸢充耳不闻，点开那条热搜——时鸢许瑾言深夜酒店幽会，有视频有真相。

她点开那条视频，随后瞳孔猛地一缩。

视频开头，是昨晚她和许瑾言站在酒店房间门口的那一幕，他们的脸都被拍得清清楚楚。

而后面，被剪辑成一个她完全陌生的版本。

视频里的女人有着和她一般长的乌发，身形纤细瘦弱，穿着和她一模一样的衣服。

这个女人远看的确和她极为相像，连她第一眼看见都恍惚了一下。

而后，画面切换。

酒店的大床上，两道身影纠缠在一起。面容都看不太真切，但在模糊不清的画质下，身形的确像极了她和许瑾言，很容易被错认。

底下的评论区已经彻底疯了，大多数人都相信，纷纷开始出言辱骂，甚至叫嚣着脱粉。

层出不穷的恶言恶语充斥着评论区，肮脏至极。人性的恶被隔着的一层屏幕成倍地放大，变成伤人的利刃，刺得人血肉模糊。

也偶有几条评论是为她出声辩解的，却很快被一拨又一拨的恶评吞没。

很明显，所有的一切都是一场蓄谋已久的阴谋，明摆着是冲着她来的。

时鸢知道，越是这种时候，她就越是不能被击垮，越是不能倒下。

可是开始攻击她的家人时，哪怕是她这样温和的性子，也会觉得忍无可忍。

她的家人没有错，凭什么要受到陌生人这样的侮辱和攻击？

万一奶奶看见了这些该怎么办？

万一奶奶的病情因此加重了该怎么办？

只要一想到奶奶，时鸢的大脑就顿时轰鸣一片，手脚冰凉。

她几乎没办法思考，只能强迫自己别再去想，强迫自己冷静下来。

可无论她在心里告诉自己多少遍，握着手机的手仍然在微微发抖。

蒋清看见她这副样子，心疼得不行，连忙说道："时鸢姐，外面都是粉丝在围堵，我们从另一条通道走吧，洛姐说已经安排了人来接我们。"

时鸢回过神，低低地应了一声。

蒋清立刻挽着她，寻找另一个出口。

没想到，另一侧的出口同样挤满了人，有粉丝，也有记者。机场保安在一旁竭尽全力地维持着秩序。

有人眼尖，大老远就看见了时鸢的身影，立刻扬起声音。

"时鸢！是时鸢出来了！"

"在那边！"

顿时，此起彼伏的快门声响起，所有人的视线都投了过来，无数冰冷的摄像头和闪光灯齐齐对准时鸢，闪得人眼睛发疼。

"时鸢！关于视频你还有什么要解释的吗？！"

时鸢有点儿想笑。

世界上总是不缺这样的人，他们只会轻信眼前看见的东西，然后不分青红皂白地给别人扣上一顶帽子，逼对方给出他们想听到的答案。

如果那个人给出了跟他们心理预期不同的解释，就是洗白。

直到那个人被打碎了牙齿混着血吞下去之后，有的人才会在这个时候假惺惺地问一句——还有什么要解释的吗？

他们把伪善演绎得淋漓尽致。这样在日后回忆起的时候，他们不会觉得自责或愧疚,甚至可以打着正义的旗号行事。

没人相信她,也根本没有人想听她的解释,没空理解她的委屈。

周围人山人海,拥挤不堪,保安艰难地阻挡人群,却无济于事。

时鸢被围堵在中间。她孤立无援,甚至觉得肺部的空气都变得越来越稀薄,人群里的目光像是锋利的剑一样,几乎要把她的外皮都剥去,然后进行处决。

一道尖锐的女声从人群里钻出来:"时鸢!你贱不贱?你这种女人还勾引我们家哥哥上床,你还要不要脸?!"

下一刻,有什么东西猝不及防地朝她飞过来。

砰——

一个矿泉水瓶滚落在地上。

额头传来的剧痛让时鸢恍惚了一下,被生理疼痛逼出的眼泪模糊了视线,世界都变得天旋地转起来。

她狼狈不堪地站在原地低着头,视线追随着掉落在地上滚动着的矿泉水瓶转,紧接着,视野里出现一双黑色皮鞋。

她还没有来得及抬头,下一秒,一件西装盖在她头上。

就像是从天而降一样。

外套上沾染着的温度和气息,一切都很熟悉,熟悉到让她的眼眶更酸了,这一切像是具备什么神奇的魔力,能让她发颤的心脏渐渐安定下来。

眼前混乱拥挤的世界被遮挡住了,耳边嘈杂的辱骂声仿佛也被隔绝在外,让时鸢什么都听不见了。

他紧紧地揽着她的肩膀,什么话也没说,一步一步带着她往外走。

时鸢甚至不知道这一条路走了多久,通往什么方向,只知道跟着他。直到他的脚步停下,忽然转身将她抱住,下巴抵在她的肩上。

时鸢的身体一僵。

裴忌的怀抱很暖,热度直接地从他的身上传递过来,让她的手脚不再冰冷。

他环抱着她的动作带着一丝小心翼翼的温柔和心疼。他的掌心轻抚着她的长发,嗓音低哑,像是藏匿着数不尽的隐忍情绪:"有我在,你怕什么?"

看见手机上那些铺天盖地的恶言时,时鸢没有哭。

被矿泉水瓶砸到额头的时候,她也把眼泪忍了回去。

因为没有人听她的委屈,所以她必须坚强。

可在他的面前，只是那么简单的一句话，却让她的泪水差点儿决堤。

裴忌拉开车门，手紧紧攥成拳，手背上的青筋因为忍耐而暴起。

他低声说："在这儿等我。"

后方，周景林匆匆赶过来，看见裴忌的表情，再了解不过他要去干什么。

时弯自然也看得出来他眉眼里抑制不住的怒意和戾气，她担心真的会出什么事情，于是手疾手快地扯住他的袖口，出声叫住他："裴忌！"

裴忌的动作一僵，停住脚步。

见有效果，时弯顿了一下，立刻又软声说："我……我头疼……"

她撒娇撒得有些刻意，至少目的相当明显。

可裴忌的脚步还是挪不动了。

她的眼睛雾蒙蒙的，定定地望着他，柔声道："你别回去了，好不好？"

他的喉结轻滚，眼底铺天盖地的阴沉和戾气渐渐消失，找回了些许理智。

这时，有几个记者追了出来，拿着摄像机对着这辆豪车疯了一样地拍照。一个记者注意到豪车后面那串嚣张至极的连号车牌，拿着相机的手一抖。

裴忌冷冷地睨了一眼，弯腰而上车，吩咐道："周景林，留在这里处理好。"

周景林立刻回答："好的，裴总。"

记者们互相对视一眼，察觉不对，刚想抱着相机转身跑，就被几个黑衣保镖拦住去路。

周景林微笑着挡在前面，礼貌而温和地说："烦请各位将摄像机里刚刚拍到的照片全部删除，我们裴总不太喜欢自己的照片暴露在公共视野中。"

一个新记者不清楚情况，冲着周景林叫嚷起来："凭什么你说删就删啊？你是谁啊？这是我的相机！"

周景林推了推眼镜框，从口袋里掏出一张烫金的名片，笑道："非常抱歉，如果各位不同意删除照片，明天裴氏集团的法务部将会以侵犯个人肖像权的理由向各位发送律师函。"

听见"裴氏集团"几个字，几个阅历丰富的记者立刻向对方使了个眼色。

为了爆个料得罪裴氏，恐怕他们连饭碗都难保。

很快，有几个人主动把手里的摄像机递了出去。

周景林接过，发现这些人不是仅拍几张，而是几十张，根本删不完。

他懒得再浪费时间，把相机递给保镖，然后看向记者们，说道："损坏的相机我们会以三倍的价格赔付给各位,请问还有问题吗?"

大多数记者的眼睛瞬间亮了起来。

一台相机动辄上万块,这里可是有不少记者呢。

裴氏果然和传闻里一样,有钱任性。

见没人再有异议,周景林收起笑容,镜片折射出冷光。他面无表情地吩咐保镖:"都砸了,内存卡也砸碎。"

此时此刻,豪车停在路边。

药店里,正在看店的小姑娘坐在柜台后面,假装低头玩手机,实际上目光止不住地往刚刚走进店里的那个男人身上瞟去。

小姑娘一边偷瞄着,一边噼里啪啦地在手机上打字,给朋友发微信消息。

"我的天,店里来了个极品大帅哥!"

"还等什么?冲上去搭讪啊!"

"我有点儿不敢……他看上去有些凶……"

即便如此,小姑娘犹豫几秒,还是决定鼓起勇气上前搭讪:"您好,请问需要点儿什么?"

男人的面容冷峻,话语透着冰冷和疏离:"冰袋,还有消肿的药膏,谢谢。"

小姑娘的脸却更红了,指引道:"冰袋在这边,我来帮你拿!"

结账的柜台前,裴忌忽然抬了头,问道:"请问那个糖还有吗?"

小姑娘顺着他手指的方向看去,是她早上在便利店顺手买的一包草莓糖。她回答:"啊……这是我自己的,不过还没有打开过。你如果想要可以送给你……"

"谢谢。"

小姑娘看着柜台上的红色钞票,眼睛瞬间瞪大,惊道:"这太多了……"

男人淡淡地说:"不用找了。"

说罢,他便迈步离开。

裴忌拎着药袋回到车上,就见时鸢靠在后座,长发有些凌乱地散在肩头,衬得巴掌大的脸越发白皙,额头那处红肿更是明显。

她的细眉轻轻拧着,乌黑的睫毛垂下。

他的心口跳了一下,随即敛眸,把冰袋拿出来。

听见声响,时鸢睁开眼,而后一个冰冰凉凉的东西贴上她的额头。

她猝不及防地顿了一下,小声地开口道:"我自己来吧……"

裴忌语气淡淡地说:"别动。"

他的语气虽淡,却不容置喙,时鸢只好听话地收回手。

近在咫尺的距离,属于他的气息侵占了车厢,染着热意的呼吸就在眼前。她只能努力别开眼,不跟他的视线撞个正着。

流动的空气仿佛都变得滚烫起来,哪怕是额头上还敷着冰袋,也完全抑制不了时鸢脸上飙升的温度。

只是敷个冰袋而已,用得着离这么近吗?

时鸢甚至开始怀疑他是不是故意的。

余光里,裴忌垂着眼,他的睫毛很长很长,好看得不可思议。

尤其是在他认真专注地做某件事情的时候,那双微微上挑的丹凤眼会微微垂下来,原本裹着的冷意和戾气看不见了,只剩下数不尽的多情。

抛去他的坏脾气,单靠色相,时鸢就觉得他比自己更适合娱乐圈这行。

后排很安静,安静到时鸢甚至能听清自己震耳欲聋的心跳声,一下又一下,几乎快要跳出来一样。

裴忌专注地盯着她的额头,忽然,不知想到了什么,他的嘴唇勾起一抹浅浅的弧度,戏谑道:"有点儿像长了个犄角。"

时鸢愣愣地眨了眨眼,不可思议地抬眼看向他。

随即便撞进了他幽深的眼睛里。

他的瞳仁漆黑,说这话时一本正经,她一时也分辨不出是真是假。

时鸢下意识就要偏头去找镜子看,却被他的长指扣住下巴,把她的脸轻轻地转了回来。

他的指腹也沾染了冰袋的凉意,微凉的触感从她的下巴蔓延开来。她的心尖又像是被他的动作烫了一下,被触碰的肌肤也逐渐热了起来。

下一刻,裴忌低声道:"逗你的,别乱动。"

时鸢这才松了一口气,嗔怪地瞪他一眼。

再怎么说她也是个女明星,多少还是在意自己的容貌的。

裴忌挪了挪冰袋,看着她额头的红肿,内心又升起一阵烦躁感。

他的嗓音微沉下来:"以后再有人拿东西砸你,就原样砸回去,记住没?"

时鸢蹙眉,有些不赞同地说道:"裴忌,不可以以暴制暴……"

她一副认认真真教育他的样子,又乖又好欺负。

裴忌的眼底染上浅浅的笑意,干脆利落地打断她,语气平静却认真:"那就留着让我砸回去。"

话落,时鸢的心忽然猛跳了一下。

那种不受控制的感觉再度来袭。她慌乱地、努力地想要把那阵悸动压回去,于是只好转移话题:"对了……你的伤怎么样了?"

裴忌回答:"没事了。"

时鸢不太信他的话,皱着眉伸手:"我看看。"

裴忌抓住她的手,神色自若地说:"洛清漪在外面。"

时鸢的动作一停,下意识地转头往窗外看。

果然,车不知道什么时候已经停在了她家公寓楼下的停车场里,而洛清漪拿着手机站在不远处,正朝车的方向走过来。

裴忌紧紧地盯着她,狭长的眼睛忽然挑了挑,目光变得有些轻佻。

他不疾不徐道:"你确定还要我脱衣服?"

最后三个字被他咬得很重,说得意味深长,似乎被赋予上了一些别的意思,听得人面红耳赤。

时鸢的脸一下子烫起来。她明明只是想看看他的伤,他怎么能把话得这么……这么……露骨。

反观裴忌,神色坦然无比,甚至还抬手掐了一下她绯红的脸颊。他淡淡地说:"以后有机会再看吧。"

时鸢此刻羞耻到只想找条地缝钻进去。

裴忌推门下车,就见洛清漪握着手机走到车旁。

两个人对视一眼,明白了对方眼里的意思,于是都没有开口。

时鸢晚了几秒下车,便错过了这一画面。

裴忌把装着药膏的袋子递给洛清漪,淡淡地说:"带她上去吧。"

"好。"

见洛清漪对裴忌的态度竟然还有些和蔼,时鸢略感诧异,总觉得这两个人看上去有什么事情瞒着她。

还没等她深想,就被洛清漪拉着离开了。

到家之后,洛清漪凑近她的额头打量,看见那处红肿,画得精致的眉瞬间紧皱起来。

她心疼地问:"怎么样,还疼不疼?"

时鸢笑着摇了摇头,说道:"没事了,刚刚冰敷过,现在已经好多了。"顿了顿,她又轻声问,"网络上现在怎么样了?"

从机场出来到现在,她一直和裴忌在一起,还没有看过手机。

洛清漪忙安慰她:"你就别看这些了,在家好好睡一觉,这件事情我和公司会处理。那么离谱的东西,只有网上那群傻瓜才会相信。你放心在家休息,公关那边已经在准备发澄清了……"

时鸢静静地望着她,忽然打断道:"怎么澄清?"

这话把洛清漪问得一愣。

她就知道,时鸢看着温柔好说话,其实根本不好骗。

她长叹了口气,如实道:"此情目前确实比较难办,但不管怎么说,视频假的就是假的,怎么也成不了真。只要能找出证据证明视频里的人不是你就可以,只不过还需要一些时间。"

"嗯。"

其实哪怕洛清漪不把话说得太明白,时鸢心里也清楚。

现在这个时代,信息传播发酵的速度太快。哪怕是撤热搜、删视频,也永远不可能有删干净的那天。只要她待在娱乐圈一天,这件事情就会被人拿出来诟病一天。

澄清声明这种东西,在这样的情况下,就更显得毫无说服力。

要澄清视频里的人不是她,又谈何容易。

在背后搞这些手段的人可以说是相当高明缜密,前几天先放一些半真半假的消息出来迷惑网友,铺垫之后再爆出来这条假视频,就能让视频的可信度看起来更高。

往往遇到这种事情,女明星要承受的舆论压力比男明星更大。

时鸢忽然觉得很累,察觉时鸢的情绪低落下来,洛清漪在她身旁坐下,然后抬手将她抱住。

洛清漪耐心地安抚她："你放心待在家里，一定会有办法的，事情都会过去的。"

时鸢将脸埋在她的肩膀，紧咬着唇。

洛清漪轻轻拍着她的后背，心疼道："想哭就哭出来，不要憋着，会憋坏的。"

她忽然低低地说道："对不起。"

听见这句，洛清漪的眼眶一红，说道："这件事情不是你的错，是那群人太坏了。他们为了达到目的，什么都能做得出来。"

明明最委屈的是时鸢，该道歉的也不应该是她。

可越是这样，洛清漪越是心疼。

时鸢安静地靠在她怀里，连哭都不曾发出声音。

过了一会儿，蒋清也来了。

洛清漪嘱咐蒋清几句之后，便匆匆离开了，还有很多事情在等着她。

房间里，时鸢安安静静地靠在沙发上出神。

给医院那边发完消息，确认奶奶还不知道这件事情之后，她心里的一块大石总算落地。

她把手机放在一旁，看着蒋清一边蹲在茶几旁翻找药膏，一边说道："时鸢姐，我帮你上药吧。哎，里面怎么还有一包糖？"

时鸢的目光缓缓聚焦，茫然地问："什么糖？"

"就是这个袋子里，除了药膏还有一包糖。"蒋清纳闷，把那包粉红色包装的糖递给时鸢，嘀咕，"现在药店买药还开始送糖了？还是草莓硬糖。"

时鸢接过，顿时愣住了。几道声音忽然在脑海中响起，虽然久远，却无比清晰。

——裴忌，你今天下午为什么又翘课了？

——当然是有事。

少年神色别扭地从口袋里掏出一包糖塞给她。

——你上午不是说你想吃甜的？

草莓味的糖其实有些酸。

时鸢安静片刻，撕开包装，从里面拿了一颗放进嘴里。

果然还是很酸，酸得她的眼睛难受。可那阵酸意很快就在口腔中淡去，能记住的，只有化不开的甜味。

公寓楼下，洛清漪来到停车场。果不其然，那辆豪车依然停在原地。男人倚在车旁，正在抽烟，身形挺拔，脚边的影子被拉得很长。

洛清漪抬脚走过去。

听见声响，裴忌抬起头，指间的一点儿猩红燃着，袅袅的烟雾缭绕在他的脸侧。

他低声问："她怎么样了？"

"我出来的时候还好。时鸢虽然外表看着柔弱，其实心里比任何人都要坚强。这些事情是击不垮她的。"

"豫星娱乐那边怎么说？"

"季云笙那边还在开会，接不了电话。公关部打算一会儿先发声明。"

闻言，裴忌轻嗤道："果然是废物。"

他的嘲弄不加掩饰，洛清漪一时语塞，又不知道怎么反驳。

她顿了顿，才叹了口气，无力地说道："豫星娱乐现在也没有什么办法，舆论发酵得太厉害，热搜根本撤不下去，公关部也尽力了。"

话落，裴忌指间的烟徐徐燃尽，白雾散开，露出他冷漠坚毅的侧脸。

他眉目凛然，嘴角缓缓地勾起一抹弧度。

"既然没有办法，那就用我的办法。"

冷冽的嗓音回荡在停车场里，洛清漪心里一颤，问道："你要做什么？"

裴忌没有回答她，直接打开车门，弯腰上车。车窗缓缓地降下，他侧头，对上洛清漪震惊的视线。他的眼眸如墨，根本洞察不出任何情绪，却无端让人感觉危险。

"你唯一要做的事情，就是看好她。"

他只这留下一句话，车窗便升上，外面的人再看不见里面。

洛清漪怔在原地，久久无法回神。

两个小时后，周景林刚刚处理好机场这边的事情，就接到裴忌打来的电话。他只好马不停蹄地赶回裴氏集团总部大楼，直奔顶楼的总裁办公室。

办公室里，裴忌站在窗边。夜色暗沉，笼罩着他晦暗不明的侧脸，让人看不真切他的神情。

想起刚刚电话里裴忌打电话交代的事情,他深吸一口气,还是再度确认:"裴总,您确定要这么做吗?"他语气凝重道,"如果裴董事长知道这件事情,可能会不太高兴,毕竟您的身份一旦……"

裴忌冷冷地回道:"让你做你就去做。"

看清裴忌眼中的不容置喙,周景林立刻低头应道:"我明白了,我现在就去安排。"

他在心里暗叹,有些不长眼睛的人招惹谁不好,偏偏碰到时鸢身上来,触碰了裴忌唯一的逆鳞。

从这晚开始,怕是有不少人要遭殃了。

半夜十二点半,时鸢洗了个澡出来,总算减轻了些疲惫感。

蒋清这晚不走,留在这儿陪她。小丫头此刻还坐在沙发上看手机,用小号刷着评论。

时鸢劝不动她,便去酒柜里拿了一瓶红酒打开,希望自己这晚能借着酒精睡着。

正当她在中岛台这边费力开酒时,客厅里突然传出蒋清的一声尖叫。

不知道的还以为天塌了呢。

时鸢习惯了蒋清的一惊一乍,刚拿着杯子和酒返回客厅,就看见她正着急地翻找着什么东西。

"时鸢姐,你家电视遥控器在哪儿啊?"

"茶几下面。"

"啊啊啊!找到了!"蒋清激动得大喊,连忙用遥控器把电视打开。

时鸢有些不明就里地问:"发生什么了?"

蒋清没来得及答,不断地换着电视频道,不知道在找些什么。突然,她惊呼:"啊!找到了!时鸢姐,你快看!"

时鸢转头,看向电视机的方向,上面正在播放的是一则财经频道的采访。

待看清电视机里面的人,时鸢的动作猛然一顿。

电视屏幕里,记者的身旁,一个西装革履的男人坐在那里。

被西裤包裹着的双腿修长,双手交握搭在膝上,手指骨节分明,无名指上戴着一枚银色的男士婚戒，整个人骄矜而疏离。

摄像头上移，男人俊美的面容出现在画面里。他一双狭长含情的丹凤眼透着些许凌厉，下颌线清晰，轮廓立体，领带打得一丝不苟。

时鸢彻底愣在那里，呆呆地看着电视。

裴忌怎么会出现在电视里？

明明只是电视上平平无奇的一个财经节目，却因为他的出现，好像整个画面都变得高级起来，连一旁主持人的笑容都比往常更加热情殷切。

"大家好，欢迎收看今日的财经新闻频道。相信在北城，大多数人都听说过裴氏集团。一直以来，裴氏集团都低调而神秘，传闻颇多。所以我们今天非常荣幸能够邀请到裴氏集团的执行总裁裴忌先生，接受我们的采访。"

主持人连续问了几个商业方面的问题，裴忌都一一作答。

他回答问题时说的话并不多，却都精准地直击要害，逻辑缜密而清晰。

他的嗓音低沉悦耳，从电视里传出来后更加富有磁性。

手机上节目直播的观众人数更是直接飙升到一个离谱的数字。

很快就到了采访尾声，摄像机前，女主持人又微笑着道："好的，裴先生，我的问题已经问得差不多了，感谢您的回答。这边还剩下今天最后的一个小问题。"

女主持人趁热打铁道："在后台的网络实时直播里，网友们都非常热情，大家都对您非常感兴趣。请问裴先生，您目前还是单身吗？"

男人的声音平静，说出来的话却如平地惊雷一般，瞬间掀起惊涛骇浪。

"不是，我有未婚妻了。"

电视机外，时鸢又是猛地一愣，不可思议地睁大眼睛。

屏幕内，主持人又问："未婚妻？不知道方不方便透露更多一些线索给网友们呢？"

裴忌低头，漫不经心地转了转无名指上的婚戒，淡淡地反问："之前不是有人已经拍到了吗？"

主持人愣住了，问道："什么？"

他嗓音低沉地说："我的未婚妻，时鸢。"

女主持人的冷汗已经开始从背后冒出来，哪怕是刚刚已经提前彩排过一遍，她也还是止不住地紧张。

这么大的差事落在她头上,能不能升职加薪就在此一举了。

主持人硬着头皮,缓缓问出那个提前给她安排好的问题:"可是裴先生,很多网友都听说,时鸢小姐和豫星娱乐的总裁季云笙先生是情侣关系……"

男人抬头,目光锐利地直视摄像机,仿佛在透过屏幕和另一端的某人对视,似是在挑衅,狂妄至极。

他勾起嘴角,语气含笑道:"怎么?是季总亲口在摄像机面前说的吗?"

主持人艰难地维持着笑容,尴尬道:"呃……这个……好像没有。"

男人的俊脸上看不出任何情绪,漫不经心地说:"我的确听说最近有一些关于我未婚妻的不实流言。前几天我去临市探班,发现她的心情不太好。"

他慢条斯理地转动着无名指上的婚戒,指节上银光耀眼。

"一些无稽之谈影响了她的心情,她不开心,所以我也不太开心。"裴忌的嗓音不疾不徐,目光凌厉,唇边噙着淡笑,却无端让人背脊发寒。他言语间的警告意味已经不能再明显,"我的未婚妻心肠很软,但我的脾气不太好,不会轻易放过一些乌合之众。真相不明之前,还希望各位谨言慎行。"

采访到此结束,画面定格。电视屏幕上映出时鸢彻底呆滞的神情。

第九章
是他的求之不得

深夜，夜色浓重。豫星娱乐大楼，公关部灯火通明，彻夜难熄。

总裁办公室内，电视机的画面同样在播放刚刚的采访片段，主持人甜美的声音回荡在房间内。

"可是裴先生，很多网友都听说，时鸢小姐和豫星娱乐的总裁季云笙先生是情侣关系……"

男人低沉含笑的声音随即响起，挑衅意味十足："怎么？是季总亲口在摄像机面前说的吗？"

采访依旧播放着，助理恭敬地站在一旁，心脏随着采访里说出的话而高高地提上去。

季云笙静静地看着屏幕，忽然轻笑一声。

光线映在季云笙的面容上，笼罩着他一向温和的神情，此刻却显得有些晦暗不明。

终于，采访播完。季云笙拿起遥控器关掉，电视机变回黑屏。

见状，助理压下紧张，心惊胆战地开口汇报："季总……电视台那边的人说，这期采访是裴氏让人连夜赶制出来的，采访里的问题也是裴氏提供的……"

也就是说，那句狂妄十足的挑衅，并不是错觉。

办公室里沉寂片刻，忽然响起季云笙一声意味不明的轻笑。

"呵……裴忌，真是送了一份大礼给我。"他看上去依旧温和斯文，说完缓缓起身。

下一秒，砰的一声巨响。遥控器被他猛地砸到墙面上，四分五裂。

助理站在一旁，吓得大气也不敢出。

过了一会儿，他才小心翼翼地说："季总，厘姿那边也看到了采访，可能是慌了。刚刚一直在打电话给我，我按照你的吩咐一直没有接。"

"视频是她找人拍的,爆出视频的账号也是她买的,和我们有什么关系?"季云笙平静道,"让她去国外避避风头,就算裴忌查出来什么,也让她先想清楚,什么该说,什么不该说。"

"是,我明白了,季总。"助理又小心翼翼地说,"那如果没有什么事,我就先出去了。"

季云笙忽然又道:"等等。既然裴忌送了份大礼给我,我当然要还回去。"

他的嘴角缓缓扬起一抹弧度,温和的神情渐渐扭曲起来。

"他这次做事这么高调,想必裴董事长应该还不知道吧?"

明明裴忌这样的人,就应该像当初在南浔一样,一辈子抬不起头。

如果不是遇到裴仲卿,阴错阳差地得到了裴氏集团,裴忌又怎么可能有资格来跟他叫嚣?

包括时鸢。他是不会允许任何人把她抢走的。

她是他亲手打造出来的,如果她一定要离开他,到裴忌身边去,那他就只能亲手把她毁掉。

与此同时,公寓里也还亮着灯。

时鸢彻底睡不着了,仰头盯着天花板半天,依旧毫无睡意。

片刻,她又将手机拿起来,打开微博。果不其然,网络上已经彻底炸开了锅。

哪怕是现在这个时间,也完全阻挡不了网友的八卦热情。

原本那些热搜和视频的热度此刻已经完全被裴忌的这一段采访碾压了,而且是全方位地碾压。

采访片段的转发量数字高到离谱。

裴氏集团本身在北城就根基深厚,多年来又一直低调神秘,以前即便有记者拍到裴忌的背影或者侧脸照片,也很快就会被删得一干二净,正是因为如此,网友们的好奇心也被引得更大。

之前他们在停车场拍的那几张照片,早就吊足了不少八卦网友的胃口,现在正主突然出来承认,再加上裴氏集团总裁的身份,引得网络直接近乎瘫痪。

比起那条模糊不清的视频,裴忌的澄清俨然更值得人信服。

原本网络上的骂声瞬间消失了大半，局势扭转，引发了网友们激烈的讨论。

不少人开始重新审视那条假视频，质疑的声音越来越多。

这就是裴忌的办法，即便把自己牵扯进来，也要将她从泥潭里拉上去。

为了帮她证明清白，以前从不会在媒体面前露面的他甚至不惜公开出席采访，当着全世界的面，说她是他的未婚妻。

没人再敢欺负她了。

她甚至一时也分不清，这是他为了帮她澄清所使的权宜之计，还是……认真的。

时鸢愣了许久，心里仿佛被一阵热流灌满，胀得她眼睛发酸，又找不到一个确切的答案。

出神片刻，她又不受控制地点开那条采访视频来看。

裴忌低沉清越的嗓音再度回荡在房间里。

好突然……怎么就成为他的未婚妻了……要不要给他打通电话呢？

时鸢把手机拿起又放下，来来回回好几次。

最后，她还是将手机扣回去，扯住被子蒙上头。

算了，还是先睡吧，一切等睡醒了再从长计议。

这一夜，有人睡得安稳；有人心惊胆战，彻夜未眠。

采访播出后的第四个小时，天刚蒙蒙亮，一个黑发及腰、身材窈窕的女人已经站在路边招手拦车了。

很快，一辆出租车在她面前停下。

温心雅确保自己戴好了口罩和帽子，脸遮挡得严严实实之后，才提着行李匆匆上车，直奔机场。

最早一班去国外的飞机是五点半起飞，她到机场时已经将近五点。

清晨，头等舱候机室里没什么人，温心雅戴着墨镜和口罩，手里拿着一本杂志在看，实际上没两分钟就要看看手机上显示的时间。

很快了，还有十分钟不到她就可以检票登机了。等她拿着这笔钱出了国，哪怕是神仙都找不到她。

逍遥的日子已经近在眼前，谁也拦不住她。

温心雅紧紧地盯着手机屏幕，一秒都不敢错开。

三分钟、两分钟、最后一分钟……

机场播报声响起,温心雅神色一喜,立刻就要拿着手提行李箱起身。

下一秒,一道温和的嗓音在她头顶响起:"你好,温心雅小姐。"

一双漆亮的皮鞋映入眼帘,温心雅动作一僵,缓缓抬头,就看见一张清俊的面容出现在眼前。

周景林打量着她,视线从她及腰的乌发,再到与时鸢极为相似的纤细窈窕的身形上。

他缓缓地吐出一口气,终于放松下来,推了推镜框,露出友好的笑容,说道:"总算找到你了。"

茶楼包间内。

长达一个小时的等待里,温心雅的心理状态已经濒临崩溃。她狠狠地瞪着面前的周景林,咬牙切齿地说道:"我都说了,我听不懂你在说什么。什么视频?我根本就不知道!"

见她仍是一副油盐不进的样子,周景林轻叹一声。他果然不太适合谈判。

下一秒,周景林微笑着起身,说道:"稍等一下,温小姐,我们裴总已经到外面了。"

温心雅的表情一凝,还没等她想出对策,包间的门就已经被人推开。

一道高大修长的身影走进来,男人面容冷峻,气场凌厉逼人,比起采访视频里的男人,面对面的他更有一种让人望而生畏的压迫感。

他在她对面坐下来,嘴角扬起一抹弧度,目光冷冽而锐利。

温心雅只是被他这么看了一眼,心里的所有想法就仿佛无处遁形。

她心慌得想要起身,就听见他不疾不徐的声音响起:"温小姐,就不好奇我是怎么找到你的吗?让我猜猜,她承诺给你的是,拿了钱之后就安全出国,对吗?"

温心雅心里一惊,难以置信地看向他,只差没将"心慌"两个字刻在脸上。

裴忌缓缓勾起嘴角,紧紧地盯着她,冷冷地说道:"既然我可以找到你,就证明我能找到的东西,远比你想象中的要多。"

她慌乱地错开眼,声音有些发抖:"你……你到底想说什么?"

裴忌淡淡地问道:"拍一条视频,她给你的酬劳是多少?"

温心雅抿紧唇,不敢与他对视下去,遂低着头,一声不吭。

"不管多少,我出十倍。"

温心雅的瞳孔骤然一缩。厘姿让她拍那条视频的出价是两百万元,十倍,也就是两千万元。

她难以置信地看向裴忌,脱口而出:"你是说真的?"

"就算要算账,我也分得清要找谁算。你只需要考虑清楚,什么选择对你才是最有利的。"

他的长指轻轻地敲击着桌面,发出有节奏的清脆声音,同时散发着无形的压迫感。一下又一下,每一声都像是落在温心雅的心上。

她的脸色越来越白,心理防线几乎崩溃。

见她的意志越发动摇,裴忌又笑道:"因为一点儿小钱,搭上后半辈子,怎么想都不太划算。"

他说得慢条斯理,就像是笃定了她一定会答应这个条件。

话落,温心雅放在桌下的手紧攥成拳,指甲深深地陷进掌心里。

他说得对。既然他能在这么短的时间内找到她,那就证明之前厘姿承诺给她的东西,其实一半都做不得数。如果因为这件事情,她和裴氏为敌,以后就算还想回到娱乐圈,厘姿又怎么可能保得住她?!而且,这个男人真的太可怕了。他开出的条件,真的让人很难不动摇。

不知道过了多久,她终于深吸一口气,缓缓地抬起头,问道:"你想要我怎么做?"

中午十二点,厘姿握着手机,焦急地在公寓里来回踱步。

季云笙那边不接电话,温心雅也联系不上。不知怎么回事,一种心慌的感觉渐渐地在她心头蔓延,让她坐立难安。

从昨晚裴忌公开帮时鸢澄清开始,她到现在连眼睛都不曾合上过,只能不停地一遍遍地安慰自己。

温心雅已经乘着早上的飞机离开了,哪怕裴忌查到,也不至于能神通广大到去国外把人找出来对峙。

没事的,一定是她太紧张了。就算再不济,她也可以去找季云笙。

如果没有他,她也不可能有本事找到和时鸢那么相像的温心雅,然后把风波闹得这么大。

这时，她手中握着的手机忽然振动起来，是温心雅发来的消息："手机刚刚没电关机了。"

厘姿问："你已经到国外了吗？"

温心雅的话令她感到心惊："没有，我还在北城。我们见一面吧。"

"我不是已经给你买了早上的机票吗？你怎么还没走？"厘姿不由气急败坏。

温心雅回道："出了些意外，你先过来，我们见面再说吧。我把地址发给你。"

厘姿盯着最后那行字，皱紧眉头，总觉得哪里有些不对劲。

可自己有把柄在温心雅的手上，怎么也得先把她安抚下来，哄着她出了国再说。

厘姿纠结片刻，咬了咬牙，还是拿上包出门，打车赶往温心雅发来的地址。

被侍者引着进到包厢里的时候，厘姿看见包厢里坐着的人，双腿顿时一软。

"裴……裴先生……"

见状，裴忌轻笑道："现在知道怕了？"

他的神色太过平静，可远比发疯的样子更让人觉得可怖。

厘姿的眼神闪躲，不敢与他对视。她结结巴巴地说："您……您在说什么，我听不懂。"

裴忌抬了抬眼皮，神色冰冷，不带丝毫怜悯地看着面前的女人。

他轻扯嘴角，冷漠地说："厘姿，我记得我说过，我的耐心不太好。"

厘姿浑身一抖，嘴唇几乎要被咬出血来。明明是温心雅约的她，出现在这里的却是裴忌。

原本她还以为，有季云笙的帮忙，至少裴忌不会这么快找到她头上来。可现在看来，季云笙只是把她当成棋子，现在全完了。

厘姿双腿一软，瘫坐在地上，楚楚可怜地望着他，企图用梨花带雨的模样唤起男人的同情和怜悯，哪怕是一星半点儿也行。

可她忘了，眼前的男人根本就没有心，只有那一个软肋。

"裴……裴先生，是我一时鬼迷心窍……是我错了……"

裴忌站起身，慢条斯理地整理好衬衫袖口。他的侧脸冷然凌厉，连多看

173

她一眼都没有，只甩下一句话："那接下来该怎么做，都明白吗？"

厘姿连连颤声点头道："我……我会让温心雅他们出来澄清的……我也会亲自找时鸢道歉的。"

裴忌没再继续跟她废话下去，迈步离开包间。

等在外面的周景林见他出来，连忙握着手机迎上去，神色凝重道："裴总，裴董事长刚才打电话过来，让您现在回一趟老宅。"

他抿紧唇，只顿了一秒，便继续面无表情地往外走。

"知道了。"他道。

仅仅过了一天时间，网络上再次掀起一阵轩然大波。

微博上出现了一个匿名账号，发出了几条完整的、没有剪辑过的视频。

第一条是酒店监控下，许瑾言与时鸢没说几句话，便抬脚离开了房门口。

第二条是那段所谓的"上床"视频，一模一样的拍摄角度，却比之前那条多出了一段内容。

视频里，那个酷似时鸢的女人停下动作，看向摄像头的方向，忽然不耐烦地问："怎么样？拍好了吗？"

举着摄像机的人回答："差不多了，我觉得挺能混淆视听的。不近看根本看不出来。"

女人从男人的身上下来，撩开长发，露出一张漂亮，但和时鸢全然不同的脸。

"那就行，收工吧。快点儿把东西剪出来好交差。"

"知道了。"

仅仅是这么一小段内容，真相已然明了。

短短几天时间内，网友们也没想到居然看了一个这么多反转的大事件，有人意识到自己无形中站错了队，后知后觉地前来道歉弥补。

一时间，网上那些骂声彻底被淹没下去，取而代之的是数不清的道歉。

蒋清一边刷着，一边激动得语无伦次："太好了，时鸢姐……老天有眼……恶有恶报。终于有人还我们清白了……"

时鸢弯了弯嘴角，温柔地说："嗯。"

她拿起手机，走到阳台外，打开手机通讯录。细白的指尖滑到那串熟悉的手机号码,她犹豫片刻,盯着那串数字出神。

片刻,她缓缓地深吸一口气,拨通电话。

时鸢的心像是被什么紧紧地提着,紧张到快要无法呼吸。

时间一分一秒地过去,直到漫长的忙音过后,电话自动挂断。

没有人接。

随着电话挂断的那一刻,时鸢的细眉轻轻皱起,好不容易鼓起的勇气似乎又这样渐渐消失了下去。

这时,蒋清的声音从客厅里响起:"时鸢姐,车已经到楼下了,我们现在得去记者发布会了。"

她回过神,将手机放进大衣口袋里,神色如常地说道:"嗯,走吧。"

记者发布会现场,长枪短炮一排排架起,对准了台上的时鸢。

她的一头青丝被盘起,露出纤细漂亮的脖颈,弧度优雅。被简单勾勒过的眉眼依旧精致动人,除了神色比往常看起来要疲惫些,如水般的杏眸一如既往柔和澄澈。

这次的公开澄清,问题和答案都是提前安排好的,时鸢只需要回答记者的问题,对这次的事件做一个简单的说明和澄清就可以,之后打官司的程序都会由豫星娱乐的法务部代为处理。

很快,发布会临近尾声,全场安静下来,等待时鸢做最后的发言。

"感谢这一次事件发生后,坚定地信任我,站在我身边的粉丝、朋友以及我的公司豫星娱乐,包括在场的记者朋友们。在周末休息的时候还在因为我的事情而忙碌,辛苦大家了。"

镁光灯闪烁,轻柔悦耳的嗓音通过麦克风缓缓地传遍会场的每个角落。

"最后,还要感谢一个人。"时鸢顿了顿,嘴角弯起一个浅浅的弧度,笑得温柔。她望着摄像机,轻声道,"谢谢他,在我最狼狈不堪的时候,出现在我的身边,让我拥有了面对一切的勇气。"

只这一句,她便没有再继续说下去。

还有记者想要提问,洛清漪的反应很快,直接堵住记者接下来的话,宣告发布会正式结束。

去往豫星娱乐大楼的路上,时鸢望着窗外的景色出神,又时不时地低头看着手机。

洛清漪看她一副心不在焉的样子，明知故问："怎么样，他联系你了吗？"

时鸢轻轻地摇头道："他没接电话，应该是在忙吧。"

洛清漪啧啧两声："别的不说，裴忌这次真的挺给力。解决事情的效率比我想象的还要快，连夜安排采访，再到找到视频的始作俑者，我以为怎么也要个四五天的时间。"

时鸢"嗯"了一声，闷闷地说："他昨晚应该累坏了。"

"那要不你先发条短信给他？"

时鸢怔怔地抬头，又很快垂下，有些犹豫不决。

洛清漪知道她还有心结打不开，也不想让她太过纠结为难。

于是轻咳一声，帮她找借口："就当是为了表达感谢。"

时鸢咬紧唇，一直盯着手机。

只是发一条短信问候一下，就当是为了感谢，他帮了她这么大的忙，于情于理，她也应该亲口感谢他，只是感谢而已，没关系的。

就这样，时鸢鬼使神差地点开聊天框，打了又删，删了又打。修修改改好几遍，她又把敲下来的文字全部删除，只留下了三个字："谢谢你。"

然而，这条短信发出去之后，一直到晚上，她的手机都是静悄悄的，没有收到任何回复。

时鸢把所有发出短信之后可能会发生的事情都料想过，唯独没有想过这个。

是因为他太忙了没看见？还是因为他后悔了？

和她这样黑料缠身的人扯上关系，其实根本不算什么好事，只会给他带来无穷无尽的麻烦。所以哪怕他后悔，她也觉得情有可原。

可是直至深夜，她依旧辗转难眠，手总是不受控制地拿起手机，点开消息框。

她甚至还在担心，是不是裴忌出了什么事，或是遇到什么麻烦了。

次日起来拍摄时，果不其然，时鸢的眼下出现两处淡淡的青色。

下午，拍摄结束。保姆车上，洛清漪侧头，打量着一脸疲倦的时鸢，好奇地问道："怎么了？昨晚没睡好吗？"

时鸢闭着眼，说话的声音因为刚睡醒还有些沙哑："还好。"

洛清漪眯起眼,一副洞悉一切的模样:"别骗我,是不是因为裴忌?"

时鸢没出声,默默地缩在座位里。

"他跟你说什么了?该不会是后悔了吧?"话一出口,洛清漪心里就直接否认了。

以裴忌那样的性格,后悔?怎么可能?

洛清漪的这句话直接将时鸢心里纠结了一晚上的问题戳破。

她垂下眼,目光有些黯然地说道:"我也不知道。"

说完,她就闭上眼,一副要睡了的样子。

洛清漪看穿她装睡逃避,也没再继续问下去。

也许是因为时鸢昨晚睡得不好,短短一会儿,竟然真的在车上迷迷糊糊地睡了过去。

等时鸢再被叫醒时,车已经停在裴氏集团总部大楼的楼下。

她愣怔了几秒,转头问洛清漪:"为什么来这儿?"

洛清漪一把拉开车门,理所当然地说道:"当然是找你的未婚夫啊。前天才公开,就算是假的,也多少要装装样子,快下车。"

时鸢还没反应过来,就被洛清漪拉下车,直接推了进去。

高耸入云的大楼内,大理石地面光洁明亮,来回走动的员工们行色匆匆。

听见声音,前台小姐抬起头,就见面前站着一个身形纤细、气质出尘的女人。

虽然有口罩遮着脸,可露在外面的那双杏眸极为动人,眼波流转间,美得让人不自觉屏息,好像还有点儿眼熟。

前台小姐从时鸢的美貌里回过神,露出公式化的微笑,说道:"您好,请问您找谁?"

"嗯……我找裴总。"

前台小姐又问:"请问您有预约吗?方便告诉我一下您的姓名和联系方式吗?"

女人弯起眼睛,嗓音轻柔地答道:"我叫时鸢。"

话落,前台小姐瞬间不可思议地睁大眼。

时鸢有些习惯了这样的注视,倒也不介意。她又笑了一下,补充道:"不过我没有预约,可以麻烦你帮我问一下吗?"

前台小姐红了脸，连忙拨通内线，同时应道："好……好的，没问题，您坐在那里稍等片刻吧。"

"谢谢。"

时鸢走到一旁的沙发上坐下，安静地等待着。

没过一会儿，前台小姐就挂了电话朝她走过来。

她歉疚地道："实在抱歉，时小姐，裴总今天不在公司，好像前不久刚刚出去了。"

时鸢怔了一下，但很快又温和地说道："没关系，那我先走了。谢谢。"

"您客气了。"

目送时鸢走出大楼后，前台小姐刚回去，就被同事团团围住，你一言我一语的，一个比一个兴奋。

身旁的同事聊得欢快，前台小姐皱紧眉头，百思不得其解。

刚刚她打内线到周秘书那里，周秘书让她转达说裴总不在。

可是她明明记得，半个小时前，裴总才刚到公司呀。

此时此刻，总裁办公室内。

周景林敲了敲门，然后推门进去，看向站在落地窗旁的男人，小心翼翼地说道："裴总，时小姐已经走了。"

其实他也不懂，明明就在这里一直盼着人家，人家主动来了之后，又不见。

男人垂眸凝视着窗外，神色辨不出任何情绪。片刻后，他终于哑声道："知道了。"

停车场里，洛清漪还在等着。她正低头看手机，车门就被打开了。

见时鸢这么快回来，她诧异地问道："怎么这么快就出来了？"

时鸢垂下眼帘，回答："他不在。"

"不在？"

时鸢"嗯"了一声，转移话题："我们走吧，一会儿不是还有画面要补拍吗？再晚就来不及了。"

洛清漪有点儿心堵，一口闷气顺不下去。

早不在晚不在，偏偏在时鸢主动去找他的时候不在。天知道她能鼓起勇气有多困难。

洛清漪再了解不过，时鸢的性格有时候就像蜗牛，坚硬的外壳裹在外面，保护着柔软细腻的心。

因为受过伤，她的自我保护意识比常人更强，活得理智而清醒，即便是再放不下的东西，或是感情，如果在权衡之后，她认为是没有结果的事情，忍着痛也会割舍。

但事实是，很多经历过的事情，都会在人的灵魂刻下烙印，深入骨髓。再想割舍、想遗忘，其实也做不到，只不过都是在以各种各样的方式去逃避自己的心罢了。

时鸢现在就是这样。

几年过去了，她依旧打不开自己的心。

而钥匙，自始至终只有那一个人有。

接下来的日子，《沉溺》的剧组再次宣布了一个天大的消息——男主角换人了。

听到新的男主角人选名字时，连时鸢都忍不住震惊了。

"傅斯言？确定吗？"

洛清漪连连点头，兴奋不已道："没错，就是傅斯言。很不可思议，是吧？我当时听见也吓了一大跳。"

傅斯言是圈子里近乎神话一般的存在，仅二十五岁，就问鼎影帝。

出道至今没有和任何女星传出过绯闻，从三年前开始，他出演的电影就已经都是天花板级别的。

时鸢入行短，刚进入娱乐圈的那年，刚好是傅斯言宣布退隐之后。

对外，傅斯言退圈的理由是要去国外进修，好好磨炼演技，引得网上无数粉丝心碎，不少名导扼腕叹息。

在最辉煌的时期选择抽身而退，能够始终保持初心，明白什么才是自己想要的这种清醒，比他的演技更让人敬佩。

而傅斯言这次突然回国，悄无声息地准备复出，甚至还接替了《沉溺》的男主演，这是时鸢怎么都没想到的。

《沉溺》的本子虽然好，配置也足够高，可是以傅斯言的咖位来看，一定有比之更好更优质的选择存在。

他又为什么要来接下这样一个角色,跟她这种黑料缠身的女明星搭戏呢?

这时,洛清漪又兴致勃勃地补充:"而且我还听说,是傅斯言那边主动联系的邱导,想要这个角色,还专程试了戏,简直诚意满满。虽然不知道是为什么,但这不重要。其实邱导刚开始没打算把许瑾言换了,可人家是傅斯言呀。放眼国内,哪个导演能拒绝得了?连我都没见过他真人呢。照片都那么帅,本人一定更帅了。"她一边说着,一边捂紧扑通直跳的少女心哀号,"天哪,你一会儿竟然就要跟傅斯言搭戏了,我简直都没法儿想象。"

闻言,时鸢陡然失笑。被这么一打岔,她原本低落的心情也好了些。

化妆的时候,她的视线忍不住频频落在面前的手机上。手机屏幕仍旧黑着,安安静静地躺在那里。

几天前发出的那条短信就像是石沉大海,得不到一点儿回音。

明明这就是她最开始想要的结果,可现在,她又好像开心不起来。

这时,蒋清从外面进来,喊道:"时鸢姐,导演那边说可以过去了,我们走吧。"

时鸢收起思绪,站起身。

化妆间离片场有些距离,路上没什么人,早晨天空飘了些小雨,这会儿阴沉沉的,吸进鼻腔的空气都带了些潮意,五脏六腑仿佛也跟着凉下来。

走着走着,一道身影忽然从拐角冲出来,拦在她们面前。

时鸢愣了一下,看着面前神色憔悴的女人。几天不见,那个娇艳又嚣张的女人像是变了个人。

厘姿早上出门前特意将粉底打得更白,没上口红的唇色也极淡,整个人看着像是几天没睡好觉似的。

她小心翼翼地喊道:"时鸢……"

一见是厘姿,蒋清瞬间就打起十二分精神,怒火中烧地瞪着她。

时鸢的表情极淡,问道:"有事吗?"

厘姿上前一步,眼睛里含着泪水,看起来可怜兮兮的。她说:"我……我是来跟你道歉的,你原谅我好不好?别再上诉了。"她低声下气地哀求着,"是我嫉妒你,我鬼迷心窍……我现在什么都没有了,以后应该都演不了女主角了,你放过我这次……"

说着,她作势就要跪下来。

时鸢看穿了她的意图，没有去扶她的意思，只淡淡道："你什么都没有了，可这并不是我造成的。"

厘姿是笃定了她心肠软。

她虽善良，但不圣母。有些人，不值得被原谅。

她的嗓音虽然轻柔，可说出的每一个字都极为坚定有力："律师和法律会让你对你的行为付出代价，我的原谅也不会改变任何结果。我这样说，你明白了吗？"

厘姿暗暗咬紧牙关，脸色透出一种绝望过后的灰白。她还是不甘心，试图去拉扯时鸢，并说道："我求求你，时鸢，能不能让裴总高抬贵手……"

闻言，时鸢怔了怔。她眼睫轻颤，淡然如水的眸底终于有了一丝起伏。她问："是他找过你了吗？"

厘姿咽了咽口水，又说："是裴总让我来给你道歉的，我已经道歉了，能不能……"

她的话还没说完，一道悦耳清朗的男声从后方传来，打断了她的话："抱歉，打扰一下。"

时鸢回神，转头看去。

一个年轻高大的男人站在那里，穿着简单的白衬衫，肩宽腿长，身材比例极为惹眼。

他眉目俊朗，单眼皮，鼻梁高挺，组合在一起更是多了一股难得的味道，既有明朗的少年感，又带着成熟的魅力，让人很难移开视线。

傅斯言插兜迈步走过来，目光落在厘姿身上。他的嗓音温和，却带着不怒自威的效果："我想片场里应该不允许无关人员随意进入。李裕，把这位小姐请出去吧。"

厘姿还想说话，下一刻，就被人毫不犹豫地架了出去，狼狈又难堪。

周围终于清静下来。

没想到是傅斯言帮她解围。

时鸢感激地冲他笑了一下，说道："谢谢您，傅老师。我是……"

男人笑着打断她："时鸢，我记得。"

是"我记得"，而不是"我知道"，听起来似乎有些奇怪。

下一刻，他朝她伸出手，嘴角噙着温柔的笑，说道："傅斯言，希望我们合作愉快。"

时鸢没来得及深想,回握住他的手。

第一次和影帝见面,就被他撞上了这么尴尬的境况。

不过幸好,和传闻中一样,傅斯言真的是一个极其温和体贴的人,后面到了片场,他也没有再提起,仿佛刚刚的事情没有发生过一样。

时鸢也没空想别的,全身心地投入拍摄里。

由于换了男主演,前面的部分戏份需要补拍。

和影帝对戏的感觉就是不太一样,傅斯言代入情绪的速度极快,连带着也能帮助她更快入戏。

他表演时的感染力也比时鸢曾经合作过的男演员都要强出一大截儿,不愧是影帝。

他们的对手戏几乎都是一遍过,效率高得出奇,连邱锐都忍不住频频鼓掌。

一场戏结束,片场内掌声雷动。

大概是因为傅斯言的到来,整个剧组的工作人员这天都异常兴奋。

晚上收工后,邱锐又组了一场剧组聚餐。

这次没有那些乱七八糟的投资商、领导之类的,只有导演和制片人,还有剧组的几位主演。

时鸢不好推辞,只能一同前往。

这次的包厢里依旧是觥筹交错,氛围却没有像上次那样乌烟瘴气。

傅斯言的咖位虽然大,但一点儿架子也没有。

酒过三巡,邱锐已经有些喝多了,拍着傅斯言的肩膀,说道:"斯言呀,你是怎么想的?怎么会主动想要到我们剧组来?我们小庙放你这尊大佛,总感觉屈才了。"

傅斯言也笑着说:"是您太谦虚了,我可没觉得《沉溺》是座小庙。明年的电影节,说不定我们能包揽好几个奖项。"他顿了顿,澄澈柔和的目光望向时鸢,又轻笑着说,"时鸢的演技很出色,明年就算拿下影后,也不让人意外。"

傅斯言的语气真诚,是毫无掩饰的赞美。

能得到影帝的夸奖,连一旁的邱明嫣眼中都充满了艳羡。

时鸢刚刚也喝了几杯酒,此刻白皙的脸颊透着绯红,酒意有些上头。

听见傅斯言的话，她缓了几秒才反应过来，连忙说道："谢谢傅老师。您的演技也很棒。"

说着，她举起杯，把酒杯里剩下的酒一下子仰头喝光，十分率直。

傅斯言也被她这一举动小小地惊讶了一下，随即眉眼弯得更深。

她喝得急，细眉顿时皱起，一时觉得有些反胃，便说了一句："抱歉，我去一下卫生间。"

进了洗手间，时鸢有些想吐，干呕了几下却什么都没吐出来。

她的眼泪被逼出来些，大脑昏沉得厉害。

其实她根本不会喝酒，往常这种聚餐，她都是能避则避，因为她很讨厌酒精侵蚀神经之后的感觉，会让她的理智消失，变得不清醒。

但这天，她忽然有些贪恋这种感觉。好像醉了之后，这几天压在心头的那块巨石轻了些，有些事情也记得不是那么清楚了。

她缓了一会儿后，觉得自己恢复了一些理智，用凉水洗了一下手，就准备回到包间去。

刚走出洗手间不久，就看见傅斯言站在那里。

见她出来，傅斯言迈步走过去，神色关切地问："怎么样？还好吗？"

时鸢轻轻地摇了摇头，说道："我没事。"

见她的目光确实没有刚刚那么涣散，傅斯言眼中的担忧散了些，温和地说道："你的经纪人在门口，我送你出去吧。"

"谢谢傅老师。"

他又笑了笑，说道："如果不会喝酒，下次还是别喝那么多了。"

时鸢缓慢地点了点头，脚下的高跟鞋鞋跟不知道踩到什么，突然整个人朝一侧歪倒。

一旁的傅斯言手疾眼快地握住她的手臂，喊道："小心。"

时鸢的醉意被这一下彻底吓醒了，心有余悸地抓紧身边的扶手，与傅斯言拉开距离。

"抱歉，傅老师。"

傅斯言心神一晃，见她紧张不已的样子，又忍不住笑道："这么紧张做什么？我又没说怪你。"

其实也不怪时鸢害怕,有了之前许瑾言那件事情在先，她实在不能不小心。

她动了动唇，刚想说话，就感觉一道熟悉的冰冷视线落在自己身上。

时鸢一顿，下意识地抬头看去。

不远处，灯光下立着一道修长的身影。灯光朦胧，恍惚间，她以为自己看错了，又或者是在做梦，可都不是。

明明只有几天没见，他好像瘦了些，眉眼更为深邃，本就凌厉的轮廓此刻更显锐利，浑身上下都是锋芒。

时鸢对上那双幽深的眼，里面尽是漠然的冷意，黑得像深渊，让她的呼吸一窒。

他却只是淡淡地瞥了她一眼，随即便收回目光，没有半点儿情绪地抬脚离开，像是看见了一个陌生人一样。

傅斯言察觉她的异样，轻声唤道："时鸢？"

时鸢骤然回神，慌乱地说道："对不起，傅老师，我得先走了。"

丢下这句，她就急忙追了上去。

可还是晚了。等她追出门口时，早就看不见任何身影了。

冷风呼啸着，钻进她单薄的领口里，冻得她一个哆嗦，残存的酒意彻底消散了。

门口一个人影都没有。

时鸢忽然觉得累极了，缓缓蹲下去，将脸埋在膝盖间。

冷风吹得她逐渐毫无知觉。不知道过了多久，一件温暖的外套忽然盖在她身上。

时鸢僵了一下，猛然抬起头，映入眼帘的却是一脸担忧的蒋清。

她刚亮起的目光又暗了下去。

蒋清紧张地说道："时鸢姐，你怎么了？怎么连大衣都没穿？"

时鸢忍着腿上针扎一样的感觉，缓缓地站起身。她笑了一下，若无其事地说道："没事，我们回去吧。"

回到家里，时鸢先拖着疲惫的身体去浴室洗澡，洗掉了一身酒气。

她刚从浴室出来，床头柜上的手机就亮起，是洛清漪发来的消息。

"我刚刚听说，裴忌最近这几天好像一直在国外，今天才回国。"

"好像是前几天的那件事情，把裴家的那个裴董事长弄得很不高兴，给不少项目都找了点儿麻烦，逼得裴忌亲自过去处理。"

"裴家这些年来做事一直很低调，最近被推上风口浪尖之后，裴氏集团的股票好像有些下跌，应该是因为这件事情。"

看完洛清漪发来的这几条消息，时鸢的呼吸急促起来。

难怪他看起来那么疲惫。那种说不清道不明的感觉再一次笼罩在心头，如藤蔓一样盘踞在心上，让她的心口一阵阵发沉。

她有些茫然无措地握着手机，怔然出神间，手机铃声突然响起。

她接通电话，江遇白的声音在那头响起："时鸢，你现在有时间吗？"他叹了口气，语调半是戏谑半是认真地说，"裴忌现在在我旁边，你如果现在有空，方不方便过来一趟？不然我怕他今晚喝死在这儿。"

江遇白是一个小时之前到的。刚进门时，他差点儿被地上的酒瓶子绊倒。

说是叫他来喝酒，等他到的时候，裴忌早就已经不知道喝了多少。

上次见裴忌喝酒喝得这么凶，好像还是他们刚认识那会儿。

那时候的裴忌，喝酒、飙车，在拳场打拳是往死里的玩法，一整个就是不要命的疯子，阴晴不定，谁见了都想躲。

后来江遇白才知道，那是他病得最重的时候。

现在倒是好些了，知道要命了。只不过还是会常常失控，压抑许久的情绪爆发起来像火山喷发，就像现在这样。

区别是，他现在只在自己身上发泄，发疯起来也只会折磨自己，怎么也舍不得去碰那个让他失控的人，也算进步了。

江遇白把酒瓶子踢到旁边，随便找了个地方坐下，语重心长道："我说，你怎么回事？前几天明明是你公开说，人家是你的未婚妻。好不容易硬气了一次，现在又开始往后退了？我听洛清漪说了，人家时鸢主动去找你，你干吗不见人家？"

没人回答，房间里一片死寂，沙发上的人死气沉沉的，像是睡着了。

江遇白简直没眼看他这副逃避现实的样子，起身拿着手机到外面打电话。

解铃还须系铃人，这个道理他明白。

十五分钟后，时鸢站在玄关处时，还有些恍惚。原本她还以为江遇白在电话里说的有些夸大其词，可当她走进玄关之后，浓重的酒气扑面而来，像是有酒罐子打翻了似的。

时鸢屏住呼吸，摸到沙发旁落地灯的开关，打开。

柔和的光亮顿时倾洒而出。

时鸢被眼前的场景吓了一跳。酒瓶散落满地，数量多得惊人。

她小心翼翼地绕开往里面走，就看见了靠在沙发上的男人。

他身上穿的还是晚上她见到时穿的那套，白衬衫、黑西裤，没系领带，扣子被解开，衬衫湿了一小处，像是被酒精浸润过，紧贴着胸膛。

他的黑发凌乱地垂在额前，眉头微皱着，嘴唇紧抿，唇形薄而精致。

他连睡着都是皱着眉的。

时鸢弯下腰，鬼使神差地伸出手，想要抚平他紧皱的眉心。

下一秒，她的手腕却忽然被人握住。

他安静地睁开眼看向她，幽深的眸中比往常多了几分醉意，却依旧深沉。

时鸢猝不及防地撞进他的视线里，内心陡然慌乱。

她的嗓音发涩，不知道该说什么，只是喊："裴忌……"

他低声问："你怎么来了？"

低沉沙哑的嗓音在空旷的房间内回荡，时鸢的心跳乱了一拍。

她咬紧唇，犹豫了一下，还是轻声问："你是在躲着我吗？"

裴忌的目光一凝，冷冷地说道："没有。如果你是要说谢谢，现在就可以走了。"

时鸢怔了怔，感受到他冷漠得拒人于千里之外的态度。

她舔了舔干涩的唇瓣，垂下眼睫，作势就要起身离开。

就在她将要转身的这一秒，她的手腕被一股力道猛地扯住，还来不及反应，整个人就跌到他怀里。

时鸢错愕地抬起头，对上他的眼睛。她紧紧地盯着他，试图从他的眸中分辨出此刻的他究竟是醉着还是清醒着。

可她什么都没有看见。

"裴忌……你后悔了吗？如果你后悔了，我可以……"

他恶狠狠地挤出几个字："你在胡说什么？"

后悔？怎么可能？明明是求之不得。

时鸢的呼吸乱了，随即问："那你……"

他忽然安静下来了。灼热的气息充斥在她的耳畔，属于他身上的酒气混杂着他身上的气息,一并将她包裹。

不知道究竟过了多久,昏暗死寂的客厅里,裴忌的声音忽然在黑暗中响起:"我害怕。"

时鸢一怔。

他抱着她的手臂收得更紧,喉结轻滚,道:"害怕你讨厌'未婚妻'这个身份,害怕你说完一句'谢谢'之后,就要和我撇清关系。"他的嗓音暗哑,"害怕你再丢掉我一次。"

时鸢的呼吸一室,心口忽然抽疼。像是有无形的藤蔓,顺着她的心脏缓缓盘踞而上,紧紧地收缩,疼得她无法呼吸。

她艰难地开口道:"裴忌……我没有……"

下一刻,她没说出口的话被尽数堵在唇齿间。

冰凉的触感突然袭来,让她的大脑一片空白,连反应都来不及,就被他极具侵略性的气息填满。

他的气息虽然逼人,可动作十分温柔,让她的心尖都跟着发颤。

她什么都听不见了,只剩下她自己快要跳出胸膛的心跳声,还有他低沉而性感的喘息声。

时鸢不知道自己是还没来得及反应,还是被裴忌身上的醉意传染了,一时间竟然忘了推开他。

房间内光线昏暗,气氛浓稠而暧昧,连窗外的星星都羞答答地藏进云层里。

她紧张到不自觉地攥紧他的衬衫领口。在他即将深入地攻城略地前,她终于找回些许理智,试图把他推开。

她只是微微用力,不知道是不是因为他醉得太厉害,竟然真的被她推开了。

裴忌歪倒在沙发上,精致的嘴唇上覆着一层薄薄的水光,领口被她攥出了些褶皱。

他闭着眼,安静地靠在那里,睫毛低低地垂着,覆盖出一小片阴影。

他真的像男狐狸精转世。而她就是那个没出息的、被狐狸精蛊惑的文弱书生,一丁点儿美色诱惑都会让她忍不住缴械投降。

时鸢慌乱地起身,只觉得自己的脸像是被烧着了一样发烫。

"裴忌……你……你喝醉了,我去给你倒一杯温水。"说完,她立刻转身,落荒而逃。

也就错过了沙发上的男人微微扬起嘴角的模样。

厨房里，时鸢将水调试出合适的水温，倒进玻璃杯里。热气氤氲了杯壁，映出她绯红如霞的脸颊。

时鸢觉得自己应该也醉了，否则一定会第一时间推开他。

没错，就是这样的。她晚上聚餐喝的那几杯酒的醉意还没彻底散去。

只是喝醉了而已，兴许第二天醒来，裴忌可能都会忘了。所以她也不用在意，只是一次意外而已。

时鸢一遍遍地给自己洗脑后，才终于平复下刚刚剧烈跳动的心脏。

她深吸一口气，端着玻璃杯走出去。

沙发上，裴忌好像已经彻底睡着了。他的呼吸均匀平稳，刚刚皱紧的眉心此刻也松散开来。

时鸢轻轻地把杯子放下，没有再叫醒他，而是在沙发一侧坐下。她的目光从他高挺的鼻梁，缓缓地落到他的唇上。

她也不知道自己是怎么了。也许是因为，只有现在这种时候，她才能肆无忌惮地看着他。

夜深人静，连星星都睡去。只有无人知晓的这一刻，她心里的负罪感才会减轻。

时鸢一直待到天亮才离开。

剧组这天是早戏，休息室里，时鸢正闭着眼，抓紧这一点儿时间补眠。

可也睡得不踏实。

化妆师正用遮瑕刷遮掩时鸢眼下淡淡的青色，又见她打了个哈欠，自然联想到前两天热搜的事情。

化妆师开口时语调戏谑，意有所指地说道："怎么看上去这么累？昨晚没睡好呀？"

时鸢还没打完的哈欠顿时憋住，杏眸都睁圆了。

她还没来得及辩解，洛清漪好巧不巧地在这时进门，把化妆师的话听得一清二楚。

昨晚时鸢去找了裴忌这件事情，洛清漪还是听江遇白说的。

刚好化妆师这会儿忙完了，出去时顺手把门给带上了。

休息室里就剩下时鸢和洛清漪。

时鸢感受到洛清漪熊熊燃烧的八卦欲望，掩饰性地拿起桌上的保温杯轻抿一口温水。

洛清漪在她旁边坐下，语出惊人地问："怎么样？昨晚那个了吗？"

骤然听见这么直白又露骨的话，时鸢一下子被还没咽下的那口温水呛到了。

她连连咳嗽，脸蛋儿也不知是被呛的还是什么原因，迅速红了起来。

"你瞎说什么呢？"

洛清漪拔高音量，难以置信地问道："不会吧？孤男寡女共处一室，他还喝醉了，什么都没发生？"

时鸢一副义正词严的模样，否认道："没有。"

洛清漪却不肯罢休，继续问："亲也没有？"

这话一出，瞬间勾起了时鸢脑海里反复出现的画面。

灼热的气息，冰凉濡湿的触感，那个暧昧又危险的夜晚。

她不自然地别开眼，佯装镇定道："没有。"

洛清漪觉得不可思议，摸着下巴琢磨了一下，又压低声音憋着笑问："裴忌该不会是不行吧？"

时鸢的眼睛瞬间睁大，连耳根都急红了，娇嗔道："洛清漪！"

难得见时鸢这种温温柔柔的人都急了，洛清漪见好就收，强忍着笑道："开玩笑，我是开玩笑的。"

她忍了没到两秒，又抿紧唇，调侃道："要不等会儿他来了，你再从侧面试探试探？"

时鸢抓住她话里的关键词，顿时一怔，然后问道："裴忌一会儿要过来吗？"

洛清漪理所当然地回答："对呀，是我跟那个周秘书联系的。你们都是未婚夫妻了，未婚夫来探班，不是很正常吗？"

时鸢轻叹一声，认认真真地纠正她："是假的。"

再被这样带偏下去，她都快觉得是真的了。

洛清漪撇了撇嘴，无所谓地说道："就算是假的，也总得给那群成天在片场外面蹲着的记者做做样子吧，起码这几天不能露出破绽吧？管他真真假

189

假,我们要敬业,好吧?"

原本时鸢的计划是躲袭忌几天。

昨晚那件事情发生之后,她还没想好要怎么面对他。这下好了,她直接被推到悬崖边上去了,连逃跑都没机会。

这天的戏份不多,有一场时鸢单独跳舞的戏份。

上场之前,蒋清抱着时鸢脱下来的大衣站在一旁,目光落在她暴露在空气中的纤细脚踝上,忍不住担忧地问道:"时鸢姐,你的脚真的可以吗?"

时鸢一边认真地做着拉伸的动作,一边朝她笑了一下,说道:"没事,放心吧。"

其实,阻碍她的一直不是脚伤,是心病。

这边,傅斯言刚走进片场,目光就被摄像机后的那道身影吸引住。

女人穿着一件藕粉色的修身上衣,衬得肤色更加白皙清透,纤细的腰盈盈一握,双腿笔直,胸口的弧度美好。

她缓缓舒展双臂,仰起头,每一个动作都优雅而极致,舞姿轻盈无比,犹如翩翩起舞的蝴蝶。

与演戏的她不同的是,跳起舞的她,如画的眉眼里会绽放出更加迤逦而璀璨的光华,杏眸盈亮动人,让人更加移不开眼。

和七年前,他第一次见到她时一样。在他的心底,她本该一直这样,自信、温柔、美好。而不是像现在,即便依旧清雅如水,眉眼深处却总是若有似无地笼罩着忧伤。

"好!"邱锐拿着喇叭出声,片场的掌声瞬间响起。

时鸢弯下腰深深地鞠了一躬。她的呼吸微微急促了些,站在原地缓解了一下脚腕的痛感后,才慢慢地朝着蒋清走过去。

蒋清立刻把大衣给她裹上,问道:"怎么样,时鸢姐?"

时鸢平复着气息,刚想开口,一瓶矿泉水忽然出现在眼前。

她抬起头,映入眼帘的是傅斯言清俊温和的笑脸。

"累了吧,喝点儿水。"

时鸢受宠若惊地接过水,说道:"谢谢傅老师。"

傅斯言的嗓音温润:"这么多年过去了,跳得还是和以前一样好。"

闻言，时鸢怔了怔，不解地看向他，问道："以前？"

傅斯言看出她眼中的茫然，嘴角微微扬起，目光温柔。

"你还是学生的时候，是不是来过北城一次？在北城大学的礼堂里。"他缓声说道，"那天我刚好回母校演讲，碰巧看见你在台上跳舞。"

只是那天，他有一个很重要的通告要赶，没有来得及看她跳完，也没来得及问她叫什么名字，于是就这样错过了。

时鸢愣了片刻，记忆逐渐被勾起。

那还是她高中参加舞蹈比赛的时候。

那时，她第一次来北城，是为了参加那场舞蹈比赛，比赛的第一名会得到一次和著名舞蹈家学习的机会。她无比渴求，为梦想拼尽了全力，最后也顺利地得到了那次机会。

只是那次回去之后，她再来到北城，就已经是完全不同的心境了。

她也不再是曾经的她了。

见她默不作声，傅斯言后知后觉，是不是自己太心急吓到她了？

他又温和道："想不起来了也没关系。"

时鸢从思绪中回神，弯唇笑了一下，说道："我记得，那是我第一次来北城。"

这时，蒋清的手机振动了一下。她看了看消息，压低声音跟时鸢说："时鸢姐，洛姐说裴总已经在外面等着了。"

时鸢的眼睫颤了一下。

她点了一下头，随即对傅斯言道："不好意思，傅老师，我得先去换衣服了。"

傅斯言笑了笑，说道："去吧，再见。"

时鸢快步离开了，背影仿佛都透着些雀跃。

傅斯言看了许久，直到她的身影彻底消失在拐角，才收回目光。

经纪人李裕这时才走过来，"啧"了两声，有点儿恨铁不成钢地说："你说你呀，不惜自降身价来演这么一部戏，何必呢？现在后悔了吧？人家有主了。"

傅斯言低眉笑道："不后悔。"

起码，以后再想起来时，不会觉得遗憾了。

片场外，夕阳西下，余晖给万物都镀上了一层柔和的光晕。

一辆豪车安静地等在那里。

裴忌坐在后座，看完最后一份文件后合起，放到一旁。他揉了揉眉心，侧头朝车窗外看去。天快黑了，人还没来。

终于，裴忌打开车门下车，慢条斯理地整理了一下身上的西装，就要抬脚往片场内走去。

他的余光看到什么，脚步一顿。

不远处，有一群粉丝站在那里，有的举着浅蓝色的应援牌，上面写着时鸢的名字，叽叽喳喳的说话声从人群中传来。

"我们什么时候能给鸢鸢安排上一辆应援餐车呀？杀青的时候怎么样？做咖啡或者三明治？"

"恐怕有点儿难呀，餐车太贵了，资金还没筹够呢。"

"还有不到三个月就是鸢鸢的生日了，我们还得准备生日应援呢。"

粉丝聚在一起讨论得热火朝天。

裴忌双手插兜站在后面安静地听着，目光忽然又停留在某处。

是一个时鸢的人形立牌，安安静静地立在那里。海报整体的色调也是柔和的浅色，上面还印着一张她的写真照片。

女人难得一见地穿着一袭红裙，耳边的乌发间还别着一朵挂着露珠的玫瑰。雪肤红唇，艳丽的妆容与她精致清丽的眉眼冲撞在一起，形成强烈的视觉冲击。

她鲜少会穿如此热烈的颜色，却也极为衬她。

裴忌的喉结滚动了一下，若有所思地盯着那个立牌许久。

太阳很快就要彻底落山，粉丝们见状，也纷纷开始收拾这天带来的应援物。

这时，一个粉丝看见旁边的立牌，就要走过去收起来。

一阵沉稳有力的脚步声忽然响起，粉丝循声转头，就看见一个西装革履的男人站在身后。

男人身形挺拔，双腿修长，即便是站在那儿，气场也凌厉逼人。

她的脸顿时红起来，总觉得面前的帅哥有些眼熟。

"你好，有……有事吗？"

裴忌的声音冷淡："请问，这个可以卖给我吗？"

她顺着他手指的方向低头一看，蒙了一下，问道："你想要这个立牌吗？"

天哪，居然是鸢鸢的男粉丝！

她立刻相当大方地递给他，说道："不要钱，送给你了。"

说着，她的话音一顿，紧盯着面前男人的脸又看了几眼，瞳孔忽然放大，音调跟着拔高："哎，等等！你……你是……"

裴忌蹙了蹙眉，食指抵在唇边，比了个"嘘"的手势。

她立刻捂紧嘴巴，点了点头。

她将怀里抱着的立牌给他，又从口袋里掏出一包不知道是什么的东西都一股脑儿地塞给他，激动得快要哭出来。

她语重心长地说："姐夫，这些也给你。你一定要好好对我老婆。"

裴忌皱起眉，还没等他开口，对方已经拔腿跑了。

车子旁，周景林才刚下车，就看见裴忌抱着什么东西走回来。

等看清他拿的是什么，周景林的表情差点儿失控。

裴忌的神色却坦然自若，吩咐道："把这个送回我家。"

周景林努力保持冷静领命："好……好的，裴总。"

裴忌的手腾出来后，才终于有空拿起那包不知道是什么的东西。他打开来看，是一包印着时鸢照片的花花绿绿的贴纸。

他凝眉注视许久，最后，把贴纸塞进西装口袋。

第十章
放过你，除非我死

时鸢出来时，就看见裴忌的车停在那里。他靠在车旁，怀里还抱着一束火红的玫瑰。

此刻，天空只剩下最后一丝余晖，橙色的光晕浅浅地镀在他身上，颜色就像那晚夜空中绽放的烟火，将他的面容映照得分外柔和。

他穿着一身黑西装，抱着那束花，看上去有些格格不入，但又无端地透着一股温馨感。

就仿佛……他们真的是在谈恋爱。

时鸢愣了几秒，很快就把这个想法甩出脑海。

应该是因为洛清漪跟他说，做戏要做足，所以他才会来接她，顺便带一束玫瑰花。

就这样在心里重复了几遍后，时鸢深吸一口气，才抬脚朝他走过去。

听见脚步声，裴忌抬起眼，目光柔和。

他看了看腕表，淡淡地问："怎么这么晚才出来？"

他神情自然，像是什么都没发生过似的，把花束递给她。她忽然开始怀疑他是不是真的不记得昨晚的事情了。

她微微松了口气，接过他手中的花束，玫瑰的芬芳扑鼻而来，仿佛置身花丛之中，闻起来就让人觉得心情愉悦。

她的嘴角微微弯了一下，可还没等完全扬起，又想起洛清漪下午说的话，于是道："下午临时又补拍了两条戏份……你怎么来了？是洛清漪让你来的吗？"

他给她拉开后座的车门，低低地应了一声："嗯。"

果然，时鸢垂下眼，安安静静地摆弄着手里的花朵，不出声了。

裴忌侧头，若有所思地盯了她几秒，忽然低声道："时鸢。"

他的嗓音低沉好听，回荡在安静的车厢里，尾音散漫。

她抬头，愣愣地看向他。

裴忌垂眸看着她，黑眸里只剩下她的身影。他神色认真地说："不是谁让我来我都会听的，知道吗？"

闻言，时鸢顿时一怔。过了几秒，她才渐渐反应过来他话里的意思。

不是为了做戏。来接她也好，送花也罢。是因为她，他才会去主动做这些事情。

是她理解的这样吗？

她的心跳忽然漏了一拍。

然而裴忌似乎并没有再多解释的意思，继续低头看着文件。

时鸢抿了抿唇，目光忽然又落在他无名指的那抹亮光上。是那天采访时，他戴着的银色婚戒。

采访视频里看不太清，而现在的距离，足够时鸢看得清清楚楚。

那是一枚非常简单的男士婚戒，细细的银圈紧紧圈在他白皙修长的手指上。

戒指上面仿佛还刻着什么东西，由于光线原因，从时鸢的角度看不太清。

她用余光偷瞄着，根本没注意到男人的视线早就放在她身上。

裴忌抬了抬眉梢，眼底染上丝丝笑意，慢条斯理地问："好看？"

时鸢看得入神，下意识就要点头，却突然反应过来。她的耳郭悄然红起来，轻咳一声，问道："你什么时候买的？"

裴忌神色自若，随口答了句："忘了。"

也许真的只是那天采访前他让秘书随便去买的吧。

时鸢没再深想，重新看向前方。

这次她目不斜视。

此时，她包里的手机忽然开始嗡嗡作响。

时鸢拿起手机，看清手机屏幕上的名字，神色瞬间微愣。

是季云笙打来的电话。

上次在裴忌家里接到季云笙打来的电话的场景还历历在目。

但这次是在车上，前面还有司机呢，应该没事吧……

时鸢稳住心神，镇定地接起电话："喂，云笙。"

身旁，男人捏着文件的指尖蓦地一顿。

时鸢悄悄地瞥了裴忌一眼，见他的表情没有像上次那样狂风骤雨般，才微微放松下来些。

季云笙在电话那头温和道："时鸢，你今晚有空吗？我们见一面吧，好久没一起吃饭了。"

"嗯……今晚可能不太行。过两天可以吗？"

裴忌手里的那页文件逐渐变皱。

"好。到时见。"

时鸢以最快的速度结束这通危险的电话后，镇定地把手机放回包里。

全程下来，身旁的人没有一点儿反应，冷静得有些不太像他。

不过没发疯当然是好的。

时鸢微微吁了口气。

裴忌带她去了一家北城有名的江南菜馆。他了解她的喜好，尤其知道她喜欢吃什么。两个人在包厢里，也不用担心被别人偷拍或者认出来。

时鸢吃得开心，就是裴忌看上去似乎兴致不高，全程只给她夹菜。

不过他平时话也不多，时鸢也就没再多想。

吃完饭，他送她到家楼下。

她抱着玫瑰花下了车，看向后座的男人，说道："那我先上去了？"

裴忌神色冷淡地应了一声。

时鸢没多停留，抱着花束就上了楼。

进了门，她没有第一时间把那束玫瑰花放在玄关上，反而盯着出了会儿神。

明明她收到过很多很多花，但就是觉得这束是最好看的。也许是因为它看起来就很贵？

想着想着，时鸢的嘴角忍不住扬起。

突然，门铃声响起，把她吓了一跳。她透过猫眼，看见裴忌站在外面。

时鸢蒙了一下，走过去给他开门。

他神色略显阴沉，直接迈步走进来，反手关上门。

她怔怔地看着他，莫名其妙地问道："你怎么上来了……"

裴忌走进客厅,一边走一边解开西装的扣子,将衣服扔在沙发上。

一整套动作行云流水,把时鸢看愣了。

裴忌抬脚走进客厅,说道:"来给你送东西。"

这是在回答她刚刚没问完的那个问题。

时鸢傻站在原地,看着他从裤兜里掏出一个亮晶晶的东西。

好像是她昨天戴着的耳环。

难怪她一整天都没找到。

他眯起眼打量她,目光深沉地问:"怎么?不记得了?"

她怎么可能不记得?

裴忌不给她任何机会,长指慢条斯理地点了点身下的沙发,慢悠悠地开口道:"昨晚落在我家沙发上了。不打算认账?"

时鸢深吸一口气,迎着裴忌意味深长的目光,竭力维持着淡然自若。

她道:"你是不是记错了……"

突然,啪的一声,屋里的灯一瞬间都灭了,一片漆黑。

停电了,时鸢从来没有觉得停电来得这么及时过。她瞬间长呼一口气,抬脚准备去找手电筒,并说道:"家里好像停电了,要么你先……"

"走"这个字还没说出口,她的脚下突然不知道绊到了什么,直直地向前栽去。

她的鼻尖撞到某人坚硬如铁的胸膛上,栽进他的怀里。

她听见男人闷哼了一声,随即,他的肌肉仿佛都跟着紧绷起来。

裴忌低下头,借着窗外透进来的微弱月光看清眼前的景象。她的姿势像是半跪在他身前,乌发散落在他的膝盖上,身上若有似无的淡香钻入他的鼻腔。

他的目光暗下去,修长有力的双臂环在她的腰上。

她吓得连动都忘了动。耳边,男人的气息越来越重,低沉的嗓音也跟着发哑:"故意的?"

时鸢终于反应过来,飞快地缩回手。她有些欲哭无泪地说:"对不起,我真的不是……"

下一刻,一个天旋地转,两个人的位置变了。

时鸢被他欺身压在身下,紧张到连呼吸都忘了。和昨晚类似的姿势,只是环境更加昏暗,只有窗外透进来的月光。

黑暗中,各类感知被无限放大,房间里的空气仿佛都不再流动,从他身上传递过来的热度几乎快要将她烧着了。

裴忌低头,那双幽深的眼睛在黑暗中定定地望着她,问:"现在能想起来了吗?"

灼热的气息拂过她的耳边,他高挺的鼻尖紧贴着她的,喑哑的声音里染着丝丝蛊惑的意味:"要不要我帮你回忆一下?"

时鸢的大脑完全一片空白,根本无法思考。

她攥紧他的衬衫,下意识地闭上眼。

下一刻,满室光亮,大门解锁的声音紧接着响起。

房间里暧昧浓稠的气氛瞬间被打破,时鸢浑身一僵。

看见沙发上两道交叠的身影,洛清漪手里拎着的袋子一下子掉在地上。震惊半秒后,凭着本能,她迅速地捂眼转身,并解释道:"我什么都没看见!"

把裴忌送出门之后,时鸢双腿一软,差点儿瘫坐在地上。

而罪魁祸首洛清漪还在进行毫无歉意地忏悔:"我错了,我真的不是故意的,我以为你和裴总去酒店了呢……"

时鸢有气无力地辩解:"真的不是你想象的那样……"

"沙发游戏,裴总果然比我想象中的牛呀。"

时鸢:"……"

等洛清漪长达十五分钟毫无意义的自我忏悔结束之后,时鸢果断起身送客,顺便把家里密码锁的密码换掉。

一阵兵荒马乱结束,时鸢倒在沙发上,终于长吁一口气。

突然,余光瞥到什么,时鸢转头,看见搭在沙发上,裴忌脱下来的西装外套。

他忘记拿走了。

看来裴忌也不像刚刚表现出来的那么淡定,连衣服都忘了拿。

这时,沙发上的手机忽然振动两下。

时鸢把手机拿过来,解锁屏幕。是裴忌发来的,应该是他刚刚还没来得及在她家说完的话。

"离季云笙远点儿。"

看见这一条消息,时鸢的嘴角忍不住弯了一下。

隔着屏幕,她仿佛都能想象到裴忌说这句话时的样子。

难为他憋了一个晚上。

她忍着上扬的嘴角,很快,又一条消息弹出屏幕。

看清那行字,时鸢的脑海中不受控制地跳出刚刚沙发上发生的画面,飞快地把手机扔到一旁。

她呆呆地望着天花板,又忍不住抬手摸了摸自己的脸,好烫。

一旁,手机屏幕还停留在消息页面上:"我没你想象的那么能忍。"

发完这两条消息的半个小时后,裴忌回到环山别墅的家里。开了灯,一室光亮,别墅是冷色调的布置,豪华却冷清,没什么人气。

说实话,他的心情算不上愉悦。从下午时鸢接了季云笙的电话开始,再到晚上被人打断。他随手从酒柜里拿出一瓶红酒走到书房,把下午没处理好的工作都做完后,已经将近半夜三点。

裴忌合上电脑,揉了揉眉心,回到卧室准备换身衣服。

打开灯的一瞬间,他的动作忽然顿住。充斥着黑白色调的卧室里,下午他让周景林送回来的立牌赫然摆在那里。

他的目光停在立牌上。女人无知无畏,依旧笑得分外动人。

次日上午,豫星娱乐的总裁办公室内。

助理给时鸢端上一杯现煮的咖啡,然后恭敬地退了出去,将办公室的门关严实。

季云笙从办公椅上起身,走到时鸢对面的单人沙发坐下。他的面容清俊,脸上带着柔和的浅笑,看着她说道:"官司的事情法务部那边已经把资料都整理好了,后续诉讼的事情你就不需要再担心了,豫星娱乐会负责处理好。"

时鸢感激地笑了一下,真心道:"谢谢你,云笙。"

"和我还这么客气做什么?"季云笙顿了顿,嘴角的弧度平了一些。他语带歉疚,嗓音里夹杂了比往常更明显的情绪,"视频那件事情,是我没有及时保护好你。"

时鸢拿着杯子的动作微顿。

"保护"这个词，对于朋友来说多少有些逾矩了。从认识季云笙这几年到现在，这还是他第一次稍微越界到朋友那条线之外。

她将杯子放下，面上的神情并无变化，只是缓声说道："别这么说，作为朋友，你已经帮了我很多了。如果没有你和季伯父，恐怕当初奶奶的手术费我都凑不齐。"

她的语调一如既往地温柔如水，在"朋友"两个字上微微加重音调，在他第一次主动试探之际，不动声色地退回界内，将朋友的界限划得更加分明，无论是谁都是一样的。

这几年来，她一直如此。

季云笙一直知道，时鸢只是看上去性子软，其实心里认定的事情，从来不会轻易改变。

所以即便是他以朋友的身份陪伴在她身边的那几年，都始终无法真正进入她心里一丝一毫。如果能一直维持朋友的假象，也是好的，至少他是她身边信任的朋友，是她会选择去依靠的人。

裴忌却是例外。

裴忌的出现，打破了季云笙这几年小心翼翼维持着的、属于他的假象，让他所做的一切都成为徒劳，所以他无法容忍。

季云笙握着杯壁的手指无声地收紧。他微垂着眼，镜片遮挡住他眼底的幽光。

他将手中的茶杯放下，重新抬眼看向她，眼底那抹幽光消失得无影无踪。

他微笑着道："对了，时鸢，那天裴总突然公开的那件事情，有提前告诉过你吗？"

时鸢弯了弯唇，说话的语气透着一丝无可奈何："没有……他的性子一直这样。"

这样的无可奈何，已经是她从未给过别人的例外，只是她没有意识到而已。

时鸢拿着包起身，笑容比来时多了几分勉强，说道："时间不早了，云笙，我就不打扰你工作了。"

季云笙起身就要送她出去，还道："我让司机送你吧。"

她还是婉拒,季云笙只好作罢。

时鸢前脚离开,助理就被一通内线叫进了办公室。

季云笙从沙发上起身,慢条斯理地整理好微乱的西装衣角。

想起刚刚时鸢离开时脸色苍白的模样,他的嘴角缓缓弯起,目光深邃。

"之前我交代你的事情,今天就让他去做吧。"

助理恭敬地点头应下:"好的,季总,我这就去办。"说完就要退出去。

季云笙叫住他:"等等。慕思远答应回国了吗?"

"他说机票已经买好了,就在下个星期一。"

季云笙点了点头,神色莫测地说:"我知道了,你出去吧。"

给裴忌准备的这份大礼,离送出去的时间已经越来越近了。

裴氏集团总部大楼,总裁办公室内。

周景林有条不紊地将一份份文件摆放在办公桌上,堆叠成一座小山。

"裴总,这是需要您签字过目的文件。项目招标已经在进行中,投资部那边正在加快速度,会在明晚之前把完整的风险评估交上来。还有准备投入大笔资金的度假村项目的策划案……预计首期计划投入资金为二十亿……"

男人面露不悦,蹙眉,烦躁地打断他:"一份风险评估需要花这么长时间?"

周景林一噎,心里暗自腹诽:又不是谁都有像工作机器一样的变态效率。

面上,他恰到好处地微笑道:"好的,裴总,我让他们今晚就交上来。"

"嗯。"

办公室里安静下来,一时间只剩下文件翻动的声音和钢笔尖划过纸页发出的沙沙声。

周景林再度开口说:"裴总,还有一件事情。您让我查的,时小姐的奶奶所住的那家医院里,十九日的中午,也就是《沉溺》剧组试镜的那天,一个陌生护士进了时奶奶的病房,那时护工恰巧不在。"

裴忌的神情忽然冷下来。他的唇抿着,沉声说道:"知道了,让人仔细看着。其他的继续查,动作轻点儿。"

"好的，我明白了。"

最后一份文件签完，裴忌正准备合上笔，周景林又递了一份过来，开口道："裴总，还有一件事情。"

裴忌的动作一顿，微微眯起眼，冰冷锐利的眼神直直地射向他。

察觉危险气息，周景林连忙补充道："这份是时小姐这一周的行程安排表。是她的经纪人洛小姐发给我的，说是为了弥补昨天的过错。"

"你到底是谁的秘书？"

"时小姐今天上午的行程是空的，下午要参加一档节目录制。如果您现在行动，应该还来得及赶上午饭时间。"

办公桌后的男人面无表情。

周景林尽职尽责地汇报完毕，立刻抱着桌上签完的文件推门离开，回到自己的办公桌上。

他拿起手机计时。他赌，最多超不过三分钟。

两分钟……一分钟……三十秒……

砰——

办公室的门从里面打开，男人拎着西装外套，阔步走出来。

周景林心想：果然如此，裴总硬气不过三分钟。

他站起身，恭敬地问："裴总，需要我安排司机送您吗？"

男人的衣角在空气中划出一道弧线，头也没回地说道："不用。"

专属电梯快速降到地下停车场，一辆车身全黑的全球限量款跑车静静地停在那里。

裴忌拿出车钥匙一按，车灯闪了闪。他快步朝车的方向走去，一只手拿出手机拨出一通电话。

他耐心地等了好一会儿，对面的人才接通。

他一边打开车门，一边问："在哪儿？"

对方安静了一下，才轻声答："豫星娱乐楼下。"

裴忌发动车子，没听出她声音里的不对劲。

他没废话，直接说道："在那儿等我，十分钟。"

她顿了顿，才说："好。"

裴忌挂掉电话，打着方向盘，超跑疾驰出停车场。

正午时分，马路上车流不断，虽然不堵，但也算不上畅通。

十分钟的时间，时鸢以为他怎么都会晚一点儿，可他没迟到，说好的十分钟，分秒不差。

时鸢刚走到路边，那辆高调又拉风的黑色超跑就在她面前停下。

车窗摇下，驾驶座上的男人侧头，嗓音低沉："上车。"

他罕见地戴了一副黑色墨镜，那双狭长多情的丹凤眼被遮住，只露出下半张脸。

时鸢怔了一下，随即回神，拉开车门上去。她低头扣上安全带，轻咳了一声，问道："你怎么来了？"

裴忌打着方向盘，微微挑眉，回答："带你吃饭。"

时鸢正在走神，没听见他的话。

裴忌顿时蹙眉，又问："怎么？不想看见我？"

想到她刚从豫星娱乐出来，裴忌忍不住冷笑一声，语气里的锋芒丝毫不掩。

"想跟谁吃？季云笙？有他在你才吃得下饭？"

他幼稚得像小学生一样争风吃醋，时鸢无奈地说："你别瞎说。"

恰逢红灯亮起，裴忌刹住车，抬手将墨镜摘下，忽然转头凑近她。

那张俊颜猝不及防地在面前放大，时鸢顿时傻住。他的睫毛又长又浓密，凑近看更漂亮，单眼皮，眼头微微下压，眼尾又自然上挑，没有戾气的时候，那股天生的气息就会肆无忌惮地泄出来。

他盯着她时，那双眼里盛满了一个小小的她，她的心跳忽然不听话地漏了一拍。

他压低声音，低沉的嗓音混杂了些气音，有些蛊惑地说："更想和谁吃饭，嗯？"

她发现裴忌不知是从哪儿学的，以前脾气臭得只会跟她发火，现在学会……学会色诱了……

时鸢故作镇定，泛红的耳根却不遗余力地出卖了她。她抬手去推他的胸膛，嗓音软了几分，不自觉带了些娇嗔的意味："别闹了……好好开车。"

他轻笑一声，没再继续逗她，转过头，注意力重新回到马路上。

时鸢轻咳一声，红着脸转移话题："你怎么知道我中午有空？"

他答得坦荡:"洛清漪把你的行程表发给我了。"

这个叛徒。

裴忌却像是听见了她的心声似的,慢条斯理地说道:"她坏了别人的好事,给个补偿怎么了?"

话落,时鸢脑子里的画面一股脑儿地涌出来,脸再度涨红。

她怒瞪他,又羞得说不利索话:"你怎么……"

他怎么能这么直白又明目张胆地说出来呀?

裴忌笑道:"我说错了?"

时鸢红着脸别开头,第一次凶巴巴地命令他:"我饿了,你快点儿开车。"

裴忌神色散漫,扶着方向盘懒洋洋地说道:"我也饿了。"他顿了下,说话的语气变得意味深长,"从昨晚饿到现在。"

裴忌勾了一下嘴角,慢悠悠地问:"那你想吃什么?"

他好讨厌,她不想理他了。

餐厅内,时鸢喝多了柠檬水,还没吃几口就起身去了卫生间。

裴忌的心情不错,低头慢条斯理地把手里这份牛排切好,然后放到她的座位前。他正要坐回去,就看见桌上的手机屏幕亮了一下。短短几秒里,他看清了那行字,神色瞬间阴沉下来。

很快,时鸢就回来了。她坐回座位,看见面前切好的牛排愣了一下,随即抬头看向他。

细心的她很快察觉他身上骇人的气息和戾气。她明明才出去这么一会儿而已,他怎么这么阴晴不定?

时鸢观察着他的神色,轻声问:"裴忌……怎么了?"

裴忌声音发冷地说:"我说过,离他远点儿。"

时鸢顿住,抿紧唇,还是将那句"他曾经帮过我"又咽了回去。

见她不作声,裴忌眼底克制的情绪越发汹涌,目光暗沉。

他攥紧手,盯着她问:"你要他陪你一起回去看奶奶?"

这个敏感的话题提起得猝不及防。

她的动作一僵,原本拼命努力想要逃避的问题再一次被迫递到眼前。直白地、血淋淋地剖开在她面前,她根本逃避不了。

时鸢的脸慢慢地失去血色,手渐渐地攥成拳,眼睫轻颤。末了,她艰难地开口:"裴忌……前段时间,你去看过奶奶了吗?"

话音落下,空气瞬间凝结成冰。

安静片刻,他忽然笑了。

"是季云笙说的?你觉得奶奶前阵子病情复发,是因为我?"

他又笑了一下,语调嘲弄,喃喃道:"也是。看见仇人的儿子,怎么会不生气?"

裴忌垂着头,神色辨不出情绪,侧脸线条绷紧,冷硬得可怕。

时鸢的心口一坠,疼得发紧。她身形一晃,解释道:"裴忌,我不是这个意……"

然而,话没来得及说完,男人已经起身大步离开。

时鸢怔在原地,看着他的背影,想要抬脚去追他,可挪了一步,脚步又生生地顿住。

就算追上去,她又能说什么呢?他们谁都无法不在意。

下午四点。

"你问我答"第二季综艺节目录制后台休息室。

戴着工牌的工作人员敲响休息室的门,探头进去,说道:"时老师,我们这边现在可以准备候场了。"

纤细瘦弱的女人从沙发上站起身,抬脚往外走去,裙角在空气中飞扬起又落下。

工作人员一边带路,一边侧目打量女人,然后忍不住担心地问道:"时老师,您还好吗?您的脸色看上去不太好……"

时鸢轻弯了一下嘴唇,语气听不出异样:"我没事,只是有些低血糖,谢谢你的关心。"

她的嗓音轻柔悦耳,被美人感谢,工作人员的脸微微红了:"啊……您没事就好。"

演播室内,三三两两的嘉宾坐在台上,气氛已经热了起来。

赶这趟通告是为了宣传一部时鸢前阵子客串过的新电影。她没怎么参加过真人秀或者综艺类的节目，参加这期节目也是为了给相熟导演面子，在最后几分钟露个面，提高一下节目收视率。

"下一个环节，让我们来欢迎本期节目的压轴嘉宾一起来加入我们吧，这位嘉宾就是——"

舞台灯光闪烁，晃得人眼睛发疼。

时鸢整理好裙摆，微笑着走上台。

这场算是她的综艺首秀，台下瞬间掌声雷动，比刚刚她没上台前还要热情几分。

台中央还坐着电影的三位主演和主持人，最后一轮是一个趣味提问环节，几位嘉宾轮流抽题卡，抽到空白题卡的人则需要回答节目组提出的问题。

主持人可能会提问的问题，节目组刚刚已经提前在后台透露给了时鸢。

只是……她刚刚一直在走神，忘记看了，而且她也不一定会是抽到空白卡的那个倒霉蛋。

然而，事实证明，人真的不能存在侥幸的想法。

分好牌后，主持人拿着话筒笑道："好的，让我们来看看，是哪位嘉宾抽中了我们的空白幸运卡片呢？"

几位嘉宾纷纷将手中的牌掀开。

时鸢看着手中的空白卡片，只好无奈地举了一下手，说道："是我。"

主持人神色一喜，立刻拿好问题卡片准备提问。

这卡抽得好，这期节目收视率必定会爆。

主持人揶揄地问："我们的问题就是——和初恋的第一次相遇是什么场合？"

问题一出，听到"初恋"两个字，台下瞬间就沸腾了。

台上，时鸢愣住了。

第一次……相遇。

头顶的白光打下，她的眼前晃了晃，一幅幅画面争先恐后地在脑海浮现。

众人的目光都汇聚在她身上，看着她不知回忆起了什么，精致如画的眉眼越来越柔和。

"第一次遇见他，是因为我丢了扇子，他刚好捡到了，可是不想还给我。"

她的嘴角弯起一个小小的弧度,柔声道,"我和他说,扇子是用来表演跳舞的,如果他不信,可以去学校的礼堂看。"

主持人兴致勃勃地追问:"那他去看了吗?"

她垂下眼,浓密的睫毛在眼下覆盖出一处小小的阴影。

时鸢思索了一下,才轻声答:"我也不知道,应该没有吧。"

主持人见状,很有眼力见儿地没有再追问下去,而是选择换成下一个问题。

"等等,还有一个问题哦!第一段感情经历,是谁先提出分开的呢?"

麦克风将声音传到录影棚的每个角落里,气氛瞬间安静下来,静得连根针落下都能听见。

所有人都屏息以待,只见她微微抬眸,那双如水般的眸子似是比刚刚黯淡了几分。她缓缓地说道:"是我。"

台下顿时哗然一片。大家都觉得,无论是时鸢的外表还是性格,都不像是会主动提分手的一方。

只可惜问题已经问完了,哪怕主持人还想为了收视率再挖猛料也没机会了,后面时鸢再也没有抽到过空白卡片,被提问的人变成电影的女主演徐琪琪。

徐琪琪走的是美艳爽朗型人设,回答一些问题放得挺开,一时间场上的气氛又被炒热起来,火力被吸引走了,时鸢倒也乐得在台上当好一个背景板。

节目录制结束后,她回到后台休息室时,洛清漪已经到了。

见时鸢回来,她满脸兴奋地八卦:"怎么样?中午约会开不开心?"

时鸢正在摘耳饰的手一顿,苦笑了一下,说道:"我好像……又惹他生气了。"

"怎么回事?"

听时鸢把事情讲完,洛清漪也心急了,说道:"那你就更要和他说清楚呀。他一定是误会了,你不想让他去看奶奶,他就会理解成你不想让他参与到你的生活里。"

话音落地,休息室内安静下来。

时鸢听着她的话,怔然片刻,眼里写满了茫然无措。

她垂下眼眸，嗓子发涩，问道："他是这样想的吗……"

"当然了！"

时鸢不作声了，洛清漪叹了口气，也知道此事急不得。

需要一个合适的机会，让时鸢敢于面对自己的心意。

洛清漪还想开口说什么，忽然被对面传来的说话声打断。

两间休息室离得很近，隔壁就是女主演徐琪琪的休息室。门板本就不怎么隔音，门还漏了一条小缝，对方说话的声音又大，这会儿更是听得一清二楚。

一道矫揉造作的女声响起："老公，你帮人家跟导演说说，最后的问答部分把时鸢的画面剪掉一点儿吧。不然等节目播出了，风头又都被她抢光了。"

男人语气不耐烦地说："行了，不就是几个镜头吗？回头我打个电话。"

洛清漪听得拳头一紧，立刻就要站起来冲过去理论，下一秒便被时鸢制止住了。

那头的对话还在继续。

徐琪琪掐着嗓子道："谢谢老公，不过时鸢那个未婚夫……会不会得罪他呀？要不还是算了吧。"

男人不屑地说："呵，裴家的一个养子，不过就是裴老爷子捡回来的一条狗罢了。"

徐琪琪惊讶地问："什么？养子？"

"很多人都不知道吧？裴忌跟裴家没有血缘关系，是前几年裴老爷子不知道从哪儿捡来的。我听别人说过，裴忌没来到裴氏之前，那叫一个可怜。"男人哼笑一声，继续说，"他妈把他生下来之后连他爸是谁都不知道，生他也是因为当初打不掉。生完他之后就精神不正常了。方圆几里都能听见那女人对他非打即骂，后来他妈得了脏病，没几年就死了。在这种环境里长出来的，能有什么好人？后来裴忌的爸找到他了，回那个小破地方要接他走。他爸的日子混得还不错，做了点儿小生意，但因为产品偷工减料闹出了事，就想把罪名推到厂里的工人身上。想办法封口的时候出了意外，弄出两条人命来。"

"结果他爸背着的那两条人命，都是从那个地方出来的。他爸回去接他的那天,就被那镇上的人认出来了。他爸心虚,直接就跑路,连儿子都不要了。"男人笑得畅快,又道,"这不,裴忌的好日子不但没机会过上,反倒更惨了。多少人指着他的鼻子骂,让他赔命。反正他爸跑了,那些罪总得有人背。那群人就在他身上撒气,反正他是那个人的儿子,虽然没养过他,但是谁让他们流着一样的血呢。现在知道了吧?不知道他走了哪门子运成为裴家养子,在商场上手段倒是狠,其实不过就是一条丧家之……"

话音未落地,玻璃碎裂的声音忽然响起,像是有什么东西被人摔碎了。紧接着,休息室的门被人从外面推开。

一道清冷的女声打断他的话:"说够了吗?"

屋里的两个人皆是一愣,时鸢冷冷地看着他们,说道:"用这些已经过去的事情中伤别人,知道这些,你很了不起吗?"

没想到会被她听了个正着,男人顿时一噎。

"他是丧家之犬,那你呢?你是什么?靠父母混吃等死的社会蛀虫吗?"

她的嗓音虽柔,但每个字都带着鲜少露出的锋芒和冷意,素来温和的眼中更是如同蒙上一层寒霜。男人第一次被人这样当头一棒地骂回来,一时竟也不知道说什么。

"你……"

时鸢冷声打断他:"他怎么样,还轮不到你这种人来说。"

说完这句,她便转身离开。

洛清漪站在门口愣神片刻,反应过来后连忙抬脚跟上去。

认识时鸢这么长时间,这还是她第一次看见时鸢发火的样子。

时鸢的性子慢热,很多时候,即便是一些不公平的事情发生在她身上,她都不甚在意,也不会有太明显的情绪流露。

现在看来,也许只是因为那些事情她并不在乎。

回到车上,洛清漪发现时鸢的手都在发抖,脸色也白得不像话。

洛清漪握住她的手,才发现冰得吓人。

她急忙唤道:"时鸢?时鸢,你没事吧?"

时鸢扯了扯嘴角,说话的嗓音有些哑:"没事……只是觉得有点儿累。"

明明骂完人应该是畅快的,可她现在好难受。心口像是被一只无形的手攥紧,不停地收缩、用力,让她连呼吸都觉得发疼。

只要一闭上眼,她眼前出现的就是他的模样。他了无生气,被人逼着下跪的样子。

第一次见到他的时候,他颧骨上的瘀青,身上数不清的伤痕,都让她记忆深刻。

所有人都让她离他远远的,让他赔命。可他明明什么都没有做。

她甚至不知道,要怎么才能恨他。

窗外光线刺眼,她抬手挡住眼睛,眼泪忽然就这么流了下来。

积压已久的情绪像是终于找到了一个发泄的出口,她将脸埋在掌心,长发散落脸侧,瘦弱的肩颤抖着,泣不成声。

不知道过了多久,哭声渐渐平息下来。

洛清漪紧紧地抱着她,心疼得说不出话,只能轻轻地拍着她的后背安抚。

时鸢忽然出声道:"帮我订一张回南浔的机票吧。"

她的声音哑了,带着浓浓的鼻音,语气却是从未有过的坚定。

"好。"

夜里九点,灯火阑珊,飞机准时降落机场。

时鸢赶到医院时,老太太竟然意外地还没睡。

病房里亮着一盏昏黄的小灯,老太太坐在床头,正在织毛衣,床单上还摆着上次来时看见的那几个木头小玩具。

"鸢鸢?怎么突然回来了?"

时鸢快走过去,双手紧紧地环住她,闷声道:"想奶奶了。"

老人家的身体因为生病早已经瘦骨嶙峋,怀抱却依然像小时候那样温暖,让她觉得安心。

时鸢的眼睛悄悄地红了。

"最近工作是不是很累呀?"老太太长叹一声,布满皱纹的手一下一下地轻抚着她的后背,语气里是藏不住的心疼和怜惜,"辛苦我们家鸢鸢了,本来就是小姑娘,不仅要养活自己,还得养活奶奶。实在不想留在那儿的话,就回来吧。奶奶的身体越来越好了,很快就能出院了。"

时鸢不禁哽咽道:"我不累,奶奶。您身体好好的就够了。"

"对了,你还没告诉奶奶,相亲相得怎么样?还有没有跟那个小伙子继续联系呀？"

"没有……"时鸢摇了摇头，深吸一口气，鼓起勇气，缓缓说道，"奶奶……我有喜欢的人了。"

老太太呵呵一笑道："好，那好呀。"

时鸢的眼睛红着，脸也跟着泛红。

"奶奶，您怎么不问我那个人是谁……"

老太太抬起手，把她落下的碎发别到耳后，怜爱地说："你呀，就是看起来性子软，其实心里比谁都轴。认准了谁呀，说什么都看不进去别人了，简直跟你爸是一个模子里刻出来的。鸢鸢，很多不好的事情，都过去了。奶奶虽然老糊涂了，但有些道理还是能明白的，我们活着得向前看。活着的人过得开心幸福，那才是最重要的。只要你过得好，奶奶就高兴了。"

时鸢的眼眶一阵阵发酸，声音也跟着发涩："奶奶……"

老太太忍不住叹了一声，说道："小裴那孩子，受过苦，死心眼儿，不过是个好孩子。只要有你在的地方，他的眼里就放不下别人，从小就是。奶奶都看在眼里。"

两个都是受过苦的孩子，抱在一起取暖，她怎么舍得阻拦？

"既然还是喜欢，下次就带着小裴一起过来吧。"

眼眶那股热意更加汹涌，时鸢拼命地克制着，才没有让眼眶里打转的泪水掉下来。

这时，老太太又想起什么，笑眯眯地说："对了，让小裴别再戴着口罩来了。"

时鸢愣了一下，不解道："什么？"

老太太一笑，说道："他长什么样自己不知道吗？模样生得那么好看，奶奶就算老糊涂了，也不可能认不出来他呀。"

时鸢怔了一下，目光落在被子上的那些小玩具上，上次来时保姆说的话言犹在耳。

那个经常来照顾奶奶的志愿者大学生原来真的是他。

窗外的夜色越来越浓，光线昏黄，将病房里的气氛映得宁静而温馨。

奶奶已经睡着了，时鸢趴在病床边，内心深处仿佛有什么东西，正在一点儿一点儿地拨开那层云雾，挣脱出来。

直到窗外的天光渐渐地亮起，她的眼中也变得越来越清明。

那个强烈的念头在她的心底生根、发芽，任何事情都无法阻拦。

她想去见他，再也不要逃避了。

C国某海岛，开发已久的度假村项目即将完工，应酬不计其数。

酒店包厢内，几个重要合作方都在，众人推杯换盏，觥筹交错，酒局持续到深夜也不曾结束。

裴忌手边的酒杯空了又满，满了又空。

酒过三巡，空气里开始掺杂进女人的香水味，乌烟瘴气。

察觉醉意上来了些，裴忌抬手扯了扯领带，推开手边的酒杯。

这时，包厢的门打开，一道白色的身影走进来。

裴忌抬了抬头，视线忽然顿了一下，醉意麻痹神经，眼前的景象看得不太真切。

不远处的身影黑发及腰，身材纤细，和他脑海中的人影渐渐重叠。

随着女人走近了一些，面容也清晰起来——不是她。

裴忌疲惫地合上眼，头是快要炸裂开一样的疼痛。

不知道是不是因为这天实在喝了太多酒，他竟然做梦了。

梦里，他又回到了小时候的那个家。

不，严格意义上来讲，那个地方并不能叫家。从记事的那天起，他的母亲教会他的第一个字就是他的名字。

为什么会有父母给孩子的名字取一个"忌"字呢？

因为他的母亲希望他出生的这天可以是他亲生父亲的忌日。

一个女人究竟对一个男人恨到了何种地步，才会不惜把她十月怀胎生下来的孩子也用作诅咒。

裴忌，赔命的"赔"，忌日的"忌"。

也许从名字开始，就写下了他这一生的命运。

他是承载着母亲的恨意，才逼不得已来到这个世界的。所以，从一开始，他的存在就只是作为报复来到这个世界的产物。

裴忌也忘了自己是从什么时候开始懂事的。

从有记忆的第一天开始，他就看见形形色色的男人进出他的家，"嘎吱

212

嘎吱"的床板声会从半夜响到清晨。

再后来，他就已经习惯了。

他亲眼所见，他那个所谓的母亲，是怎么被一个他从未见过的亲生父亲逼疯的。从他出生的每一天起，她都活得歇斯底里，折磨着自己，折磨着他，却独独放过他那个罪魁祸首的父亲。

殴打、辱骂，是他童年记忆里的全部。

她对他只有恨、只有发泄。

第一次见到时鸢，其实是他十二岁的时候。

他很小很小的时候就听说过这个名字，是从同龄男生的口中得知的，他们整天将这个名字挂在嘴边。

说她漂亮得像天上的仙女，跳舞时的样子更美。

裴忌不信。也许是在地狱里待了太久，他想象不出别人口中的仙女是什么样子的。

直到那天，他真的见到了。

在拳场为了挣那一百块钱，他被人打得鼻青脸肿，满脸血污出来时，不想回家，于是就四处游荡，像孤魂野鬼。

走着走着，他也不知道自己晕倒在了哪儿。

睁开眼时，是一个他全然陌生的环境，四面都是镜子，地板光洁明亮，还有长长的栏杆搭在那里。

柔软的触感擦拭着他沾满血迹的眼睛，费力睁开的那一刻，一双明亮动人的杏眸撞进他的视野里。

她扎着马尾，几缕发丝垂在脸旁，脖颈又白又细，脸蛋儿像是只有他的巴掌那么大，美得惊心动魄。

他看呆了。冒出来的第一个念头——她就是时鸢。

见他不说话，她拧起细眉，眼底写满了担心，然后问他："你还好吗？"

她的嗓音又轻又柔，仿佛用点儿力就能掐出水来。

裴忌甚至不敢再多看她一眼。

因为他配不上，他的血会染脏她的裙子。

所以他跑了。

可，欲望是无止境的，也许他的骨子里随了他的母亲，极端又病态。

那是他生命里第一次见到月亮。可靠近她的代价是,他得从肮脏不堪的地方里走出来。

这个梦很长。

裴忌醒来之后,梦里的人消失了,留下的只有彻夜宿醉的头痛欲裂。

会议室里,坐在两侧的投资商争论不休,吵得裴忌的头更疼。

终于,众人见他神色不悦,争吵的声音渐渐地停止,纷纷闭上嘴。

一个小时后,会议室门外的灯光熄灭,大家鱼贯而出。

酒店经理在前面领路,带着裴忌和另外两个重要投资方继续参观昨天没参观完的酒店布置。

经理一边带路一边讲解,不知道看见了什么,脚步忽然顿住,喊道:"裴……裴总……"

裴忌冷冷地看过去。前方不远处的走廊尽头,一道纤细瘦弱的身影站在那里。

女人穿着一身浅色的大衣,手边立着一个小小的白色行李箱,看上去有些风尘仆仆。

裴忌的呼吸一窒。

一时间,一行人停在那里,都不约而同地屏住呼吸,有人认出了时鸢,几个投资商顿时互相使着眼色。

北城传闻裴氏总裁有洁癖,素来不近女色,看来也不尽然……

下一刻,男人忽然抬脚走过去。

时鸢握着行李箱的指尖收紧,怔怔地看着他朝自己走过来,心跳忽然开始加速。

她有些紧张地开口:"裴忌……"

然而,他的脚步仅在她身边停留了一下,低沉冷淡的嗓音在她身侧响起:"周景林,带她去车上。"

说完,他便抬脚走了。

时鸢茫然地转身,却只看见他的背影消失在转角。

她的心脏像是从高空一下子坠落,空荡荡的,听不见回声。

直到周景林把她带到停车场后,她才回神。

很快，一阵低沉有力的脚步声响起。时鸢转身，对上他的视线。

裴忌静静地看着她，眸中黑沉沉的，看不出任何情绪，平静得可怕。

见他没有开口的意思，时鸢舔了舔干涩的唇，终于出声道："裴忌……对不起。"

他的神色晦暗至极，复杂的情绪渐渐在眼底堆叠，逼红了眼尾。

"我知道，奶奶的事情和你无关。我没有要怪你的意思，我只是……不知道该怎么面对。"

"一直以来是我太懦弱了，我以前觉得，有些发生过的事情，忘不了，不论是你还是我，我们都会过得很痛苦。有的事情从一开始就注定是错的。"说着说着，她的声音有些哽咽，"可现在我觉得，哪怕是错的，就这样一错再错下去，好像也没关系。"

时鸢抬起眼，纤长的眼睫轻颤着，轻声问："下一次，你陪我一起去看奶奶，好不好？"

他的喉结轻滚，视线落在她的脸上，一瞬也不曾移开。

时鸢没有注意他的眼神变化，继续说道："如果你不愿意也没关……"

下一刻，她没说完的话已经被他用唇堵住。

他毫无征兆地俯下身，修长的手指扣在她的颈上往自己的方向推。他几乎是用咬的，跟上次全然不同。

在时鸢还来不及反应的时刻，他一步步攻城略地，强势又霸道，不留一点儿空隙。

夹杂着烟草味的吻掠夺了她肺部稀薄的空气，她被他吻得脑中空白一片，与他接触的每一寸都像是过了电一般。

不知过了多久，他的力度终于有所收敛，低沉的嗓音在她耳畔响起，热气拂耳。

他的嗓音染上情欲的气息，低得发哑："时鸢，我说过，要我放过你，除非我死。"

时鸢的呼吸一室，怔怔地看着他。

他低着头，抵着她的鼻尖，又低笑了一声，道："而我，只能死在你身上。"

酒店总统套房内，阳台的窗户开着，视野极好。

顺着窗外望去就能看到一望无垠的海域，金黄的沙滩，阳光明媚晴朗，看着就让人心情愉悦。

　　碧蓝的海水随着微风荡起波澜，窗边的白纱迎风飘起，如少女飞扬的裙摆。

　　夹杂着些许咸腥味道的海风拂面吹来，微微吹散了些时鸢此刻脸上沸腾着的燥热。她靠在阳台的栏杆上，望着大海发呆，半天缓不过神。

　　这时，一旁的手机忽然振动起来。她拿起一看，是洛清漪轰炸一般的微信消息。

　　"你去哪儿了？你不是回南浔了吗？！跑哪儿去了？！"

　　"人呢？！

　　"看见速回，不然报警！"

　　时鸢直接甩了一个定位回去，下一秒，洛清漪的视频电话就打了过来。

　　她本来想拒接，手指一抖直接点成接通。

　　洛清漪放大的脸立刻出现在屏幕上："你这是跑哪儿去了？度假？"

　　时鸢切换成后置摄像头，将外面的景色照了一圈儿，再切回前置。

　　屏幕里，洛清漪火眼金睛，立刻发现不对劲，问道："等等，你的嘴怎么肿了？"

　　屏幕中的女人发丝有些凌乱，唇也是红肿着的，一副惨遭蹂躏过的小白兔模样。

　　时鸢立刻又把镜头切回后置，清了清嗓子，故作镇定地反问："有……有吗？"

　　却一点儿底气都听不出来。

　　很快，洛清漪想到什么，眼睛瞬间瞪圆了，问道："你该不是去找裴忌了吧？！"

　　"嗯……他来这边出差。"

　　"啧，那你现在在酒店？打算什么时候回来？"

　　没等时鸢开口，洛清漪又自问自答："算了，算了。你别急着回来，好好玩几天吧，剧组这边我帮你请假。"

　　她的声音从手机屏幕里传出来，回荡在安安静静的房间内："记得做好措施呀！"

时鸢的瞳孔一缩,脸再度涨得爆红,手忙脚乱地挂掉电话,杜绝掉洛清漪那边传出更少儿不宜的话。

她摁灭屏幕,才长呼一口气,视线忍不住落在手机上。漆黑的手机屏幕里映出她的影子,她忍不住盯着自己的唇多看了几秒。

好像是有那么一点儿肿了……而且麻麻的。

这个画面仿佛又在提醒她半个小时前发生过什么,一股热意顺着大脑神经麻痹到全身,单单回想起来都会让她止不住腿软。

明明刚刚还在停车场里,随时都可能有人经过的那种。他拉开车门,俯身将她压在车座里,右手的掌心扣在她的脑后,把她往他的方向压,丝毫不给她后退的余地。

他往日深沉的黑眸里染上了些别的色彩,盯得人心尖发颤。

西装布料蹭在她暴露于空气中的皮肤上,令她感到酥麻又战栗。

她不会换气,也根本招架不住这样的裴忌。

他简直就像不受控制一样。她差点儿就要被吻晕过去的前一秒,他才终于大发慈悲地放过她。还有他在她耳畔说的最后一句话,混杂着低低的喘息声,又带着餍足过后的轻叹……太折磨人。

羞得让她的体温在那一瞬间直达沸点,烧得大脑一片空白。

连现在回想起来,她的脸都是烫的。

时鸢沉浸在自己的世界里,完全没注意到身后响起的脚步声。

突然,一只手臂撑在栏杆上,清冽又熟悉的气息从身后将她环绕,一具滚烫的身躯贴过来:"在看什么?看得这么入迷。"

低沉的嗓音猝不及防地在耳边响起,时鸢吓了一跳,让她无端有种被抓包后的心虚。

她有些欲盖弥彰地答道:"没……没看什么。"

时鸢立刻放下手机,掩饰般地轻咳了一声,问道:"你是什么时候回来的?"

"刚刚。"

时鸢转过身,微微愣了一下,又问:"你怎么换了身衣服?"

裴忌不知道什么时候脱下了西装,换了浅棕色的上衣、黑色长裤。简单又休闲的搭配,年轻俊逸,像是个大学生。

他鲜少穿这样温暖的色调，衬得锁骨处的肤色更白。

时鸢下意识地低头看了一眼自己身上的衣服，瞬间有点儿蒙。怎么……有点儿像情侣衫的样子？

"带你出去。"

时鸢面露不解地问："出去？为什么要出去？"

他难道不要工作吗？

裴忌轻扯嘴角，说道："本来打算带你逛逛。"他顿了一下，慢条斯理地说，"如果你想留在房间里，也可以。"

留在房间里做什么？

察觉到脸上温度又上来了，时鸢深吸一口气，就当作听不懂。

"我们走吧，快点儿。"她认真地丢下这句，然后头也不回地离开阳台。

裴忌倚靠在栏杆上，看着她落荒而逃的背影，忽地低笑了一声。

这是一座尚未对游客开放的小岛，地理位置的原因，气候也比这时的国内暖上很多。去年初，裴氏买下这座海岛，接手了度假村的建造项目，除此，还有裴氏旗下的五星级酒店也建在岛中央，只是还没有正式对外营业。

也许是刚被开发不久，还没有什么游客，岛屿的景色没有被污染，蓝天白云，海水清澈见底。

出了酒店，时鸢刚开始还有些担心被人认出来，后来走了一段路才发现，路上遇到的大多是当地的居民，面孔黝黑，脸上的笑容友好而热情，嘴里说着她根本听不懂的语言。在没人认得她的地方，她逐渐放松下来，脸上的笑容也越来越自在。

路的两旁都是当地人摆的小摊子，摆满了各色各样的当地水果，新鲜饱满的椰子看着相当诱人，时鸢下意识就多看了一眼。

"想喝？"裴忌的声音忽然在身侧响起，时鸢怔了一下，还没反应过来，就见他已经抬脚朝那个椰子摊儿走过去。

他的身形修长挺拔，身材比例较好，光是插兜站在那儿，就足够吸引不少人的视线。

时鸢站在那儿，旁边路过几个当地女孩子，频频回头朝裴忌的方向看过去，叽叽喳喳的，不知道在讨论些什么。

但根据她们的神情,她也能猜到。

她有些开心,又有一丝烦躁。

一个大男人,长得那么招人做什么?

不远处,小摊老板削好椰子递给他,目光不知道为什么往她这里瞟了一眼,又笑着和他说了句什么。

而向来神色冷淡的男人也难得扬了扬唇,回了一句什么。

但是时鸢听不懂。

等裴忌走回来,将插着粉色吸管的椰子递给她,她才好奇地问:"那个老板刚刚跟你说什么了?"

裴忌语气淡淡地说:"夸你漂亮。"

没想到他话说得这么直接,时鸢的脸一下子红了。

本来她还想继续问他,这回又不好意思追问,只好默不作声地喝起了椰汁。

她抱着椰子,喝一口之后,眼睛满足地弯起,纤长的睫毛卷翘,兴奋得四处张望。

裴忌垂眸看她一眼,嘴角无声地扬了一下,又想起刚刚跟摊子老板的那几句对话。

"站在那边等着的是您太太吗?长得可真漂亮。"

"嗯。确实挺漂亮。"

集市人群熙攘,气氛热闹。这会儿,不知道从哪里过来一拨人,一下子融入了人群中。

人头攒动,拥挤的人潮里,她的手忽然被人牵住。男人的手掌宽大,掌心有些粗糙的触感,轻松就将她的手包裹其中。

温热的感觉从她手背的肌肤蔓延,仿佛能直达心脏。

周围熙熙攘攘,时鸢却无比清晰地听见自己的心跳声。

等那拨人潮过去后,裴忌牵着她的手却没松开。

过了那一长串摊位,街道上的人变少了。

时鸢为了忽略胸膛里剧烈的心跳,全程安安静静、专注地喝着手里的椰子。

"有这么好喝?"

"嗯，很甜。你要不要尝尝？"时鸢问他，看着椰子里唯一插着的那根粉色吸管有点儿发愁，全然没注意到男人深邃的目光一直落在她的唇上。

"我去再拿一根吸管吧……"她说着，就要转身，手腕却被裴忌握住。

他淡淡地说道："不用这么麻烦。"

时鸢怔了下，下一刻，唇瓣就被他含住。

浅尝辄止的一个吻。

裴忌直起身，嗓音低哑地说道："尝到了。"

时鸢呆呆地愣在那里，感觉到一股血流直冲大脑，还没等回过神来，就被他牵着继续往前走。

光天化日，大庭广众。幸好这会儿旁边没有人。

等等……她干吗要纵容他耍流氓？一定是她刚刚喝了太多椰汁，喝醉了。

一定是这样的。

不知何时，逛着逛着，太阳已经渐渐没入地平线。遥远的海岸线边际，天空被晚霞调和成朦胧的粉紫色，海浪席卷而来，永不停歇。

时鸢拿起手机，拍了好多张照片。他缓步跟在她身后，没看风景，眼里只有那一道身影。

她拍着拍着，忽然想起什么，转头问他："裴忌，你什么时候学会的这里的语言？"

他思索片刻，回答："忘了。"

不是敷衍，是那几年里学的东西太多，他真的不记得了。

"那你是不是还会很多其他的？"

他"嗯"了一声，说道："商场上可能用到的都会一点儿。"

其实即便他不说，时鸢也能猜到。分开的那些年，他过得不比她轻松。

但当初离开南浔对他来说，是好事。他本来就该如此，而不是被那些莫须有的罪名束缚一辈子。反而是她，不仅放弃了梦想，还伤害了他。她想要守护的东西，最终一个都没留住，日子过得七零八落。

不过，幸好，一切好像都在慢慢变好。

晚上他们回到总统套房，裴忌先进了书房，把下午推迟的线上会议开完。

时鸢则坐在沙发上看剧本。

其实她刚才本来想去找前台再开一间房来着，但好像现在谁都认为他们真的是未婚夫妻。所以她如果去前台再开一间房，似乎很奇怪。

可如果她也睡在这里，好似也不是很安全。

就在时鸢陷入纠结时，门铃忽然响了。

她放下剧本，起身去开门。她打开门，外面站着一个年轻漂亮的女人。

开门的一瞬间，两个人都愣了一下。

温书莹不动声色地打量着她，很快扬起得体的笑容。她的声音甜美悦耳："你好，请问……裴总在里面吗？"

时鸢蹙眉，总觉得她有些面熟，又想不起来是谁，便问道："请问你是？"

温书莹落落大方地微笑道："本来约好下午和裴总一起吃饭，可我的航班延误了，刚刚才到。我叫温书莹。"

时鸢的目光一顿，但很快便恢复如常。

也许是女人天生的直觉和第六感，时鸢还是能从她掩饰得很好的笑容里感受到一股敌意。

下一刻，身后传来脚步声。

裴忌抬脚走过来，看见温书莹站在门外，皱了皱眉。他语气极冷，又恢复了平日那副生人勿近的样子，问道："你怎么在这儿？"

看见裴忌，温书莹的眼睛亮了。她笑容不变地说道："是裴爷爷让我来的，酒店建好了，我是作为游客来体验的。"

听见"裴爷爷"三个字，时鸢好像明白了什么。她的呼吸紧了紧，心口忽然沉得有些堵，神色却看不出是什么情绪。

时鸢绕过他，若无其事地说道："我先进去了。"

男人微微凝眸，看着她的身影消失在拐角，眼底染上浅浅的笑意。

"裴总，刚刚那位是您的妹妹吗？"关上门前，时鸢就听见这么一句。

房间的隔音好得出奇，后面的内容她什么都听不见。

不过前后也就过了不到一分钟的时间，沉稳有力的脚步声便在门外响起，门被从外面打开。时鸢捧着剧本的动作没动，甚至连头都没抬。

她刚刚应该把门锁上才对。

裴忌站在门口没动，看着她装作若无其事的样子，开口唤道："时鸢。"

她没理他。他似笑非笑地盯着她，慢悠悠地提醒她："剧本拿反了。"

时鸢的表情凝固了一瞬间。可也仅仅那么一瞬间，她若无其事地放下剧本，抬头看向他。

她抿紧唇，本来想问他有事吗，没事快出去，不要打扰她看剧本。

可她的嘴巴根本不听大脑使唤。

"怎么，你和她说我是你妹妹吗？"话一说出口，时鸢就懊恼地垂下眼睛。

连她自己都觉得这个问题酸极了。

而裴忌倚靠在那里，没急着回答她，好整以暇地欣赏她现在的表情。

见他不说话，她胸口那股气好像更憋了。

房间内安静片刻，裴忌忽地笑了。他漫不经心地说道："你见过谁和妹妹住在一个酒店房间里的？"

时鸢深吸一口气，淡然地回视他，唇瓣一张一合地说道："说不准你就是变态呢。"

难得见她现在这样，像只刺猬。

裴忌盯了她半晌，低低地笑了。他抬起眼，直直地看着她："骂我？"

他明明在笑，可无端让人觉得危险。

时鸢抿了抿唇，移开视线不看他。她从来不骂人，除非忍不住。

见裴忌丝毫没有要走的意思，时鸢把剧本合上，努力维持镇定，起身说道："我去隔壁房间睡……"

她说着就要绕过他出去，下一刻，一股力道袭来，她被扯得一个转身，跌进他怀里。

"骂完人就想走？"他的手臂紧紧地禁锢住她的腰。

时鸢挣扎不开，只能抬起头瞪他，脸都憋红了。

"裴忌……你放开……"她在他怀里蹭来蹭去。

裴忌的目光暗了几分，手指不轻不重地按了一下她腰上最敏感的地方。

时鸢立刻浑身僵住，咬着唇才没让那声呜咽泄出来。

裴忌满意地勾了一下嘴角，低声问："我不做点儿什么，是不是对不起你骂的这两个字？"

夜深人静，热气拂耳。时鸢忽然想起洛清漪白天在视频里吼出的那句话。

她真的一动也不敢动了。

他滚烫的胸膛紧贴着她，强有力的心跳声仿佛能穿透她的耳膜，充满了侵略性。

时鸢的脸又不争气地红了。

他抬了抬眉梢，尾音染笑，带着几分轻佻："说话，妹妹。"

第十一章
他的初恋

话音落地，房间里静静的，悄无声息地浮动着暧昧而隐晦的气息。

而时鸢的脸正以肉眼可见的速度急速涨红。他怎么说起话来越来越……不着调了？

冷静，绝对不能再被他撩拨欺负下去。

时鸢深吸一口气，努力平复着心跳和呼吸，脑袋里乱糟糟的。

温书莹的出现像在时鸢的心里放下了一根刺似的，她根本无法忽视。

他们分开了这么多年，人心最是易变。他这样的男人，模样生得好，以前在南浔时，哪怕他名声不好，出了名的脾气差，也总有女孩子趋之若鹜。

现在他身居高位，更不缺女人。他们之间这么长的一段空白里，出现过其他人，好像也很正常。

可只要想想，她还是会觉得很难受。原来在潜意识里，她对他的占有欲远远比她自己想象中的还要强。

时鸢压着心口那阵酸涩，仰起头，神色认真地问："刚刚那个女人是谁？"她呼吸微顿，声音竟然不受控制地染上一丝委屈。

她问继续："你和她是什么关系？"

裴忌蹙了蹙眉，也就安静了那么一秒没说话。

他竟然犹豫了？这说明了什么？

时鸢深吸一口气，抬眼看着他，问道："有这么难回答吗？"

裴忌勾了一下嘴唇，继续逗她："是有点儿。"

他居然还在笑。

时鸢故作平静，继续问："白月光吗？还是朱砂痣……"

这两个词汇显然触及裴忌的知识盲区。他皱起眉，问道："什么？"

时鸢噎了一下，神情变得有些不自然。

被他直直地盯着,她只好硬着头皮解释:"就是得不到的初恋……或者是……"

裴忌抬头,淡淡地打断她的话:"我初恋是谁,你不知道?"

时鸢想装听不懂,转身就要走。

然而裴忌的反应更快,上前一步,手臂从后方环住她的肩膀,不让她跑。

不能再逗下去了,本来还想再多欣赏一会儿她吃醋的表情,等会儿人真被他气跑了。

他轻轻地叹了一口气,缓声解释:"酒会上见过一次,了解程度仅限于她叫什么名字,这算什么关系?"

不算是完全的陌生人,但也跟朋友不沾边。

时鸢顿时一噎。所以就是说没有关系?

他把下巴抵在她的肩膀上,又道:"真的,仅此而已。"

时鸢报了抿唇,发现胸口的那股郁气好像散了些,取而代之的是一点儿愉悦。她忍不住又问:"那她为什么会知道你的房间号?"

裴忌二话不说从裤兜里拿出手机,拨通周景林的电话。

电话很快接通,周景林在那头还没来得及开口,就听见裴忌语气沉沉地问:"给你十分钟,告诉我为什么温书莹会知道我的房间号。十分钟查不到,明天你就去非洲分公司报到。"

周景林深吸一口气,应道:"好的,裴总,我现在立刻去查。"

电话挂断,裴忌收起手机,把她的肩膀转过来。他微微倾身,和她平视,定定地看着她,说道:"给个解释的机会,嗯?"

他的目光坦坦荡荡,没有一点儿遮掩地看着她,里面只能看见一个小小的她。

时鸢抿紧唇,不出声了。

行吧……勉强看在他的态度还不错的分上。

也许是因为调岗威胁,周景林的效率非常之高,十分钟没到,电话就打了回来。

"裴总,查到了。温小姐是乘坐裴董事长的私人飞机过来的,裴董事长有让人问过您的房间号,是酒店透露出去的。"

裴忌"嗯"了一声,语气虽淡,却不容置喙:"将有关人员都开除。"

"好的，裴总。"

听见"裴董事长"四个字，时鸢无声地咬紧唇。

挂掉电话，裴忌收起手机，神情缓和下来。他重新从后面抱住她，下巴蹭了蹭她的肩膀，声音里还带着一丝不易察觉的委屈："都听见了？真的跟我没关系。"

——你委屈个什么劲儿？

不过时鸢觉得自己现在貌似的确不占理了。

见她不说话，他戏谑道："我是做什么了？让你觉得我的情感生活这么丰富，有那么多'黑月光、白月光'的？"

时鸢下意识地脱口而出："那你为什么那么会……"

话说一半，她才反应过来，把后面没说的话咽了回去。

会接吻……要命了。

裴忌似笑非笑地看着她，语气轻佻地问："会什么？"

他像是猜到了她后面没说出来的话，喉咙溢出一声轻笑，解释道："只有看见你的时候才会，知道吗？"

时鸢一怔。裴忌又哑声说："想亲，想碰。"他俯下头，在她的耳畔压低声音说话，语气是难得一见的认真，"且只对你有反应。"

低哑悦耳的声音里混杂着丝丝缕缕的热气落在耳边，酥酥麻麻的，撩得她的耳郭有些发痒。

时鸢不自觉地绷紧了身体，心脏因为他的话而重重地跳了一下。

她实在不知道怎么回他这句直白又露骨的话，也不敢抬头看他现在是一副怎样放浪形骸的模样。

甚至有些分不清……这到底是不是裴忌风格的告白。

但，他话里的意思，她应该没有理解错吧？

自始至终，他只有她一个对象。

时鸢刚刚还摇摆不定的心此刻已经彻底落回了实处，那阵酸涩的感觉被另一股甜蜜的暖流冲散，在心脏蔓延开来，让她的情绪有些奇妙。

黑暗里，她忽然轻轻地喊道："裴忌……"

他抱着她的腰，应了一声。

时鸢犹豫了一下，还是小心翼翼地说道："你可不可以给我讲讲，你和那个裴董事长的事情？"

此话一出，空气安静下来，他问："真的想听？"

时鸢抿了一下嘴唇，忍不住问："他是不是对你不太好？"

裴忌闭着眼睛，低笑了一声，问道："为什么会这么想？"

因为在时鸢看过的剧本里，养子的身份好像已经注定了命运多舛。再加上前段时间，他突然在采访公开之后，就被那个裴董事长叫去国外处理工作，应该是这件事情让那位裴董事长动怒了。

因为担心，所以她想知道更多关于他的事情，而不是自己在这里胡思乱想。

但听裴忌的语气，他和那位裴董事长的关系应该也没有她想象中的那么差。

窗外，月色盈盈，皎洁的月光透进来，气氛静谧而温馨。

静默片刻，裴忌的声音才响起："算不上不好。他需要一个合格的继承人，所以收养我。我需要钱和权势，我们各取所需。"他语气平静地说，"他给了我一个新的起点，我帮他达到他的期望和目标。"

他把话说得轻描淡写，将那几年最辛苦的时光一揭而过。

时鸢不傻，知道他一定还有事瞒着自己。他不愿意提起的事情，应该是些不太好的回忆。

那她就不问。有些事情，不说出来，或许是对对方更好的选择。

她比谁都理解这句话，所以当初她选择了隐瞒，也做好了被他恨一辈子的准备。

可事情的发展和她想的不一样。

譬如她从未想象过，此刻会和他躺在同一张床上。难道是因为，他对她的爱比恨更深吗？

所以，他原谅了当初被她抛弃，选择了在夜晚抱紧她。

很不真切，可背后的体温又那样真实。数不清的情绪在她的心底渐渐堆叠，烧得她心口发烫。

她缓和许久，压着那阵哽咽，轻声说道："裴忌，晚安。"

腰间搂着她的那只手臂紧了紧，随后，她的发间落下一个轻吻。

时鸢的呼吸一顿。那个轻柔的吻像是落在了她的心尖上。

安静的环境下，他的嗓音温柔而缱绻，含了些浅浅的笑意："晚安，妹妹。"

与此同时，另一个房间内。

温书莹坐在书桌前，电脑屏幕亮着，照亮她的面容。她缓缓滑动鼠标，那条采访视频循环了一遍又一遍，终于，电脑被合上。

其实温书莹下午那会儿就已经到了。她去敲过一次房门，可是没人在。

闲来无事，她也离开酒店，外出逛了逛。热闹喧嚣的集市里，她看见了一道熟悉的身影。很像裴忌，又不太像。

因为她印象里的裴忌冷漠又阴郁，英俊的眉眼里总是笼罩着一股戾气，让很多人都望而却步。

而不远处的那个男人，神情是从未有过的温柔。他的衣服是温暖的颜色，手里拿着一个椰子，另一只手牵着一个女人，像是一个再平凡不过的普通男人。他垂眸看着身边那个人时，眼里藏满了笑，低头去吻她时，动作小心翼翼得像是在对待什么珍宝。

这是温书莹第一次见到这样的裴忌。她印象里的那个男人，是让人忌惮生畏的。

可她始终没有害怕过，也许是因为，她第一次见到裴忌，并不是在声色犬马的酒会上，而是在她表姐的诊疗室里。

她曾偶然窥探过他不为人知的、最脆弱的那一面，这是只有她才知道的秘密。

所以比起其他人来，她并没有那么畏惧他。她知道，他冷硬的外表，其实只是一层保护色而已。

二十岁的生日宴会上，她表演了一段引以为傲的古典舞。

台下，男人漫不经心瞥过来的那一眼，温书莹却无比清晰地感觉自己的心跳乱了。

可他实在太难靠近了。

因为听闻他有重度洁癖，不近女色，温书莹甚至都不敢贸然接近他，只敢在酒会上，借着父亲和他交谈时，时不时地插上两句话，希望他能多看她一眼。

时鸢……原来她就是时鸢。那年表姐的办公桌上放着的白纸，上面被人写满的名字就是时鸢。一笔一画，都仿佛刻在了骨髓里。

难怪，他就像是变了一个人一样。原来世界上真的有像他这样偏执至极的人，明明是曾经差点儿害死自己的毒药，却还是要去尝。

温书莹忽然又想起那年在练功房里，对舞蹈要求极为苛刻的恩师白锦竹正在一点儿一点儿地纠正她的动作，叹气摇头。

"不行，还是差了点儿。难道只有她一个人能跳出那股韵味吗……我那会儿是怎么教的来着？"

温书莹好奇地问："老师，您说的人是谁？"

白锦竹顿了许久，长叹了声，神色惋惜地说："是我曾经的一个学生。她很有天赋，是我在这个行业里见过的最好的苗子。只可惜，她放弃了。"

那时候的温书莹年轻气盛，很不服气。她已经是公认的极有天赋，也会成为最年轻杰出的舞蹈家，她不信能有人把这段舞跳得比她更完美。

她不停地追问那个人的名字，无奈之下，老师只好回答她："她叫时鸢。"

原来，那个被提起时让老师惋惜不已和让他念念不忘的，是同一个人。

突然，敲门声响起。温书莹收起思绪，表情恢复平静，起身走过去开门。

门外，周景林站在那里。

看见温书莹，他微微颔首，开口说道："打扰了，温小姐，飞机已经准备好了。"

温书莹神色茫然，问道："飞机？什么飞机……"

周景林微笑答："是裴总吩咐的。酒店并没有正式向游客开放，您的突然到访造成了一些困扰，为了避免引起一些不必要的麻烦和误会，希望您可以尽早离开这里。如果您不愿意离开，裴总需要花费时间和太太解释，恐怕没有时间再过目温氏集团提供的策划案。"

由于"时小姐"这几个字有点儿长，周景林索性直接换了个称呼。反正早晚都得改口，且"太太"两个字杀伤力更强。

果不其然，温书莹的脸色一白，温婉得体的笑容险些维持不住。

这话里的潜台词已经相当清晰了。因为她的出现，让时鸢误会了。为了不影响时鸢的心情，她最好识相一些，连夜离开这里，否则家里的项目也会被她波及。

原来，他那样的人也会这样公私不分。

温书莹的指甲抠进掌心里，嘴唇被咬得煞白，漂亮的脸上不受控制地露出一丝难堪的神色。

周景林相信温书莹已经听懂了自己话里的意思，于是推了推眼镜，礼貌地侧身，给她让出路。

"温小姐，请吧。"

次日一早，温暖的阳光透过窗帘洒进房间。

时鸢醒来时，床边已经空了。她伸手一摸，被窝儿里冰冰凉凉的，显然那人已经走了有一会儿了。

他昨天陪她逛了一个下午，估计积压了不少工作，才起得这么早。

时鸢轻叹了一声，随手把床头柜上的手机拿起来。

一条未读消息安安静静地躺在置顶，是裴忌一个小时前发过来的。

"在开会。"言简意赅的三个字，像是在跟她报备行程似的。

她又没查岗。虽然是这么想的，但她还是扬了一下嘴角，刚刚醒来没看见他时那一丁点儿失落顷刻之间消失得无影无踪。

她的指尖轻触屏幕，回他："嗯。"

会议室内，幻灯片不断地变换，一个酒店高层站在前面，正在做汇报。

突然，手机振动响起，汇报声骤然被打断。众人跟着屏息，表情一瞬间纷纷凝固。

到底是哪个不怕死的开会之前忘了把手机静音？

裴总在的会议犯这种低级错误，这是要害死他们呀！

几个高层互相对视一眼，额头冒出冷汗，目光飞快地搜索着，试图找出谁的手机屏幕亮了。

视线扫了一圈儿后，却发现只有主位上的那部手机亮着。

迎着众人的注视，裴忌神色坦然地拿起手机，抬了抬头，瞥向台上神色震惊的高层。

他淡淡地说道："抱歉，你继续。"

高层咽了咽口水，应道："好……好的。裴总。"

众人面面相觑，都读懂了彼此眼里的疑惑，视线又不受控制地偷看着。

不看还好，一看更惊悚。素来在公司里面无表情的男人，此刻嘴角竟然浮着一丝若有似无的笑意。

竟然还有些宠溺。"宠溺"这两个字也能跟他们的冷面裴总沾上边了吗？

果然，人活得久了，什么都能见到。

一时间，整间会议室里压根儿没有人的心思还在汇报上了。

裴忌低头看着手机，问她："起了？"

顿了片刻，他又发："中午回去陪你吃饭。"

时鸢回他："我一会儿恐怕得回北城，剧组那边不能请太久的假。"

看见这条消息，裴忌蹙了蹙眉。恰巧这时，高层汇报完毕，看见裴忌皱眉的表情，还以为是内容哪里出了纰漏，战战兢兢地开口问："裴总，请问是哪里有问题吗？"

裴忌抬头，嗓音冷淡地说："没有，后面把具体的策划案发到我邮箱。今天先到这里，散会吧。"

说罢，他收起手机，率先站起身，拎起椅背上的西装外套往外走。

等裴忌的身影消失在玻璃门后，会议室里的众人才渐渐回过神来。

一人云里雾里地问："什么情况？结束了？裴总今天居然没骂人？"

停机坪上，海风呼啸，私人飞机已经准备好。

时鸢转身，试探地问他："那我上去了？"

裴忌抿着嘴，脸色明显比昨天阴沉了几分。

他扣着她的手腕，语气沉沉地说："这么狠心？说走就走。"

时鸢无奈地看着他，说道："我还要回去拍戏。裴忌。"

他压着心口那股躁意，又说："我可以让剧组所有人陪你一起休假。"

"别闹了……"

他还是固执地不肯松手，时鸢无奈地咬了咬唇，实在拿这样的他没办法。

她红着脸踮起脚，在他的脸颊上快速地落下一个轻轻的吻。

这个如鹅毛拂过的轻吻，结束得很快，却让两个人都僵了一瞬。

时鸢率先回过神，慌乱地转身说道："我走了……"

裴忌的喉结一滚，目光暗了几分。他哑声说："不够。"

时鸢怔了一下，下一刻，他捧住她的脸，一个深吻重重地落下。

空气突然被掠夺，时鸢下意识地攀住他胸前的衣襟，承受这个突如其来的吻。

不远处还有人，裴忌有所收敛。

他的眼眸幽深如海，眼底藏着些柔和的情愫。

他又低头，轻吻了她的嘴角，嗓音低低地说："等我回去。"

时鸢的耳尖更红了，只应道："嗯……"

这是第一次，时鸢坐上飞机，看着地面逐渐模糊起来的景色，生出一种依依不舍的感觉。

第一次……她这么不想离开一个地方，又或者说……不想离开他。

时鸢呼出一口气，看着窗外缥缈的云层，心里仿佛也被一团薄云包裹起来，柔软无比。

第二天一早，剧组准时开工。

时鸢拍戏拍到一半，洛清漪就风风火火地来了。

洛清漪把包随手一放，冲她挤眉弄眼道："怎么这么快就回来了？我以为你怎么也要玩个几天呢。"

时鸢索性忽略她语气里的调侃，一本正经地回答："他要工作，而且戏还没拍完呢。"

"那有没有做好……"

没等她把话说完，时鸢轻咳一声打断："公共场所，注意言辞。"

洛清漪"啧"了两声，收起不正经的神色，开始和她说正事。

"对了，最近有一档 S+ 级节目，叫《舞蹈新星》，前两天联系了我，是一档新出的舞蹈竞技成长类真人秀节目，邀请你去做导师。节目导演偶然看过你以前桃李杯得奖的视频，觉得你非常适合。而且《沉溺》过段时间也需要宣传和热度，和这档节目还挺契合的，所以我就说考虑考虑。"

"我现在……早就不是以前的水平了，会误人子弟。"

"怎么会？"洛清漪一边说一边翻着手机，说道，"这是其他拟邀导师名单。一个是柳雪宁，是前两年一档舞蹈节目的总冠军，最近风头挺盛，流量大。还有一个叫……我忘了，等我看看，好像不是圈子里的。"

洛清漪指尖一顿，继续道："哦，叫温书莹。"

时鸢抬眼看去，目光微顿。

"第十一届中国舞蹈荷花奖,亚洲青年艺术节金奖,中国最年轻杰出的女舞者之一。哦,原来是专业的。"洛清漪的目光越往下扫,音量越来越低,"师从国际知名舞蹈家白……"

她的话音顿住,时鸢淡淡地补充道:"白锦竹。"

意识到自己说错话了,洛清漪心里一阵懊恼,立刻拿着手机起身说:"算了,这个节目不去也罢,我帮你推了……"

时鸢将手里的口红盖上,放回桌上,平静地起身,说道:"不用,接吧。"

这次换成洛清漪愣住了,紧接着又听见她缓缓地说:"从接《沉溺》这部戏开始,我就不想再逃避下去了。况且以后等我回了南浔,本也是打算做舞蹈老师的,就当是提前适应一下吧。"

只要有勇气去面对,就比逃避要强上太多,她总要学会与过去和解。

见时鸢心意已决,洛清漪只好无奈地妥协道:"那好,那我等会儿回复一下节目组那边。"

"嗯。"

一上午的拍戏进度很赶,时鸢根本无暇分出心神。

下午,她被蒋清催促着去见片场外等着的粉丝。

路上,有剧组的工作人员手里捧着咖啡和蛋糕,停下来笑着跟她打招呼,十分热情。

"谢谢时老师的咖啡,我们都干劲十足了!"

时鸢蒙了一下,刚想扭头问蒋清是怎么回事,就被她推着往外走。

"快走吧,时鸢姐,出去你就知道了,外面有惊喜哦。"

时鸢刚一出去,就看见几辆餐车停在那里。上面还印着她的照片,旁边的立牌和横幅也都是她的。

所以,这是给她的应援?

时鸢愣了几秒,迟疑地问:"这些是……"

蒋清简直兴奋得快要飞起,激动地说:"你没看错,时鸢姐,这些全部是我们的!"

连餐车里送的蛋糕都是北城最奢侈的月宴楼做了整整一个下午的。

月宴楼的点心蛋糕有多难定,普通人预约都要等上一个月。他们说送就是一车,简直太豪横了。

时鸢自然也注意到了月宴楼的标记，忍不住蹙眉道："这些都是粉丝找来的吗？"

蒋清答得欲盖弥彰："嗯……不全是，但也是。不过普通粉丝肯定没有这么大手笔啦。"

"快来，时鸢姐，我帮你拍认证照。"一杯咖啡塞进时鸢手里，蒋清在对面已经拿好相机。

凭借着职业本能，时鸢站在餐车前，端着那杯咖啡露出一个营业式微笑。

刚拍完照，一旁的人群里就有粉丝忍不住激动地喊："老婆！这是姐夫联系我们后援会做的应援！你喜欢吗？！"

时鸢是第一次听见这个称呼，一时间没反应过来。她呆呆地眨了眨眼："姐……姐夫？"

粉丝兴奋的声音从人群里冒出来："话说姐夫真的好有钱哦，以后我们后援会就可以想做什么应援就做什么应援了！爽死了，爽死了！"

"连和黑粉营销号们对冲都不用担心律师费了！姐夫说可以直接联系裴氏集团公关部！"

"要不是姐夫，我们今天怎么能吃到月宴楼的点心？！这就叫反向应援了吧。果然没粉错人！老婆，我爱你！"

此起彼伏的声音里，时鸢终于逐渐反应过来。她震惊片刻，转头问蒋清："这些难道都是裴忌……"

蒋清在一旁抿唇忍笑道："没错，就是裴总。"

她刚听见这件事情的时候也觉得很震惊。毕竟裴忌无论是从外表，还是身份，貌似都不太会是关注应援这种小事的人。

可他还是关注到了这些。

虽然以前季云笙季总也会常常来探班，给剧组带些奶茶和点心，但似乎只是为了例行公事完成任务。

裴忌却会让人给工作人员和粉丝准备最好吃、最贵的点心，并不仅仅是财大气粗。

因为真的很在乎一个人的时候，他也会努力地对所有爱她的人好，希望她收获更多的爱意。

蒋清不知道用"爱屋及乌"这个词来形容对不对，但连她这个外人都能感觉到真正用心爱一个人是怎样的，包括被爱的时候又是什么样子的。

夜幕低垂，餐车上挂着的彩色小灯依次亮起，发出荧荧的光芒，像星星一样点缀在时鸢的海报周围，蛋糕的香气飘在空气里，烟火气十足。

橙色的光芒包围着她，印在她的眼底，星星点点，璀璨夺目，仿佛周围的一切都亮了起来。

她安静地凝视半晌，垂下头，嘴角轻轻地弯起一个弧度。

照片拍完，和粉丝打完招呼，时鸢收工，回到保姆车上。

她轻触着屏幕，看着相册里刚刚拍好的照片，犹豫片刻，还是挑出两张最好看的，给裴忌发过去。

男人回复消息的速度很快，就是关注点有些奇特："怎么穿这么少？"

时鸢又把照片点开，才发现自己出来得急，只穿了件戏里的长裙，外面披着大衣，下面露出一截儿白皙的小腿。

他看得还挺仔细。

"忘记换了。"时鸢抿了抿唇，忍住嘴角上扬的弧度，忽然鬼使神差地打下几个字，"好看吗？"

消息发出去，她瞬间反应过来，脸一下子烫起来，连撤回的机会都没有，对面就秒回了："还行。没有你穿这件好看。"

时鸢蒙了一下，一个问号还没打出去，聊天界面又弹出一张照片。

是她之前拍的宣传照。

紧接着，又一张她曾经的剧照发了过来……

变态。

因为来自某人慷慨的应援刚升起的那么一点儿感动瞬间全被烧没了。

时鸢连忙退出消息界面，脸还是烫得惊人。

本来还打算客气一下谢谢他来着，现在她又不想理他了。

回到家里，时鸢洗完澡出来，把床头灯打开，钻进被窝儿里。

她从一旁的床头柜上把手机拿起来，聊天界面又弹出两条新的消息。

"生气了？我只是单纯喜欢蓝色而已。"

呸。时鸢真的没想到，某人隔着屏幕也能耍流氓。

她红着脸回复:"我要睡了。"

过了一会儿,一通电话打进来。时鸢怔了一下,点了接通。

电话对面,低沉清越的嗓音混杂着微弱的电流声传来,比往常听着更磁性。

"睡了?"

"还没……怎么了?"

那头,裴忌从办公椅上起身,走到落地窗前。

窗外,月色摇曳,浮浮沉沉。他盯着那轮月亮,静了片刻,才低声开口:"没什么,就是想跟你说一句'晚安'。"

时鸢的呼吸一室,脑中忽然浮现出昨晚他在她身旁说的那句"晚安"。

窗外,星星隐在云层里,闪着微弱的光芒,像这天下午餐车上挂着的星星灯。

一瞬间,她心底像是有一座沙子堆叠起来的城堡,在此刻慢慢地塌陷下去,软得一塌糊涂。

裴忌又问:"今天看见的还满意吗?"

时鸢回过神,压下心底泛起的思绪,知道他说的是什么,耳根悄然红了起来。她咬了咬唇,轻声应道:"嗯……不过你下次别这么高调了。"

他低笑了一声:"这就高调了?"

时鸢无声地咬紧唇,又想起之前那条更高调的项链,这次确实还算是好的了。

没等她说话,裴忌又说道:"等我回去,会收'利息'的。"

想起白天停机坪上的那个吻,时鸢的脸瞬间又涨红了。

他勾了一下嘴角,而后说:"不早了,睡吧。"

电话里,她的声音听上去格外柔软:"那……晚安。"

他低声应道:"晚安。"

挂了电话,裴忌抬眼,望着窗外那轮皎洁的月亮,不知在想些什么。

他盯了片刻,转身走回办公桌,拨通内线叫周景林进来。

"安排后天的飞机,回北城。"

"好的,裴总。"

两天的时间转眼即逝。

洛清漪那头刚回复完《舞蹈新星》的节目组，次日官博开通，就爆出除了时鸢的另外两位导师名单。为了营造热点，她确定参加节目的消息还被捂得很严实。

早在前段时间就有营销号猜测过这次节目的导师名单，热度一直居高不下。这下官宣出来了，温书莹作为舞蹈界内的专业舞者，第一次进入观众视野，倒是引起了一阵讨论热度，微博粉丝瞬间从几千涨到十万。

不少网友都对温书莹充满好奇，纷纷去扒她的各种资料。

一扒就扒出来，原来温书莹不仅是著名企业温氏地产的千金，还是国际顶尖舞蹈家白锦竹的学生。有白锦竹的名气加持，再加上白富美名媛的背景，瞬间吸粉无数。

资料扒着扒着，一张照片莫名其妙地就流了出来，也不知道是不是有心人刻意发出来的。

是一张在酒会上拍摄的照片，温书莹穿着一身白裙，面容温婉大方，嘴角挂着柔美的笑。

她的对面站着一个男人，西装革履，气场凌厉，五官亦是极为出色。

两道身影保持着社交距离，并没有什么引人遐想的亲密动作，可一黑一白，在人群中的容貌又都惹眼，竟然也有几分登对。

网友们一瞬间炸开了锅，无数捕风捉影的言论接连冒出来，差点儿编出了一部替身文学。

有人说时鸢插足人家的婚约，裴氏总裁心里的"白月光"其实是温书莹，而她只不过是被当作替身罢了。

洛清漪一边看，一边掐着人中，防止自己被气晕过去。

"这群网友八卦之前能不能带个脑子呀？一张破照片就能把你想成小三了？真是够离谱的。她这评论区下面是买水军了吧？"

洛清漪在这里骂骂咧咧，反观时鸢这个当事人却无比淡定。她刚练完瑜伽，正在拉伸压腿。

知道时鸢脾气好，但洛清漪还是忍不住震惊道："你看到这些都不生气吗？"

时鸢的声音轻柔："知道是假的，还气什么？"

裴忌已经跟她解释过，她相信他。

如果两个人之间连最基本的信任都没有,以后要怎么一起走下去。

洛清漪一噎,觉得她说得有道理,那股火气总算压下去了点儿。

"也是……毕竟裴总的初恋是你。"

洛清漪刚说完,视线落回屏幕上,瞳孔又是一缩。

"这个温书莹居然发微博了。"

恰好这时,时鸢刚拉伸完,起身去茶几上端起自己刚刚泡好的绿茶,喝了一口。

清淡的茶香沁人心脾,味道不错。

洛清漪把手机递了过来,界面是温书莹刚发的微博。

没有文案,只有两张图片。

第一张是她在舞房里练舞的背影,身姿挺拔窈窕,像是在回应前面网友在评论区里表达对她舞蹈的期待。

而第二张图片内容就颇有深意了,是一本书上的片段摘抄,上面有这样一行字:"每个人都会决意离开,我无能为力,却仍然庆幸自己足够强大。"

时鸢沉默片刻,端起手中温热的绿茶,轻抿一口。

看见这条微博,洛清漪彻底被气笑了。

"这微博发得真是够'茶里茶气'的,这不是就在暗示网友吗?"

洛清漪想得没错。

随着温书莹这条微博发出去之后,网友们又开始新一轮猜测,已经脑补出一场总裁和名媛门当户对的绝美爱情却惨遭他人破坏的三角恋戏码。

洛清漪气得把手机扔到一旁,说道:"不行,我看得窝火。这女的在这里唱什么独角戏呢?!"

她又想起什么,凑近时鸢问:"对了,裴总呢?这不得好好打她的脸?"

时鸢把手里的茶杯放下,云淡风轻地回答:"子虚乌有的事情,越是回应,八卦的网友就越兴奋,她的目的不就达到了?"

洛清漪气结,想了想,也觉得时鸢说得有道理。

然而她们显然低估了有些人的"绿茶浓度"。

很快,温书莹就在评论区回复了一条热评:"实在抱歉,刚刚才看到热搜内容。事实并不是大家想象的那样哟,只是朋友关系,大家不要误会了,也请不要再传播一些会伤害到他人的言论了,谢谢。"

这番言论一出,立刻便有网友在评论区维护起来,清一色地夸赞温书莹不愧是名媛出身,果然善良大度。

看见那些评论,洛清漪深吸一口气,震惊不已道:"好家伙,好家伙,这个温名媛有两下子呀。她才应该是混娱乐圈的吧?"

时鸢陡然失笑,还是安抚她道:"算了,别看了,看了又改变不了什么,白给自己找气受。"

洛清漪直拍着胸口顺气,说道:"也是,不跟跳梁小丑计较。我下午还给你约了美容,走吧,等《舞蹈新星》开始录制,我们一定要狠狠挫这个'温绿茶'的锐气。"

洛清漪照例给时鸢预约了每周的皮肤管理项目,这家美容院在北城口碑很好,是一线明星和豪门贵妇最爱光临的场地之一。

走廊里,美容师正领着时鸢前往美容室的路上,中途却被人拦住。

"时小姐?"

时鸢抬起眼,就看见对面站着几个年轻女人。

其中一个身材气质最为出众,黑发披肩,五官温婉大方。看清那人的面容时,时鸢忽然就想到了"冤家路窄"这个成语。

温书莹微微一笑,率先开口说:"好巧。没想到会在这里遇到你。"

时鸢的神色淡淡的,看不出什么情绪地回答:"是很巧。"

"昨晚见面见得匆忙,没来得及跟你好好打招呼。"温书莹顿了一下,又柔声说,"我和裴总并不是网友说的关系,只是朋友而已……"

时鸢语气平静地说:"我知道,我没有误会,你也不需要向我解释什么。"

轻轻松松的一句话,就堵住了温书莹接下来准备好的台词。

像是一拳打在了棉花上。

她脸上的笑容僵硬了一下,又听见时鸢淡淡地问:"请问还有事吗?"

言外之意是没事的话请让让。

短暂的交锋被迫停止。

温书莹的神色很快恢复自然,侧身给她让出路,不忘嫣然一笑道:"到时节目录制现场见,时小姐。"

看出了她的挑衅,时鸢也没什么和她周旋下去的心思,快步走过拐角,就听见身后响起说话声。

和温书莹同行的一个女人轻哼一声，想起时鸢那张未施粉黛却仍然清丽的脸，语气又酸又不屑："原来她就是时鸢呀，也就空有那么一张脸吧。不知道裴总看上她哪儿了。"

另一人连忙附和道："就是，哪能跟我们书莹比？妥妥的大艺术家，又是温家的独生女，有才有貌，哪里是一个混迹娱乐圈的能比得了的？书莹，你放心，裴董事长怎么会同意一个娱乐圈的戏子进裴家的门？男人不过都是图一时新鲜罢了。"

温书莹只是淡淡一笑，藏起眼底那抹暗光，什么也没说。

晚上，华灯初上。
美容果然是放松身心的最好方式之一，时鸢这一觉睡得挺沉。
等她换好衣服，才拿起一旁静音的手机。
有两通未接电话，还有两条短信，都是裴忌发来的。
"在哪儿？"间隔十分钟，他又发，"我去接你。"
"你回来了？"
消息刚发出去，一通电话就打了进来。
男人低沉的声音在电话里响起："出来吧。"
时鸢诧异地问："你现在在外面吗？"
"嗯。"
挂掉电话，时鸢快步走出美容院大门。门口，一辆豪车停在那里。
时鸢上了车，看见后座西装革履的男人，眼睛亮了，连忙问道："怎么这么快就回来了？"
明明才几天没见，再看见他，时鸢心里就有些止不住的欣喜。
外面风大，仅是从门口到车上这么一小段的距离，她的鼻尖就被冻得通红。
裴忌把手里的平板放到一旁，没忍住抬手轻捏了一下。
他的嗓音低沉："回来收'利息'。"
时鸢的耳郭爬上不自然的绯红。她轻咳了一声，转移话题："那我们现在去哪儿？"
"到了你就知道了。"

他答得欲盖弥彰，时鸢虽然好奇，但也没再继续追问。

她忽然又想起下午温书莹那件事情，他没主动提起，她也不确定他到底知不知道。

子虚乌有的事情，提起来也是破坏心情。

半个小时后，豪车在一家艺术中心门口缓缓地停下。

等走进去，看见会场里的拍卖台，时鸢才反应过来。

"这里是拍卖场？来拍卖场做什么？"

裴忌"嗯"了一声，动作自然地牵起她的手，说道："不是说过段时间要回去看奶奶？总不能空着手回去。"

话落，时鸢怔了一下。她看着男人轮廓深邃的侧脸，心口忽然像是被什么撞了一下。

她敛眸藏起眼底泛起的情绪，弯了一下嘴角，轻轻地回握他的手。

这时，有工作人员上前引路，恭敬地将他们带到二楼的私人包间。

刚上楼梯口，隔壁包厢的人正要进去，听见声音转头。

看见来人是裴忌，温书莹神色一喜，喊道："裴总？"

很快，她又看见了一旁的时鸢，还有两个人交握着的手上，嘴角的弧度顿时僵了几分。她看着时鸢，也叫了一声："时小姐。"

男人神色冷淡，只微微颔颌算是回应，目光甚至没在她身上停留，便牵着时鸢从她旁边经过。

温书莹的笑容凝固了一瞬间。

时鸢也没想到居然在这里又遇到了温书莹，心里总觉得好像有哪里不对劲。

两个人进到包厢里，裴忌将桌上摆着的册子递给她，说道："看看喜欢哪样。"

时鸢拿着展册，扫了一眼上面的拍品，看得有些眼花缭乱。她随口答道："都不错……"

裴忌抬了抬眼，云淡风轻地说："那就都买。"

时鸢顿时一噎，低头看了看几样拍品的起拍价。

加起来已经接近十位数，败家也不是他这么败的好吧。

时鸢顿了片刻，只好无奈地说道："还是这个吧。"

她指了下最下面的那件拍品,是一尊玉佛坠子,比较适合老人家。

裴忌勾了下嘴角,应道:"好。"

拍卖会很快开始,时鸢没想到,某人把刚刚答应的话全部忘到九霄云外去了。

第一件拍品是一条蓝宝石手链,透明展柜里,晶莹的蓝宝石熠熠生辉,异常美丽。

裴忌侧眸,示意了一下周景林,对方立刻心领神会,开始竞价。

时鸢愣了一下,刚想开口,裴忌就微微侧头,凑到她耳边,挑了挑眉,语气从容地说:"这个颜色衬你那套制服。"

他又压低声音道:"以后穿给我看。"

时鸢红着脸别开头,注意力回到拍卖台上去,不准备理他。

见状,裴忌轻勾了一下嘴角,不疾不徐地补充了一句:"不用替我省钱。"

谁说要替他省钱了呀?她只是看不惯有人这么败家罢了……

还没到最后那尊玉佛出来,裴忌就已经拍下了一条蓝宝石手链、一条脚链和一条价值连城的粉钻手链。

时鸢刚开始还试图阻拦,到最后直接放弃。

败家败得明明白白。没有女人能拒绝闪闪发光的宝石。

尤其是那条粉钻手链。

时鸢不得不承认,自己的骨子里还是俗气的,也抵抗不了钻石的诱惑。

尤其此刻,身旁的男人正低着头,认真而专注地把那条价值八位数的手链戴在她的手腕上。

他显然不太擅长做这些,却难得一见的耐心十足。

钻石的光芒映在他如墨般幽深的眼底,像是坠入了一汪旋涡,可以让人轻而易举地溺毙其中。

时鸢咬了咬唇,看着他,轻声问:"为什么非要送我呀……"

等手链扣好,裴忌才满意地收回手。他答:"补上以前的生日礼物。"

从他们分开的那年开始。缺失的,他都会一点儿一点儿地补回来。

时鸢顿了一下,垂下头,嘴角却止不住地往上扬。

很快就到了最后一件拍品,那尊玉佛坠子。

起拍价八百万元,几轮竞价之后,喊到了一千一百万元。

听见拍卖师报的号,时鸢才发现,报出一千一百万元的好像就是隔壁房间里的温书莹。

而他们这边,周景林也在不断地抬价。

价格很快就飙到了一千六百万元,局面陷入僵持当中。

时鸢蹙了蹙眉,刚想说什么,就被一阵敲门声打断——是温书莹。

时鸢愣了一下,看着她走过来,向来温婉的面容有些僵硬。

而一旁的裴忌神色淡漠,连眼睛都不曾抬起,仿佛毫不意外她会过来。

温书莹深吸一口气看向裴忌,强忍着难堪,放低姿态开口说:"裴总,那玉佛坠子我母亲很喜欢,能不能请您把它让给……"

裴忌干脆利落地打断她:"抱歉,不能。"

温书莹的脸色顿时煞白。她这天一共就竞拍了两样,一是那条蓝宝石手链,另一样就是这尊玉佛。明明她的预算是完全足够买下这两样东西的,可没想到裴忌这晚会突然出现在这里,把价格抬到那么离谱的程度。

她就算是傻子也明白了,他就是专门冲她来的。

因为白天的事情,时鸢在网上被人骂是替身是小三。她耍的那些小把戏,他都看得一清二楚。

所以他回国的第一件事情,就是来为时鸢撑腰。

温书莹就算知道了又能怎样。她能怎么办?和裴忌拼谁的钱多吗?

她深吸一口气,又开口说道:"裴总,如果是因为今天下午网络上的谣言,我可以道歉……"

男人的声音冰冷,听不出任何情绪:"你不该向我道歉。"

话落,时鸢神色微怔,终于反应过来,为什么他这晚会带自己来这里。

温书莹将嘴唇咬得发白,指甲已经快要将掌心抠破,才维持表情不崩裂。

片刻后,她弯下腰,朝时鸢鞠了一躬。她紧咬着牙关,却还是不得不维持着笑容:"时小姐,今天的事情对不起。是我没有及时澄清谣言,害你被一些不明是非真相的网友攻击了,我向你道歉。"

时鸢蹙了蹙眉。她当然知道温书莹这句道歉里含着几分真心,只是对方已经将姿态放得这么低,她也不好再多说什么。

时鸢还没来得及开口,身旁便响起男人低沉的声音。

裴忌抬头，压迫感极强的视线直直地扫向温书莹。

温书莹被这一眼瞥得通体生寒，脸色更加惨白了几分。

男人的嘴角勾起一个冰冷的弧度，话语中的警告丝毫不加掩饰："这一次是我对温氏留的情面。再有下次，需要为你犯的错付出代价的就不只是你了，明白了吗？"

第十二章
他有自己的救赎

次日,一组照片横扫网络,是整晚蹲守在拍卖会会场的记者拍到的。

照片中,夜色深沉如墨,拍卖会结束后,天空下起了淅淅沥沥的小雨。

一辆低调的豪车旁,一黑一白两道身影相携。男人西装笔挺,气质优雅高贵。女人穿一身杏色大衣,纤弱漂亮,正在弯腰上车。

男人撑着黑伞,将一大半的伞朝她的方向倾斜,丝毫不顾半身西装被雨水打湿。

他垂着眸,侧脸清晰立体,神色却是温柔的,深邃的目光一直紧紧追随着女人。

画面唯美至极,像是杂志拍的雨中大片,画质有些模糊,却更有一种电影的氛围感。

网友们瞬间开始感叹:"原来有钱人的爱情就是这么朴实无华。"

很快,便有人扒出了这晚以八千万成交的那条粉钻手链的信息。

这颗钻石的名字,比它本身更加动人——无人及你。

比起再多苍白无力的解释,这个举动无疑是一记响亮的耳光。裴忌给了时鸢世间最为明目张胆的偏爱。

一瞬间,全网哗然一片,无数网友纷纷因为这场高调的示爱而沸腾。

没一会儿,官方澄清声明及律师函便公开发布。

裴氏集团官方微博:"现代社会,恋爱自由,不支持包办婚约。子虚乌有的事情,还请各位勿信谣、勿传谣。"

配图是一张时鸢近期即将上映的电影海报。

评论区的乌烟瘴气消散了大半,评论走向也逐渐往好的趋势发展。

办公室里，周景林轻咳一声，将平板电脑递过去，说道："裴总，公关部的澄清声明发好了，律师函也都按序发出了。"

男人淡淡地说道："嗯，给公关部加年终奖。"

周景林神色一喜："好的，裴总。"

——等等……那我呢？

裴忌专注地看着屏幕，滑着屏幕的指尖忽然一顿。

看到那个陌生的字眼，他皱了皱眉，问对面站着的周景林："'计时情侣超话'又是什么东西？"

"呃……"周景林决定直接上图。

周景林立刻点开超话，开始给老板解释这个神奇的存在。

计（忌）时夫妇——超话是那天采访之后建立的，现在已经有将近三十万的"情侣粉"在里面，拍卖会流出的照片又成为新的一拨"情侣粉"粮。

裴忌刷了一会儿，淡淡地开口说："帮我注册一个账号。"

周景林愣道："啊？"

他抬头问："有问题？"

周景林维持表情，连忙摇头道："没有，裴总。我现在就去。"

这时，桌面上的手机振动了一下。

裴忌拿起手机，点开微信，是时鸢发过来的图片。

照片里，时鸢穿着一身学生装对着镜头，眼睛笑得弯如月牙，背后是一棵挂满了红带子的参天古树。

一旁入镜的除了剧组的工作人员，还有一个俊朗出众的年轻男人，温柔含笑的目光落在她身上。

裴忌的目光忽然沉了下来，眯起眼睛盯着照片看了半晌后，面无表情地起身，拎起椅背上搭着的西装外套。

他按下内线，沉声说道："下午的会议推迟到晚上六点。"

此时此刻，佛台山上。

灵深寺坐落山顶，云雾缭绕，景色秀逸，是北城最为出名的寺庙之一。

一棵参天古树尤为出名，据说在树下虔诚许下的愿望极容易实现。

这颗古树就是这天《沉溺》剧组的外景取景地。

"停——"邱锐在显示器后比了个大拇指，心情很好地拍板，"不错，一条过，今天提早收工！"

时鸢吁了口气，向导演和周围的工作人员鞠了个躬，然后看向对面的傅斯言。

她的嗓音温柔："今天辛苦了，傅老师。"

傅斯言弯起嘴角，温和地说："不辛苦。倒是你，过段时间的行程会很紧吧？听说你还接了《舞蹈新星》那档综艺……"

两个人正说着，傅斯言一顿，忽然朝她的方向伸出手。

时鸢一愣，下意识地想躲开，就看见他不知从她的发间摘了什么下来。

他白皙的指尖夹着一片刚从树上落下的枯叶。

"别紧张，只是树叶落在你的头发上了。"

时鸢有些尴尬地笑了笑，说道："谢谢傅老师。"

参天大树下，他们还都穿着戏里的学生服，俊男美女，落叶纷飞，画面异常唯美。

不远处，蒋清心惊胆战地观察着一旁男人的脸色，咽了咽口水。

好重的杀气。

"裴……裴总，时鸢姐刚拍完戏……"

裴忌缓缓地眯起眼睛，脸上看不出任何情绪，但周围的气压明显阴沉得可怕。

蒋清快被吓死了，抬脚就溜，边溜边说："我这就去告诉时鸢姐您来了。"

她走后，裴忌抬脚朝相反的方向走去。

他在一处桌子前驻足，小和尚笑着开口问："这位施主，请问您今日来是所求何事呢？我们这里有事业、姻缘、家庭、财运、平安……"

裴忌的视线扫了一圈儿，淡淡地开口问："有没有求子的？"

"啊？"小和尚惊得瞳孔地震，手里的佛珠差点儿被甩出去。

这……他还是第一次见到有这种一看就是精英人士的年轻男人来求子的。

旁边的人也都循声纷纷看过来，有人眼尖认出了裴忌，顿时震惊不已。

裴氏总裁竟然来求子？！

小和尚讪笑两声，说道："这也是有的……但拜送子观音可能更灵验些。"

这时，一道轻柔动听的女声响起："抱歉，小师傅，他是开玩笑的。"

时鸢走上前，瞪了裴忌一眼，带着几分娇嗔。

这人是怎么好意思在大庭广众之下说出求子这种话的？

裴忌抬起眉梢，神色坦然从容，没说话。

时鸢歉意地对着小和尚笑道："不好意思，小师傅。请问可以给我一张求平安的吗？"

小和尚这才反应过来两个人是什么关系，摸着后脑勺儿讪笑道："啊？没问题，给您。毛笔在那边自取。"

"谢谢。"

时鸢接过，连忙拉着裴忌往人少的地方走去。

他一路被她扯着袖口，倒是意外地顺从，就是话里带刺儿。

"你要给谁求？"裴忌冷冷地挑眉，轻笑一声，继续道，"那个小白脸？"

不知怎么回事，像是醋坛子被打翻了似的，空气里好像弥漫着一股酸味。

时鸢一噎，无奈地说道："裴忌……不许这么说人家。"

比起傅斯言，他才更担得起"小白脸"这三个字好不好？

他的目光深邃，语气森冷地问："他刚才是哪只手碰的你？"

"人家只是帮我摘了一下落在头发上的树叶。"

他咬牙切齿地说道："下次不许让他碰你。"

时鸢好气又好笑，又忍不住故意说道："可是我们还有戏要拍。"

"我让邱锐换人。"

时鸢忍着笑意说："那也只是换了个男主演而已，还是会有别人的……"

裴忌的眼睛一眯，盯着她问："故意气我？"顿了片刻，他认真地说，"那换成我来演。"

见他真的认真起来了，时鸢抿唇，无奈地笑了。她放柔语气说道："先去帮我拿支毛笔过来，好不好？"

明知她在转移话题,裴忌抿着唇,还是转身去了。

等毛笔拿回来,时鸢冲他眨了眨眼,说道:"你去那边等我吧。"

不然许的愿被看见就不灵了。

裴忌再次被驱逐。

时鸢长吁口气,思索片刻后提笔。她一笔一画,写得认真。

——愿奶奶身体健康,长命百岁。

——愿裴忌,一生平安喜乐。

她生命中最重要的两个人。

尤其是他。希望他在以后的日子里,过得平安喜乐。

不远处,裴忌站在后面,看着她放下笔,将写好的东西小心翼翼地挂上去。

刚刚那个小和尚不知道什么时候走了过来,看见裴忌站在这儿,好奇地问:"施主,您来都来了,不顺道一起求一个吗?"

裴忌神色漠然,眼眸中看不见一点儿波澜。他答道:"我不信神佛。"

若是世间真的有神或佛的存在,为什么在他年幼无知,宛如活在地狱里,一遍遍地卑微祈求,濒死挣扎的时候,也不曾施舍过半分怜悯?

又为什么唯独让他替那个从未养过他一天的亲生父亲背着罪名,受尽唾骂?

所以他不信。

时鸢曾经说过,不让他跪,所以他再不会跪。

小和尚自然看出了他眉眼间笼罩的郁气,心里不免轻叹一声。

不信神佛之人,自然拥有别的信仰。

否则,漫长而苦闷的岁月里,又要怎样熬过。

旁人的信仰远在天边,而面前这个沉郁至极的男人,他的信仰和执念,皆在眼前。

小和尚在心里念了一句"阿弥陀佛",平心静气道:"施主,我们灵深寺还是很灵验的,尤其是心诚且有缘的施主。贫僧的师傅曾告诉过小僧,若是从山脚徒步上山,供上一盏莲花灯,那所求之事便更容易成真。"

裴忌挑了挑眉,问道:"我是有缘人?"

小和尚没答，只微微一笑，说道："施主看上去，似乎执念与苦楚颇深。但大可放心，一切终会苦尽甘来。"

说完这句，小和尚微施一礼，便翩然离去。

时鸢回来时，就看见裴忌站在那里，不知在想什么。

一片金黄的树叶落在他的肩膀上，她抬手，轻柔地将那片落叶拂下。

下一刻，她忽然被他拥进怀里。他低声问："刚才许了什么愿？"

神如果不能帮她实现，那他来。

他的气息喷在她的颈侧，有些发痒。她弯起唇，微微踮起脚回抱住他。

"不能说……说了就不灵了。"

"嗯。"

傍晚，暮色降临。小和尚清扫完地上的最后一批落叶，放下扫帚，正准备关门。

这时，一双手忽然挡住了正要关上的门。

看见门外站着的男人，小和尚吓了一跳："咦？"

是那位白日求子的施主。

小和尚惊讶地睁大眼，又看了一眼他的身后。他是自己上来的？

从山脚到灵深寺，徒步上来少说要走一个小时。

裴忌抿了抿唇，淡淡道："我来求灯。"

小和尚乐得合不拢嘴，忙不迭去准备莲花灯和笔。

"施主，你在这字条上写下心愿，挂在灯底。这盏灯会放在我们寺庙中虔诚供奉，小僧会每日诵经祈祷。"

裴忌抬手接过，冷淡地说："谢谢。"

小和尚默默地后撤到不远处，看着那个白日时还说自己不信神佛的男人，此刻正一笔一画地将心愿写下。

暮色苍茫，从敞开的庙门中照进来，笼罩在他身上，映在他的眼底，是浓得化不开的墨色。

佛像面目慈祥，裴忌抬眼，只静静地盯了一会儿。

下一刻，他轻提西裤，屈膝跪下。

豫星娱乐总部。

会议室大门打开后，以季云笙为首的高层们鱼贯而出。

见季云笙出来，助理连忙迎上去，压低声音恭敬地说道："季总，慕思远已经在办公室里等着了。"

季云笙点了点头，边往办公室的方向走去，边说道："知道了。"

他还没走进办公室大门，就听见里面传来一道放荡轻佻的年轻男声。

沙发上坐着一个年轻男人，五官挤在一起，长得还算周正，穿的戴的也都是名牌货，举手投足间却掩盖不了那股粗鄙之气。

"秘书小姐，这咖啡太烫了。你自己试试？"

美女秘书愣了一下，下一秒就感觉到自己的手背被人摸了一下。她羞愤又惊慌地往后躲，紧接着就听见身后响起脚步声。

季云笙神情温和，看了一眼秘书，温和地说道："你先出去吧。"

"好……好的，季总。"美女秘书忙不迭地离开，出去后不忘关上门。

直到倩影消失，慕思远才恋恋不舍地收回目光，看向在沙发对面坐下的季云笙，哼笑一声，说道："季总真是艳福不浅啊。不管是在娱乐圈里还是公司，都是美人环绕的。您说，您何必这么多年就盯着那一个不放呢？要说时鸢吧，以前在南浔那个小地方，确实是美。但这美人光美，人没趣，像木头似的，也不过就那样……"

季云笙冷冷地抬眼，向来温和的眸里辨不出情绪。他道："慕思远，记清楚你的身份。"

慕思远被这眼神瞥得一凛，收起吊儿郎当的神色，讨好地笑道："我嘴碎。季总，您大人不记小人过，别跟我计较。"

季云笙收回目光，又沉声问："知道这次让你回来是为什么吗？"

"明白，我明白。我看见新闻了。"

慕思远抿了一口咖啡，被苦得龇牙咧嘴，连忙又放下。他"啧"了两声，说道："还真是没想到，当初要不是裴忌的父亲为了不坐牢，把别人逼到绝路上，我爸又怎么可能想不开？时鸢的父亲也是，烂好人一个。为了救人，把自己的命也搭进去了。没想到就这样，他们居然还能走到一块儿去。明明当初她都已经被我们逼得把裴忌那条野狗给甩了……"

闻言，季云笙的目光一寒，厉声打断他："什么该说，什么不该说，都知道吗？"他冷笑道，"如果让裴忌知道了当初的事情，他会怎么样，用不着我提醒你吧？他现在可早就不是当初那个能让人随意拿捏的软柿子。被他盯上，非死即残。"

慕思远的额头渗出几滴冷汗，想起几年前裴忌在拳场里要钱不要命的样子，心里啐了一口，面上连忙笑着打起了哈哈："季总，您放心。我就是随口那么一说，我心里有分寸。"

季云笙的面容恢复往常的温和，仿佛刚刚的冷意只是错觉。

"走吧。等你做完你该做的事情，钱会打到你的账户上。"

慕思远笑容殷勤，连忙站起身道："那我就提前谢谢季总了，我就不留在这儿打扰您工作了。"

慕思远走后，助理推门进来，神色凝重。

助理小心翼翼地把平板电脑递过去，汇报道："季总，招标项目出了些问题。政府那边勒令停工，说是地质检查之后认为不适合建楼，施工已经被迫停止了。项目中止，开发商说款项也恐怕很难按期到账了。公司里部分电影的投入资金即使都挪用过来，您和'华映'签订的对赌协议也……"

前年开始，季云笙为了将豫星娱乐旗下的产业版图扩大，想要快速进军房地产业前得到大批的投入资金，顶着风险和华映地产签订对赌协议。

而"赌"这个字，早在开头就已经暗示了人们失败的风险。

"季董事长刚刚打电话过来，让您尽快回去一趟。"

季家。

见季云笙回来，客厅里，一个年轻的女佣迎上去，接过他脱下的外套，说道："少爷，董事长在书房等您。董事长今天的心情看上去不太好……"

季云笙温和一笑，点头道："我知道了，谢谢你。"

女佣的脸一红，心跳乱了几拍，连忙低下头。

她才来季家做事不久，这还是第一次见到少爷。

别的用人都说少爷是豪门公子里少有的清俊儒雅，能力出众，对待用人也是温和有礼，完美到找不到一丝缺陷。这天一见，果然与传闻中一样。

三楼书房。

季云笙刚一推门进去，一个茶盏便朝他的方向飞了过来，直直地砸在他的额角。

砰的一声,杯中的茶水溅在他的脸上,打湿了他额前的黑发。

茶叶黏腻,黏在他额角被砸得红肿起来的部位,渐渐渗出一丝血迹,看起来狼狈不堪。

伤口不疼,却屈辱至极。

季云笙手背的青筋渐渐凸起。片刻后,他垂下眼,将眼中那抹情绪深深地压回去,面上依旧是平日那副谦逊而温和的姿态,面对着自己的父亲。

"对不起,父亲。"

季宏林冷笑一声,说道:"别叫我父亲,我没有你这么愚蠢的儿子。你当初是怎么答应我的?我又是怎么教导你的?你的能力要配得上你自己的野心。果然是许美仪生出来的儿子,优柔寡断,怎么都扶不上墙。"

他这话一出,季云笙的神色顿变,垂在身侧的手一点儿一点儿地攥紧。

季宏林毫不留情地怒斥出声:"几年前我把你从南浔接回来的时候,你非要求着我,甚至不惜跪下来,也要求着我签下那个时鸢,提前给她一大笔钱收拾她家里的烂摊子。我答应你了,你呢?你承诺的事情做到了吗?"

季宏林气得胸口起伏,又想起几年前,季云笙第一次忤逆他。

年轻时风流成性,直到中年时,季宏林才知道自己还有这么个作孽后留下的儿子流落在外。

他知道季云笙费尽心思,就是为了回到季家。

看在季云笙确实遗传了他的能力和野心,他也就睁一只眼闭一只眼,打算把季云笙接回北城培养。

离开的前一天,这个一直以来表现得听话又温顺的儿子,第一次跟他提出要求,甚至不惜忤逆他的意思,也要坚持求他签下那个女孩儿。

最后,仍是少年的季云笙向他承诺了一个几年内会达到的利益数字,他才勉强松口同意。

原本他以为,他这个儿子和他一样,冷血、清醒,没想到还是被一个女人困住了。

简直愚蠢至极。

季云笙动了动嘴唇,嗓音微哑:"父亲,我会想办法。"

季宏林冷着脸,不容置喙地说:"你和那个时鸢,在我这里绝不可能了。温氏的招标项目现在是唯一的机会,你要怎么做,不需要我多说了吧?和温家联姻,百利无一害。如果你还想坐在执行总裁这个位子上,你就该好好权衡利弊,到底是一个心根本不在你身上的女人重要,还是你这些年的心血重要。"

话音落地,书房内陷入短暂的安静,地板上的影子被拉得很长。

片刻,季云笙缓缓抬起头,神色再看不出半点儿异样。他应道:"我明白了,父亲。"

书房外的走廊上,女佣心惊胆战地听着里面传出的责骂声。很快,她就看见季云笙从里面走出来。

他和进去时的神情并无二致,如果不是额头上的伤口还在流血,她甚至都会怀疑自己是不是幻听了。

她小心翼翼地上前,从口袋里掏出一方干净的手帕,说道:"少爷,您的额头流血了,需要我帮您处理一下伤口吗?"

她原以为男人不会收,没想到季云笙微笑着抬手接过。他的声音依然和煦礼貌:"没关系,谢谢你的手帕。"

女佣羞涩又紧张地说:"不……不客气。"

季云笙笑了一下,转过身的一瞬间,脸上的笑容消失,眼中只剩彻骨的冷意。

走出别墅大门,他面无表情地扔掉手里的那方手帕,抬脚踩过。

室外,阳光刺眼。他额角的伤口没有处理,淡淡的血腥气弥漫到鼻腔。

他抬起头,想要直视头顶的阳光,却被刺得不敢睁眼。

不知为何,他忽然想起了以前的事情。

从记事开始,季云笙学会的第一件事情就是伪装。

他需要小心翼翼,只把温和善良的那一面展示给其他人,这样他们才不会指着他的鼻子骂:"看呀,那个就是不要脸的用人爬床生下来的杂种。"

所以即便被送到那个又小又破的镇子,他依然拼命地学习,扮演好一个贵公子的角色,隐藏好他卑劣的那一面,才能被人喜欢。

他必须要把每一件事情做到最好,才有可能夺回属于自己的东西,才能有机会回到北城。

在老师和同学的眼里,他懂事知礼,成绩优异,挑不出一丝错处。

在南浔的那个破学校里,他其实看不上那里的任何一个人,可表面上,他依然可以伪装得很好。

"季云笙,你的作业可以借给我抄吗?"

"季云笙,你今天可以帮我值日吗?"

他都微笑着一一应下。

可实际上,季云笙会在那个要求他帮忙值日的同学下一次独自值日时,打翻别人扫好的落叶,然后微笑着,看着那个人遭受责骂。

他就是这样的恶劣。只有隐藏起所有的阴暗,他才会被人喜欢。哪怕是别人递给他一杯他会过敏的柁果汁,他也会微笑着喝下,然后说一句:"我很喜欢,谢谢。"

可他的伪装,还是被人看穿了。

究竟是他的演技太过拙劣,还是她的心思太过细腻通透,他也不知道。

喝完那杯柁果汁后,他找了一个没人的地方,吐得昏天黑地。

直到面前突然有人递过来一张纸巾。

季云笙的动作一僵,从未有过的慌乱席卷而来。

女孩儿的嗓音又轻又柔,带着些江南独有的腔调。

"你其实不喜欢喝柁果汁,对吗?"她轻蹙着眉,似是有些不解地说,"那为什么还要坚持喝完呢?"

他没有答话,脸色越来越沉,喜怒难辨。

顿了许久,时鸢似是明白了什么,缓缓地说道:"其实,你是可以直说的。你可以说你不喜欢,没人会因为这个而责怪你。"

他忽然出声打断她:"会的。"

会有的。

小的时候在季家,他因为柁果过敏,高烧三天不退。清醒过来时,他听见门外那群用人大声地嘲讽他。

说他没有少爷命,偏偏得了少爷病。

别人施舍的东西,他必须照单全收,否则就是不知好歹。

这时,她忽然轻轻地笑了笑,说道:"如果仅仅是因为一杯果汁,那是他们的问题,并不是你的。别人给你的时候,你也有说出自己不喜欢,然后拒绝的权利。只是因为别人的看法和眼光就去委屈自己,太不值得了。"

季云笙愣住了。这是第一次,有人对他说,不要因为任何事情而委屈自己。

小时候和母亲生活在季家时,母亲对他说过的最多的一句话就是:"小笙呀,再忍忍,再忍忍就会好了。你这么聪明、懂事,爸爸以后一定会喜欢你的。等你有了出息,我们母子俩就再也不会受欺负了。"

不管遭受了多少白眼,他的母亲只会告诉他,再忍忍,忍过去就好了。她却没告诉他,究竟要忍到什么时候,究竟要谨小慎微多久。

面具戴得太久,他已经不知道该怎样摘下来了。

那之后,季云笙有了人生中的第二个目标。

第一个是回到季家,第二个是得到时鸢。

他知道,达成第一个目标只是时间问题。而第二个,遥遥无期。

她喜欢裴忌,他嫉妒的那个裴忌。

裴忌在南浔的日子明明比他还要不堪,却好像过得无比恣意。

无数人叫他赔命,他却偏偏坚韧如野草,性格恶劣得毫不收敛,不受任何事情掣肘,对其他人的目光那样不屑,在那些厌恶他的人的眼皮子底下肆无忌惮地活着。

有人骂他,他就用拳头打回去,直到那人闭嘴。什么都不管,什么都不怕。

他做了所有季云笙从来不敢去做的事情。

他也会让时鸢那样温柔的女孩子气得涨红了脸,却仍然会偷偷给他受伤的脸搽药。

他轻而易举地就得到了季云笙最想要的。

季云笙甚至也分不清,自己对时鸢到底是一种怎样的感情,也许是因为让她爱上他实在太难,所以他只能想尽办法把她留在身边。

直到裴忌离开,她家里出事的那天,他才终于有了机会。

他甚至为了她,给他的父亲下跪,才换来了一次帮她的机会。

否则,她只会在南浔那个小地方,渐渐地枯萎凋零。

可即便如此,她依然不爱他。又或者说,她的心里装不下别人了。

留不住的,那就算了吧。

他好不容易生出的一点儿善心和怜悯，都被她亲手扔掉了。

他总要得到些什么，给这些年的所有画上一个句号。

要么赢过裴忌，要么毁掉她。

"季总……季总？您还好吗？需要去医院吗？"

助理一遍遍地叫着他的名字，他终于缓缓地回神，说道："不用。"

他抬起手，擦掉额角流下的那丝血迹，白皙的皮肤上，那抹血色越发诡谲而艳丽。

他弯了弯唇，将眼底的暗色一点儿一点儿地压回去，嗓音一如往常般温润："订一家餐厅，晚上邀请温小姐共进晚餐。"

与此同时，摄影棚内，时鸢刚刚拍完一则化妆品广告，回到休息室里。

这几天剧组的进度很快，《沉溺》剩下的戏份越来越少，时间渐渐宽裕，但时鸢大部分空闲时间都泡在舞房。

离《舞蹈新星》的录制时间越近，她就越紧张。

可每次她还没练上一会儿，就会被洛清漪强制拎出来。

理由是害怕加重她的脚伤。

洛清漪这会儿还在念叨："如果觉得不舒服，一定不能勉强自己，听见没有？不行我们就推了……"

时鸢失笑道："好，放心吧。奶奶都没你这么啰唆。"

洛清漪眯起眼，无奈地说："谁让你这么让人操心。"她忽然又想起什么，"对了，下周有一个'星崎'的晚宴，要去吗？我刚收到那边公关的邀请。你懂的，机会挺难得的……但还是看你的意愿。"

"星崎"作为顶尖的珠宝品牌，即便是娱乐圈里，每年收到邀请的明星也寥寥无几。

但唯一的问题就是，"星崎"的总裁夫人是白锦竹。晚宴上，很难保证不会遇到。而且她还听说，白锦竹就快要回国了。

安静片刻，时鸢拿起化妆棉，动作缓慢地卸掉唇上的口红。她敛眸，轻声说："去吧。"

洛清漪顿了一下，在心里叹了口气，什么也没说。

等时鸢穿好外套，洛清漪的嘴不闲着，又闲聊起来："对了，这两天怎么没看见裴总呀？"

时鸢蹙了蹙眉，答道："他最近好像很忙，前天又出差了。"

两个人一边说着话，一边往摄影棚外面走。

洛清漪开始肆无忌惮地发挥想象力："该不会是那个裴董事长做什么了，想棒打鸳鸯吧？我看电视剧里，豪门里面的长辈就没好人。比如突然找上门，说什么，给你五百万元，离开我孙子。"

时鸢一噎，好笑道："你平时少看些狗血连续剧。"

"艺术源于生活，万一呢？"

没想到洛清漪这回倒是一语成谶了。

摄影棚外，一辆低调的黑色豪车停在那里，是老式的限量豪车，全北城只有一辆。

紧接着，一个西装笔挺的年轻男人从车上下来，径直朝时鸢的方向走过来。

他在她面前站定，礼貌地问："请问是时鸢时小姐吗？"

时鸢怔了一下，随即点头道："我是。"

男人微微一笑，侧身做出一个"请"的手势，说道："我是裴董事长的私人助理，董事长想见您，请随我上车吧。"

裴家老宅。

助理恭敬地把时鸢带到三楼茶室，敲了敲门，恭敬道："董事长，时鸢小姐到了。"

很快，里面传来一道低沉苍老的声音："进来吧。"

助理把门推开，时鸢微微颔首，抬脚走进去。茶室内装修得古色古香，檀香静静地燃着，淡淡的茶香弥漫在空气中，沁人心脾。

时鸢抬眼看去，一个老人坐在那里。

老人头发花白，穿着一身唐装，脸上布满皱纹，此时正微微皱着眉，看着面前的棋盘，眉宇间自有一种不怒自威的气场。

老人没抬头，注意力还在棋局上。

他朝时鸢招了招手，说道："来得挺是时候，过来陪我这个老头子下盘棋吧。"

时鸢回神,反应过来裴仲卿是在叫自己,便迈步走过去。

错综复杂的棋盘上,老人一人分饰两角,黑白子对弈厮杀。

裴仲卿终于抬起头,不动声色地打量了她一圈儿,沉声问:"会下吗?"

时鸢微愣了一下,点头说:"会的。"

"那坐吧。"

四十分钟后,檀香渐渐燃尽,随着最后一子落下,胜负已定。

时鸢微微地松了一口气,虽然输了,但她的神色依旧平静温和。她说:"您赢了。"

裴仲卿饶有趣味地盯着她,赞叹道:"你这丫头,棋风倒是跟外表相差甚远。人看着柔柔弱弱的,杀起来却毫不手软。"他笑了一声,继续说,"这点跟那小子挺像。但他的戾气重多了,招招把人往绝路上逼,半点儿余地都不给人留,心狠手辣。"

时鸢抿了抿唇,忍不住辩解:"裴忌他……只是表面上很凶。"

"那你想没想过,他只是对你露出那一面?"

时鸢笃定地摇了摇头,说道:"并不是的。"她的目光柔和下来,缓缓地说道,"他只是嘴硬心软。在棋盘上也好,别的地方也罢,为了不输,他就只能赢。但我知道,他永远不会是主动伤害别人的那一个。"

裴仲卿又笑出声,拿起茶盏轻抿一口,然后说:"你倒是很了解他。难怪……"

能让裴忌那小子惦记了这么多年。

但也不见得有那么了解,很多事情她应该都不知道吧?

裴仲卿又好奇地问:"你以前见过他在拳场里打拳吗?为了那么一点儿小钱,命都不要了。"

时鸢的神情一愣,难以置信地问道:"打拳吗?"

以前在南浔,裴忌总是受伤。她以前也听说过他时常会和人打架,带回来一身伤,可是他从来没跟她提过他会去拳场打拳。

裴仲卿露出一个"果然如此"的眼神。

他放下茶杯,慢悠悠地开口说:"那年我做生意,碰巧路过南浔,车坏

259

了。就随便找了家修车厂去修。但整个修车厂里,没人敢修,他们没见过豪车,怕万一修坏了,钱都赔不起。"

一大帮子工人都畏畏缩缩,围在车旁,没一个人敢上前试试,也害怕暴露他们连豪车都没见过的事实。

这时,一个少年从人群里走出来。他身上也是灰扑扑的,袖口挽到手肘,露出的手臂线条紧实有力。看上去年纪很小,戴着顶黑色鸭舌帽,黑发遮挡下的那双眼睛漂亮却阴沉。

气质太阴冷了。

他走到车旁蹲下来,检查了一下情况,然后问:"给多少钱?"

裴仲卿说了一个数字,他没啰唆,点头道:"行。"

裴仲卿对这个突然冒出来的毛头小子持有怀疑态度,便说道:"小子,如果没修好,你耽误了我的正事……"

他不耐烦地打断:"修得好。"

裴仲卿倒是第一次遇到敢在他面前如此狂妄的人。

但偏偏,这小子狂得不让人生厌。

旁边的工人都或多或少地放声嘲讽他,他却像是根本听不见似的,专心地做手里的活儿。

胆子大,不会费尽心思地掩饰自己的目的,身上仿佛还存在着一种坚韧得惊人的生命力。别的孩子都在上学的年纪,他在偷偷赚钱,什么能做的,不能做的,他都敢做。

车修好后,裴仲卿给他应有的报酬。

"你就不怕万一修坏了,倾家荡产都赔不起吗?"

少年接过那沓红钞票,面无表情,答得直白:"我需要钱。"

打一场拳,明明就赚不到五百块钱,他还是疯了一样,不要命似的去打。

也许是他天生就和裴忌这小子有缘吧,后来他又意外地在商场里见到了他。

他看见少年小心翼翼地掏出一沓钱,买了一条手链。

原来是要送女孩子的。人看着挺冷漠,没想到还是个痴情种。

裴仲卿在心里笑了一声,问时鸢:"他以前是不是送过你一条手链?"

时鸢一蒙,还没来得及开口,就听见裴仲卿又笑呵呵地说:"你知道吗?

当初他为了赚到那条手链的钱，在拳场里差点儿被人打残。这小子脾气又臭又轴，什么都不放在眼里，但谁叫他骨头硬呢。"

她的脸色渐渐苍白。

时鸢突然又想起，裴忌身上纵横交错的那些疤痕。她还一直傻傻地以为，他的伤都是因为当初在南浔被人找麻烦，打架之后留下来的。

原来不是的。

时鸢知道，那时候裴忌的父亲给他的钱，他一分钱都没用过。

他其实过得很苦，只是瞒了她很多。可他为什么还要那么辛苦又危险地去赚钱，给她买生日礼物？

面前的水壶咕噜咕噜地冒着泡，热气氤氲，熏得她的眼眶有些湿润。

裴仲卿缓缓地往她面前的茶盏里倒满新茶，又道："当初，是你先和他提出分开的吧？"

时鸢的唇色苍白得毫无血色，回答的声音都有些发颤："是。"

裴仲卿轻叹一声，说道："其实你可以和他说清楚，何必让他恨你？"

时鸢一怔，猛地抬起眼，讶异道："您……都知道吗？"

裴仲卿淡淡地说道："好歹我比裴忌那小子多活了几十年，他查不到的东西，不代表老头子我查不到。"

时鸢垂下眼睫，指尖不自觉地收紧。

"我知道你是为他着想。裴忌这小子太极端，尤其是对你。瞒着他倒也是件好事，但万一哪天他知道了……"

真发起疯来，谁治得住。

"不会的。"她深吸一口气，轻声说道，"过去的事情，就让它过去吧。"

时鸢站起身，弯下腰，认真地朝他鞠了一躬。

她微微哽咽了一下，然后说道："谢谢您今天告诉我这些，也谢谢您当初……帮了他。"

时鸢是真的感激这位裴董事长。

如果没有他，裴忌或许会困在过去一辈子，而不是像现在这般春风得意。

裴仲卿欣慰一笑，没再多说。该说的都说完了，他也没再留她。

管家送时鸢离开后，助理敲门进来，恭敬道："董事长，时小姐已经离开了。"

裴仲卿慢悠悠地给自己斟满一杯新茶，应了一声。

助理站在原地，有些欲言又止："您……"

"你是不是想问我，为什么不想办法让那丫头主动离开裴忌？"

助理连忙低下头说道："我只是很好奇，明明温家才是更好的选择……"

裴仲卿连连摇头，长叹一声，说道："你是没看见过，几年前这丫头把他抛下的时候，他是什么样子。有的人呀，被情爱伤过，伤口是能慢慢愈合的。"他闭眼，有些唏嘘地说，"但对裴忌来说，小时候受过伤，那丫头就是医他的药。我要是敢阻拦，他恐怕能一下子就把我这房顶掀了。这买卖可不划算。"

再说，那丫头棋下得确实不错，比裴忌那小子一通乱杀强多了。

裴仲卿一笑，将茶盏中的茶一饮而尽。

傍晚，夜幕降临。洛清漪收到时鸢的微信消息赶过来时，看见桌上的红酒瓶已经空了。

包间沙发上，时鸢歪坐在那里，白皙的脸颊爬上一抹绯红，双眼迷离失神，不知道在想什么。

"这一瓶都是你喝的？怎么了？借酒消愁？那个裴董事长不同意你和裴总在一起？"

时鸢反应好几秒，才慢吞吞地摇头，说道："裴董事长很好……"

明明她才是最坏的那个。

洛清漪的屁股一挪，坐在她旁边，细声细语地哄道："那发生什么了？你不跟我讲，我怎么安慰你？"

时鸢吸了吸鼻子，目光涣散，慢吞吞地问道："如果有一个对你很好很好的人，你却让他很难过很难过，要怎么办……"

说完，她又自顾自地垂下眼，目光黯然失神。

"那你就更要加倍地对他好呀。"

刚答完这句，洛清漪一低头，就看见时鸢不知道什么时候已经闭上眼睛睡着了。她的呼吸均匀，醉得有些不省人事。

洛清漪抿了抿唇，一个念头在心里逐渐成形，果断地从包里掏出手机。

电话接通得挺快，洛清漪扫了一眼沙发上醉倒的人，大大咧咧地开口道："裴总，你老婆喝醉了。有空来接人吗？"

半个小时后，裴忌推开包间的门，看见桌上空了的酒瓶，神色一瞬间冷下来，问道："怎么回事？"

洛清漪连忙举手以示清白，回答他："我真的不知道，我来了就是这样了。"

裴忌走过去，在沙发旁蹲下。

时鸢刚刚被吵醒了，此刻眼睛半眯着，双颊酡红，卷翘的睫毛垂下，姿态乖巧得不行。

男人的神色没缓和半分，沉声问她："醉成这样，知不知道我是谁？"

时鸢盯了他一会儿，眼睛弯起来，透出些平日里不常见到的娇憨："裴忌……认出来了……"

他轻嗤一声："还算有良心。"

她眨了眨眼，忽然朝他伸出手，嗓音软软的："抱抱……"

裴忌的动作微不可察地一僵。

一旁的洛清漪也傻了一秒，原来喝醉了的时鸢居然这么主动？

她觉得自己此刻简直比屋顶的电灯泡还要亮个好几百瓦，现在应该自觉点儿把眼睛挖了。

相比之下，裴忌的神色看起来还算淡然自若。

他垂眸看了她半晌，才无奈地轻叹一声，问道："非要现在？"

时鸢慢吞吞地点了点头，迷蒙的眼神中透露着坚定不已："嗯……现在就要……"

下一刻，她就被人拦腰抱起。男人的怀抱宽敞温暖，带着些淡淡的烟草味，气息清冽好闻，是她熟悉的让人安心的感觉。

时鸢下意识往他的胸口蹭了蹭，心满意足地舒展眉眼，像只餍足的小猫。

"我先带她回去了。她的包麻烦递给我一下。"

洛清漪反应过来，连忙把沙发上时鸢的包递给他。

"谢谢。"

等裴忌抱着时鸢出了门，洛清漪长吁一口气，心里又隐隐有些激动。

她一转头,就看见沙发上躺着一样东西,好像是刚才从时鸢包里掉出来的。

她定睛一看,看清楚了那是什么后,瞳孔瞬间放大,很没形象地爆了一句粗口。

完了。

第十三章
那就别再丢下我

窗外,月明星稀,夜晚和煦轻柔的微风顺着玄关下的门缝轻轻地挤进来,却吹不散空气中交织缠绵的热烈。

醉意侵蚀的同时,她被禁锢在男人滚烫的气息里,脑中越发混沌浮沉。

就在时鸢觉得自己快要窒息前,他的双唇才终于离开。

裴忌胸前的领口被她攥出了几丝褶皱,凌乱不羁,那双向来深沉冷然的眸里也染上几分意乱情迷。

冰凉的腕表贴在她的肌肤上,也逐渐升温起来。

突如其来的失重感袭来,时鸢陡然清醒了一下,紧接着就被他稳稳地抱进怀里。

裴忌抬手,把人从柜子上稳稳地抱进怀里,抬脚朝卧室的方向走去。

她懒懒地靠在他的肩膀上闭着眼,气息还是急促的。由于刚刚缺氧,她的眼睫上沾了些晶莹的泪花,唇瓣微微红肿,覆着一层薄薄的水光,诱人至极。

"怎么还学不会换气?"

她不满地呜咽了一声,在他怀里轻轻挣扎了一下。

裴忌又低头去吻她的耳垂,压低声音问:"再教你一次?"

他炙热的目光紧紧地盯着她,里面仿佛跳动着火焰。

时鸢强迫自己别被他的眼神蛊惑,闭了闭眼,颤声道:"裴忌……我有话要跟你说……"

男人的嗓音喑哑,染着些平日少见的温柔:"说。"

大概男人在这种时候都格外好说话。

裴忌手下的动作没停,从她的衣摆伸进去,顺着她光滑的背脊缓缓往上,摸到她的衣扣。

掌心所及之处,寸寸肌肤像是过了电一般,引得她微微战栗,下意识抓紧他的手臂，一滴泪水从眼角滑落，滴在他的手背上。

"其实……你当时送我的那条手链，我没扔……"

裴忌的动作一僵，俯下身亲了亲她的眼尾，透着些不易察觉的温柔。

"扔了也没关系，哭什么？"他最见不得她掉眼泪。

没想到，他话音一落地，时弯的眼睛更红了。

她真的醉得厉害，脑子里一会儿出现几年前他离开时冰冷的背影，一会儿又被眼前的画面替代，她甚至都开始分不清现在究竟是梦境还是现实。

直到他的动作缓缓往下，触碰到薄薄的那层。

裴忌的呼吸一窒，脸色忽然变得喜怒莫辨。

他沉沉地合上眼，又睁开，额头上已然沁出一层薄薄的细汗，手背上的青筋凸起，脉络分明。

他的语气阴沉沉的，每个字都仿佛是从齿关挤出来的："来例假了？"

罪魁祸首眨着一双水雾蒙蒙的眼睛，眼神茫然又迷离地看着他，完全意识不到自己惹了多大的事情。

被她这么盯着，裴忌那股火都不知道该往哪儿泄。

没办法。他俯下身，惩罚性地在她的嘴角轻咬一下，语气恶狠狠地说："我是不是上辈子欠你的，嗯？"

回应他的只有浅浅的呼吸声。

裴忌深吸一口气，重新帮她把扣子系上，理好衣服。

"肚子疼不疼？"

她慢吞吞地摇了摇头，又点点头，也不知道到底是疼还是不疼。

也许是因为这天喝了酒，她的脸色不似往常来例假时那般毫无血色。

裴忌无奈，从床上起身去厨房给她倒热水，娴熟地煮红糖水。

等他端着杯子回来时，床上的人已经睡熟了。她闭着眼，卷翘的睫毛安静地垂着，气息平缓而均匀。

折腾了他一通，她倒是安安稳稳地睡着了。

裴忌揉了揉眉心，烦躁地起身，抬脚走进浴室。

半个小时后，哗啦啦的水流声停止，他回到床上，动作自然而然地将人抱进怀里。

她寻到温暖的地方，下意识地往他身上贴了贴。

裴忌身上的肌肉再一次紧绷起来，眉心都跟着跳了跳。

半个小时后，浴室再次响起水声，裴忌一夜无眠。

次日清晨。

一缕阳光透过窗帘的缝隙照射进来，给冷色调的房间镀上一层温暖的光芒。

宿醉过后，时鸢在头痛欲裂中醒来。意识渐渐回笼，她的头还有些发晕，直到看清周围的环境，才猛然清醒过来。

时鸢深吸一口气，昨晚的记忆铺天盖地地袭来。

有当着洛清漪的面，要裴忌抱她的……

还有昨晚，他在玄关压着她……

然后呢？后来怎么了？时鸢浑身一僵，忽然想到什么，猛地从床上爬起来。

她赤脚站在地上，小心翼翼地掀开被子。

果不其然。

深灰色的床单上，一抹暗色静静地印在上面。

时鸢瞳孔一缩，倒吸一口冷气，完了……真的弄到床上了。

就在她傻站在原地不知所措的时候，卧室的门忽然被人打开。

裴忌一边系着袖口，一边抬脚走进来，看向她，温和道："醒了？"

时鸢吓了一跳，做贼心虚地把被子盖了回去。

昨晚的画面又不受控制地出现在脑海里，烧得她的脸直发烫。

裴忌权当没看见她欲盖弥彰的动作，视线扫了一眼她赤着的脚，蹙了蹙眉，说道："把拖鞋穿上。"

时鸢默默地穿上鞋，也不知道他刚刚看没看见床上的"案发现场"。

她羞得简直想死，只想直接找条地缝钻进去。

不过时鸢决定先发制人。她清了清嗓子，控诉道："你昨晚怎么不叫醒我……"

醉成那样，她连换卫生巾的事情都忘得一干二净。

裴忌挑了挑眉，语气平静坦然："如果你愿意，下次我可以直接帮你换。"

那还是不必了。

见她不说话了，裴忌一边系着领带，一边抬脚朝她走过来，似笑非笑地盯着她。

他漫不经心地说："昨天还抱着我不撒手,今天就翻脸不认人了?"

闻言,时鸢瞬间瞪大眼,难以置信地看着他,红着脸否认:"我哪有……"

她哪有抱着他不撒手?

没想到下一刻,裴忌又神色认真地补充道:"你不仅抱了我,还亲了我。"他淡淡地问,"不打算认账?"

时鸢轻咳了一声,强装镇定地说道:"我昨晚喝醉了,不记得了……"

裴忌轻笑一声,神色忽然变得意味不明。他的目光慢条斯理地扫过她的唇,说道:"需不需要我帮你回忆一下?"

话音未落地,时鸢忽然踮起脚。

他长得太高了,她踮起脚,也只够亲到他的下巴上。

一个如羽毛般轻扫过心尖的吻落下,引得他的指节轻轻地蜷缩了一下。

她紧张得眼睫轻颤。她轻声道:"我记得。"

果然,清醒着主动比喝醉之后主动要难多了。

裴忌垂眸盯着她,喉结轻滚,忽然出声问:"老爷子都跟你说什么了?"

让她忽然变得这么主动。

时鸢一愣,下意识地摇头否认:"没说什么……"

可她真的不太会撒谎。

迎着裴忌探究的目光,时鸢咬紧唇,心一横,干脆仰起头,不躲不闪地看着他。

她张了张唇,低声说道:"他说……你很喜欢我。"

裴忌挑了一下眉,深邃的目光定定地望着她。

时鸢忽然被他的视线盯得有些难为情,刚在脑子里打好草稿的话一时间全部忘干净了。

他忽地勾了勾嘴角,语气颇为傲娇:"这还用他说?"

闻言,时鸢一怔,宿醉后的太阳穴还在隐隐作痛,乍一下没反应过来他的意思。

过了两秒,她睁大眼睛,紧接着,唇瓣被人轻轻含住。

不似昨晚在玄关那样急不可耐,这次他似乎只是浅尝辄止地轻吻,清洌好闻的气息缓慢地渡进她的口腔里,周围的空气仿佛都被尽数抽离。

他不喜欢用说的，只喜欢用做的。

时鸢觉得自己应该还没完全醒过来，否则她为什么一大早起来又晕乎乎的，脚像是踩在云端上似的，碰不着地？

冰凉的触感贴在她的雪颈上，是他的腕表。

她好像很少见到他在她面前摘下手表……然而眼前的状况并没有给她机会继续思考这个问题。

幸好是白天，裴忌还依稀记得"克制"两个字怎么写。

他直起身抽离出来，神色恢复了平日里的冷淡，嗓音里尚存一丝沙哑："出来吃饭。"

这人变脸比翻书还快。

"哦……"

下午三点，《沉溺》片场。

时鸢刚拍完一场戏，收工回到休息室里，桌面上的手机便响个不停。全是微信语音消息，是洛清漪发来的。

时鸢随手点开一条播放，手机里立刻传出洛清漪悔恨的声音："昨晚我打电话给裴总，他刚过来把你带走，我就发现你包里的卫生巾落在沙发上了。我就知道，完蛋了。"

倒也不必这么遗憾。

语音顺势播放下一条："我刚刚听说了一个相当离谱的消息，季总好像要和温书莹订婚了。"

时鸢一愣，回了一个问号。

洛清漪秒回："你没听错，就是那个温书莹。"

时鸢皱了皱眉，指尖轻触屏幕，打字回复："他们怎么会……"

"很突然吧？我听到的时候也吓了一跳。但想想也是，温书莹是温氏地产董事长的独生女，论什么豪门联姻家族振兴，在他们上流圈子里应该确实是挺吃香的。"

时鸢问："是豫星娱乐最近出什么问题了吗？"

"应该没有吧，我没听说呀。"

时鸢放下手机，随手在化妆台上拿起一支口红，拧开盖子。

这时，蒋清从外面推门进来，探头探脑地说："时鸢姐，摄影棚外面有一个人在等着，他说他认识您，叫慕思远。"

啪——

时鸢手中的口红摔在地上，刺眼的颜色在光洁的地面上晕开。

等候室里，时鸢抬脚走进去，就看见慕思远坐在那里，神色吊儿郎当的，五官紧凑在一起。和几年前一样，让人讨厌。

看见时鸢进来，慕思远慢悠悠地从沙发上站起来，惊艳的目光落在她身上，让人有些不适。

他笑眯眯地开口说："大明星，好久不见了呀。"

时鸢抿紧唇，没有答话。

慕思远揉了揉脖颈，看着她又笑道："怎么？大明星现在不认得我了？"

她的目光淡淡的，终于出声问："你怎么会在这儿？"

"当然是来找老同学叙叙旧了，看把你紧张成这样。"

时鸢神色冷淡，转身往外走："出去说吧。"

摄影棚里不是说话的地方，时鸢找了间咖啡厅的私密位子坐下，点了两杯咖啡。服务生抱着菜单离开，只剩下他们。

慕思远打量的目光在她身上来回扫了一圈儿，哼笑着道："还真是红气养人，越来越漂亮了。"

她抿紧唇，神色冷淡地说："你来找我只是为了说这些吗？"

时鸢很少用这种态度对待人。

除了她极为讨厌的人，而慕思远就是这极少数里的其中一个。

见她的态度冷漠，慕思远也不意外，毫不在乎地一笑，语气熟稔得仿佛真的是多年未见的老友一般。

"看你，我这不就是来找你叙叙旧吗？都这么久没见了。过几天是我爸的忌日，我这个做儿子的，当然得回来祭拜他老人家。"慕思远意味不明地盯着她，继续说，"倒是你，我可看见新闻了。"

他不怀好意地说："和杀父仇人的儿子搅和在一起，你还有颜面回南浔吗？"

慕思远唏嘘了两声，又说："你说，裴忌那个亲爹当年不做人事，工厂出了问题,让下面的人背锅,结果两个人的命都搭了进去。"

时鸢摩挲着咖啡杯壁的指尖隐隐泛了白。她顿了顿,抬起眼,向来温柔的眼眸里覆上一层薄薄的寒意,说道:"慕思远,我爸爸他是为了救你的父亲才去世的。"

"是,你爸是个见义勇为的好人没错。但如果不是因为裴忌他爸做了手脚,要我爸和你爸帮他顶罪,我爸也不至于走投无路,才会一把火烧了工厂。归根结底,这些都是因为谁?"慕思远紧紧地盯着她,冷笑一声,"我不信,你真的能心无芥蒂地去跟裴忌这个杀父仇人的儿子在一起!你还有良心吗?对得起你爸的在天之灵吗?"

此话一出,时鸢握着杯子的指尖微微发抖。

她的脸色无比苍白,重重地合上眼,脑海里却不受控制地浮现出几年前的画面。

那天,明明是生命中极其平凡的一天。

家里的电话忽然响起,电话那头的人仿佛很急,听得人心焦。

时鸢接起电话,对面传来那道熟悉的声音。

电话里很吵,有噼里啪啦的声响,像是有什么在燃烧沸腾,几乎要吞噬掉父亲的说话声。

他的声音一如既往宽厚温柔,却虚弱无比,仿佛已经是生命的最后一刻,用尽了所有的力气,给她打了最后一通电话。

他只说了一句话:"鸢鸢,别哭。爸爸爱你。"

她甚至还没有机会开口,电话就被切断了。

再后来,她见到的,只有一具冷冰冰的、烧焦到完全辨不出模样的尸体,等着她去认。

那个摸着她的头,笑着叫她"鸢鸢"的男人,真的不在了。

她的天塌了,家没了。得到消息后,奶奶因为承受不住白发人送黑发人的打击,也倒下了。

而这一切,都是因为那个叫裴岳林的男人。

直到她亲眼见到那个男人出现在裴忌的家门口,原来他就是裴忌的亲生父亲。

那天晚上,时鸢彻底崩溃了。父亲去世,奶奶重病,接二连三的变故,任何一件事情都能够轻而易举地将她击垮，可她不能倒下。

心里有道声音一直在说："恨他吧。"

这样她正在经历的所有痛，所有无法承受的情绪，或许就能找到一个宣泄的出口，让自己好过一些。

她想用最恶毒的言语把他赶走，至少让他体会到她现在万分之一的痛苦也好。

可当她真的面对裴忌的时候，却怎么都做不到。

她会忍不住问自己，他又做错了什么呢？

他又凭什么要替那个人承受她的恨意？明明他才是最无辜的。

所以，在裴忌被慕思远那群人逼着跪下的时候，她根本做不到袖手旁观。

她把他拉起来，看见他了无生气的眼睛，人生中第一次打了他一巴掌。那天她才知道，其实他承受着的痛，一点儿也不比她少。

她想打醒他，想让他别再去听那群人的话。他不该是这样的，不该为了背负别人的罪而生活。

时鸢始终学不会该怎样说服自己去恨他。

直到现在，也是如此。

时鸢收起思绪，深吸一口气，忍耐着心口的那阵疼痛，抬起眼，目光重新变得清明而笃定。

她看着慕思远，坚定地说道："这些和裴忌没有关系。他没有做错任何事情，也不需要对任何人负责。我爸爸出现意外是因为救人，这点你比我更清楚。"她顿了顿，缓缓地说道，"我爸爸从小就教我，怎么明事理、辨是非，而不是遇到事情就只会一味地把怨恨迁移到别人身上。我相信，他也不会把这件事情怪在裴忌身上。"

慕思远没想到她的反应跟他预料的完全不一样，一时气结语塞："你……"

他气笑了，然后说道："你们时家人还真都是菩萨心肠。看来你还真是和当初一模一样，拼了命也要护着他，他心里应该还恨着你吧？不知道你当初……"

她冷声打断他："慕思远，你当初提出的要求，我答应了。但我希望你也可以履行你自己的承诺。"

说完,她便拎包起身。

再跟他多说半个字,时鸢都觉得是在浪费时间。

等她的背影消失在门口,慕思远低咒一声,把藏在身旁,正在通话中的手机拿起来。

通话时长十三分四十六秒。

"季总,您都听见了。我真是尽力了,谁让她这么油盐不进……"

对面没有传来任何回应,下一秒,电话就被挂断。

挂掉电话,季云笙回到餐桌上,掩下眼底那抹阴郁之色,面上再度恢复往日的云淡风轻。

他看向对面的女人,温和一笑道:"抱歉,刚刚那通电话有点儿急。"

温书莹也浅浅地笑了笑,柔声道:"没关系。"

"温小姐,我想我刚刚说的,或许你可以考虑一下。豫星娱乐可以成为温氏进入娱乐圈最好的助力,反之亦然。"

闻言,温书莹安静了片刻。

季云笙说得没错,她心里也十分清楚,这场相亲局不过是走个形式而已。

她哪有什么选择的权利?

除了学舞这件事情是她喜欢的,但也不过是为了将她这个商品包装得更好;参加"舞蹈新星"这档节目,也是为了替温氏以后进军娱乐圈铺路。

她想要的,无外乎都得不到。既然如此,嫁给谁好像也无所谓了。

温书莹拎着包起身,冲他微微一笑道:"我回去会和父亲认真聊一聊,谢谢季总今天的晚餐。"

他忽然开口叫住她:"稍等一下,温小姐,我还有些私事想和你聊一聊。"

温书莹回眸。灯光下,男人的面容斯文清俊,光影折射在镜片上,让人看不清他眼中的神情。他的唇边噙着温和的浅笑,慢条斯理地问:"你的姐姐,是温书绮医生吗?"

次日中午,阳光刺眼。

温书莹从电视台里走出来,站在路旁拦车时,从包里翻出手机。

输入那串号码后,她犹豫了一下,还是将短信发了出去:"时小姐,有空聊聊吗?我是温书莹。不会耽误你太长时间,是关于他的,我想你应该会感兴趣。"

半个小时后。

咖啡厅最隐秘的卡座里,温书莹轻抿一口咖啡,就听见一阵脚步声越来越近。

她微笑着抬头看向来人,毫不意外地说道:"我就知道你一定会来。"

时鸢在她对面坐下,语气平静道:"有什么话就直说吧,我一会儿还有事。"

温书莹淡淡一笑,把手里的咖啡杯放下。

"你知道吗?其实我很早以前就听说过你的名字。不是在网络上,也不是在老师那里,而是在我姐姐的办公室里。"

闻言,时鸢猛地抬眼。

看见她的反应,温书莹弯了弯唇,说道:"看来你真的不知道。"她缓缓道,"我的姐姐是一名很出色的心理医生。几年前,我偶然去过一次她的办公室,那是我第一次见到裴忌。"

时鸢顿时一愣,一股没由来的慌乱忽然在心头蔓延。

温书莹低下头,从身旁的包里翻出一份文件,放到她面前。

看清最上面的两行字,时鸢的呼吸一窒。

患者姓名:裴忌。

确诊疾病名称:躁郁症。

她一直猜测他一定有什么事瞒着她。

可无数种可能里,面前铺开的真相无疑是她最不想看见的。

她颤抖着手,翻开那份文件。

温书莹缓缓地说道:"我偷看了姐姐办公桌上的资料。这种心理疾病的形成有很多诱因,比如童年时期遭受虐待,长期形成压抑的心理状态。尤其是受到重大打击或者刺激时,病情会更容易复发。我想你应该比我更清楚,当时究竟发生了什么。"

时鸢的目光缓缓地扫过报告上的一行行字。她瘦弱的身子摇摇欲坠,指尖越来越抖,几乎要将那张薄薄的纸页捏到变形。

直到最后一行字在她的眼前逐渐变得模糊不清。

她的心口像是突然被人插进了一把利刃，一下又一下，刺得她鲜血淋漓，刺痛蔓延全身，然后被抛进冰冷的海水里，刺骨的寒冷铺天盖地地吞噬了她。

患者姓名：裴忌。

确诊疾病名称：躁郁症。

....

——曾自杀未遂。

车窗外，夕阳被城市里鳞次栉比的高楼遮掩得七七八八，割裂成一缕缕橙色的虚光，晕染在她白皙的脸上。

"时鸢。"没听到回应，洛清漪又提高了些音量唤她，"时鸢！"

时鸢终于回神，收回目光朝她看去。

看着她略微苍白的脸色，洛清漪皱着眉头，担忧道："你怎么了？从刚刚出来的时候就看你魂不守舍的，是不是那个温书莹又作妖了？她约你出来说什么了？"

时鸢笑了一下，摇头道："没什么。"

可她看上去哪像没事的样子。

洛清漪的眉头皱得更深，刚想开口追问，就被急促响起的手机铃声打断。

她只好先接起电话。

听见那头的话，洛清漪猛地瞪大双眼："你说什么？！傅斯言出车祸了？"

时鸢一愣，侧头看向她。

"好，我知道了。"

挂断电话，洛清漪叹了口气，揉了揉眉心，对时鸢说道："刚出的事，傅斯言从机场出来后出车祸了。不过还好，状况不严重，没有生命危险。但人住院了，腿受了点儿伤，《沉溺》剧组这边的拍摄可能要暂停几天，你们剩下的对手戏暂时拍不了了，得等人痊愈了再说。"

时鸢听见洛清漪说车祸不严重，才缓缓地松了一口气，说道："看看什么时候能探望，你替我去看看吧。"

"你怎么……"

"还有,把最近一周剩下的通告都推了吧。"时鸢顿了一下,语气平静地说,

"我爸的忌日快到了。"

洛清漪张了张嘴,才懊恼地一拍脑袋。

该死,她怎么把这么重要的事情都给忘了。

洛清漪没再深想时鸢突然要回南浔的原因,只当是为了父亲的忌日。她又问:"那我现在让蒋清帮你订机票。什么时候走?"

时鸢抬眸望着窗外飞驰而过的景色,轻声道:"就今晚吧。"

洛清漪惊讶地问:"这么着急?"

"嗯。"越快越好。

时鸢发现,其实她并没有自己想象中的坚强。

她需要短暂的时间逃离所有的情绪,找到一个可以独处的空间,不会被任何外界的声音影响,好看清自己的心。

与此同时,北城某高级私人会所。

二楼尽头的包间内,两个男人相对而坐,皆是极为出众的容貌,极具压迫感的气场也是不分上下。

其中一个男人面容英俊清冷,举手投足间都透着一股沉稳尊贵之感,让人望而却步。

等着裴忌看完合同,傅北臣才淡淡地开口说:"裴总,这份修改后的合同已经是傅氏能给出的最好条件。"

裴忌挑了挑眉,放下手里的合同,漫不经心地说道:"傅总的诚意我看见了,但我认为这个项目的投资,傅氏应该可以做到再让利一个点。"

他勾起嘴角,语气笃定地说:"论投资,我的确不如傅总专业,但多多少少也懂一点儿。再让一个点,傅氏也是稳赚不亏,等到下个季度股价上涨,握着这个项目,净收益最少会翻三倍。"

闻言,傅北臣微微眯起眼,目光暗了几分,没有说话。

局面陷入短暂的僵持中。

一个点,三十亿的利润,裴忌说要就要,态度又嚣张至极。

敢在傅北臣这里狮子大开口的,恐怕整个北城也找不出第二个人来。

霎时间,包厢里一片安静,两个人都在不动声色地试探着对方的底线,直到裴忌手边放着的手机忽然振动。裴忌瞥了一眼屏幕,神色一凝。他拿起手机，目光快速地扫过短信里的那几行字，周身的气压忽然低了下来。

傅北臣注意到他的神色变化，抬头说道："如果裴总有急事，合同可以改天再签。"

裴忌拎起西装外套起身，说了一句"抱歉"。

傅北臣慢条斯理地理了理衣襟，心情很好地说："没事，正好我太太也在催我回去。"

他是故意这么说的，毕竟他和裴忌还存在本质区别。他的太太的确在催他回家。

反观裴忌，从刚刚他看见短信之后的表情变化就不难判断发生了什么。

估计是老婆跑了，所以傅北臣深表同情。

看见裴忌这么快就出来了，周景林讶异不已。

"裴总，我们现在……"

男人脸色阴沉，弯腰上车，冷声说道："去机场。"

傍晚，正是晚高峰，通往机场的路段更是分外拥挤，整条路上都是停滞闪烁的车尾灯，无端让人觉得心慌而压抑，却无能为力。

后座，男人低着头，手机屏幕散发出的光芒映照出他的面容，时鸢的短信已经被他翻来覆去地看了无数遍。

"裴忌，我回南浔了。从我们重逢开始，我一直在逃避。因为我不知道，如果我们再继续纠缠下去，到底是对还是错，又会不会让你以后的生活都笼罩在曾经的阴影当中，这是我最不想看到的结果。所以在一开始，我一次又一次地推开你，逃避着自己的心。我宁愿我们一辈子不见，至少你可以过着崭新的生活，不必再回想起当初的一切。

"从父亲离开的那天开始，我就变得自私又懦弱。我总是会很自大地认为，至少我可以努力让身边的人过得不那么痛苦。所以我做出了很多一意孤行的决定。但事实证明，我错了。而被我当初的自以为是伤得最深的人，是你。

"我知道，你承受的痛苦不比我少一丝一毫，可无论我推开你多少次，你还是会努力地朝我靠近。曾经我所做过的、自以为正确的每一个决定，都成为刺在你身上的利刃。裴忌，对不起。比起不知道该怎样面对你，我更不知道该怎样面对我自己。所以，给我一点儿时间吧，让我自己想清楚，也不要来找我。等我真正变得勇敢起来,我会倾尽所有去爱你。

"好好睡觉,好好吃饭,不要发脾气。还有,等等我。"

裴忌读完最后一个字,眼睛早已变得通红,胸膛中沉寂已久的所有负面情绪,此刻纷纷肆无忌惮地叫嚣起来。

他拼命隐藏的心理缺陷,不想让她得知的阴暗面,她都已经知道了。

他从来不是一个健全的人,从幼时开始,他就在扭曲的家庭环境里长大,从没有人真正地关心过他。他不懂爱是一种怎样的情感,也不知道该怎样去爱一个人。日复一日中,他唯一理解的感情只有恨。

是因为她的出现,他遵从本能,才明白了"爱"这个字究竟代表着什么。

所以那天,她跟他说,她其实从来没有爱过他,才会击溃他一直以来平静的伪装。长期以来压抑着的情绪,从他离开南浔、离开她之后,更加疯狂地侵蚀着他的心智。

一道声音一直在他的脑海里叫嚣,不停地说着:"恨她吧。她比他那个从没养过他一天的父亲和靠折磨他来发泄怨恨的母亲还要残忍。她教会了他爱,又告诉他她从未爱过他。"

他知道自己有病。

否则为什么,明明恨她恨进了骨子里,却始终不敢做出任何伤害她的事情,复杂又矛盾的感情无从宣泄,他只能用自虐这一种方式。最极端的那次,他差点儿就没命了。

那次他到底是依靠什么活下来的,他自己也不记得了。或许是恨,或许是爱,又或者两者都有。

如果他死了,恐怕就真的再也见不到她了。

一个又一个辗转难眠的深夜里,他靠着这个念头,撑过无数次濒临崩溃的边缘。几年里,无数的药物和心理治疗终于渐渐有了些效果。他发病的次数越来越少,尤其是和她在一起的时候。

裴忌记得自己好像已经很久没有再用那些稳定情绪的药物。

此刻,他的手在发抖,从车上的扶手箱里摸出一个药瓶,从里面倒出两片吞下。

他手背的青筋暴起,目光紧紧地盯着屏幕上的最后一行字。撕裂的意识终于一点儿一点儿地回笼,眼底的阴霾以缓慢的速度逐渐消失。

他要冷静下来,要清醒,要等她。

直到天彻底黑了下来,拥挤的道路才渐渐疏通开来,重新恢复畅通无阻。
透过后视镜,周景林看着后座上的男人。他的神情已经恢复得极为平静。
周景林小心翼翼地开口问:"裴总,现在还去机场吗?"
他低沉的嗓音在车厢里响起,有些沙哑,冷得让人心惊。
"去查她今天都见了什么人。"他说。
周景林愣了一下,连忙应下:"好的。裴总。"
二十分钟后,周景林终于挂断电话,神情微微严肃起来。
他转头,看向裴忌,说道:"是温书莹温小姐。"

温书莹早就猜到这一刻会到来。
从去找时鸢前,她就预想过一切可能会发生的结果。
裴忌的怒火不是一般人能承受得住的。
可她还是这么做了。不仅仅是因为季云笙的教唆,更多的是因为她狭隘自卑的心理。
时鸢,她凭什么?她究竟有哪点好?值得他为她死,也为她活。
温书莹深吸一口气,看向面前的男人。
他面容冷厉,眼中充斥着骇人的戾气,看得人通体生寒。
裴忌居高临下地看着她,声音里辨不出任何情绪,却更叫人心惊胆战:"我记得我警告过你,别再去招惹她。"
温书莹自嘲地勾了一下嘴角,说道:"裴忌,我做这些都是为了你。"她的笑容苦涩,又说,"她到底有哪里好?她只会让你越来越痛苦,你为什么就是不能看看我……"
裴忌冷笑一声,厉声道:"你也配和她比?"
闻言,温书莹的脸色煞白。
他深邃的目光紧紧地盯着她,极强的压迫感顷刻间袭来,神色晦暗。
"是季云笙让你去找她的,对吗?"
闻言,温书莹的眼睫一颤,下意识地屏住呼吸:"你想做什么?"
他抬脚往外走,闻言,停住脚步,转过头看她。

男人缓缓地扬起嘴角,笑意却不达眼底,声音低沉:"很快你就会知道了。"

夜里下了一阵小雨,次日清晨,雨水顺着古镇的粉墙黛瓦滴落在窗台上,厨房的窗户开着,灶台上的砂锅冒着泡,热气氤氲,烟火气顺着窗沿飘出。

见汤熬得差不多了,时鸢关了火,动作熟稔地将锅里的鸡汤倒进保温桶里,拧上盖子,准备换鞋出门。

这是她回到南浔的第四天,小城的生活平淡而安宁,不似城市里的浮躁喧嚣,生活的节奏也跟着慢了下来。

不需要凌晨起床坐飞机赶通告的日子里,她可以起得晚些,慢悠悠地去菜场买菜,下午再将炖好的汤送到医院去,陪奶奶在医院楼下散散步,日子变成了简单的三点一线。

这天,从医院出来,时鸢步行去了附近她常去的一家书店。

她推开门,门口挂着的风铃叮当作响,淡淡的咖啡香氤氲在空气里,动人的歌声静静地流淌。

书店的老板娘是一位成熟而美丽的女人。时鸢听说,她也曾经在北城生活过一段时间,最终不知道为什么还是选择回到了这座小镇。

此刻,老板娘端着一杯刚煮好的咖啡,放到时鸢手边,问道:"今天又是刚从医院出来?"

时鸢笑着点了点头,老板娘看见她手里正在看的书,忽然感慨道:"我发现你还真是爱看这一类的书,看完多叫人难过呀。我看完这本哭了好久。"

时鸢合上手里的书,看着蔚蓝色的封皮上印着的书名——《人间告白》。

讲述的是一个女人与恋人在年少时结识,相知相恋,从校服到婚纱,再到拥有了爱情的结晶,生活恩爱美满。直到某一天,丈夫被查出身患绝症,幸福的生活被打碎,生命也只剩下短短三个月时间。

人生中最痛苦的事情,不是生离,而是死别。

她垂下眼,弯了弯唇,赞同道:"确实有些难过。"

老板娘笑道:"人生多短暂,一眨眼就过了。谁也不知道下一刻会发生什么,所以才更要珍惜和爱人在一起的时候。"

时鸢怔怔地出神。

书店内安静下来，只剩下一道温柔动听的男声静静地吟唱着，从音响里流泻出来，气氛静谧而美好——

一生好短，一瞬好长。

我们哭着醒来又哭着遗忘。

幸好啊，你的手曾落在我肩膀。

尽管岁月无声，流向迟暮。

他会让你想起，你的归途。

不知过了多久，窗外再次下起了淅淅沥沥的小雨。老板娘坐在窗边，手托着下巴，看着窗外的景色，轻声道："外面的雨又下起来了呀……"

时鸢回过神，匆匆将书放进包里，和老板娘道了个别便走了。

院子的窗台上还有她种好的香雪兰，她出门前忘了做防护措施，这一场雨下完，恐怕就被摧残得什么都不剩了。

然而，等时鸢冒着雨用最快的速度冲回家时，看见眼前的场景，脚步忽然顿住。

雨水顺着屋檐簌簌落下，窗沿外摆放着的花盆上方不知何时被支起了一个简易的木架，一件黑色的西装外套搭在上面，替还未来得及盛开的花苞阻挡住外界的一切风雨。

她愣住，心口像是被割裂出一道小小的缝隙，空落落的地方呼呼地刮着风，雨水渗进里面，掀起了惊涛骇浪。

等她反应过来时，已经跑了出去。

细密的雨幕里，时鸢急切地四下张望，却没有看见那道熟悉的身影。

因为她说，她需要几天时间独自冷静消化，所以他才不敢出现在她面前吗？

她垂下头，看着手里这件熟悉的西装外套，心尖上泛起密密麻麻针扎一般的疼痛。

就在时鸢身后不远处，一辆不起眼的黑色轿车安静地停在那里。

男人坐在后排，身上的白衬衫被雨水浸湿，紧紧地贴在身上，有些狼狈。

他沉默地望着窗外，视线紧紧地跟随着门口那道纤细瘦弱的身影，眼中藏匿着隐忍和克制的情绪。

直到那道身影彻底消失在视野里,他才收回目光。

裴忌合上眼,嗓音喑哑地说道:"走吧。"

次日,雨过天晴,小镇终于迎来一个阳光明媚的好天气。

这几天闲来无事,时鸢已经开始物色合适的地方,准备用来当作舞蹈室装修。

她走了几处,最终还是定下来一间离家最近的,当场就签好了合同。

回家的路上,时鸢绕路到市场,把次日忌日要用的东西都买好。

路过常去的摊位,一个慈眉善目的老人叫住时鸢:"哎,时丫头,等等。"

时鸢闻言转身,茫然地问:"还有事吗?柳奶奶。"

"啊,就是我前两天晚上,路过你家院子门口的时候,看见有一个男人一直在外面站着。"

时鸢顿时愣住。老人家平时不关注网络,只担心时鸢是不是遇到坏人了。但一想到那个男人的长相和气场,又总觉得不太像。

柳奶奶又关心道:"我不放心,这才想着跟你提一嘴。你要是不认识那个人……"

时鸢回过神,连忙说道:"认识的。"她垂眸,嘴角勾起一抹苦涩的笑,"谢谢您告诉我。"

柳奶奶递过一包青菜,和蔼又爱怜地看着她,说道:"哎呀,既然认识的话就没事了。这把小青菜你拿着,新鲜的,正好回家煮汤喝。"

"谢谢奶奶。"

回家的路上,时鸢路过家旁边的花店,订了一束花,和老板约定好次日来取。

临出门前,花店老板忽然叫住她,从身后拿出一束打包好的薰衣草递给她。

老板笑容真诚地说:"哎,姑娘,我们最近店庆,来店订花的顾客都会赠送一束。"

时鸢怔了一下,看着面前那束淡紫色的小花,犹豫了一下,还是抬手接过。

花香沁人心脾,她笑着道谢:"谢谢。"

她知道薰衣草的花语,也知道他的心意。

半个小时前,花店内,门口挂着的风铃响起。

老板循声抬头,看见一个西装笔挺的男人走进来。

来人容貌出挑,老板下意识地多看了两眼。

他挑了一束祭拜用的花束,结账时,目光落在柜台旁的薰衣草上。

老板见状,立刻热情地介绍起来:"这是薰衣草,今天上午刚到的货。花语也很好,是'等待爱情,永恒的爱'之意。"

男人付了钱,却没带走这束薰衣草,只让他随便找一个借口,把花送给下一个来预定次日的花束的人。

幸好,这束花终究还是等来了它的主人。

这晚,时鸢一夜好梦。

次日,闹钟准时响起,时鸢缓缓地睁开眼,关掉闹钟起床。

床头,昨天那束薰衣草已经被她养在花瓶里,摆在了床头,散发着淡淡的香气。

时鸢简单地收拾了一下,就去花店取了昨天订好的鲜花,动身前往墓园。

南方多雨,这几天细雨总是不断,昨天难得晴了一天,此时天空中再度积压了乌云,不知道什么时候又会落下几滴雨。

时鸢走到熟悉的墓碑前,一束鲜花静静地摆放在那里。

她微微愣了一下,很快便明白过来。

她弯了弯嘴角,俯身将自己带来的花束也放在旁边,再将祭拜的东西一样样拿出来。

"爸爸,我来了。"她的目光落在另外那束花上,眉眼越发柔和下来。

时鸢轻声道:"他应该已经来过了吧?爸,你知道吗,他真的是一个很好很好的人,和他的父亲完全是不同的人。"

她垂眸,嘴角带着浅浅的笑意,缓缓地说:"以前,我说想对着烟花许愿,他会把仙女棒点燃,递到我的面前。后来,他又为我放了一场烟花,开着飞机带我去看,让我许愿。每一次我遇到危险的时候,他都会第一时间出现在我身边。就像小时候,我在家里摔倒,你会第一时间把我抱起来那样。他会为了保护我,和全世界撒谎,说我是他的未婚妻。"

时鸢一件件地说着,猛然发现,似乎和他有关的一切记忆在脑海中都无比清晰。

"他还会偷偷地装成志愿者去照顾奶奶，明明是那么没有耐心的一个人，但还是会亲手给奶奶做那些玩具，哄她开心。"说着说着，她的声音染上哽咽，"可是，他这么好的人，却差点儿因为我……"

已经过了这么些天，时鸢还是不敢说出那两个字。

她只要一想起，就是钻心一样的疼痛。是因为她，他才又承受了那么多的痛苦。她自以为的为他好，反而害了他。

那天在咖啡厅里，温书莹看着她，说道："时鸢，你有没有想过你根本配不上他的爱？"

她答不上来，她也觉得自己配不上。明明伤他最深，又在享受他对她的好，那一刻，自责和矛盾几乎将她压垮，只要一想起就会一寸寸地凌迟她的心。

她不知道该怎样面对他，所以只能逃，可现在，她不舍得再让他等待下去了。

所有的支离破碎和遍体鳞伤，就让它彻底变成过往吧。

不知何时，天空中下起细密的雨丝，落在她的脸上，视线逐渐模糊不清。

发丝被冰冷的雨水打湿，狼狈地贴在脸颊，时鸢却浑然不在意。她望着墓碑，眼泪像断了线的珠子，顺着脸颊滑落。

她哽咽着，喃喃道："爸，我真的好喜欢他……"

忽然，一道低沉喑哑的嗓音在身后响起："有多喜欢？"

听见这道声音，时鸢顿时愣住，才发现头顶不知何时出现了一把黑伞，将外界的雨水遮挡得严严实实。

她缓缓地转过头，那道熟悉的身影站在雨幕中。

他打着伞，却把伞完完全全地朝着她的方向倾斜，任由自己被雨淋湿，也毫不在意。

他安静地望着她，额前的黑发被雨水打湿，有些狼狈地垂在额前，眼尾泛着红，幽深的眼里湿湿的，让人心疼。

对视的这一秒，时间冻结，世界里仿佛只剩下他们。

时鸢的耳边再也听不见别的声音，这几天积蓄在心底的复杂情绪在看见他的瞬间彻底决堤。

自责、思念、心疼，全部混杂在一起，找不到一个宣泄的出口。

她猛地抱住他,双手紧紧环住他的腰,泪水模糊了视线,哽咽得厉害。

"很喜欢……很喜欢。"她在回答刚刚的那个问题。

裴忌的身体僵了僵,缓缓地抬起手,回抱住她。他的力道很大,像是要把她揉进身体里一样。

他的喉结轻滚,顿了顿,说话的嗓音低沉而喑哑:"那就别再丢下我了。"

细雨初歇,医院楼下,草坪上挂满了晶莹的雨珠,在阳光的照射下闪着细碎的光,微凉的空气里混杂着泥土的清香。

长椅上,时鸢坐在那儿,目光落在不远处的两道身影上,夕阳将两道影子拉得很长。

老人坐在轮椅上,膝盖上盖着厚厚的毯子,上面还摆着几个小玩具。

男人蹲在那里,没有穿平日里严谨正式的西装,而是穿着米白色的针织衫,颜色干净而柔和。

夕阳的余晖笼罩在他的面庞上。

他侧过头,正认真地听老人说着什么,然后将手里的拼图块慢慢地拼给她看。

很快,老人布满皱纹的脸上就露出了孩童般单纯快乐的笑容。

画面温馨而美好,让人不忍心打扰。

只是远远地看着,时鸢就觉得心口空缺的一部分,此刻仿佛已经被某种情绪填满,酸得她的眼睛发疼。

许月如看着眼前这一幕,欣慰地笑着开口说:"时小姐,没想到经常来的这个志愿者就是你的未婚夫呀。我就说呢,很少有年轻人照顾老人家肯这么用心,不嫌脏不嫌累,还有耐心陪着老人家玩。"

时鸢没有收回视线,跟着弯了弯嘴角,说道:"嗯,他确实很有耐心。"

许月如怎么看,怎么也挑不出什么毛病来,连声感叹:"小伙子模样生得也好,我看过新闻,还那么年轻有为,多好呀。以后你就不用再自己一个人操劳这个家了。结了婚再生个孩子,日子过得和和美美。"

猛然听见"家""结婚"这两个词,时鸢恍惚片刻。

明明对她来说好像是很遥远的事情,此刻提起时,似乎变得触手可及。

时鸢强迫自己回过神,有些慌乱地转移话题:"对了,许姨,是不是快到时间拿药了?"

许月如看了看时间,这才恍然道:"看我这个脑子,差点儿忘了。"

时鸢笑了下,轻轻地说:"没关系,还是我去吧。"

轮椅上,老人的目光渐渐清明起来,慈爱地端详面前的年轻男人。

"小裴呀,还是不戴口罩好看。"

闻言,裴忌诧异地问:"奶奶早就认出是我了?"

老太太目光慈祥地望着他,只是笑道:"奶奶虽然时常犯糊涂,却也没糊涂到连你都认不出来。比小时候更成熟稳重了,长成大人了。"

裴忌低头笑了,将老人家膝盖上的毯子盖得更严实了些。

"其实呀,鸢鸢早就跟我提过要带你来了。"老人家叹了一声,又缓缓地说道,"鸢鸢这孩子,从小就没有妈妈,是我一手带大的。她爸爸为了养这个家,常年都在外面挣钱。所以鸢鸢打小就比同龄的孩子懂事、独立。她什么都知道,心里什么都明白,难过的时候也不往外说。"

"几年前,她爸爸出事之后,我的身子骨也不争气。如果不是因为我生了病,鸢鸢也不用在本该好好上学的年纪,就自己一个人去了北城赚钱。本来是个跳舞的好苗子,她却不得已放弃了,她心里得多难过呀。结果到头来,她还笑着安慰我,说她也很喜欢演戏,让我放心。"

"奶奶知道,鸢鸢以前应该跟你说了什么重话,伤了你的心。但小裴,你别怪她,别恨她。她心里也苦着呢,只是什么都不说。"

裴忌只是听着,心口便传来一阵难过。

老太太拍了拍他的手,语重心长地说道:"奶奶知道,你也是受过苦的孩子,不容易。过去的事情就让它过去吧。从今往后,你们要好好过,别再让对方难过。"

裴忌的喉结滚动了一下,眉眼里尽是认真。他低声承诺:"奶奶,您放心。我会照顾好鸢鸢,一辈子陪着她。"

闻言,老太太欣慰地笑了笑,骨瘦如柴的手紧紧地握着他,眼眶中闪着些泪光,说道:"把鸢鸢交给你,奶奶放心。"

时鸢取完药回来时，途中路过护士站，听见几个小护士在里面窃窃私语。

"我就说吧，什么志愿者大学生，哪个大学生能有那种气场，之前我就看他有点儿眼熟，原来是裴氏集团的总裁。"

有人戏谑道："小陈这回芳心彻底碎了吧？"

小护士不服地反驳："还说我，你不是之前试图搭讪还被人家拒绝了吗？"

"他来了那么多次，你见他搭理过哪个小护士吗？他整个人冷冰冰的，搭上一句话都费劲。"

有人轻咳两声，压低声音说："人家只是外表冷漠好吗，你们都没看之前那个采访吗？我看书上说，越是这样表面又冷又狠的男人，实则挺会的……也不知道柔柔弱弱的时女神受不受得住。"

挺会的？好像是有点儿。多大人了，之前还跟她玩"哥哥妹妹"这套。

时鸢不受控制地回忆起某些画面，脸颊泛起一抹不正常的红，连忙快步走回病房里，却正巧撞到裴忌推门出来。

时鸢往里面看了看，轻声问："奶奶睡着了吗？"

裴忌把门关上，低声应："嗯，睡了。"

时鸢微微呼一口气，将取回来的药给了保姆，两个人就一起离开了医院。

天色已经彻底暗了下来，冷风呼啸着刮过，落叶在马路边翻滚席卷，吹得人有些冷。

裴忌动作自然地接过她的包，然后拿起围巾，一圈圈地给她系上，只留出鼻尖和一双盈盈大眼，看着软软糯糯的。

时鸢眨了眨眼睛，忽然问："奶奶刚刚都跟你说什么了？"

给她系好围巾后，裴忌牵过她的手，顺手放进自己的大衣口袋里，神色散漫道："没说什么。"

时鸢蹙起眉盯着他，显然不信他的话。

他的语调漫不经心："奶奶说，让我们快点儿努力，争取让她早些抱上重孙。"

旁边偶有行人路过，裴忌的音量不算小，引得几个路人纷纷侧目。

时鸢的脸一红，挠了一下他的手心，美目暗含威胁地看着他，小声道："你别瞎说……"

男人的神色散漫又轻佻，似笑非笑地盯着她。他勾起嘴角，声音低沉：

"你看,说了你又不信。"

她转过头,气鼓鼓地说:"不说就不说。"

大衣口袋里,他不动声色地将她的手握得更紧,长指顺着她的指间插进去,换成十指相扣的姿势,严丝合缝。

裴忌淡淡地问:"一会儿想吃什么?"

掌心传来的温度炽热灼人,烫得人心尖发颤。

时鸢想了想,说道:"火锅吧。"

离家不远的地方开着一家辣火锅,虽然时鸢不太能吃辣,但在这个季节,晚上吃一顿热乎乎的火锅也是一种别样的满足。

店里的顾客不多,服务员正在柜台后看着电视,见有人进来了,立刻起身,领着他们挑了一个靠窗的位子。

时鸢点了个鸳鸯锅,辣的那边只敢要了微辣。

点完菜,锅底很快就被端了上来,冒起了泡。

前几次她去吃火锅,基本都是剧组里聚餐,很热闹,可是说到底没有那种团圆的氛围,也许是因为身边的人都不是家人。

一个人在外漂泊太久,时鸢甚至已经快忘了上一次感觉到这种如此强烈的归属感是什么时候。

雾气缭绕,氤氲了视线,微辣酥麻的感觉从舌尖蔓延,让时鸢忽然想起庆功宴那次。

他那时对她那么恶劣,逼着她吃了几口桌上的辣菜,坏得不行。

时鸢想了想,一个念头忽然从心头升起。

她用筷子从辣锅里夹出一片煮得通红的青笋,放到他的盘子里。

盘子里多出一样东西,裴忌抬头,就看见时鸢冲自己眨了眨眼睛。

就在她以为他不会吃的时候,他却拿起手边的筷子,夹起那片看着就很辣的青笋,面不改色地咽了下去。

时鸢顿时一怔。他明明也吃不了辣,和她不同,他是一口都不吃的那种。

所以即便她动了坏心思,故意夹给他一片,也是因为认为他根本不会吃。

眼看着他的唇色变红,时鸢有些急了,连忙叫道:"喂……你怎么……"

他不是从来不吃辣的吗?

迎着她困惑不解的目光,裴忌平静地望向她,低声说:"不是你夹给我的吗?"

时鸢又是一愣。眼前雾气缭绕,若隐若现地笼罩着男人的面容,让人看不真切他此刻的神情,却给她一种哪怕她现在递过去的是毒药,他也会毫不犹豫地吞下去的错觉。

怎么会有人像他这样呀?

这样想着,时鸢的眼眶忽然有些酸,心里有些甜,又有些发涩。

她抽了张餐巾纸递给他,心情复杂地看着他,说道:"很辣吧?如果你不行……"

裴忌忽然沉声叫她:"时鸢。"

时鸢蒙了,应道:"啊?"

他神色认真地说:"男人不能说自己不行。"

时鸢刚刚酝酿出来的眼泪在这一刻瞬间蒸发掉了。

中途,裴忌出去接了个工作电话,等回来时,就看见时鸢的手边摆了瓶烧酒。

裴忌一进来,便看见她仰头干了一杯,然后被呛得皱起眉头,白皙的脸颊迅速晕开两抹绯红。

明明不能喝酒,还总逞强。

但想到这天的日子,裴忌没说什么,收起手机,坐回她对面。

时鸢见他回来,眼睛亮了亮,朝他晃了晃酒瓶,问道:"你要吗?"

虽然是在询问,但她手里已经拿起杯子,给他倒了一小杯。

"这是桃子味的,辣不辣?"

裴忌蹙了蹙眉,勉强答了句:"还行。"

时鸢记得当时他家里摆了满地的洋酒瓶,知道他现在喝这点儿烧酒恐怕就跟喝白水似的。

她还是自己享受吧。

从火锅店出来,外面的路灯已经依次亮了起来。

时鸢吃得有点儿撑,完全忘了女明星的身材管理。还好附近就是一个小公园,两个人决定去散散步。

饭后时间，公园里散步的有老人，也有带着孩子的年轻夫妇，还有一处卖糖炒栗子的小摊子。一束暖黄的灯光倾洒下来，袅袅热气弥漫开来，散发着香甜可口的气味。

时鸢下意识多瞥了一眼，身旁的男人已经停下脚步。

"坐在那儿等我。"

她还没来得及开口，他就已经抬脚朝那个小摊子走去。

时鸢无奈，只好坐在旁边的长椅等他，没过多久就看见他拎着一袋糖炒栗子走了回来。

男人宽肩窄腰，长腿惹眼，气质卓然，在人群中鹤立鸡群，冷峻的面庞被公园里的氛围染上些许烟火气，不似往常那样看上去冷厉得不近人情。

有些像神仙下凡……啊，不，妖孽下凡。他出众的外表引得不少路人不由自主地瞥向他。

等他走过来，糖炒栗子的香气也扑鼻而来。

裴忌在她身旁坐下，拿出热乎乎的栗子，给她剥了一粒。

他的手指白皙修长，骨节分明，哪怕是剥栗子的动作，都透着一种从容不迫的感觉。

时鸢忍不住多看了几眼，下一刻，他就把剥好的栗子送到她嘴边，低沉的嗓音在她耳畔响起："张嘴。"

怎么像是喂小孩子似的？

时鸢感觉自己的脸有些发烫。

她红着脸张嘴，目光不自然地闪躲着，慢吞吞地咽下。栗子香甜软糯的口感在舌尖化开，那丝甜意直直地蔓延到她的心尖上。

时鸢的视线落在他弄脏了的指尖上，心口有点儿发闷。她说："好了……我吃饱了，别再剥了。"

他不是有洁癖吗？

她从包里翻出湿纸巾，抓过他的手指，轻柔地擦拭着，直到把沾上的栗子碎屑都擦干净才作罢。

时鸢满意地吁了一口气，喃喃道："好了。"

裴忌垂眸看着她的动作，嘴角弯起不易察觉的弧度。

夜风徐徐，两个人安静地依偎在长椅上。

刚刚喝的酒渐渐上了头，时鸢的目光越来越迷离，眼前的景色也逐渐变得眩晕。

夜幕低垂，天空中繁星点点，有的暗淡无光，有的璀璨夺目。

她靠在男人的肩膀上，仰头看着天空，忽然轻声问他："裴忌……你说，爸爸现在在看着我们吗？"

这是一个很幼稚的问题。

小时候，她也问过奶奶无数次这句话，但只要她问，奶奶都会不厌其烦地回答。后来长大了，她也就不再问了。

人死如灯灭。有很多谎言，都只是用来骗小孩子的。

安静片刻，裴忌低声答："嗯，在。最亮的那一颗就是。"

时鸢又问："真的吗？"

他耐心地又答了一遍："嗯，真的。"

得到想要的答案，她心满意足地弯起眼睛，望着天上那颗遥远的星。

——爸爸，你看到了吗？鸢鸢现在过得很好。如果您在天有灵，可不可以保佑我身边的这个人，余生平安顺遂？

时鸢眼睫轻颤，忽然开口说："裴忌……你把手表摘掉，让我看看好不好？"

话音落地，她能感觉到身旁的男人僵了一瞬。

很快，裴忌恢复如常，沉声问："一定要看？"

疤痕很丑，怕吓着她，所以他才一直藏着。

她坚定地点头道："嗯，要看。"

说着，时鸢已经抬手伸向他的手腕。

他没躲开，而是任由着她在他的手腕上鼓捣了好一会儿。她折腾了半天，却不知道要怎么解开。

她委屈地撇了撇嘴，哀怨地看着他，声音轻轻的："我摘不下来……"

裴忌无奈地妥协，轻声哄着她："我自己来，嗯？"

时鸢撤回手，看着他灵活地将腕表解开，八位数的手表被当成垃圾一样随意丢到长椅的另一侧。

她的目光怔怔地落在他暴露出来的疤痕上。

男人的手腕冷白劲瘦，本该非常养眼，可偏偏被无数道疤痕破坏了本该有的美感，疤痕有深有浅，交错遍布，其中有一道痕迹最为深重。

时鸢看得心口一阵钝痛，扯得生疼。

她的眼睛越来越酸涩，泪水止不住地在眼眶打转。

时鸢的指腹轻轻地抚上他的伤疤，颤声问："疼不疼？"

裴忌觉得自己的确有病。

否则为什么在看着她因为自己心疼得快哭出来时，他竟有种异样又病态的满足感。

他勾起嘴角，声音含笑："痒。"

时鸢吸了吸鼻子，鼻尖又是一阵发酸，但她努力憋着眼泪。

裴忌皱紧眉，轻叹一声，无奈道："别哭了，你一哭……"他顿了顿，凑近她耳边，压低声音说，"我就想亲你。"

其实，也不只是想亲。

裴忌抬手，把她垂落在脸颊的碎发别到耳后，说道："很晚了，回家吧。"

她乖巧地点点头，被他扶正坐好。

裴忌刚站起身，解放了一下麻木的肩膀，就看见时鸢朝自己张开双臂，一双杏眸里湿漉漉的。

她轻声嘤咛："走不动了……"

裴忌抬了头，垂眸盯着她问："要我背你回去？"

时鸢的目光涣散迷离，迷迷糊糊地点头："嗯……"

"可这是裴太太的专属。怎么办？"

她半闭着眼，跟着轻声重复："怎么办……"

他耐着性子，诱哄着："答应做裴太太，就背你回去，好不好？"

喝醉酒的人也没那么好骗，她静静地盯了他一会儿，忽然歪头笑了一下。那双杏眸水盈盈地望着他，醉眼蒙眬，里面像是一汪春水，撩人而不自知。

她抬起手，拉着他的小拇指，撒娇似的晃了晃："哥哥……快点儿背我。"

她的嗓音又轻又软，里面像含着一把小钩子，惹得人心尖发痒。

以后不能再让她喝酒了，太磨人。

他缓缓地吐出一口气，又无可奈何地在她面前蹲下来，说道："上来。"

时鸢笑得眼睛弯起，利索地爬到他的背上，紧紧地环住他的脖颈。

裴忌侧头，视线紧紧锁住趴在自己肩上的女人。她安安静静地闭着眼睛，长而卷翘的睫毛垂着,也不知道是不是睡着了。

他忽然又想起刚刚的那个小女孩儿。

如果模样换成时鸢的脸,一个粉雕玉琢的小娃娃扑进他怀里,好像也不是不能接受。

这样想着,他的嘴角弯起温柔的弧度,嗓音低沉缱绻:"起驾了。公主。"

说完,他稳稳地托着她站起身,一步一步朝着家的方向走去。

时鸢醉得厉害,眼前的景象都开始出现重影。

到了家里,她被稳稳地放在了沙发上。

环视着熟悉的布置,时鸢不知看见了什么,忽然低声抽泣起来。

裴忌刚想去厨房给她倒杯水,脚步就此停住,在她面前蹲下,轻轻擦拭着她眼角的泪,低声问:"怎么又哭了?"

时鸢抬起一张梨花带雨的脸,眼神迷离,声音里带着一丝哭腔:"哥哥……我没有爸爸了……"

裴忌的喉结微动。

他微微直起腰,亲了亲她的眼睛,低声哄着她。

第十四章
哄她

也许是因为裴忌的嗓音太过温柔，又或许是这天日子特殊，时鸢长久以来积压着的情绪和眼泪像是松开了一道闸门，全部一股脑儿地泄了出来。

也是第一次，她可以这样肆无忌惮地在一个人面前袒露自己最脆弱的一面。这天晚上，她不知道自己到底哭了多久，但她隐约记得，她哭了多久，他就在身旁哄了多久。

次日，阳光明媚耀眼，顺着窗户照进来，给床头上摆放着的那束薰衣草镀上一层浅浅的光晕。

时鸢忘了自己是什么时候睡着的，迷迷糊糊睁开眼时，脑中像是要炸开一样地疼，缓了好一会儿才彻底清醒过来。

房间里静悄悄的，裴忌好像已经离开了。

时鸢侧过头，看见床头柜上放着一杯温水，杯子下面还压着一张粉色的便利贴。

上面的字迹龙飞凤舞，却苍劲有力，笔锋走势在纸面上透出一股凌厉不羁，字如其人，她很熟悉。

"醒了先喝水。"

时鸢端起玻璃杯，温度适宜。

温热的水流缓慢地淌进胃里，滋润了她因为宿醉而变得干涩的唇瓣，舌尖也蔓延出一丝淡淡的甜味，缓解了些肠胃的不适。

是蜂蜜水。

时鸢的嘴角不自觉地扬起。她下了床，走进卫生间，准备洗漱。

洗手台上，牙刷上已经挤好了牙膏，静静地摆放在那里。

时鸢拿起来，看见镜子上也贴了一张字条。

"以后不准再哭。"语气霸道得不行。

时鸾抿唇，忍住上扬的嘴角，将镜子上的便利贴摘下来，便看见了镜中的自己。

她的气色看起来不太好，眼下泛着淡淡的青色，眼睛也肿得像核桃似的，但嘴角的弧度怎么也压不下来，傻笑得像个花痴。

时鸾只好用手指往下压了压。

洗漱好，时鸾走到客厅，就闻到空气里弥漫着一阵甜味。她顺着香味走到餐桌旁，看见桌上摆着一盒蛋挞，打开盖子，奶香味便顺势飘进鼻腔，是她最喜欢的。

旁边还摆着白粥和小菜，很清淡，适合宿醉后食用。

明明是最平凡不过的小事，却让她的心里忽然有了别样的感觉。

她慢吞吞地喝着粥，直到喝完准备收拾，才发现碗下压着的最后一张字条。

依旧是某人霸道又狂妄的语气："打电话给我。"

时鸾哑然失笑。她找到手机，拨出那串熟悉的数字。

他的手机号码后四位很好记。

0109，是她的生日。

电话响了几声，很快被对面的人接通，清冷悦耳的嗓音顺着电流传进时鸾耳中："吃完饭了？"

时鸾的嘴角不自觉扬起，应道："嗯。"

为了不泄露自己的愉悦，她只应了一个字，听起来带着些许冷漠，和昨天的热情主动简直判若两个人。

电话那头，裴忌刚上飞机。

私人飞机，四周没人。他在座位上坐下，才低声说："昨晚还扑在我怀里叫哥哥，今天又不认人了？"

他的语调透着些许轻佻，尾音刻意拖长了些，有点儿勾人。

在他看不见的地方，时鸾的脸慢慢地红起来。

她喝醉之后又叫了吗？她怎么不记得了？

听见电话那边安静下来，裴忌就知道她又不好意思了。

性子软，不禁逗，听他说句荤话脸都会涨得通红。

看来必要的时候，还是得喂她喝点儿酒才行。

这么想着，裴忌换了只手拿手机，抬手松了松领带。听着电话里浅浅的呼吸声,他故意又问:"怎么不说话了?"

这时,一个年轻靓丽的空姐走过来,柔声问裴忌:"打扰了,裴总,请问飞机可以现在准备起飞吗?"

裴忌没抬眼,只是点点头。

空姐微笑着点头,临走前又忍不住悄悄回头看了一眼身后的男人。

宽敞舒适的单人沙发里,男人被西裤包裹着的长腿随意地交叠,气质优雅。

他骨节分明的手握着手机,视线上移,是一张极为俊美的侧脸,五官干净利落,散发着一种不易靠近的气息。

可偏偏,男人此刻打电话的神情是极致温柔的。

空姐不敢再多看下去,收起心思匆匆离开了。

与此同时,时鸢听见那边的对话,立刻转移话题问:"你要出差吗?"

裴忌沉声答:"嗯,临时有事需要我亲自过去处理。"

时鸢的声音变得有些失落,说道:"好吧……那你注意安全。"

他勾起嘴角,淡淡地说:"没别的要说了?"

她顿了下,小声地试探道:"那……一路顺风?"

听着对面没说话,时鸢才反应过来,他想听的不是这句。

那他还想听见她说什么?说她会想他?

好肉麻。

时鸢咬了咬唇,还是有点儿不好意思说出口。

"我等你回来。"她红着脸快速说完这句,立刻挂断电话,不给对面说话的机会。

挂掉电话,时鸢才微微松了一口气。

其实从昨天以前,时鸢一直对"谈恋爱"三个字没什么真切感,准确来说,和裴忌重逢以后发生的一切对她来说更像是一场梦。

因为她曾经一直认为,他们之间有太多难以跨越的东西,会让彼此痛苦的过去,甚至隔着所谓的血海深仇。即便是纠缠在一起,互相折磨,结局也一定会分开。

可现在,他们一起见了父亲、见了奶奶,一起牵手、吃火锅、在公园散步,做了很多恋人之间最平凡不过的小事。

那些她一直以为无法磨灭的过去,此刻好像早已变得无足轻重。

不知不觉间，他们仿佛又拥有了一样新的东西，是曾经的她不敢奢望的。

这样东西，叫作"未来"。

次日下午，时鸢坐飞机回了北城。

她在南浔已经待了一周有余，听说傅斯言的伤也养得没什么大问题了，剧组便通知准备复工。

回到北城当晚，时鸢先去医院探望了一下傅斯言。

贵宾病房里堆满了粉丝送来的花篮，时鸢的视线在房间里环视了一圈儿，也没找到一个地方能容纳下自己带来的东西。

她有些无措地站在原地，就听见傅斯言温润的声音响起："都是粉丝送来的，我的经纪人还没来得及整理。"

时鸢真心感叹道："傅老师的人气真的很高。"

闻言，傅斯言失笑，温和地对她说："过来坐吧。"

时鸢只好抱着花束走到病床旁，傅斯言直起身，将一旁床头柜上的剧本塞进抽屉里，然后将她拿来的鲜花放在离身旁最近的地方。

他转头看向她，目光落在她白皙漂亮的脸上。

打量片刻后，傅斯言微笑着说："听说前几天你也休了一个短假，看起来心情不错。"

其实不只是不错，而是很好。以前她的眉眼里总是藏着淡而不自知的哀愁，眼睛虽然是笑着的，却总是无端让人觉得心疼。

而现在的她，面若桃花，曾经那种浓得化不开的忧伤看不见了，一双杏眸明亮见底，更为清丽动人。

看来，她与裴氏总裁的婚约应当是真的没错了，至少连他都能看得出她现在过得很好。

傅斯言的心里忽然生出些许释然的情绪。

时鸢并不知他心里所想，只浅浅地笑了笑。

他想起什么，又问："对了，听说你被邀请去'星崎'的年终晚宴了？"

时鸢不明白他为什么会突然提起这个，但还是点了点头。

傅斯言有些欲言又止，犹豫片刻后，还是缓缓地说道："我听说，'星崎'的总裁夫人白锦竹女士，到时也会参加。"

几年前傅斯言就知道时鸢是白锦竹的学生。

当时他在北城大学礼堂里的惊鸿一瞥，后来就想方设法打听到了一些关于她的消息。

她是南浔人，在舞蹈方面天资出众，很小的时候就一举夺得了"桃李杯"优秀表演奖，被当时舞蹈界风头最盛的女舞蹈家白锦竹相中。

她也是素来以眼光挑剔著称的白锦竹收下的第一个学生，白锦竹甚至要带她到国外专门培养，足见其看重程度。

就在业内众人都在等待着一颗耀眼的新星冉冉升起时，却突然传出白锦竹独自返回M国的消息。

一时间，业界内众说纷纭，有的扼腕叹息，有的在看热闹，却始终无人知晓白锦竹痛失得意门生究竟是何原因，也再没有任何时鸢参加比赛的消息传出。

听说也有数不胜数的国内外顶尖舞蹈学院试图联系到她，邀请入学，可都没有得到一点儿回音。就这样，渐渐地，明明本该在舞坛发光发亮的那个女孩儿，彻底悄无声息地消失在人们的视野中。

再后来，女孩儿的面容出现在大荧幕上，被不少人认了出来。

本已消寂的流言再度传了起来，因为人的嫉妒心而变得恶意十足。

有人信誓旦旦地断言，说她当初放弃和白锦竹出国专攻舞蹈的原因，不外乎是为了进娱乐圈赚钱，毕竟没什么是比娱乐圈来钱更快的了。

所以她刚出道那会儿受到了无数中伤与谴责。

而后，在娱乐圈打拼的几年里，她自始至终没有在摄像头前跳过一次舞。

傅斯言让人查过，只查到当年时鸢的奶奶突生重病。可直觉告诉他，真相远不止这么简单。

不管怎样，当初她放弃跳舞，和白锦竹想必也是不欢而散的，所以他才主动跟她提起了这件事情。

时鸢心思细腻，当然听得出傅斯言的言外之意。只是没想到他会知道这些，惊讶之于，还有些感动。

她垂下眸，安静片刻后，感激地对他笑了笑，说道："谢谢你告诉我，傅老师，不过没关系。"

她笑容温柔,眼神清澈,傅斯言没从里面看见太明显的勉强,这才微微放下心来。

他顺势转移话题,就着《沉溺》剩下的戏份跟她聊了会儿。

等时间差不多了,她便起身告辞,没再久留。

从医院回到家里,时鸢换鞋进屋,房子里空空荡荡的,安静得甚至能听见回声。

她进浴室洗了个澡,换上睡裙出来,走到床头柜旁蹲下。

时鸢深吸口气,犹豫许久,才终于缓缓拉开最下层的抽屉。抽屉里,是一些奖杯和奖状,都被妥善地用保护膜细心封好,用相框裱好。

她小心翼翼地把其中一座奖杯拿出来,静静地看了半晌,眼中的亮光渐渐暗淡下去。

暖黄的灯光静静地洒下,金灿灿的奖杯也跟着泛起光。

不知过了多久,她沉默着将奖杯又轻轻地放回原处,正要收回手时,余光瞥见旁边放着的首饰盒。

她的眼睫轻颤,将首饰盒拿起,打开盖子。

一条手链安安静静地躺在里面,几颗细钻在灯光的照耀下微微闪着细碎的光芒。

几年的时间过去,尽管保管妥善,银质的手链还是有些褪色,光泽已经变得暗淡。

她不受控制地想起收到这条手链那天的画面,心口又是一阵抽疼。

是他不惜去打工,去拳场打拳,也要攒钱买给她的手链。

她的指尖微颤,从盒子里拿起那条手链,在拿起的一瞬间,手链忽然断裂开来。

时鸢连忙心疼地又将手链放回盒子里,想着第二天去找一家首饰店把断了的手链修好。

她才刚把盒子放到床头,一旁的手机忽然振动起来。

时鸢看见屏幕上是裴忌的手机号码,下意识就接了起来。接通电话的瞬间,男人的俊脸猝不及防地出现在屏幕里。

时鸢愣了下,下一秒才反应过来——这是视频通话!

电话那头,男人还坐在办公室里,神色有些疲惫,衬衫的领口随意地敞着,透着几分不羁。

他直直地盯着屏幕,嗓音哑了几分:"刚洗完澡?"

时鸢蒙了,问道:"你……你怎么知道?"

裴忌抬了抬眉梢,目光肆无忌惮地落在她胸前那处白皙的肌肤上,双眸逐渐变得幽深。

又看了几眼,他才慢条斯理地答:"因为你没穿内衣。"

时鸢顺着他的视线往下一看,瞳孔骤然收缩。

她立刻用另一只空着的手挡住胸口,红着脸瞪他,喊道:"裴忌!"

"嗯,在。"

一股热意瞬间涌上头顶,热气迅速蒸发,时鸢的脸都快烧着了。

他居然还在光明正大地看!

"你能不能别这么……"时鸢在骂人这方面格外没天赋,好不容易才憋出一个词,"流氓。"

屏幕里,男人松了松领带,漫不经心地反问她:"这就流氓了?"

时鸢没话说了。

那他还想怎样?

她把镜头往上移,屏幕里立刻看不见她的脸了。

裴忌的眼前却还是刚刚那幅画面。女人乌黑的发丝柔顺地垂在雪白的肩上,发尾还有些湿湿的,水珠顺着锁骨滴落在白色吊带睡裙上的某处。她未施粉黛,肤色白皙透亮,鼻尖小巧,唇色透着淡淡的粉。

裴忌压下眼底那抹晦暗,喉结滚了滚。

安静片刻,他又恢复如常,声音里听不出一丝异样:"上次怎么没穿这件?"

上次?他说哪次?

哦,应该是她主动去海岛找他的那次。她为什么要带着吊带睡裙去找他?

时鸢一双美目里暗含威胁,凶巴巴地说:"我要挂电话了!"

裴忌轻笑一声,忽然又问她:"明天上午在家吗?"

时鸢没跟上话题转变的速度,不明所以地回答:"在,怎么了?"

"没什么。"他答得越是欲盖弥彰,时鸢就越是好奇。

第二天上午，快递员敲响门铃，时鸢迫不及待地接过那个大盒子，刚走回客厅，电话就响了起来。

点下接通，裴忌的声音在电话那头响起："收到礼物了？"

她柔声回应："嗯，刚刚收到。"

时鸢把手机开了免提放在沙发上，腾出手去拆盒子。

打开包装的刹那，她顿时一怔。

睡……睡裙？

最上面的一条是黑色的真丝吊带睡裙，材质极为柔软丝滑，款式就是最简单的吊带裙，没有她想象中的任何难以接受的奇怪设计，简约大方。

她往下翻，又是一条红色睡裙，色彩张扬又艳丽，同样都是在手里有些抓不住的细腻手感，丝滑到仿佛稍一用力就会被撕破。

她再往下翻，竟然一整个大盒子里都是睡衣。

她茫然不解，下意识地脱口而出："你为什么要买这么多条？"

黑色、红色、蓝色……这是想让她集齐七个颜色召唤神龙吗？

对面安静了一下，窸窣声响后，男人低沉的嗓音再度传来，语气透着难得的认真："因为，会不够你穿。"

过了几秒，时鸢才终于反应过来他这句话是什么意思。他是怎么做到一本正经地在这里跟她开黄腔的？

她低声说道："我……我才不穿……"

电话里，男人的声音忽然放柔了些："乖，在家等我回去。"

时鸢一愣，刚才还在坚定谴责他的心忽然就小小地动摇了一下。

没骨气。

等等，他这话说得怎么这么……等他回来做什么？

联想到某些不可描述的画面，时鸢的脸又是一热，紧接着就听见电话那边传来声响，像是有人敲门进去了。

"裴总，会议时间就要到了。"是周景林的声音。

下一刻，男人的语气恢复往常的冷淡，和刚刚的温柔模样简直判若两个人。

"开会去了，先挂了。"然后，电话就被毫不留情地挂了。

他是会变脸吗？

时鸢深吸一口气，放下手机，目光落在面前的盒子上，感觉脸颊更烫了。

她连忙把拿出来的睡裙叠好放回盒子里，然后塞进衣柜最深处。

眼不见为净。

下午，《沉溺》剧组的拍摄进度彻底开启八倍速模式。

因为傅斯言意外受伤而耽误下来的进度必须尽快补上，否则片子送审和上映的日期都会推迟。当初因为突然换掉男主演的原因已经耽误了一些时日，离原定的杀青日期只剩不到五天了。再拖下去，邱锐担心万一又出现什么意外，会耽搁电影节送片的截止日期。

每天的戏份被安排得相当满，几乎大半个下午，都是时鸢和傅斯言之间的对手戏。

还好两个人基本上都是一条过的效率，下午收工的时间还算早。

晚上还要参加星崎珠宝的晚宴，洛清漪提前就安排好了车来接她，先送她去造型室做造型。

趁着时间还宽裕，时鸢先绕路去了一家私人珠宝工作室，打算把昨晚断掉的手链修好。

这家私人工作室是时鸢曾经合作过的一位已经息影了的前辈许婧推荐给她的，据说工作室的老板是一个相当有背景的珠宝设计师，叫姜知漓。

时鸢临时登门，敲门进去之前还担心自己会不会有点儿冒昧了。

可等见到人之后，她才发现是自己多虑了。

这位年轻的设计师生了一副过分明艳漂亮的容貌，五官的精致程度不输圈子里她见过的其他女明星，性格亦是随和又活泼，非常讨人喜欢。

时鸢并不是那种特别爱讲话的性子，因此也格外羡慕像姜知漓这种有什么说什么的直爽性子。

听见她说手链可以修复好，时鸢一直悬着的心终于落了下来。

她轻呼一口气，说道："那太好了。如果可以，能不能麻烦你在这条手链的基础上，重新设计一下？"

姜知漓爽快地应道："没问题，可以大概跟我讲一下你的想法。"

时鸢从包里拿出另一个小小的丝绒盒，将盖子打开。

里面白色的绒布上，静静地躺着几颗黑色的细钻，在光线的照耀下闪烁着冷硬的光芒。

"我想把这个也镶在手链里面，点缀在周围就好。"

姜知漓有些诧异，毕竟时鸢的气质看起来并不是很适合黑钻。

想来应该是有别的意义。

接下来的半个小时，两个人又商定好了手链修改的细节，还互相交换了微信。

晚宴的时间快来不及了，时鸢只好起身告辞。

"姜小姐，那就麻烦你了。"

姜知漓笑着送她出门，并说道："没事，到时候修好了我在微信上联系你。"

和姜知漓道了句再见，时鸢上了保姆车，马不停蹄地赶往造型室。

一直折腾到晚上六点，她才有惊无险地卡着时间进了晚宴会场。

时鸢环视了一圈儿，没见到几张熟悉的面孔。

还真和洛清漪说的一样，"星崎"这年也没有在年终晚宴这种重要场合邀请太多娱乐圈里的明星。

在场的宾客大多数衣着华贵精致，上流社会的名媛贵妇居多，不用猜都知道，一定都是北城豪门圈子里的，还有西装革履的精英三三两两地站在一起。

放眼望去，衣香鬓影，觥筹交错，但还是没有她熟悉的人。

白锦竹作为"星崎"的总裁夫人，应该晚一些才会出来。

时鸢索性找了个不起眼的角落等着。

她有心低调，这晚的装扮也很简单，一身简约大方的白色礼服裙，腰间束着一条墨绿色的缎带，纤细的腰盈盈一握。她的背挺得很直，也许是从小学舞，站在那里如高贵的白天鹅一般，在人群中尤为显眼。

在场的大部分人都认得她，尤其是名媛贵妇们。

身处上流圈子的人，总是不约而同地看不起娱乐圈里的那些明星，准确来说是不屑。在她们眼里，大多数都是为了钱在荧幕上卖笑的戏子。

"那个就是时鸢吧？看着确实不错，挺有气质的。"

一个打扮贵气的妇人轻嗤一声，慢悠悠地说道："毕竟干的是靠脸吃饭的行当,要是没点儿手段,也不至于能让裴氏集团那位公开承认关系。"

另一人也抿着唇笑,语气不掩嘲弄:"话说温书莹当初不是一直自诩自己才是裴家认可的未来夫人吗?现在被人抢了先了,估计今天都不好意思来了吧?"

"来了,我刚刚看见了。和白夫人在楼上休息室呢。"

"哎,对了,我怎么记得时鸢以前也是学古典舞的,好像还和白夫人关系匪浅……"

时鸢听不见那边的小声交谈,耳边却响起一道近在咫尺的男声:"你好,美丽的小姐。"

对方的普通话不太标准,口音听上去也有些奇怪。

时鸢循声抬起头,就看见一个年轻男人站在自己面前。男人穿着得体的西装,身材高大,五官英俊深邃,看起来像是一个混血儿。

见她抬起头,斯蒂文面露惊艳,显然不认识她。

他继续说着不太标准的中文,说出来的话带着一种外国人独有的直接:"你真的很美,气质也很迷人,不知道我们能不能认识一下?"

时鸢蹙了蹙眉,疏离而礼貌地说:"抱歉,恐怕不太方便。"

他满不在乎地一笑,说道:"只是认识一下而已,我叫斯蒂文,是星崎珠宝海外项目部的主负责人……"

男人语调轻浮,让人觉得有些不适。

她轻声打断他:"抱歉,我已经有未婚夫了。"

说完这句,时鸢抬脚,想要换个地方待着。她原本以为这个斯蒂文已经听懂了拒绝的意思,没想到对方竟然还紧跟上来,抓住了她的手腕。

时鸢吓了一跳,转身甩开的一瞬间,没有看见一旁走过来的男侍者,一下撞到了侍者手中端着的餐盘上。

哗——

餐盘里的酒杯瞬间倾倒,里面的香槟一股脑儿地流淌下来,全部洒在了时鸢的身上。

这边闹出的动静不小,一时间,周围人的视线纷纷投过来。

淡黄色的液体染脏了女人身上的白色衣裙,连带着胸口处的衣襟也被溅湿了一处，布料紧贴着肌肤，弧度若隐若现，整个人看起来狼狈不堪。

而斯蒂文则满脸若无其事地站在那里，好整以暇地欣赏眼前这一幕。

男侍者也被吓了一跳，连忙找餐巾纸递给她，神情紧张又害怕，忙道歉："对不起，小姐，您没事吧？"

时鸢脸色发白，抬手接过餐巾纸擦拭，却怎么也擦不干净。

她深吸一口气，嗓音依旧柔和："我没事。"

无数视线朝她身上投来，有人在看热闹，也有人目露轻佻鄙夷，仿佛她已经被剥光了衣服一般。

她苍白着脸，想要遮挡，却根本无济于事，捏着纸巾的指尖开始发颤。

这时，一道窈窕的身影忽然挡在她面前。

女人一袭红裙，颜色鲜艳欲滴，肩颈线条纤细而优美。视线上移，是一张妩媚而精致的脸，眉眼细长，红唇潋滟，极富攻击性的美丽，第一眼就叫人难以移开目光。

她勾起红唇，笑容得体，目光却极为锐利，透着些锋芒："斯蒂文先生，您惊扰到我们的客人了。"

斯蒂文微微眯起眼，不太高兴苏时意突然站出来插手，不悦地说道："苏总监，你误会了，我只是想和这位小姐交个朋友而已……"

苏时意的笑容不变，不疾不徐地看着他说道："您大概不知道，这位小姐是裴氏集团裴总的未婚妻，时鸢小姐。您刚刚的行为，如果传到裴先生那里，我想他应该会不太开心。"

闻言，斯蒂文神色一惊，脸色迅速变得难看起来。

这时，一个年轻俊逸的男人走过来，声音温和地问："时意，发生什么事了？"

苏时意冲他浅浅一笑，答道："没什么，只是刚刚斯蒂文先生做出了一些失礼的行为。"

她顿了下，又看向脸色难看的斯蒂文，美目里含着警告的意味，缓缓道，"我想，他应该对时小姐道歉。"

话音落地，殷子墨这才注意到被苏时意挡在身后的女人。

他微微愣了一下，随即便脱下西装外套，递给时鸢，说道："不介意的话就先穿上吧。"

时鸢犹豫了一下，意识到眼前的男人是和苏时意认识的，才抬手接过。她感激地说道："谢谢。"

见殷子墨也在这里，斯蒂文的脸色又白了几分，这才想起苏时意是殷家二公子殷子墨的正牌未婚妻。

殷子墨的目光淡淡的，俊颜温和带笑，却让人不敢轻视。

"斯蒂文先生，男士应该有些绅士风度，不是吗？"

斯蒂文的脸色变得铁青，暗暗咬紧牙关，却不得不挤出一个难看的笑容，说道："对不起，时小姐，刚才是我失礼了，希望你能原谅。我初到Z国，还不太了解这里的礼仪。"

众目睽睽之下，时鸢也不想把场面闹得太难看。她裹紧西装外套，淡淡地说了句"没关系"。

这时，余光里忽然出现两道身影。

温书莹站在不远处，正挽着身旁的女人，一同朝她的方向看过来。

她身边的女人大约四五十岁，因为保养得宜，看上去只有三十岁出头，五官秀丽，带着几分成熟的韵味，和几年前并没有什么变化。

看见白锦竹的瞬间，时鸢心里猛地一跳。

白锦竹的视线也恰巧在此时望了过来。

意识到自己此刻的狼狈，时鸢顿时更为无措地站在原地，不自觉又裹紧了身上的西装外套。

察觉到时鸢的动作，苏时意关切地说道："时小姐，我带你去休息室换一身衣服吧。"

时鸢连忙点头，慌乱地收回视线。

她抬脚跟着苏时意离开，没敢再回头多看一眼。

休息室里，苏时意给时鸢找了一件自己带来的备用晚礼服给她换上。

换掉脏了的礼服，时鸢从更衣室里出来，感激地看向苏时意："今晚真的谢谢你，苏小姐。"

苏时意弯了弯唇，美艳的脸上笑容随和："别客气，小事而已。"

一切收拾妥当后，两个人从休息室出来，见殷子墨正等在门外。

时鸢恍然想起自己手里还拿着人家的西服，连忙将外套递过去，认真地向他道谢。

殷子墨微微一笑,抬手接过,温和道:"没关系。"

他看向苏时意,温柔地说道:"时意,父亲让我们现在过去。"

"好。"苏时意转头,对着时鸢歉疚道:"不好意思,时小姐,我可能得先离开了。"

时鸢连忙回道:"没事,你先去忙吧。"她顿了顿,又柔声说,"今晚的事谢谢两位了。"

苏时意笑了笑,和她道别后便跟着殷子墨走了。

目送苏时意和殷子墨离开后,时鸢顺着走廊另一侧的方向径直走,打算找一处没人的地方待会儿。

才刚绕过一个拐角,就撞见温书莹挽着白锦竹的手臂走过来。

不知道两个人此刻在聊什么,温书莹的脸上笑意盈盈,白锦竹则是微微蹙着眉,有些心不在焉。

时鸢的脚步骤停。

像是察觉到什么,白锦竹抬起头的瞬间,脚步也停住。

四目相对,空气仿佛有一瞬间的凝滞。

这样猝不及防地撞见,时鸢的神情微怔。

面前熟悉的面孔与记忆里的渐渐重叠。她嘴唇微动,下意识地轻声唤道:"老师……"

话音落地,白锦竹也是一愣。但她很快便掩饰住方才的失态,神色变得疏离,说道:"时小姐,好久不见。"

这时,温书莹看了时鸢一眼,转头对白锦竹道:"老师,要不我过去等您吧?您和时小姐慢慢聊。"

温书莹的确想尽可能地避开时鸢。

从上一次她将裴忌患病的事情说出去之后,裴忌到现在还一点儿动作都没有。

她并不觉得是他大发善心地放过她和季云笙,他绝不可能是心软的人。

她猜不到他要做什么,也正因如此,她才会更害怕,每天都在未知的恐惧中过得胆战心惊。她不敢再赌下去了。不管季云笙接下来要做什么,她都不可能再参与。

温书莹稳了稳心神，说罢便不再多留，转身离开了。

一时间，走廊里只剩下白锦竹和时鸢。

看着对面几年未见的恩师，时鸢喃喃出声："老师……"

白锦竹微微敛眸，说话的语气淡而疏离："时小姐别再这么叫了，我早就已经不是你的老师了。"

时鸢虽然早就想象过白锦竹冷漠的态度，心口却还是一阵抽疼。

她动了动嘴唇，艰难地找回自己的声音："对不起……"

沉默片刻，白锦竹又平静地说："你不需要向我道歉，你对不起的不是我。每个人都有选择自己未来的权利，你说你想要演戏，想要赚钱，所以放弃跳舞。人各有志，我理解，所以当初也尊重你的选择。"时鸢的脸色变得苍白，又听见她道，"既然你现在已经过上了自己想要的生活，也不必纠结于过去了。"

白锦竹顿了顿，似是也觉得自己的话说得有些重了，又缓缓地说道："今晚的事情很抱歉，斯蒂文品行不端，明天就会被'星崎'解雇。既然没事的话，我就先走了。"

说完这句，白锦竹就绕过她离开了。

走过转角，确保身后的人看不见了，白锦竹才靠在墙上，脸上冷漠的伪装终于淡去，像是被卸去了浑身的力气。

她深深地吁了口气，将心里复杂不已的情绪慢慢地压了回去。

直到调整好自己的状态，确保看不出什么异样，白锦竹才回到宴会厅里，走到丈夫陈俊明身边。

陈俊明一眼看出爱妻兴致不高的样子，关切地问道："出什么事了？怎么看着不太高兴？"

白锦竹扯了扯嘴角，摇头道："没什么，刚刚遇到时鸢了。"

陈俊明略微思索片刻，想起来了，问道："是你最喜欢的那个学生？"

她轻叹一声，应道："嗯。"

想起什么，白锦竹皱起眉道："对了，老公，那个斯蒂文，人品不太好，转总部的事情还是算了吧，让他哪儿来的回哪儿去。"

陈俊明已经听说刚刚发生的事情了，也心知白锦竹只是嘴硬心软，其实心里一直还是记挂时鸢这个学生的，否则也不会赶在这天晚宴前回国，只为见她一面。

他揽住她的肩膀，安抚道："放心，我知道了。"

走廊尽头的卫生间里，一阵不大不小的谈话声传出来，是两个女人。

一人轻笑着道："我刚刚看见白锦竹了，脸色看着好像不太好看呢。"

哗哗的水声响起，另一人答："估计是因为看见时鸢了吧。当初费了那么大力气想培养的苗子，说进娱乐圈就进娱乐圈了。"

"所以当初时鸢到底是因为什么没跟着白锦竹出国呀？"

"当然是为了钱，学舞蹈多苦呀。台上一分钟，台下十年功，坚持不下去转行的不知有多少人呢。"

那人轻嗤一声，叹道："呵，还真是个白眼儿狼。"

所有人都认为时鸢是为了钱。

时鸢垂下眼睛，露出一个苦涩的笑容，无声地抬脚离开。顺着会场的小门出去，是一座小花园，看不见什么人。

她放心地找了处长椅坐下，晚风有些凉，她没穿外套，只能靠环抱着手臂取暖。

这晚的月亮很圆，月光柔和朦胧，时鸢仰头望着，渐渐地出了神。

也许是因为见到了白锦竹，她又想起了很多往事。

在没有发生那些事情以前，时鸢一直觉得自己会跳一辈子舞。而白锦竹，则是那个可以将她带到更大舞台的人，也是她此生最感激的人之一。

当时时鸢才十八岁，奶奶没人照顾，她无法离开南浔。

拜了白锦竹为师后，白锦竹帮她报名了一场她从前根本不敢想的国际赛事，甚至为了帮她纠正动作，不惜推掉了许多工作，留在南浔整整一个月。

获奖的那天，台下的掌声震耳欲聋。时鸢站在台上，手里抱着鲜花，视线逐渐被泪水模糊。身上受过的所有伤痛，流过的泪，仿佛在那一刻都找到了答案。

白锦竹紧紧地拥抱着她，亦是热泪盈眶，十分动容。白锦竹动作温柔地擦掉她眼角流下的泪，目光爱怜地望着她，眼里满是欣慰。

"时鸢,你要答应老师,永远不要因为外界的诱惑而停止跳舞。你是老师见过的最有天赋的人,只要一直坚持下去,一定会在这条路上走得很远,你一定能把古典舞发扬光大。老师相信你。"

时鸢眼眶湿热,一下比一下重地点头说道:"我会的,老师。"

白锦竹望着她,笑得温柔。

画面一转,变成了她和白锦竹道别的那天。

是她食言了,当初亲口答应老师的事情她没有做到。

"老师,对不起。我不能和您一起去M国了。"她顿了下,缓缓道,"我想去演戏。"

白锦竹难以置信地看着她:"为什么?你很需要钱吗?"

时鸢闭了闭眼,藏起眼底所有挣扎的情绪,咬着牙将心里提前准备好的说辞说出来。

她苦笑着说道:"不仅是因为这个……老师,跳舞太累了。"

时鸢永远记得那天白锦竹望着自己的眼神。

临走之前,白锦竹只对她说了一句话:"时鸢,你太让老师失望了。"

她知道,白锦竹那天很难过、很失望,甚至不惜与她断绝师生关系,以后都不再往来。

老师是该恨她的。

而今再相见,白锦竹对她的态度会是这般她也不意外。如果那天,她和老师说了实话,老师一定会更难过。她不是不想跳了,而是不能跳了。

可她不能说。有些事情,少一个人知道,也许就能少一份痛苦。

直到这天,看见曾经亦师亦母的人,面对她时的疏离冷漠,她的眼眶还是会止不住地发酸。

月色下,她的身影孤单又寂寥,被月光拉出一道长长的影子。

忽然,时鸢放在身旁的手机铃声响了,是裴忌打来的。

看见屏幕上跳跃的名字,时鸢的心口忽然跳了一下。她压下那阵复杂的情绪,然后接起他的电话,低沉熟悉的嗓音猝不及防地入耳:"晚宴结束了吗?"

在外面待了半天,其实时鸢也不知道结束了没有。

她模棱两可地应道:"结束了……"

下一刻,她就听见男人低声说:"出来,我在外面。"

时鸢一怔,讷讷地问:"你已经回来了吗?"

"嗯。"

她握着手机的手蓦地紧了紧,脚步飞快地往出口的方向走。

身上的裙摆有些长,她穿着高跟鞋,一只手提着裙摆,一步走得比一步快,到最后甚至已经跑了起来。

会场门口的台阶很长,她三步并作两步,早就没了女明星的端庄。

直到看见台阶下站着的那道身影时,时鸢的心脏像是被密密麻麻的藤蔓盘踞而上,紧紧地收缩,让她根本无法思考。

她再也忍不住,直直地冲进了他的怀里。

裴忌还没等来得及反应,下意识地张开双臂,稳稳地接住了她。

落进那个熟悉而温暖的怀抱里时,她心里压抑着的委屈怎么也止不住。

从晚上被人纠缠泼洒,再到被恩师冷待,积压了一晚上的情绪都因为此刻他的突然出现,溃不成军。

她深吸一口气,想把眼眶里打转的眼泪忍回去。

察觉她的状态不太对,裴忌的神情阴沉得吓人。他问道:"谁欺负你了?"

时鸢说话的嗓音发涩:"没有……我只是……"她顿了下,环抱着他的手臂收得更紧。她说,"想你了。"

话音落地,他的身形一僵,心也软得一塌糊涂。

她的声音闷闷的,像只在外面受了欺负的小猫似的,听得人心疼。

他显然没信她的话,掌心轻轻抚过她的后脑勺儿,带着些安抚的意味。

裴忌似是有些无奈地轻叹了声,说道:"我才离开几天,又挨欺负了。"

她舔了舔干涩的唇瓣,缓缓松开抱着他的手。

"真的没什么……"

时鸢觉得自己好像已经养成一个习惯,不管心里有多难受,多委屈,都能努力装出一副若无其事的样子。

她不能说自己痛,因为这样,爱她的人会更痛。

所以她得撒谎。

下一刻，男人脱下身上的外套，裹在她身上。

衣服还留有他身上的温度，阻挡住凛冽的寒风，让时鸢忽然生出了一种安心的感觉。

用外套把她裹紧后，裴忌微微低下头，直直地看着她，目光锐利得仿佛能够看穿她的一切伪装。

他低声说道："时鸢，我说没说过你一点儿也不会撒谎？"

对上他幽深的眼睛，时鸢愣住了。

裴忌垂眸望着她，十分无奈，抬手轻轻地捏了捏她的脸颊。

他的嗓音清越，融在晚风里，在她的耳畔格外清晰，每个字都仿佛重重地敲在了她的心上。

"你不告诉我，我怎么哄你？"

他的话像是石子被投到一汪湖水里，打破了看似平静的伪装，在她的心里激起一圈圈涟漪。

其实她都习惯了。习惯把所有受过的委屈和难过全部埋在心里，时间久了，她自己也觉得无所谓了。

可真的有一个人站在她面前，愿意听她所有的委屈和心事，她那些自以为坚韧无比的盔甲，轻轻松松就会溃不成军。

时鸢抿紧唇，忍着鼻尖那阵酸涩，一时不知道该说些什么。

他没逼她，抬手揉了一下她的发顶，温和地说："先上车。"

裴忌是自己开车过来的，没带司机。他搭十几个小时的飞机，出了机场直奔她在的地方，就跟循着味儿来似的。

他稳稳地开着车，余光瞥见她魂不守舍的模样，若有所思片刻，随即一打方向盘，掉转了方向。

时鸢坐在副驾驶座上出神，浑然未觉车子已经不知何时驶出市区，开上了一条渺无人烟的山路。

新组装之后的车，配置和性能完全称得上顶级赛车，是前天提的车。

裴忌的指尖轻敲着方向盘，忽然开口问她："想不想玩点儿刺激的？"

时鸢回过神，没听懂他什么意思，反问："什么？"

"系好安全带。"

时鸢一怔，这才注意到这里是一条漆黑无人的山路，一辆车都没有。

她的美目微微睁大,难以置信地看向他:"你……你不会要……"

裴忌侧头看她一眼,轻笑了一下,问道:"害怕吗?"

她沉默了瞬,下一刻,又慢慢地摇了摇头,一双如水般温柔的杏眸安静地望着他,含着无言的信任和坚定。她说:"有你在,我不害怕。"

他又笑了。

车子缓缓在一处白线后停下。裴忌随手把腕上的表摘下来放到一边,又慢条斯理地把衬衫的袖口挽到手肘处,露出紧实利落的手臂线条。他的手臂上有疤,平添了几分野性和力量感。

看着看着,时鸢猛地想起来什么,喊道:"等等,这里会不会有车经过……"

他低着头,不知道在调试车上的什么装置,神情认真专注,语调却漫不经心:"不会,你能看到的地方都是我的。"

行吧。

时鸢没什么顾虑了,默默抓紧身上的安全带,紧张得深吸了一口气。

下一秒,她还没完全呼出去的那口气猛地屏住。

引擎声在耳边轰鸣作响的一瞬间,时鸢整个人因为巨大的作用力,身体猛地撞到身后的椅背上。

这是她人生中从未有过的体验和速度,快到她甚至看不清车窗外的景象,心跳声震耳欲聋,好像下一秒就会从胸膛里跳出来一样。

她脸色煞白,攥紧了安全带,指尖都开始泛白,脑子根本无法思考,刚刚还在困着她的情绪好像在此刻被她远远地甩在了身后,怎么也追不上来了。

时鸢侧过头看向裴忌。他的袖口随意地挽着,透着一股恣意不羁的味道,一双修长的手稳稳地扶着方向盘,目光直视着前方的路,和平日里一样气定神闲。

裴忌的嘴角甚至还带着一丝若有似无的笑意,狭长的眼微微挑起,也许是因为他实在太过熟悉这些挑战肾上腺激素的极限运动。此刻他身上那种桀骜不驯的感觉更浓,像少年时的他,仿佛能带着她,冲破前方一切的黑暗,让她能够安定下来。

在这种疾驰的速度里,她所有的复杂情绪都被抛之脑后。

有他在身边,她好像确实什么都不怕了。

不知过了多久,车速渐渐降了下来,停在山顶。

裴忌打开车门,绕到另一侧的副驾驶座。

时鸢攥着安全带的手没松,胸口剧烈起伏着,目光还有些发直,显然是没从刚刚的刺激里回过神。

他轻勾嘴角,戏谑地问道:"吓傻了?"

其实裴忌刚刚的速度不快,连他以前玩的时候的三分之一都不到。

她还在车上,他心里有分寸。但她在车上的时候,飙车带来的快感似乎比以前更甚。

他的心理确实不太正常。

裴忌又弯了弯唇,俯下身平视着她,目光深邃:"别怕,就算是死了,有我陪你,怕什么?"

又在说浑话了。

撞进他幽深的眼睛里,时鸢终于缓缓回神,反应过来他的话后,她不悦地蹙起眉。

她看着他,认真地说道:"以后不许再提那个字,不吉利。"

裴忌轻笑了一声,又抬手捏了捏她的鼻尖,说道:"看看外面。"

时鸢顺着他的视线看去,是一望无垠的星空。

没有城市里的高楼大厦阻挡,夜幕里缀满了零零散散的星光,像细碎的钻石散落在黑丝绒绸布上,璀璨夺目。

时鸢想要下车去看,刚一起身,腿就一阵发软,险些一个趔趄。

他手疾眼快地扶住她,宠溺道:"出息。"

时鸢才懒得跟他计较,注意力都被眼前的景色吸引。

没了那些乱七八糟的遮挡,星空美得更为纯粹,仿佛近在咫尺,触手可及,是一种难以形容的、震撼人心的美丽。

望着眼前足以包容万物的浩瀚无垠,她刚刚因为疾速而加剧的心跳逐渐平息下来,想要倾诉的欲望忽然就在这一刻到达了顶点。

她忽地轻声说:"裴忌,我今晚见到老师了。"

裴忌侧眸,定定地望着她,没有说话。

知道他在听,时鸢又缓缓道:"当初,我答应过老师,会一直跳舞,不会辜负她的期望,要拿很多很多的奖回来,要站到更大的舞台上去。"

"可是我食言了。我骗老师说,我不想跳舞了,我想去演戏赚钱,所有人都相信了。他们都觉得我是为了钱才放弃自己的梦想。"她哽咽了下,声音有些发颤,"其实不是这样的……我没有不想跳舞,是我不能再跳了。"

闻言,他的目光一凝。

时鸢静静地凝望着眼前那片星空,忽然出神。

气氛陷入寂静当中,过了许久,他终于沉声问:"怎么受的伤?"

她的目光微微闪动了一下,很快便被遮掩下去:"是意外。"

恍惚间,时鸢又想起了那天,自己躺在医院的病床上,得知噩耗的瞬间。

那是她生命中又一次至暗的时刻。

那个时候,裴忌被她伤了心,离开了南浔。奶奶还躺在重症监护室,父亲变成了一块冰凉的墓碑。

车祸后醒来,她的病床旁只有季云笙在,看见几个医生拿着病历本,神情凝重地围在床边时,她就已经有了预感。

又一样她挚爱的东西,悄无声息地消失在她的生命中了。

从父亲去世开始,时鸢以为自己早就有了平静面对一切的心态。

她再也不能跳舞了,她的脚伤再也不允许她承受曾经练习时的强度。

想做舞蹈家,想要捧着奖杯站在更大的舞台上,所有的梦想在一夕之间全部变成虚幻的泡沫,只要轻轻一戳,就碎了。

没人能理解她的心情。

在所有人面前,她都可以装出一副若无其事的样子。

可在无数个只有一个人的夜里,她只敢躲在被子里偷偷掉眼泪。

养伤的那段时间,奶奶不知怎么知道了她受伤的消息,原本刚有了起色的病情又恶化了。

从那天开始,时鸢明白了一个道理。

人一定要好好爱惜自己,不要让自己受伤。因为在自己承受痛苦的时候,爱自己的人,可能会比自己更痛。

于是,在白锦竹如约而至的那天,时鸢撒谎了。如果让老师知道她再也不能跳舞了,老师应该也会像奶奶那样伤心吧,甚至比她自己还要痛心、惋惜。

与其这样,倒不如让老师觉得,是她不想跳了。白锦竹兴许会气她追名逐利,或者怪她在欲望里遗失了初心,这些她都愿意承受,只要别因为她的伤而耿耿于怀就好。

她再也不想看见任何一个爱她的人因为她而伤心了。

所以,就这样吧。

下一刻,一道低沉的嗓音打断她的思绪。

裴忌紧紧盯着她,忽地冷笑一声,说道:"时鸢,是谁教你做人要这么无私的?"他不错眼珠地看着她,又说,"你以为你委屈自己,爱你的人就会开心吗?没人值得你这么舍己为人,能听明白吗?"

时鸢被他这突如其来的怒气弄得一愣。

看着她不知所措的模样,裴忌克制不住的心疼。

顿了片刻,他忽然哑声道:"想知道许秀云当初为什么疯成那样吗?"

时鸢一愣,没想到裴忌会突然提起这个名字。

许秀云,是他的母亲。

那个让他一直活在仇恨里长大的、不负责任的生母。

"当年,她和裴岳林在一起没多久,就怀孕了。那个时候裴岳林穷得叮当响,用她的嫁妆做赌注,投了一个不靠谱的生意,最后赔得一分不剩。他不敢告诉她,觉得对不起她,也没脸面回去。他也不知道她怀孕的事情,随便找了个借口和她提分手,想让她找到一个比他强的人,过好日子。有人跟许秀云说,大概是裴岳林在外面做生意挣大钱了,就看不上她了。她傻到真的信了,觉得是他变心了,骗财骗色,让她顶着个大肚子,分文不剩地回到老家,被人指指点点,最后活生生被逼疯。生了我之后,她做的那些事情,都是为了报复他。"

临死之前都不知道自己恨错了人,何其可笑。

裴忌轻笑一声,嘲讽道:"折腾了大半辈子,连人都恨错了。"

为了报复别人,作践自己,折磨自己怀胎十月生下来的孩子,把他当狗一样养了十年。

那句"你们男人没一个好东西",骂得他的耳朵都生了茧子。

许秀云也曾经无数次诅咒过,说他长大以后也一定会变成裴岳林那样的人——冷血、自私、无情无义。

大概吧，也许许秀云的诅咒灵验了，他的确不是什么正常人，还遗传了她的偏执和疯魔。

可他永远不会做出裴岳林那样愚蠢的选择。他学不会放手，死都不会。

时鸢望着他冷硬沉默的侧脸，说不出话。

她知道，这些都是他的伤疤，是他浑身上下最痛的地方，不管是从前还是现在。

他却主动和她提起了这些。

"如果当初裴岳林做一个男人该做的，主动回来和她解释清楚，也不至于让她自己折磨自己半辈子，最后只能跪在她的墓碑前面哭。她的一辈子那么短，让他连愧疚的机会都没有。"他又笑了，说话的语调却云淡风轻，"她那个人多疯，视他比自己的命还重要。他怎么不想想，哪怕是他穷得要去睡桥洞，她恐怕都会陪着他一起。至少两个人在一起，也不至于她临死之前还在恨他，恨到每天都巴不得掐死我。"

他的话音落地，四周也跟着安静下来，只剩下呼啸的风声，却吹不散她眼睛里的湿意。

她的心口被热意烙得滚烫，那股复杂的情绪顷刻之间变得更加浓烈。

她望着他的侧脸，忽而轻喃出声："裴忌……"

时鸢不傻。她听得明白，他这晚主动揭开自己的伤疤是为了什么。

是为了教会她，要勇敢。勇敢地把一切说出口，要尝试着去相信，真正爱自己的人是能够陪伴自己一同战胜黑暗的存在。

裴忌并不知道，其实对她而言，他也是那样的存在。

不管是过去，现在，还是将来。

时鸢的眼眶忽然有些发酸。她忽然鬼使神差地伸出手，踮脚吻上他的嘴角。

裴忌一怔，凝视着她，幽深的眼里更加晦暗。他的喉结轻滚了一下，哑声问："怎么突然这么主动？"

"哄哄你……"

其实她能感觉得到。听到她说起脚伤，他比她自己还要心疼。

知道她瞒着白锦竹，自己受委屈，他才会那么生气。

时鸢顿了一下，忽而望向他。她的目光清澈，嗓音又轻又软："你不喜欢吗？"

她的眼睛明亮,眼尾微微泛着红,安安静静地看着他,勾得人心痒。

裴忌的目光更幽暗了几分。

下一秒,一个更为炽热滚烫的吻铺天盖地地落下来。

猝不及防的吻,让她的瞳孔瞬间放大,唇齿间不自觉地溢出一丝呜咽。

她低估了他的坏。

空气也仿佛变得浓稠至极。她的脚像是踩在云上一样,止不住地往下滑。

裴忌一把捞起她,随手扯过一旁的西装给她垫在身下,把人稳稳地放在石桌上。

他紧紧地盯着她,低哑发沉的嗓音里混着一丝气音,轻佻得要命。

他已经在用行动证明,他有多喜欢她。

第十五章
遵命，裴太太

周围寂静无比，彼此的呼吸暧昧地交织着，快要将她整个人都烧着了一样。

裴忌见好就收，他把就要在自己手下化成一摊水的女人抱起来，动作轻柔地放到副驾驶座上，然后从西裤口袋里摸出烟盒。

"我去抽根烟。"他说。

她的脸红得仿佛要滴出血来，问道："为……为什么？"

时鸢其实是想说抽烟不好。

他的语气带着几分轻佻："灭火。"

她想阻拦的话忽然就不知道怎么说出口了。

见她不再阻拦，裴忌勾了勾嘴角，抬脚走到一旁，从烟盒里抽出一根，用打火机点燃。

他的指间燃起一点儿猩红，烟雾缭绕，笼罩着他冷硬的侧脸，情欲的气息尚未完全散去。他的眼尾微挑着，妖孽似的勾人，坏得要命。

时鸢忍不住多看了两眼。

她不得不承认……他抽烟的时候，确实很帅。

但很可惜，时鸢并不知道此刻的他心里在想什么。

他怕她受不住，但来日方长。

随着烟一点儿一点儿地燃尽，半截儿烟灰掉落，他心里的那阵火终于被慢慢压了回去。

等差不多了，裴忌把烟掐灭，回到车上，副驾驶座上的人不知道什么时候已经睡着了。

她歪靠在椅背上，脚下的高跟鞋被随意地脱到一边。长发散乱，披在肩上，衬得脸只有巴掌那么大似的。红唇微微张着，呼吸平稳。

她累极了，只这一会儿就睡得很沉。

一直到车停在别墅门口,时鸢还没醒。

裴忌拉开车门,动作熟练地把人抱进自己的房间里,然后给她掖好被角,才迈步离开,来到了二楼书房。

书房里,周景林已经等了好半天。冷色调的书房里,没有什么多余的花草装饰,简单的黑白灰三色,每一处都散发着冰冷的气息。

唯独书柜旁的那抹亮色分外扎眼,与周围的环境格格不入。

是上次裴忌从片场抢来的立牌,坐在书桌后抬起头就能看见。

海报上,女人眉目如画,巧笑嫣然,给冰冷的环境增添了一丝柔和的气息。

周景林仿佛感应到什么,连忙收回目光低头,不敢再乱看。

果不其然,下一秒就听见裴忌的脚步声响起。

窸窣声响传来,周景林不明情况,还是没忍住偷瞥了一眼,然后就看见刚刚那个立牌不见了。

被裴忌藏起来了。

离谱。他不就是多看了一眼时小姐的立牌吗?!

反正周景林是理解不了这近乎变态的占有欲。

不过他也只敢在心里吐槽,面上仍然保持着秘书的专业素养,等裴忌走回书桌前,他连忙把带来的资料拿出来,放到男人面前,并说道:"裴总,过段时间温氏的地皮竞拍,豫星娱乐已经有动作了。豫星娱乐内部的资金流动不足以支撑他拿出这么一大笔钱,季云笙只支出了一部分,并且已经向银行那边贷了一大笔款项。一切都在按照我们的计划进行。"

裴忌淡淡地说道:"那就继续按我之前告诉你的做。"

"我明白了。"周景林顿了顿,又补充,"还有就是,有可能导致时奶奶病情突然反复的护士已经辞职回老家了,换掉了所有的联系方式。季云笙那边销毁了医院监控,现在关于这个护士的消息也一概查不到,所以目前还没办法证明是他做的手脚。"

闻言,裴忌的神情顿时沉了几分。沉吟片刻,他说:"我知道了,你先回去吧。"

"好的,裴总。"周景林应下,转身准备推门离开。

门打开的刹那,看清外面站着的人后,周景林吓得呼吸一室,喊道:"时……时小姐?"

裴忌也是一愣，随即抬起眼。

本该在房间里睡觉的人不知道什么时候醒了，此刻正赤着脚站在门外。她的脸色惨白，显然已经听见了他们刚刚的谈话。

周景林一秒也不敢多留，连忙退下。他离开之后，书房里顷刻间安静下来。

沉默半晌，时鸢看着他，艰难地问："奶奶的事情……和季云笙有关吗？"

裴忌顿了一下，点头道："嗯。"

她的身形重重一晃，难以置信道："他怎么会……"

当初奶奶重病住院，她的脚也受了伤，如果没有季云笙帮忙，单单依靠她自己，恐怕很难挺过那段时期。

所以，季云笙是她为数不多信任的人之一，因为他曾在她最困难的时候向她施以援手。从奶奶住院之后，大多数事情都是他帮她一同照料着的。

时鸢一直认为，他温和、细心、无微不至，可偏偏就是那样一副温和儒雅的皮囊下，他极端得可怕，让人胆寒。

下一刻，她冰凉的手被人握住，温度逐渐传递，像是无声地注入一股力量，缓解了她此刻的无助。

裴忌垂眸望着她，低声说："你放心，我早就让人在医院里看着了，奶奶那边绝对不会再发生任何意外。"

时鸢的目光慌乱而无错，有些语无伦次地说道："是我的错……如果不是因为我，奶奶也不会……"

裴忌语气沉沉地打断她："不许总把错揽在自己身上。"

他忽然抬手，将她拥入怀中，放缓了语气说道："和你没关系，是他的问题。明白吗？"

裴忌之所以没告诉时鸢这件事情，是因为她什么都做不了。

当初时鸢受伤住院的记录都被季云笙销毁得一干二净，哪怕让她知道了这件事情，她也帮不上什么忙。

更何况，有他在，她什么都不用管。

留季云笙到现在，是因为一次完美的击杀，一定要一击即中，不给对手留一丝后路。

安静片刻，他说："季云笙的事情交给我处理就好。"

时鸢怔怔地望着他，问道："你想做什么？"

裴忌轻笑一声,语气散漫:"男人之间的事情,当然应该用男人的解决办法。"

他虽勾着嘴角,笑意却不达眼底,冷得让人心颤。

等着吧。他一定会让季云笙付出代价。

次日上午。

豫星娱乐总部顶楼,总裁办公室。

办公桌前,助理欲言又止,然后道:"季总,款项预计三天后就会到账了,不会耽误竞标。只是资质证明那边还没有办好……"

季云笙抬头说:"那就按我之前告诉你的去办,和温氏那边打个招呼,做得小心点儿。"

"我明白了,季总。"助理应下,便关门离开了。

没一会儿,办公桌上的座机铃声响起,季云笙随手接起,就听见秘书的声音从里面传出来:"季总,时小姐来了。"

季云笙一愣,随即说道:"让她进来。"

很快,办公室的门从外面打开,一道纤细漂亮的身影走进来。

季云笙站起身,换上温柔和煦的笑,朝时鸢走过去,问道:"今天怎么突然过来了?"

她抿了抿唇,把手里拿着的文件递给他,随后看着他,轻声说:"我是来解约的。"

闻言,季云笙呼吸猛地一窒。

"合同上我已经签好字了。《沉溺》的片酬我一分都不会要,就当是违约金吧。"她轻柔动听的嗓音回荡在办公室里,是从未有过的坚决。

季云笙努力维持着面上温和的笑容,让自己的声音听不出什么异样:"发生什么了?怎么突然……"

见他仍没有任何主动承认的意思,时鸢忽然就觉得累了。

与他相处了这么多年,原来他比她还会演戏。

她静静地望着他,语气平静地问:"当初厘姿和视频的那些事情,和你有关吗?"

话音落地,季云笙神色一僵,然而很快便恢复如常。他从办公桌后绕出来,走到她面前，微笑着看着她问："你为什么会这么想？是不是有人跟你说了些不切实际的话……"

时鸢轻声打断他："云笙，我不傻。"她缓缓地说，"单凭厘姿一个人，怎么会有能力找到一个和我那么相像的人，又让那条视频在短短一个小时里扩散得那么快呢？只是我一直不愿意去相信，背后的那个人真的是你。"

时鸢静静地望着他，以往明亮的眼睛此刻变得暗淡无光，眼底只剩失望。她深吸一口气，说道："你明明知道，奶奶是我的底线。"

季云笙的神色彻底冰冷下来，往日的柔和不复存在，清俊的面容也逐渐变得扭曲。

"是裴忌告诉你的？呵，时鸢，其实他和我是一类人，为达目的不择手段。如果换成他是今天的我，他的手段只会比我更……"

啪的一声，他的脸被人扇到一边。

掌心传来火辣辣的疼，时鸢深吸一口气，气得浑身发抖。

她定定地看着他，咬紧牙关说道："他和你从来就不是一种人。哪怕从一开始他说恨我，可自始至终从不会伤害我，或者伤害我身边的人一丝一毫。"

话音落地，周围陷入死一样的寂静。季云笙低着头，神情晦暗难辨。

时鸢静默半晌，紧紧地闭上眼，再睁开，努力克制住声音里的颤抖，说道："季云笙，你真的好可怕。"

安静片刻后，他反而笑了，向来温和的眼里泄出一丝扭曲的疯狂，透着几分压抑的歇斯底里。

"我一直是这样的人——"他微笑着看她，继续说道，"时鸢，如果当初没我，你凑不齐奶奶的医药费，也不会有现在这样光鲜亮丽的生活，你会毁在那个小医院里。我陪在你身边整整四年，可你从来没有想过留在我身边。"

季云笙紧紧地闭上眼，藏起眼底的无力和挣扎，又忽地笑出来。他像是在问她，又像是在问自己："我能怎么办呢？我爱你，所以我必须要想尽一切办法留住你。"

原来他并不觉得自己错了。

听完季云笙说的这些话，时鸢只觉得浑身上下如坠冰窖般寒冷。

静默片刻，她才缓缓地说："这并不叫爱，只是你心有不甘的占有欲在作祟。你对奶奶做过的事情，我一辈子也不会原谅。"

说完这句，时鸢便转身离开，再没有看身后的人是何表情。

出了豫星娱乐大门，身后的一切与她再无关系。

困了她三年有余的一纸合约终于结束，像是摘掉了她身上最为沉重的那道枷锁，她终于还清了，再也不欠谁的。

于时鸢而言，是从未有过的轻松。

天气已经彻底冷了，她缓缓地呼出一口气，一切的一切，仿佛都成为眼前的一团雾气。

萧瑟的寒风里，秋叶被层层卷起，肆意纷飞，刺骨的寒，好似有什么东西在此刻悄无声息地散了。

当天晚上，新的热搜冲上榜首。

"时鸢豫星娱乐解约""豫星娱乐发布解约声明""知情人士爆料时鸢解约原因"……

几个标题一出，瞬间在网络上掀起轩然大波，甚至开始有人扒出时鸢的过往，指责她忘恩负义，辜负恩师白锦竹多年的苦心栽培，将尊师重道尽数抛在脑后……

屏幕前，温书莹愉悦地笑了。

"书莹？在看什么呢？这么入迷。"

见白锦竹看过来，温书莹连忙把手机扣在一边，若无其事地冲白锦竹笑了笑，说道："没什么，老师，随便看看而已。"她想起什么，又柔声问道，"对了，您的机票是明天下午吗？真的不打算再多留几天吗？"

白锦竹点了点头，笑了笑，答道："嗯，票都已经订好了。下次有机会再回国吧，看我先生什么时候有时间。"

温书莹想了想，只好说道："那我明天送您去机场吧。"

"好。"

和温书莹道了别，白锦竹回到家，刚进到别墅客厅里，就看见桌上多出了一个盒子。

"陈姐，这是什么？"白锦竹一边问，一边拆开盒子。

她打开一看，里面竟然是一盒艾灸贴。与药店和医院里卖的那些看起来不太一样，打开盒子，一股浓重的药草香就扑鼻而来，没什么包装，看着像是什么偏方。

底下还压了一张纸,白纸上的字迹娟秀而工整,写着用法和使用频率,甚至把草药的成分也一一手写列了出来,满满一整页,一些易过敏的药材亦被红笔标注了出来。

不是什么贵重的礼物,却每一处都透着送礼之人的用心。

白锦竹有腰伤,是长年累月积压下来的旧疾,知道的人也不过就那么几个。

保姆陈妈这时才走过来,笑呵呵地答道:"夫人,这是下午有人送过来的,是个特别年轻漂亮的小姑娘。我说您出去了,她把东西放下就走了,也没说自己叫什么。"

闻言,白锦竹的神情一愣。

陈妈见她有些出神,关切道:"夫人,怎么了?"

白锦竹回过神,缓缓地摇了摇头:"没什么。"

她将那个盒子拿回卧室,又怔怔地看了许久。

许久,她轻叹了一声。

与此同时,保姆车行驶在夜色中。

刚结束了一场夜戏,时鸢疲惫地靠在椅背上,合着眼,也不知道睡着了没有。

一旁,洛清漪还在噼里啪啦地用手机打字。

解约的消息是晚上拍戏那会儿,豫星娱乐爆出来的。

洛清漪也不知道白天时鸢去找季云笙到底说了什么,但以眼下的形势来看,用"鱼死网破"四个字形容亦不为过。

从这些营销号的效率来看,季云笙这次是铁了心要毁了时鸢。

现在网上议论最多的,除了解约的事情,就是当初时鸢放弃跳舞,和白锦竹闹掰的往事,各种言论层出不穷,有骂她是个只看钱的白眼儿狼的,也有帮她说话的,但总归还是恶意的声音居多。

突然,一条新的提醒弹出来。

洛清漪点开那条微博,瞳孔猛地一缩,连忙把身边的人叫醒:"时鸢……快醒醒。是你的老师……你的老师亲自帮你澄清了!"

洛清漪把手机屏幕伸到她面前,她的那点儿困意彻底散了,取而代之的是无法言说的情绪复杂地交织在一起,逼得她的眼眶泛酸。

　　白锦竹:"师生关系从未像各位揣摩的如此恶劣,也请有心人士停止散播所有毫无根据的言论。人生的选择权只在自己,不论对错。我的亲学生,想做什么,不想做什么,只要她喜欢就好。人生无不散的筵席,有幸相伴一程已是幸运。即使心怀遗憾,也愿她前路坦荡,一片光明。"

　　时鸢回到家里,已是深夜。
　　她把所有尘封在柜子里的奖状和奖杯都拿了出来,将上面蒙上的灰尘细细地擦干净。
　　她又给自己倒了一点儿红酒,坐在客厅的地毯上,静静地望着落地窗外的景色。
　　月明星稀,云雾散开,一轮弯月悬挂于天空,清晰可见,朦胧柔和的月光照进屋子里,映在奖状的玻璃框上,闪闪发光。
　　酒精并没有完全麻痹她的大脑神经,反而让她的情绪更加放大。
　　时鸢盯着那些奖杯许久,忽然拿出手机,拨通裴忌的电话。
　　响了几声后,电话被人接通。
　　她打的是视频通话,屏幕里,率先映入眼帘的是男人棱角清晰的下颌线。
　　此刻,裴忌刚从会议室里出来,快步回到办公室,才把手机拿起来,垂眼看去。
　　手机里,她的脸色酡红,眼睛也是红的,目光有些迷离,像只可怜的兔子。
　　他把办公室的门合上,边走边问她:"怎么还没睡?"
　　裴忌才刚问出这句,也不知道戳到了哪个点,对面的人忽然就放声大哭起来。
　　他被这猝不及防的一幕弄得愣了一下,随即便反应过来。
　　这是又喝醉了。他的声音含笑,温柔道:"怎么又哭了?嗯?"
　　比起那个遇到什么事情都只会用笑掩盖情绪的时鸢,他更想看到她像现在这样,在他面前可以肆无忌惮地发泄情绪。
　　因为,这是信任和依靠一个人的表现。
　　电话里,她哭得上气不接下气,说出来的话也断断续续的:"老师……老师她出来帮我说话了……她还说我还是她的学生……"

时鸢说得语无伦次，但裴忌听懂了。他把手边那堆没签的文件翻开，极有耐心地问她："嗯，然后呢？"

　　时鸢吸了吸鼻子，又说："我一直以为……老师还在生我的气，可是好像没有……老师把很多的希望都寄托在我的身上，但我还是辜负她的期望了……我还骗了老师，让她伤心了。"

　　说着说着，她的眉眼耷拉下来，闷闷地说道："我下午去老师家里，本来是想把艾灸贴亲手送给她的，可我害怕她不想见我，所以我又临阵脱逃了……"

　　深夜，办公室里静悄悄的，只有电话里她轻柔的嗓音传出来，让寂静的夜里多出一丝温馨与平和。

　　裴忌一边不停地签着文件，一边听着她在电话里絮絮叨叨地说着。

　　"裴忌……你说老师是不是已经不生我的气了？"

　　他低声应答："嗯，不气了。"

　　时鸢撇了撇嘴，语气哀怨地说："你骗人……"

　　他陡然失笑道："没骗你。不信的话，自己去问问不就知道了？"

　　她的神色微愣，像是在消化他的话。

　　裴忌顿了顿，又缓缓道："任何时候都不要把事情全部憋在心里。想知道的就去问清楚，想做的事情就去做。出了事我担着，明白吗？"

　　他的话音落地，她的鼻尖又是一酸，慌乱地垂下眼。

　　时鸢知道，他一直能看穿她的所有心思和情绪。

　　她的胆怯、犹豫，他都看在眼里，并且一直在鼓励她。

　　有他在，她其实什么都不用怕。

　　安静片刻，时鸢忽地说道："我跳舞给你看好不好？"

　　问完这句，她也没等他回答，就把手机立在沙发腿那里支住，起身走到摄像头前。

　　她穿了身白色的蕾丝长袖睡裙，只有一截纤细白皙的小腿露在外面，赤着脚踩在地板上，打开一旁唱片机的开关。

　　随后，一段轻柔的旋律从里面缓缓地流淌出来。

　　伴着音乐，她翩翩起舞。

　　房间里没开灯，窗外朦胧的月光透进来，映在她的身上，带着一种虚幻的、不真实的感觉。她的腰极软，每一个动作都能演绎出一种难以言说的美感，看上去柔若无骨,又仿佛充满了韧性和力量。

如画般精致的眉眼温柔动人,一颦一笑都勾魂摄魄,醉意迷离下,她的神态更多出几分平日里少见的妩媚。

白锦竹曾经说过一句话,裴忌始终记得。

她说,时鸢就是为了古典舞而生的。

一舞完毕,她的气息有些不匀,呼吸急促了些,胸口起伏着,弧度饱满。

时鸢弯腰拿起手机,眼睛亮亮地盯着屏幕里的人。她的脸比刚刚更红了,期待地问道:"好不好看?"

裴忌的喉结缓缓地滚动了一下,视线不曾移开过一瞬,低声道:"好看。"

闻言,她弯起眼睛笑了。

顿了顿,时鸢眨了眨眼,忽然冒出一句:"那我和温书莹比谁好看?"

裴忌连半秒思考的时间都没用,就答道:"你。"

时鸢抿紧唇,像是不太满意他的答案,又追问道:"那到底有多好看?"

沉吟片刻,男人冷厉的眉眼透出些许无奈和宠溺。他认真地回答:"像天上的仙女。"

总算听到一个满意的答案,她又笑了,眉眼中孩子气十足。

不知道是不是因为喝醉的人思维都会变得比较跳跃,时鸢忽然又想起很多以前的事情。

她开始认认真真地控诉起来:"你还记不记得我们第一次遇到的时候,你捡到我的扇子,还不打算还给我?你还说我是唱戏的。还有……"

裴忌见她还有继续翻旧账的架势,揉了揉眉心,有些无可奈何。

他放柔了语气,低声哄道:"是我错了,好不好?"

就在此时,周景林刚带着公司高层敲门进来,正好听见这句犹如平地惊雷的认错。

周景林俨然已经习惯了,而身后的高层冷不丁地撞见这一幕,吓得一哆嗦,手里的文件啪的一声掉在地上。

听见声响,裴忌抬头,视线冷冷地射过去。

嗅到一丝危险的气息,周景林手疾眼快地把人拉出去,关上门。

看着紧闭的门,高层的嘴唇都在颤抖:"周……周特助,我不会明天就被开除吧?"

他只见过裴忌在会议室里劈头盖脸骂人的场景。虽然也听别人说过,他们裴总的内在体质其实是个"妻奴",但他始终没信。

直到看到这一幕。

周景林摸了摸鼻子,实话实说:"很难说。"

高层瞬间面如土色。

周景林只好拍了拍他的肩膀以表安慰:"没事,以后习惯就好了。"

他真的还有以后吗?

办公室里,电话还没挂断。

"裴忌,大后天就是你的生日了。"

闻言,裴忌微怔了下,"嗯"了一声。其实他都不记得了。

她嗓音温柔地说道:"今年我陪你一起过生日吧。就在家里过,好不好?"

猝不及防地听到"家"这个字眼,让他的心尖忽然跟着颤了一下。

裴忌敛眸,藏起眼底泛起的零星情绪,看着屏幕里的人,嘴角勾起一个浅浅的弧度。

她像是折腾累了,手里还握着手机,还没等到他的回答,就这么沉沉地睡了过去。

听着电话里传出浅浅而均匀的呼吸声,他却一直没有挂断,沉静的目光落在屏幕上,一遍又一遍地勾勒着她的五官,仿佛永远也看不够。

许久之后,办公室里忽然响起他低沉喑哑的嗓音:"好。"

次日,一直睡到下午,时鸢才悠悠转醒。

她揉了揉隐隐作痛的太阳穴,昨晚的记忆终于逐渐回笼,只是断断续续的,拼凑不出完整的画面。

叮——

枕头旁的手机忽地响了一声。

时鸢微微吁了口气,解锁屏幕,发现是裴忌发来的消息。

竟然是一条航班信息。

她怔了一下,刚想问这是什么,又一条新的消息弹了出来:"现在去还来得及。"

她的指尖轻触屏幕,问他:"这是什么?"

"白锦竹的航班信息。"

时鸢看清这几个字,顿时愣住了,刚刚还有些混沌的大脑瞬间清醒过来。

还未等她彻底反应过来,很快,他又发:"去吧,老师在等你。"

时鸢放下手机,以平生最快的速度洗漱,而后冲到路边拦了一辆出租车赶往机场。

这个时间段,前往机场的路拥挤不堪。

车流缓慢地在高架上移动,航班是晚上六点的,而现在已经是下午四点四十五分,就快要来不及了。

时鸢在后座急得如坐针毡,离机场就差一个红绿灯时,她付了车钱,果断地推门下车。

她越跑越快,呼啸的冷风刮在脸上,刀割似的疼,耳边灌的全是风声。

她到了机场,六点已经过了。

时鸢找到问讯台,将航班信息给机场的工作人员看,却只得到一句充满歉意的回答:"不好意思,女士,这趟航班已经起飞了。"

时鸢刚刚急速奔跑过,呼吸尚未平复下来,胸口剧烈地起伏着,眼眶却不受控制地红了起来。

她还是来晚了吗?

时鸢的目光渐渐暗了下去。就在这时,她忽然听见身后响起一道熟悉的声音:"时鸢。"

她神色一顿,循着声音转身看去。

看见身后不远处站着的白锦竹时,时鸢恍惚了片刻,怀疑是不是自己看错了。

她目光怔怔地望着白锦竹,如梦初醒道:"老师……您没走……"

白锦竹浅浅地笑了。

此时的白锦竹并不再像那天晚宴时待她那样疏离,她很快记起了此行的目的。

她深吸一口气,指尖深陷进掌心的肉里,终于鼓起勇气说道:"老师……对不起,我当初不该骗您,我其实没有不喜欢跳舞,我从来没有觉得跳舞是件辛苦的事情。而是因为,我不能再跳了。"她的声音发涩,"我在南浔等您的那段时间里,遇到了意外,脚踝受了伤。医生说,我以后应该再也没办法承受高强度的练习……"

白锦竹顿时一愣,问道:"你说什么?受伤?"

时鸢忍不住哽咽了一下,继续缓缓地说道:"您倾注了那么多心血在我的身上,我却……"

白锦竹忽然就明白了。紧接着,她的眼眶也泛起湿意,轻拍着时鸢的后背,心口一阵揪疼,有自责,有愧疚,更多的是心疼。

"傻孩子,不管发生了什么事,我都是你的老师,我怎么可能真的怪你什么?以后无论发生什么,都不许再自己一个人承担,知不知道?"

白锦竹的怀抱熟悉而温暖,听着这些话,时鸢积压在心中多年的情绪在此刻全部倾泻而出,像个孩子一样,泣不成声。

白锦竹心疼得说不出话,只能一下一下轻抚着她的后背。

其实她也曾想过,当初时鸢放弃跳舞,或许是有苦衷的。可是她怎么也不愿去相信,真相会是她最不想看见的一种。

那个时候,时鸢也不过是个孩子,十八九岁的年纪。

家庭支离破碎,又被迫放弃自己为之努力多年的梦想,她该有多痛!

白锦竹不敢去想。她从包里拿出纸巾,温柔地给时鸢擦掉眼角的泪水。

这时,时鸢忽然想起什么,连忙问:"对了,老师,您的航班……"

白锦竹温和地笑了笑,说道:"有人已经帮我改签了。"

时鸢一怔,不解地看着她。

白锦竹温柔道:"其实,裴忌刚刚来找过我。"

一个小时前。贵宾候机室。

看时间差不多了,白锦竹便准备拎包起身,前往登机口。

这时,候机室的门被人从外面打开,一道修长挺拔的身影快速走进来。

看清来人的面容,白锦竹有些诧异,没想到裴忌会出现在这里。

她知道裴忌。五年前,在南浔,那时候他还是一个阴沉桀骜的少年,一身折不断的傲骨,好像对身边的一切都不屑一顾,唯独对时鸢不同。

时鸢每晚过来练舞,他就等在外面,结束后接她回去。

风雨无阻，从未缺席。

白锦竹还记得，有一晚下雨，她看着少年少女并肩走在雨中，少年神色冷酷，却硬是将大半的伞倾斜到时鸢的方向。

再后来听到裴忌的名字，就是从自己丈夫的口中。

陈俊明时常会在茶余饭后时赞不绝口，说裴忌是难得一遇的商界奇才，手腕了得，为人狂妄至极，从没向谁低过头。

在这里见到裴忌，白锦竹有些意外。

裴忌沉声道："抱歉，不知道能不能耽误您一些时间？我有几句话想跟您说，是关于时鸢的。"他顿了一下，缓缓地说道，"我想，您应该比我更了解她，她从来不是会轻易放弃一件事情的人，更别说她的梦想。五年前的那件事情，她有自己的顾虑，而您对她来说又是非常重要的人，所以才不得已隐瞒了一些往事。"

白锦竹思索着他的这些话，仿佛猜到了些什么："你是说……"

他的语气郑重而礼貌："能不能请您在这里等等她？有些话，她想亲口对您解释清楚。只要再等一会儿就好。"

说罢，裴忌弯下腰，深深地朝她鞠了一躬。

目送着白锦竹的身影消失在登机口，堵在时鸢心头的那块巨石仿佛也在此刻彻底烟消云散了。

机场巨大的落地窗外，飞机在跑道上滑行，呼啸着冲向天际。

她的耳边还回荡着白锦竹离开前告诉她的话。

原来是裴忌。在她看不见的地方，他为她了却了太多桩心事。

情绪铺天盖地般袭来，仿佛织成一张密密麻麻的大网，将她的心脏包裹其中，酸得发胀。

她忽然很想见到他，就现在。

时鸢努力将泪意压回去，从包里拿出手机，拨通他的手机号码。

电话里响了几声，很快被人接起。

那头的背景音有些嘈杂，不像是在公司里，而且有些耳熟。

时鸢忽然有一种直觉，试探地问："你现在在哪儿？"

这时，机场内的播报声响起，仿佛是从头顶传来的，又仿佛是从手机听筒里传出来的。

低沉的嗓音混杂着微弱的电流声在她的耳畔响起:"回头。"

时鸢一怔,转过身看去。

不远处,男人穿着一身黑色大衣,气质冷厉,身形挺拔,在汹涌的人潮中格外显眼。

他们视线相交的瞬间,周围的一切仿佛都失了颜色。

他握着手机,逆着人群,一步一步地朝她走过来。

在这个时刻,时鸢忽然无比确定一件事情。那就是,她再也不会遇到比他更好的人了。

就在时鸢出神的时候,裴忌走到她面前站定,静静地注视着她。

见她愣怔得说不出话的样子,他挑了挑眉,戏谑道:"看傻了?"

时鸢终于回过神,望着他,满脸疑惑:"你怎么……"

旁边有人频频看过来,裴忌神色淡然地牵起她的手,拉着她往外走。

"先出去再说。"

走着走着,时鸢忽然想起什么。她轻咳了声,问他:"裴忌……昨晚,你有没有说过什么?"

裴忌的目光微不可察地凝了一下,很快便恢复如常:"什么?"

见他依旧淡定自若,时鸢忽然就有点儿不确定昨晚听到的那句"像天上的仙女"到底是不是自己在做梦。

那么肉麻的一句话,她自己都不好意思重复。

她犹豫着问:"就是……夸我的话?"

他面不改色地说:"没有。"

时鸢还是觉得不对劲,但只说了一个"哦"字。

裴忌带着她从机场的一扇后门出去,拉开后座车门,说道:"我让司机送你回去。"

时鸢诧异地看向他,奇怪道:"你不一起走吗?"

"一会儿的飞机,要出差。"他的目光深邃,盯着她半晌,忽然勾起嘴角,笑问,"这么舍不得我走?"

时鸢抿了抿唇,慌乱地移开视线,不答反问:"那什么时候回来?后天能回来吗?"

说好了要陪他一起过生日的。

裴忌想了想时间,答道:"能。"不能也得能。

时鸢这才松了一口气,下意识脱口而出:"那你早点儿回来……"

话一出口,她又不受控制地红了脸。怎么好像她很舍不得他一样……

时鸢咬着唇腹诽,刚想开口补救一下局面,额前就落下一个如羽毛般轻抚而过的吻。

他低沉悦耳的嗓音在头顶响起,含着丝丝笑意:"遵命,裴太太。"

在白锦竹亲自出面澄清后,那些所谓的师生不和等乱七八糟的言论全部不攻自破。

也许是裴忌让人撤了热搜,很快,和豫星娱乐有关的消息都被其他新闻淹没。

第二天下午,《沉溺》的片场异常热闹。

巨大的蛋糕摆在桌上,工作人员正欢呼雀跃地围在一起切蛋糕。

有人给时鸢也切了一块拿过来,她道了声谢,拿起小叉子尝了一口。

奶油细腻绵软,入口即化。

时鸢的眼睛亮了亮,转头问:"这是在哪家蛋糕店订的呀?"

"是我朋友开的一家私房蛋糕店,你想订蛋糕?我把他的微信推给你。"傅斯言一边回答,一边走过来,在她身边坐下。

时鸢笑了一下,感激道:"谢谢傅老师。"

傅斯言也笑,调侃道:"一部戏都拍完了,还叫老师,未免也太生疏了。叫我傅斯言就好。"他顿了顿,又温和地问,"听说你和豫星娱乐解约了,接下来什么打算?考虑换一家经纪公司吗?"

时鸢顿了一下,才柔声道:"不了。《沉溺》应该会是我最后一部戏。"

傅斯言一愣,道:"你的意思是,要退圈吗?"

时鸢笑着点了点头。

他轻叹一声,神色有些惋惜,又问:"那今后呢?有什么打算?"

时鸢想了想,实话实说道:"如果身体条件允许,应该会去做一名舞蹈老师。实在不行的话,可能会去念书吧。"

听到后面那句,傅斯言又是一怔。他差点儿忘了,时鸢不过二十二岁。

本该无忧无虑上学的年纪,她却已经一个人在娱乐圈里摸爬滚打了三年多。

傅斯言垂眸,敛去眼底泛起的心疼,将手边的可乐瓶打开,举起说道:"别的就不多说了,我以可乐代酒,祝你今后一切顺利。有什么需要我帮忙的地方,尽管联系我就好。对了,一会儿聚餐要不要来?"

时鸢歉疚地笑道:"今天恐怕不行,晚上和朋友约好了见面。"

她下午和姜知漓约好了去取手链,眼看时间就要到了,她和傅斯言道了声再见,便动身前往工作室。

路上,时鸢加了傅斯言推过来的微信,联系上了那位甜品师,提出亲手学做一个蛋糕的想法。

大概是看在傅斯言的面子上,那人一口答应了,让时鸢第二天上午前往蛋糕店。

时鸢取好手链出来,就看见洛清漪的车已经停在门口了。

她拉开车门上车,疑惑地问:"怎么突然来接我了?这两天不是很忙吗?"

洛清漪一边倒车一边答道:"是挺忙,但最麻烦的事情已经办完了。我辞职啦!"

她其实早就有从豫星娱乐辞职的念头,眼下时鸢已经和豫星娱乐解约,她当然也没什么再留下的理由了,索性直接交了辞职信。

闻言,时鸢一愣,而后问:"那你以后……"

"准备自立门户呀,当小老板,总比给人一直打工强吧。"

时鸢蹙了蹙眉,又担忧道:"季云笙同意了吗?"

"他没拦,听说他最近十分焦头烂额,好像有个挺重要的项目,重心都放到地产开发那边了。人事那边没得到什么要卡我的消息,辞职手续办得格外顺利。"洛清漪浑然不在意地安慰道,"放心,不用担心我。在圈子里混了这么多年,多多少少还是有点儿人脉在身上的,我可是金牌经纪人。再说了,借你的光,还有你老公的,季云笙也不敢为难我。"

冷不丁听见那个陌生的称呼,时鸢的耳尖一下子变得通红。

她忽然又想起昨天晚上在机场,他叫的那句"裴太太"。

听着好像不赖?

如此想着,时鸢的神色越发慌乱,红着脸连声否认:"什么老公……你别瞎说……你快好好开车。"

见状，洛清漪"啧"了声，随口说："别告诉我你们还没……"

见时鸢没出声，她的瞳孔瞬间缩紧，不可思议地问："真的还没发生关系呀？之前你喝醉那次没成可以理解，那后面呢？他不是跟着你回南浔了吗？那两天也没？"

时鸢默默地别开头看向窗外。

"裴总不会是……"

时鸢又想起家里衣柜深处那整整一盒子睡裙。

还有那晚，在山顶上的记忆还尤为清晰。

说他不行？她才不信。

这边，洛清漪还在拱火："男人憋太久容易憋坏。"

时鸢回神，无奈地说道："哪有你说的那么夸张……"

洛清漪还要说话，就被忽然响起的手机铃声打断。

看见屏幕上跳跃的名字，她的脸瞬间一垮。

时鸢的视线不经意地瞥到屏幕，戏谑地说道："江警官的电话？怎么不接？"

洛清漪呸了一声，愤愤地说道："我才懒得理他。"

时鸢陡然失笑道："你不是还挺喜欢的吗？"

如果打是亲骂是爱这句话是真的，时鸢觉得，喜欢恐怕都不足以形容了。

谁能想到，江遇白居然就是洛清漪骂了三年的那个男人。

说起来，两个人之间的渊源倒也能用"狗血"两个字形容。

三年前，洛清漪惨遭前男友劈腿，一气之下去酒吧买醉，看上去最正点的男人竟然是隐藏身份来执行任务的警察。

总而言之，深仇大恨，三言两语根本说不完。

洛清漪把电话挂了，一口气拉黑，才咬牙切齿地说道："谁接他电话谁是儿子。好马不吃回头草。我还不如马了？"说完，她猛踩油门泻火，"走，逛街去。"

洛清漪拉着时鸢来到一家商场，大刀阔斧地买了一堆衣服和包包。

时鸢最近的购物欲不强，等洛清漪的间隙，她鬼使神差地走进隔壁一家男装店。

本来只打算随便看看,不承想出来的时候,双手都提满了购物袋。

有领带、衬衫、家居服……总归应有尽有。

时鸢提得手酸,开始反思自己到底为什么要买这么多。

这时,包里的手机振动了起来。时鸢放下一只手的购物袋,掏出手机。

她刚刚挑家居服的时候,纠结了一会儿颜色,索性发消息问他。

裴忌半天没回,应该是在忙,她就把黑色和灰色的都买了。

这会儿,他倒是回了。

"你最喜欢什么颜色?"

"红色那条。"

时鸢盯着那条消息,反反复复地看了几遍,终于反应过来,脸色一瞬间涨得通红。

他以为她在问什么呀?!

自作多情!

她把手机一关,决心不再回他。

与此同时,临市拍卖场外,无数记者围在门口,摄像机依次架起,闪光灯闪烁。

一架摄像机前,记者笑容甜美地面对镜头,缓缓道:"今日,让地产界各大龙头备受瞩目的,隶属温氏地产名下的八号地皮终于开始面向社会进行公开拍卖。八号地皮具有非常大的发展潜力,也一直是各大集团极力竞争的目标。而其中最有可能赢得此次竞标的几个集团,想必大家都有所耳闻。分别是豫星娱乐、傅氏集团以及裴氏集团。最近,豫星娱乐向地产界的转型速度令人叹为观止,其他两位也是相当强劲的对手。那么今天究竟花落谁家,让我们拭目以待!"

这时,一辆豪车在门口缓缓地停下。车门打开,季云笙理了理衣襟,迈步下车。顿时,镁光灯闪烁。他看起来淡然从容,气定神闲地走进会场。

人还没到齐,季云笙在单人沙发上坐下,朝身后的助理示意了一下,助理立刻弯腰凑过去。他的神色看不出任何异样,往常温和的语气却沉了几分:"今天这场竞标,绝对不能失败,明白吗?"

助理连忙压低声音回道:"您放心,季总,裴氏集团的最高竞标价我们已经拿到了,最多不会超过七十亿。而我们足足有一百亿预算,绝对不可能出现任何问题。"

"傅氏集团呢?"

"也不会超过这个数字。如果溢价过高,超出这块地的本身价值,傅北臣应该也会收手。而且据传闻,傅氏集团和裴氏最近的合作似乎没谈拢。"

季云笙的神经终于微微松懈下来,点头道:"知道了。"

又过了一会儿,身旁的沙发有人坐下。

季云笙转过头,看见身旁的男人,微笑着朝他伸出手:"傅总,久仰大名。"

敌人的敌人就是朋友。

既然傅北臣和裴忌之间没谈拢,以后未必就不能成为他的合作伙伴。

然而,傅北臣只是抬了抬眼,微微颔首便算回应。

季云笙的手僵在半空,尴尬了两秒后收回。

早就听闻傅北臣为人冷淡,他倒也有心理准备。

这时,又一道修长的身影出现在会场门口。

季云笙像是有感应似的抬起头,裴忌的视线也淡淡地瞥过来。

视线在空气中短暂地交会一秒,季云笙率先勾起嘴角,向来温和的笑容里带着些挑衅的意味。

这次竞标,他势在必得。

而裴忌仿佛没看见似的,抬脚走到第一排坐下,背对着季云笙。

也正因如此,季云笙并没有看见,他在落座后,嘴角勾起的那抹若有似无的笑意。

十分钟后,竞拍准时开始。

二十亿价格起拍,很快便有人开始叫价,不过都是些没什么威胁的企业。

傅北臣和裴忌也一直没有动作。

于是季云笙也一直按捺着,静观其变。

没一会儿,第一排有人叫到了三十亿。

余光里,季云笙看见傅北臣低头看了看腕表,随后示意了一下身后的助理。

"四十亿!"此叫价一出,全场顿时哗然一片。

拍卖师激动的声音从麦克风里传出来:"傅氏集团出价四十亿!"

季云笙蹙了蹙眉,也有些没料到傅北臣的手笔会这么大,一次直接加价十个亿。

这一下出来的新价格,让在场的大部分集团纷纷被迫止住脚步。

"四十亿一次……"

"四十亿两次……"

季云笙的目光深了几分,定定地看着第一排中间的那个黑色身影。

裴忌还没有动作。

下一刻,他看见裴忌身旁的助理举起牌子,出价道:"五十五亿!"

"裴氏集团出价五十五亿!"

会场内再度沸腾。之前就有传闻流出,裴氏和傅氏集团的合作因为裴忌的狮子大开口而谈崩了。而现在,拍卖场上,二人之间的抬价似乎也透着些针锋相对的气势。

季云笙微微吁了一口气。

现在的价格还在他的控制范围之内,不管两个人如何抬价,考虑到这块地本身的利益价值,也不会有人蠢到做赔本生意。

瞬间,会场上只剩下两个人在竞价。

季云笙始终没动作,静静地等到价格被抬到七十亿后。

"傅氏集团出价八十亿!"

"八十亿一次……八十亿两次……"

果不其然,裴忌没有动作了。

见情况在预料之中,季云笙微眯起眼,察觉时机差不多了,便朝助理点了点头。

"豫星娱乐出价八十五亿!"

傅北臣的神色不见一丝波澜,继续示意加价。

见状,季云笙咬紧牙关,只能继续跟着加。

他毫无办法,这次竞标关乎豫星娱乐的生死存亡。这几年他一直急于求成,几个项目的资金链都紧紧地连在一起,牵一发而动全身。

他绝对不能输。

眼看着价格很快被抬到九十五亿,季云笙的额头上已经沁出了一层薄薄的汗。

不知怎么回事,他无端生出一种不祥的预感。

"季总,我们要还往上继续加吗?"

季云笙咬牙切齿地反问:"你说呢?"

助理立刻不敢再出声,喊出一百亿后,紧接着:"傅氏集团出价一百一十亿!"

眼见着已经超出底线,助理彻底慌了神:"季总……"

季云笙的脸色也彻底变得惨白,额头的冷汗一滴滴滑落。他的手不自觉攥紧,青筋暴起,却不得不硬着头皮说:"加。"

没想到傅北臣会抬价到一百亿以上,情况超出他的预料,而他根本就没有退路。

"豫星娱乐出价一百二十亿!"

拍卖师越发激动的声音传遍会场的各个角落里,一时间,全场安静下来。

身旁的傅北臣终于没动作了。

随着时间一分一秒过去,季云笙的心跟着一点儿一点儿地提起,神经也紧紧绷着。

"一百二十亿一次……一百二十亿两次……一百二十亿三次……"

一锤定音的一瞬间,季云笙终于松了一口气。

会场内相机的光芒闪动,他身上的衬衫已经被冷汗浸湿,脸上扬起胜利者的微笑,目光落在前面裴忌的背影上。

裴忌缓缓地起身,慢条斯理地理了理衣襟,神色淡然。

季云笙心头的那阵阴霾不知怎么忽然加重了。

就在此时,身旁助理的手机铃声响起。

助理接起电话,不知道对面说了什么,助理的脸色瞬间变得毫无血色。

"季……季总。"

"怎么了?"

助理说话的声音颤抖:"我们造假的资质证明和申请文件,被管理部门突然抽查了……银行那边不知道怎么得到了消息,要收回五十亿的贷款。"

季云笙瞳孔一缩,猛地站起身,气急败坏道:"你说什么?"

"还有董事长,让您马上给他回电话……"

会场外。

裴忌单手插兜站在门口，神情是难得的放松。他沉声说："傅总，今天的事多谢了。"

傅北臣淡淡地说道："不必客气，我是看在我太太的面子上。她很喜欢时小姐。"

裴忌勾了勾嘴角。

傅北臣没再多说，随即弯腰上车，说道："先走了。合同下次签。"

"好。"

傅北臣刚一上车离开，裴忌转过身，就看见一脸阴沉的季云笙站在身后，目光阴郁如毒蛇一般。

事已至此，季云笙终于明白了。

这天的一切，都是裴忌和傅北臣联手给他设下的局。

逼他高价竞标，向相关部门举报，最后让银行收回贷款，让他的资金链彻底断裂。

这一块地皮，他付出的代价也许就是整个豫星娱乐。

一夕之间，全部完了。

果然，裴忌还是那个裴忌，置人于死地，不留退路。

季云笙眉眼阴沉，忽地冷笑一声，厉声道："裴忌，你以为你真的赢了吗？"

裴忌居高临下地看着他，目光漠然冰冷，声音里不带一丝情绪。

"季云笙，失败的人，没资格叫嚣。"

裴忌的话让季云笙的脸色彻底变得铁青。

安静片刻，他却忽然笑了："就算你赢了我又怎样？你欠她的，一辈子都还不清。"

闻言，裴忌的目光一凛，冷声问："你说什么？"

"你真的以为，当初她离开你只是因为她父亲的死和你的父亲有关吗？"

裴忌的动作一僵。

"你就从来没问过她，她究竟为什么受伤吗？"他紧紧地盯着裴忌的眼睛，脸上的笑容逐渐变得扭曲而狰狞，透出一阵快意，"是因为你，裴忌。"

第十六章
他想要的，已经得到

深夜十二点，夜生活才刚刚开始。

北城一家酒吧里，音响里播放着的重金属音乐震耳欲聋，美女在高台上左右摇摆舞动，一片乌烟瘴气。

卡座里，慕思远已经喝得双眼迷离，大着舌头和一旁坐着的男人争论。

"我说你吹的吧，你还认识那个大明星时鸢？"

"我骗你干什么？裴忌，知道？就是那个裴氏集团，他也就是踩了狗屎运，当时在我们那个小破地方，他过得连狗都不如，人人喊打，差点儿给我跪下。最后还得靠时鸢一个女人护着。"

"你就在这儿吹吧。"

"你是不知道，当初时鸢求着我放过他……"

慕思远说着说着，还没等说完，就已经彻底醉得瘫在沙发上睁不开眼，浑然没有发现，不知何时，酒吧里的音乐停了，刚刚还无比喧嚣的环境变得安静下来，舞池里摇摆的男男女女全部不见了。

酒吧被人清场了，气氛死寂中透着一丝诡异。

迷迷糊糊中，慕思远终于醒来。

"音乐呢？音乐怎么停了？！"他躺在沙发上，一边稀里糊涂地喊着，丝毫没有察觉到身边的危险。

下一刻，大桶的冰水迎头泼下。混杂着冰块的冷水顺着脖颈滑进衣服里，刺骨的寒，冻得他浑身一个激灵，酒意一下子醒了大半。

冰块化在脸上，模糊他的视线。他费劲地睁开迷蒙的双眼，就看见一道黑色的身影坐在对面的沙发上。

光线昏暗，男人的面容隐在阴影中，看不清神情。

还没等慕思远看清他的脸，就听见一道冰冷的声音响起："继续泼。"

一旁的保镖点头应下，没给慕思远任何反应的机会，随即又是一桶冰水毫不留情地迎头浇下。

慕思远被水呛得连声咳嗽，狼狈地从沙发上滚到地下，冻得牙齿都开始打战，这回酒算是彻底醒了，也终于看清了面前的人。

他的冷汗大滴大滴地顺着额头滴落，头皮开始发麻："裴……裴忌……"

裴忌轻笑着起身，笑意却不达眼底，目光冰冷得宛如在看一团死物。他抬脚走过去，居高临下地俯视着地上的人："终于认出我了？"

慕思远的身体抖得像筛子一样，惊恐地看着面前的人。

裴忌抬手，慢条斯理地摘掉腕表，还有无名指上的戒指，动作缓慢而优雅，却无端让人觉得胆战心惊。他的肤色白得近乎透明，青色的血管在光线下清晰可见。

慕思远看着他的动作，瞳孔不禁放大，舌头吓得打了结："你……你要干什么……"

裴忌轻笑着反问："你说呢？"

下一秒，他嘴角的笑容消失，声音冷厉骇人："摁住。"

一旁的保镖动作迅速，一人一左一右地控制住慕思远。

还没等慕思远开口求救，没说出口的话就变成尖锐刺耳的号叫。

裴忌眉眼阴沉，眼尾泛红，一脚猛地踹向他的胸口。

慕思远只觉得喉间一阵腥甜，五脏六腑仿佛都移了位，连喘息都困难。

他瑟瑟发抖地看着眼前宛如化身恶魔的男人，心中生出从未有过的恐惧。

有那么一瞬间，他对上那双幽深冰冷的眼睛，忽然觉得，裴忌可能真的想要了他的命。

慕思远真的害怕了，颤抖着想往后退，下一刻，头就被死死地按在那里，动弹不得。

裴忌蹲下身，唇边噙着淡淡的笑，声音冷得令人发寒："来，给我讲讲，当初都和她说什么了？"

他的嗓音低哑而危险，慕思远的瞳孔因为恐惧而极度收缩，嘴唇毫无血色，连救命都喊不出来。

裴忌满意地勾起嘴角，脸上的情绪难辨，语气冰冷得让人心惊："说错一个字，你应该知道后果。"

343

五年前，那时候在南浔，慕思远就是一个不折不扣的小混混。

和裴忌不同，他不上学，整天拿着父亲寄回来的生活费混迹各个网吧和台球厅，虚度光阴，却成天想着成为这个小破镇子里最大的混子老大。

他最看不顺眼的，就是裴忌。

像裴忌那样的人，连自己的爹都不知道是谁，亲生母亲还是个疯女人。裴忌就活该被所有人啐上一口。

可偏偏，裴忌的骨子里好像就是和他们这帮人不一样。

明明浑得要命，却整天狂得不可一世。

同样是整天泡在网吧里打游戏，裴忌却能靠这个赚钱。不仅如此，打球、打架，他们没一样比得过。甚至连时鸢，他们做梦都不敢肖想的时鸢，居然也和他纠缠在一起。

他们那帮人里，没一个看裴忌顺眼。而年轻气盛时由于各种原因生出的憎恨和嫉妒，一旦在心里生根发芽，总有一天会长成扭曲的参天大树。

直到那件事情发生了之后。

慕思远的父亲死了，他失去了自己唯一的经济来源。知道罪魁祸首居然是裴忌的父亲，他才找到了一个机会——能把裴忌一起拉进泥潭的机会。

往后的日子，他一天也不想见到裴忌好过。

终于，在慕思远的不懈努力下，所有人都知道了，裴忌就是那个杀人犯的儿子，连时鸢的父亲都是被他的父亲间接害死的。

可他们所有人都没想到的是，时鸢并没有因为这件事情而远离裴忌。

她和她那个因为救人而死的父亲一样。太善良，太干净，也是会被人讨厌。尤其是，她选择和裴忌搅在一起。

之后的生活里，慕思远找到了新的乐趣。

裴忌在修车厂打工挣钱，他就带着一帮小混混去闹事，直到修车厂老板把裴忌开除为止。

裴忌走到哪儿，慕思远就跟到哪儿。反正他的人生早就废了，既然如此，他又怎么能看着裴忌这个罪魁祸首的儿子好过？

裴忌这人，以前打起架来都是往死里打，活生生一个不要命的疯子。这样的裴忌，他以前可不敢惹。

可后来，慕思远忽然发现，裴忌好像学会了克制和隐忍，打架也有所收敛，会努力地避免让伤口落在一眼就能看见的地方。

因为他有了软肋。人一旦有了弱点，就会变得不堪一击。

慕思远也曾经带过一群混混去堵他，裴忌这人一身的硬骨头，好像怎么都打不碎一样。

直到季云笙那天找到他，教会了慕思远一个道理，想杀人，要先诛心。

对付像裴忌这样的人，就算想办法逼着他跪下，也折不断那一身傲骨。唯一能真正毁了裴忌的人，是那个亲手把他从深渊里拉出来的女孩儿。

于是，慕思远找到了时鸢。他和时鸢说，只要他活着一天，就不会让裴忌好过一天。

无论裴忌走到哪儿，他都会是一个让裴忌永远无法摆脱的阴影，他会让裴忌一辈子都无法摆脱自己父亲犯下的罪。

总归人生已经烂了，能拉上一个人陪葬，当然再好不过。

慕思远亲眼看着，在他用阴毒的语气说出这些话时，时鸢的脸色逐渐变得苍白。

她的心太软了。和裴忌一样，她也有着致命的弱点。

他们就是彼此最大的软肋，是命里的劫，逃不过的。

她比谁都想看见裴忌干干净净地活着，不再被那些过往的恩怨拖累纠缠，拥有崭新明亮的人生。

在时鸢的心里，或许她也觉得，她是他的牵绊。

于是，不出慕思远所料，时鸢答应了。

那天，慕思远躲在暗处，亲眼所见他一直想要看见的一幕。

看见裴忌千辛万苦打工攒钱买来的那条手链被扔在地上。

看见那个狂妄得不可一世的裴忌，背脊在雨中慢慢地弯了下去，再也没了生气。

那天，裴忌没看见的是，在他离开之后，时鸢捡起了那条手链，一个人在大雨里，泣不成声。

那之后的不久，裴忌走了。他离开了这个困了他十八年的地方，摆脱了那些不该他承受的一切。

而时鸢，其实过得并不好。也许是因为那天裴忌离开时的模样，让她开始无数次地怀疑自己做出的决定究竟是对是错,也让她每天都活在自责之中。

也可能是因为,父亲离世,奶奶重病,接二连三的打击,让她整天日夜颠倒地守在医院里。

就在季云笙告诉她裴忌离开的那天,她找遍了南浔所有的车站,却始终没有见到那道身影。

就在她魂不守舍地从车站里出来时,马路上,一个醉酒的司机驾驶着轿车闯了红灯,朝她疾驰而来。

那天,她只能在心里与他告别,也和自己曾经坚持多年的梦想告了别。

十一月二十日,早上八点。闹钟准时响起。

时鸢拉开窗帘,看见外面密布的乌云,没忍住轻叹了声。

原本还想着,这天是他的生日,要是个阳光明媚的晴天就好了。

但她的心情也仅仅低落了半秒,便走去卫生间洗漱化妆。

往常没工作的时候,她几乎都是淡妆或素颜,而这天,她坐在化妆镜前,一反常态地折腾了快两个小时。

化完妆,时鸢又从首饰盒里拿出那条昨天刚取回来的手链。

手链被修复得很好,看不出什么断裂的痕迹,几颗细细的黑钻点缀其中,包围着莹润的白色珍珠,黑白两色交织缠绕,奇异地融合得格外好看。

她将那条手链戴好,便出发去了蛋糕店。

到了地方,甜品师热情地出来迎接她,又拿出一本厚厚的图册,让她选款式。

因为是第一次做蛋糕,时鸢没敢选高难度的图案。

来回翻看了几遍,她的目光落在其中一款蛋糕上,眼睛蓦地亮了亮,说道:"就这个吧。"

做蛋糕最难的或许就是抹面,时鸢第一次上手,挤奶油霜的时候手不受控制地抖了一下,一个蛋糕就废掉了。

她重复试了好几次,人生中的第一个蛋糕终于艰难地诞生了。

时鸢累到腰酸,走出蛋糕店的时候,太阳都落山了。

天空中仍然乌云不散,秋叶席卷,厚厚的云层堆积在一起,仿佛在酝酿着一场瓢泼大雨。

时鸢顺带把那个废了的蛋糕给洛清漪捎了过去，也算没浪费。

路过家附近的超市，她又进去买了一堆菜，大包小包地拎回家里。

时鸢把买回来的菜放下，揉了揉酸痛的手臂，才想起什么，从包里翻出手机。

点开聊天界面，最后一条记录还是他昨天下午回的那条，然后就再没有新的消息了。

时鸢不自觉地蹙了蹙眉，不知怎么回事，心中无端生出一股不安。

她顿了片刻，指尖轻触屏幕，敲下一行字："你今晚什么时候回来？要不要我去机场接你？"

消息发出之后，时鸢又抱着手机等了一会儿，手机依然安安静静的。

一直到时针指向六点，时鸢终于决定不等了，放下手机起身去做菜。

煲汤的间隙，她把蛋糕放进冰箱，紧接着就听见手机铃声响了。

时鸢一只手的手套都没来得及摘，连忙接起电话。

"裴——"下一秒，洛清漪的声音传过来，时鸢还没说出口的话瞬间止住。

电话对面，洛清漪明知故问："怎么？在等谁的电话？听见是我你好像很失望的样子。"

时鸢掩住内心的失落，转移话题："这么晚打电话做什么？"

洛清漪道："这不是为了报答你送我的那个失败的蛋糕，我也给你准备了一份小礼物。一会儿快递就到，你记得签收一下哦。"

"什么礼物……"时鸢的话还没问完，电话就被挂了。

很快，门铃响起，她只好放下手机走过去开门。

快递是一个很大的纸箱，看不出是什么，神神秘秘的。

正当她起身翻出小刀，正要拆箱的时候，茶几上的手机又振动起来。

这回终于是他了。

时鸢弯起嘴角，看见消息的内容，还未绽开的笑容忽然顿住。

"不用。"

时鸢盯着那两个字出了会儿神，心头的那阵不安感越来越强。

她拨出电话，连续打了几遍却都打不通。

电话里只有听了让人心焦的忙音。

一直到时针指向晚上九点，裴忌依旧没有回音。时鸢只好给周景林打电话，询问裴忌是否在公司。

电话那头,周景林欲言又止。

犹豫片刻,他还是开口答:"时小姐,裴总几个小时前就已经去找您了。"

时鸢一愣,问道:"你说什么?"

挂掉电话,她又拨通了裴忌的手机号码。

这一次,忙音响了许久后,电话终于被人接起。

时鸢急忙开口,担忧地问:"裴忌,你在哪儿?"

电话里,无人回答,听筒里只传出噼里啪啦的雨声,还有他的呼吸声。

时鸢忽然抬脚跑到窗边,一把拉开窗帘。

外面的雨下得很大,树上的叶子早已被拍打得什么都不剩了,雨水层层冲刷着玻璃,隐约能窥见雨幕中立着的一道身影,固执而沉默。他就那样一动不动地站在那里,握着手机,

时鸢的瞳孔猛地一缩。她随手从沙发上拿了一件外套披上,拿起鞋柜旁放着的雨伞,穿着拖鞋就冲下了楼。

直到她来到楼下,撑着伞冲进雨里,才终于看清了他。

十一月末的天气里,他却像是不知道冷似的,只穿了一件单薄的白衬衫,而此刻早已经湿透了,也不知道他究竟站在雨里淋了多久,狼狈不堪。

刚一走近他,时鸢就闻到了他身上浓烈的烟味和酒气。

听见脚步声,他终于慢慢地抬起头。被雨水打湿的黑发垂在额前,那双幽深的眼睛里写满了隐忍的情绪,眼尾被逼得泛了红,目光偏执而压抑,就这样一言不发地望着她。

时鸢的心尖一颤,虽然不知道发生了什么,但她的眼睛就是不受控制地红了。

她踮起脚给他撑着伞,又气又心疼地说:"你傻站在这儿做什么……"

下一秒,她忽然被他紧紧地拥入怀里。

他身上很冷,就像抱着一块寒冰一样。

察觉裴忌的不对劲,时鸢心口一疼,颤声问他:"裴忌……你怎么了?"

话音落地,周围只剩下滴滴答答的雨声,安静得让人心颤。

忽然,时鸢感觉到肩膀处似乎湿润了一处,有些温热,仿佛灼烫在她的

心口。

不知道是雨滴,还是什么,她不愿去想。

他们就这样静静地相拥着。许久之后,裴忌的声音终于响起:"对不起。"

不知道他这两天抽了多少根烟,嗓音哑得吓人。

她的身体僵了僵,仿佛猜到了什么。

时鸢抿紧唇,深吸一口气,又抱紧了他一些。她的嗓音轻而浅,带着一丝哽咽:"没关系。裴忌,和你没有关系。"

她从来没有怪过他。

他没有说话,就那样沉默而固执地抱着她。

她又柔声问:"我们先回家好不好?外面太冷了。"

说完,时鸢从他的怀抱里缓缓退出来,转而牵住他的手。

他没有抗拒。上了楼回到家里,时鸢第一件事情就是去卫生间拿了一条干毛巾出来,想着先帮他擦干身上的雨水。

没想到,裴忌接过毛巾,反而将她拉到了沙发上。

他低声说:"坐下。"

时鸢一怔,这才反应过来,自己是穿着拖鞋出去的。

此刻那双棉拖鞋早就被雨水浸湿了个彻底,在地板拖出一道水渍。

他蹲下身,在她面前单膝跪下,把那双湿透了的拖鞋脱了下来。

时鸢的呼吸一紧,看着他沉默冷硬的面容,忍不住唤道:"裴忌……"

裴忌轻轻握着她的脚踝,强势道:"别动。"

他拿着毛巾,动作轻柔地帮她把脚上的雨水擦干。

做完这一切,裴忌深邃的目光落在她脚踝的那处疤痕上。

几年过去,那道疤痕早就淡了不少,可烙在她白皙的肌肤上,仍或多或少地破坏了几分本来的美感。

裴忌的指节蜷了一下,指腹轻轻摩挲过那处小小的疤痕,眼睛又暗了几分。

他的手有些冰凉,微微粗糙的触感滑过肌肤,让时鸢的心都跟着猛跳了一下。

他的喉结缓缓地滚动,哑声问:"疼不疼?"

时鸢连忙摇头道:"不疼。早就不疼了。"

裴忌抿紧嘴角,又低声问:"为什么不告诉我?"

话音落地，房间里安静下来。时鸢垂着眼，不知道该怎么答。

她想，他是知道答案的，和他隐瞒她曾自杀未遂的原因一样。

静默半晌，时鸢张了张唇，刚想开口，他忽然起身，欺身压下来。微凉的唇覆在她的唇上，极具侵略性地攻城略地，滚烫炙热的气息铺天盖地将她包裹，是从未有过的强势。

她有些招架不住，却尝试着回应他的亲吻。

察觉到她的主动，裴忌的目光更深，弯腰把她抱起来，走进卫生间。

花洒被他打开，温热的水流倾泻而下，很快便打湿了两个人。

雾气渐渐在眼前升起，时鸢浑身发软，手无力地搂住他的脖子，才能维持自己不滑下去。

又酥又麻的感觉蔓延至全身，热气氤氲下，时鸢的大脑一片空白。

下一秒，她感觉到自己身上的薄外套被他扯开了。

裴忌热切的目光落在她身上，贪婪地看着她。

她穿着吊带睡裙，裸露出来的肌肤白皙细腻，此刻泛起了浅浅的粉色，红色和白色交织，形成强烈的视觉冲击。

时鸢感受着他的视线一寸寸地在自己身上掠过，慢条斯理地，仿佛在欣赏什么艺术品，目光直接而放荡，被他扫过的每一处都仿佛着了火一般灼烫。

光是这样被他盯着，她已经羞得耳根通红，掩耳盗铃地把脸埋在他的胸口。

淅沥的水流声里，他低沉喑哑的嗓音在她耳边响起："怎么这么乖？"

时鸢攥着他衬衫的指尖不自觉地收紧，下一刻，她的肩带被挑了下去。

她的双腿一软，差点儿滑了下去，然后就被更紧地拢进他的怀里，紧贴在他的身上，仿佛依附着树的藤蔓，只有这样才得以存活。

他的胸膛很硬，肌肉块块分明，衬衫下的线条早已暴露，滚烫的温度一寸寸地渡了过来，充满欲望。

他骨节分明的大掌握着她的手。

他嗓音低哑而性感，带着丝丝蛊惑的意味，听得她心尖都在颤抖。

已经过了十二点。

完了，裴忌的生日已经过了。

这时，房门打开，裴忌穿着深灰色的浴袍走进来，胸口敞开着，紧实的肌肉线条延伸往下，白皙的胸膛上印有几道浅浅的红印，暧昧至极。

浴袍是她那天买的，买回来洗完就放在衣柜里了。

他还挺自觉。

在时鸢迷迷糊糊想要起身的时候，他走过来，眉梢里都透着餍足："醒了？"

他刚抽完烟回来，身上还散着淡淡的烟草味，很好闻。

时鸢一双美目微微瞪着他，娇嗔道："都怪你……零点都过了，生日没过成……"

他轻笑，低头去亲她，说道："嗯，我的错。"

事后的男人似乎都比平常温柔。

时鸢红着脸推开他，刚想掀开被子下床，一阵风就灌了进来。

猛然意识到什么，她又紧紧地捂住被子，脸色顿时涨红。

她刚抬起头，就对上裴忌似笑非笑的眼睛。

他的目光在她裸露在外的肌肤上流连片刻，痞气丝毫不掩，有些放浪形骸。

时鸢咬着唇，凶巴巴地说："你快去柜子里帮我拿件衣服过来……"

裴忌微微挑眉，答应得挺利索："好。"

等他回来时，时鸢看见他手里拿着的衣服，瞳孔猛地一缩。

她结结巴巴地说："你……你拿你自己的衬衫干什么……"

裴忌神色坦然道："你说干什么？"

时鸢还在挣扎，拒绝道："我不穿。"

他直截了当地说："不穿更方便。"

她要撤回刚刚的心思。什么温柔，都是假的！

折腾了一通，时鸢还是只能穿上那件白衬衫。

幸好是按照他的身材买的，长到足够盖住大腿根。

她把蛋糕从冰箱里拿出来，摆到桌上，把蜡烛一根根插上。

裴忌刚抽完一根烟从阳台回来，就看见她穿着白衬衫在餐桌旁走来走去，白皙纤细的腿在衬衫下面晃来晃去。

他微微眯起眼，走到她旁边。

桌上，那个小小的四寸蛋糕摆在上面，简单的白底上，画着一朵绚烂的烟花,有些歪歪扭扭的。

裴忌的心口一跳,抬眼望向她。

关掉灯,点燃蜡烛,几簇火光映在她的眼底,光亮动人。

他的心仿佛忽然塌了一块,软得一塌糊涂。

她的长发披散在肩头,眉眼都不自觉地透着一股从前没有的媚态,眼睛亮亮地看着他说:"快点儿许愿。"

其实裴忌真的没什么愿望可许了。他唯一想要的,已经得到了。

但见她无比期待的模样,裴忌还是闭上眼。

几秒后,他睁开眼,映入眼帘的便是她笑意盈盈的脸。

他的目光深邃,眼底仿佛藏匿着无法言说的情绪,静静地凝视着她。

对上他的眼,时鸢也猝不及防地怔了一下。

窗外电闪雷鸣,室内温暖如春。气氛安静而温馨,仿佛有什么东西缓缓流淌着。

这时,电话铃声忽然响起,骤然打破了气氛。

是洛清漪打来的,问时鸢喜不喜欢她送的礼物。

时鸢这才想起自己还没来得及看那个纸箱里的东西是什么。

她腿酸,懒得走路,于是使唤裴忌去把箱子拿来。

然后,她就看见裴忌的动作停顿了一下,这让她更好奇了。

他面不改色地把箱子放到桌上,时鸢立刻迫不及待地打开。

"里面是什么呀……"

话音未落地,看见里面的东西后,时鸢的瞳孔一缩。

整……整整一箱的……

气氛短暂地安静了两秒。

时鸢深吸一口气,试图挽救一下局面,尴尬道:"我不知道她居然会送这个……"

裴忌淡淡地说:"嗯。"

时鸢抿了抿唇,果断地说:"我们先吃蛋糕吧。"

"好。"

她总觉得有点儿不对劲……

时鸢不再多想,拿了塑料刀叉,刚想切,身后一道身影覆下来。

他的大掌扣在她的腰上，不偏不倚地落在她最敏感的腰窝上。

时鸢有些欲哭无泪地说道："你……怎么又……"

"别辜负别人的良苦用心。蛋糕……我吃。"

时鸢怎么也没想到，她花费了好大力气打出来的奶油，最后居然……

滑腻的奶油冷不丁接触到她的皮肤上，有点儿凉。

她的双眼越来越涣散，最后什么也不知道了。

热气拂耳，他的嗓音喑哑："好甜。"

第十七章
你就是最大的万幸

十二月的第一天，《沉溺》剧组全员正式杀青。

也是在同一天里，电视新闻里，爆出有关豫星娱乐的报道。

就在季云笙以高价竞标成功后不久，伪造的资质证明被检察部门发现，银行以项目风险为由收回高达五十亿的高额贷款，导致重要项目推进受阻。这些年季云笙急功近利，投资的项目不计其数，资金周转本就存在问题。眼下，豫星娱乐正面临着史无前例的财务危机，说是灭顶之灾亦不为过。

而出售该地皮的温氏地产，亦被查出包庇纵容豫星娱乐做假，隐瞒不报，同时存在偷税漏税等违法行为被一并查惩。

此事一经爆出，温氏地产的千金温书莹也开始遭到网友极力抵制，靠舞蹈家营造出来的高贵人设彻底崩塌。

迫于舆论压力，《舞蹈新星》综艺即日宣布已与温书莹解除合同，将不再邀请她作为导师参与节目录制。

温家千金的星途还未开始，就已止步于此。

而时鸢，在犹豫过后，也还是选择了退出这档节目。

不为其他，只是因为她前段时间在裴忌的陪同下又去医院复查了脚伤。之前拍摄《沉溺》里面的舞蹈戏份后，她好不容易恢复一些的伤势已经有些恶化。她害怕损耗过度，也不想让裴忌担心，只好选择暂时放弃。

来电视台解约的这一天，时鸢再次见到了温书莹。

与上一次在星崎晚宴见到的时候不同，温书莹面色憔悴，温婉的眉眼也透着几分无力和疲惫。

看见时鸢，她的神色不自然地一僵，似是有些难堪。

气氛安静片刻，温书莹深吸一口气，率先开口说道："你现在应该很高兴吧？"

闻言，时鸢蹙了蹙眉。

温书莹自嘲，又道："为了你，他费了那么大力气，把豫星娱乐搞垮了。"

恍惚间，温书莹想起前几天，她去裴氏集团总部找裴忌求情。她在楼下等了整整四个小时，最后却连他的办公室都没进去。

她一直在门口等到晚上，才终于等到男人出来。

温书莹这一生从未有过如此低声下气的时候。

她甚至提出用自己手中的股份和裴忌做交易。只要他愿意收手，放过温氏地产这一次，就可以轻松得到上百亿的利润。这样的交易，对他来说根本稳赚不赔，更何况是对一个商人来说。

可他连眼皮都没抬，连一个正眼都不曾给她。

车窗降下，男人的面容冷漠而绝情，不带丝毫情绪地看着她："我记得我警告过你，别在她身上打主意。"

此话一出，温书莹的脸色瞬间变得惨白。

为了给时鸢报仇，他甚至可以做到对利益不屑一顾。

收尾了所有工作后，时鸢正式进入退休模式。

她还没有正式公开退圈的消息，只是在微博发了一则声明，宣布暂停近期的一切工作，归期不定。

声明一经发出，无数营销号纷纷开始猜测，最后都一致笃定，她淡出娱乐圈，是为了嫁进豪门当富太太。

可扒了半天，偏偏又没有任何她要结婚的消息透露出来，于是，大部分记者又开始了新一轮盯梢。

《沉溺》剧组还有一段时间才进入宣传期，时鸢便打算在这段时间沉寂下来，好好考虑今后究竟要做什么。

趁着裴忌出差的几天，时鸢自己偷偷跑回南浔，陪奶奶待了几天。

好消息是，这些日子里，老人家的身体状况比起从前来好了不少，医生说差不多可以准备出院回家休养了。

这天下午，时鸢从医院回家的路上，刚要走进家门，就看见隔壁柳奶奶家的小孙子正蹲在门外面壁思过，应该又是因为调皮捣蛋挨训了。

六七岁的小男孩儿抱着一个奥特曼公仔蹲在墙角，哭得十分可怜。

看见时鸢过来，他立刻吸了吸鼻子，委屈巴巴地喊她："鸢鸢姐姐。"

奶声奶气的，听得人心都要化了。

时鸢蹲下来，从包里拿出纸巾，动作轻柔地帮他擦干净眼泪，笑道："今天又怎么惹奶奶生气了？"

她的嗓音温柔又动听，小男孩儿立刻开始委屈地把自己是怎么挨训的过程讲给她听。

她听得认真又专注，侧脸在阳光的笼罩下更为动人。

小男孩儿看着看着，眼睛里仿佛冒出小星星。

时鸢模样生得好，脾性也是方圆几里出了名的温柔可亲，周围知道她的小孩子就没有一个不喜欢她的。

小男孩儿的眼睫上还挂着泪珠，语气天真无邪地说道："鸢鸢姐姐，等我长大了可以娶你做老婆吗？"

话题转变得有点儿突然，时鸢先是愣了一下，随即陡然失笑。

还没等她回答，身后就响起一道低沉熟悉的声音："不行。"

听见他的声音，时鸢顿时怔住，回头看去。

身后，那个明明昨天还远在千里之外的人，此刻已经真切地出现在她的面前。

他穿着一身西装，没系领带，颇有几分风尘仆仆的感觉。他散漫随意地倚靠在树干上，目光定定地望着她。

还没等她反应过来，裴忌已经迈步走过来，长指扣住她的手腕，不容置喙地拉着她往家的方向走："回家。"

时鸢无奈地弯起唇道："裴忌……"

刚一进家门，他就伸手抱住她的腰，下巴抵在她的发顶蹭了蹭，撒娇道："怎么不见你心疼心疼我？嗯？"

这人怎么醋劲这么大？

时鸢有点儿想笑，可听见他的声音里都透着一阵疲惫，她又心软了。

她柔声问："你不是说明天才回来吗？怎么突然过来了？"

"你说呢？"

"你不跑，我追过来做什么？"

时鸢噎了一下，他还好意思说？

要不是他前两天那么……索取无度，她至于偷偷跑回南浔吗？

时鸢正在腹诽，身体却忽然腾空。

她冷不丁被他抱到院子里的藤椅上，吓了一跳，喊道："喂，裴忌……"

裴忌的手臂撑在两边的扶手上，眼神玩味地打量着她紧张的神情，调侃道："你以为我要干什么？"

他俯下身凑近她，鼻尖几乎快要贴上她的，长睫缓缓地抬起。

猝不及防地撞进他幽深的眼底，时鸢的呼吸猛地一窒。

他目光直直地盯着她，眼底染上丝丝笑意，问道："白日宣淫？"

时鸢脸皮薄，被他一逗就红。

她的眼睫轻颤，慌乱得就要伸手去捂他的嘴，还说道："你……你能不能别瞎说……"

裴忌勾了勾嘴角，没再继续逗她，轻提西裤，在她面前蹲下来。他温热的掌心握住她的脚踝，不轻不重地揉捏按摩起来，动作自然而熟练。

他的指腹有些粗糙，按在她细腻柔嫩的肌肤上，所及之处，引起她一阵战栗。

时鸢的手指不自觉地蜷了蜷，忽然发现他按摩的手法好像还挺专业的，像是专门学过似的。

这时，他低声开口说："医生说经常揉一揉会舒服一点儿。"

时鸢一顿，脑中猛然回想起那天。裴忌陪她去医院复查的时候，他出来得迟了些，不知道去做什么了。

时鸢怔怔地看着面前的人，一时竟有些说不出话。

他低垂着头，神情专注而认真，仿佛在对待一件珍宝。

院子里静悄悄的，夕阳渐渐落下，将两道交织的影子拉得很长。

仿佛再也不会分离。

时鸢本来以为，当晚裴忌就会想方设法把她带回北城，没想到的是，他甚至还留在这儿陪她多待了一天。

总觉得有什么阴谋等着她。

直到次日下午，时鸢才看见已经爆了的热搜。

是昨天裴忌在院子里给她揉脚的画面，不知道怎么回事，居然被记者拍到了。

照片里,向来冷漠张狂的男人半蹲在地上,侧脸线条柔和,正在给坐在藤椅上的女人揉脚。

时鸢这才慢慢地反应过来,好气又好笑地看着他:"你怎么这么幼稚……"

她当然知道,要是没有他点头,照片根本不可能在网络上存在超过半个小时。

果然,裴忌轻勾嘴角,神色无比坦荡,笑道:"他们都看见了,我的名声毁了,你得负责。"

她可不可以合理地怀疑他这是逼婚?

时鸢伸脚就要踢开他,却被他一把握住脚腕。

他眉头微挑,笑得散漫勾人,目光紧紧地锁着她,仿佛一定要她给出个答案似的。

"怎么办?裴太太,今晚转正?"

她才不傻呢,才不会这么轻易就把自己卖了!

转眼间就到了平安夜。

这天晚上,也是时鸢搬到裴忌家里住的第一晚。

她刚把自己的衣服都挂进衣柜里,转头就发现,比起上次她来时,卧室里多了一块厚厚的白色地毯,还有一面换衣镜。

但卧室里是有单独的换衣间的,为什么还要单独再放一面大镜子?

不过地毯的材质确实很软很舒服。

于是时鸢晚上索性拿了个小垫子,坐在地毯上填入学资料。

她已经想好了,既然脚伤暂时还不允许她去做想做的事情,那她就先弥补另一个遗憾。

晚上裴忌应酬完回来,身上沾着些酒气,第一件事情就是进浴室洗澡。

等他洗完澡出来,时鸢坐在地毯上,手里捧着从他书房拿来的电脑,不知道在专注地看什么。

他一边系着浴袍的带子,一边朝她走过去,问道:"在做什么?"

时鸢的注意力还在电脑上,分神回答他:"我在看 A 大和舞蹈有关的专业,我找了一晚上资料,选出了几个偏理论性的,但还没想到到底要学哪个……"

裴忌抬了抬眉梢，没打扰她。

然而整整十分钟过去，时鸢还在认真地浏览着网站的信息，完全把裴忌忘在了一边。

很快，他的手忽然从背后，顺着她的衣摆伸进去。

猝不及防，时鸢被刺激得浑身一抖，不受控制地发出一声猫叫似的嘤咛。

裴忌的目光一暗，低下头，滚烫的气息缠绕而上。

他的动作带着些惩罚的意味："打算冷落我到什么时候？"

"我哪有……"

时鸢还在试图反抗着去推他的胸膛，却越来越没力气。肺部的空气越来越稀薄，周围的氧气仿佛都被尽数抽走。

他们的气息缠绵，最后交织在一起。

她的目光渐渐涣散，唯一能够直接感受到的是，他炙热的目光肆无忌惮地落在她身上。

下一刻，她就被他一把抱起来。

他的嗓音又低又哑，一边哄着，一遍遍地叫她："鸢鸢……鸢鸢……"

那天晚上，时鸢终于知道了，身下的地毯和面前的镜子，到底是用来做什么的。

每一次，在她即将不受控制地闭上眼的时候，就会被一股力道逼着睁开，然后撞进镜子里那双幽深的眼睛里。

再睁开眼时，时鸢发现自己不知何时已经被抱回了床上。

他的手臂从背后环着她的腰，以一种禁锢的姿势将她圈在怀里，睡得很沉。

时鸢轻吁一口气，刚想试图轻轻把他的手臂移开，视线忽然落在他无名指上的那抹亮光上。

这次的距离很近，窗外的月光隐隐地照进来，让她终于得以看清戒指上刻着的字母——是她的名字。

看清的一瞬间，时鸢顿时怔住。她一直以为，那天事发突然，戒指应该只是随便买来做戏的。

一个念头猛地在她脑海中浮现。

她轻轻挪开他的手臂，光着脚下床，蹑手蹑脚地来到书房里。

时鸢也不知道自己到底是来找什么的。

直到她拉开书桌最下面的那层抽屉，看见里面的东西。里面摆着几个药瓶，有的空了，有的是满的。

都是他曾经在吃的稳定情绪的药物。

时鸢的手在发颤，拿起那一堆药瓶中间的黑色盒子。

打开的一刹那，她不自觉地屏住呼吸。

黑色的绒布上，一枚流光溢彩的钻戒静静地躺在里面，在灯光的照耀下，美得让人心颤，不是首饰店里随便就能买到的款式，戒指的内部同样刻着几个小小的字母。

首饰盒的背面，印着钻戒的定制日期，是四年前。

抽屉里还放着一张有些褪色的电影票。

时鸢深吸一口气，将那张电影票拿了起来。

上面的片名她很熟悉，那是她出演的第一部电影。

电影票的下面，还压着一张同样有些年头的海报。

海报的边角已经皱起，是那年南浔中学校庆的节目单。

时鸢记得很清楚。那年校庆的前一天，他在路边捡到了她的扇子。

她还告诉他，她会在第二天的校庆上跳舞。

她一直以为，那天他没去。

可手里的这张节目单真真切切地告诉她，他去了。

夜深人静，书房里，桌上的手机忽然发出一声振动。

时鸢直起身，就看见桌上，裴忌的手机屏幕亮了起来。

是一条来自Z国某十字会短信："尊敬的时鸢小姐，感谢您历年来对红十字会的爱心捐助。您在今年捐赠的一千万元慈善款项我们已经收到。再次感谢您对社会的关爱与善心，善良的人终会得到爱的回报，在此衷心祝愿您身体健康，生活平安顺利。"

之前洛清漪说过的话再次回荡在她耳边。

这一瞬间，时鸢的心脏仿佛被置于一汪滚烫的池水里，酸涩又复杂的情绪翻涌着袭来，仿佛有一只无形的手，紧紧攥住她的心脏，让她连呼吸都变得困难起来。

时鸢捂着唇，低低地呜咽着，晶莹的泪珠顺着脸颊滚落。

在这个寂静而普通的夜里，她仿佛找到了此生唯一的答案。

让她成为一个更加勇敢的人，让她不再彷徨失措的原因，是他的爱。

圣诞节这天，北城下了第一场雪。

温度不算特别低，整个世界都变得白茫茫的，光秃秃的树枝上也挂满了晶莹的雪花，马路上，行人的脚印很快被新落下的雪花覆盖。路边的圣诞氛围很足，商店门口摆着圣诞树，彩灯不停地闪烁变化。

时鸢刚刚办理好A大的入学手续，走出校门时，天空便飘下了雪花。

豪车就停在校门口，时鸢拉开车门上车，却发现裴忌居然不在车上。

她有些奇怪，从包里翻出手机给他发消息："你在哪儿？"

很快，他回复："到了你就知道了。"

还弄得神秘兮兮的。

半个小时后，车稳稳地停在了北城港口。

打开车门的一刹那，时鸢看见外面的景色，猛然怔了一下。

路旁亮起两行暖黄的灯光，引导着她一路走过去，通向港口旁的一艘私人游艇。

直到走上甲板，时鸢遥遥望见了那道熟悉的身影。

裴忌穿着很正式的西装，领带系得一丝不苟，身材高大笔挺，侧脸俊美，线条优越。

不仅如此，他的怀里还抱着一束鲜艳的红玫瑰。

时鸢的嗓子有些发涩，脑中缓缓浮出一个猜想。

听见脚步声，裴忌转过身。他把鲜花递给她，轻勾嘴角，说话的嗓音低沉而清越："等你很久了。"

时鸢抱着花束，深吸一口气，努力维持着平静问："为什么……突然送我花？"

裴忌的神色看不出什么异样，只淡淡地回答："想送就送了。"

"哦……"

走进游艇里，时鸢看着那一桌过分浪漫的晚餐，实在很难不多想。

她心不在焉地吃完一顿晚餐，看见裴忌这晚第三次看腕表。

见她放下刀叉,裴忌抬起眼,问她:"吃好了?"

"嗯。"

他慢条斯理地理了理衣襟,站起身道:"那出来吧。"

时鸢深吸一口气,被他牵着回到了甲板上。

放眼望去,海面辽阔得一望无际,夜幕低垂,天空中,雪花如鹅毛般洋洋洒洒地飘落下来,恍如置身童话世界一般。

下一刻,大朵大朵绚烂的烟花从海面升起。

时鸢眼睛一眨不眨地望着眼前的一切,紧接着,烟花在漆黑的夜空中绽放开来,慢慢变成一行字:"鸢鸢,嫁给我。"

她怔怔地看着那行字,烟花宛如在她的心口炸开,情绪喷涌而出。

接下来,裴忌从裤子口袋里掏出那个藏了一晚上的首饰盒。

他看起来镇定自若,唯独指腹上被盒子硌出的那道红印,泄露出他此刻不易察觉的那丝紧张。

时鸢就这样看着那个高高在上的男人,在自己面前单膝跪下。

盒子里,是那枚裴忌很多年前就已经准备好的戒指。

他等这一刻已经等了许多年。

晶莹剔透的雪花落在他的肩膀上,很快化成小小的水痕。

他的瞳仁漆黑,眼底只映出她的影子和藏匿着的一丝小心翼翼。

不知怎的,迎着他的视线,时鸢的泪水忽然夺眶而出。

她听见他低声问:"嫁给我,好不好?"

泪水迷蒙了视线,她哽咽得说不出话,只一下又一下地点着头。

直到那枚钻戒被缓慢而坚定地戴在她的手上,裴忌才终于站起身。

他的眸中一片深沉,像是藏匿着无尽翻涌的情绪,目光缱绻地望着她。

漫天纷飞的大雪中,裴忌低下头,缓缓在她额前落下一个缠绵而温柔的吻。

——在这千疮百孔的人生里,我曾经历过太多太多的不幸。

——唯独遇到你,是最大的万幸。